大年月

张敬民 著

北京日报出版社

图书在版编目（CIP）数据

大年月 / 张敬民著 . — 北京 : 北京日报出版社，2019.4

ISBN 978-7-5477-3249-6

Ⅰ . ①大… Ⅱ . ①张… Ⅲ . ①散文集－中国－当代 Ⅳ . ① I267

中国版本图书馆 CIP 数据核字（2019）第 045806 号

大年月

出版发行：北京日报出版社
地　　址：北京市东城区东单三条 8-16 号东方广场东配楼四层
邮　　编：100005
电　　话：发行部：（010）65255876
　　　　　总编室：（010）65252135-8043
印　　刷：玉田县昊达印刷有限公司
经　　销：各地新华书店
版　　次：2019 年 4 月第 1 版
　　　　　2019 年 4 月第 1 次印刷
开　　本：880 毫米 ×1230 毫米　1/32
印　　张：15
字　　数：270 千字
定　　价：69.00 元

著名文学评论家
杜学文

“大年月”，我喜欢这个说法。有自然时序的更替，有社会风云的变迁，也有个体生命的缘遇。年月而大，令人品味深思。张敬民，充满激情，不乏浪漫，有冷峻的目光。在这里，他与我们倾心而谈。

鲁迅文学奖评委、
著名作家
张锐锋

庞杂、博大、穿越，时空交错，主题纷繁，突然的定点沉思，飘忽的散点链接，下沉和飞升，激情洋溢的急促叩问，充满童心的观察与理解……我们跟随一个敏捷的、不断飞跃的羚羊，目光变化，空间如梦，色彩斑斓，在辽阔的世界上奔跑，在现实和历史中折返。我喜欢这样的书，不仅因为喜欢自己的朋友，还因为这部书的每一行文字里都藏有朋友真诚的面孔。

中国国际广播电台原台长、著名文化学者
张振华

所谓文化自觉，应该是指对文化的自我觉醒与审视。既对自己的文化有知己之明，又对别人的文化有知彼之明。既不妄自尊大，又不妄自菲薄。以期在自信与开放中促进中华文化在新时代这个大年月的新发展，从而赢得更多的认同与尊重。敬民即以文化学者之心，对此给以参悟、审视、解读和阐发。相信读者会从《大年月》中领略到作者的人文情怀。

中央人民广播电台著名播音艺术家
铁城

他那新闻人的品格、担当、质朴，让人崇敬。所写之随笔、评论、报告文学，散发着黄河儿女的精气。但那是其人品散射的一丝丝，你若贴近他的内心，仰望其心灵，敬民——为民！称谓与其行为多么相称！他用双脚丈量走西口的漫漫路，我多么想和他一样，跟他走一趟！

鲁迅文学奖获得者、著名作家
李骏虎

谦和朴实而内心有光，这是我对张敬民先生的强烈感觉。我喜欢读他的散文，是因为立意高拔又接地气，既有国际视野又有家国情怀。他游历各国，对中华文明充满热爱与骄傲，同时又对社会发展中出现的问题充满忧思。他的散文有格调有情调而绝不囿于小情趣，行云流水而绝无浮华，大笔如椽写就的《大年月》，是其散文精品的集大成者，兼具文学之美、历史之思和思辨之光。

序

云中漫步，地上思考

张锐锋

庞杂、博大、穿越，时空交错，主题纷繁，突然的定点沉思，飘忽的散点链接，下沉和飞升，激情洋溢的急促叩问，充满童心的观察与理解……

一部散文集，囊括了众多主题，涉及众多领域——文化、建筑、生活细节、场景的定型、瞬间的捕捉、蒙太奇般的跳跃、亚欧版图、美洲大陆、中国乡村……

我们跟随一个敏捷的、不断飞跃的羚羊，目光变化，空间如梦，色彩斑斓，在辽阔的世界上奔跑，在现实和历史中折返。

从佛罗伦萨有米开朗基罗设计的花之圣母大教堂持续175年的建设；到奥地利斯蒂芬大教堂历时200余年的不断加工；到德国科隆大教堂耗时632年的修建，一直到法国巴黎圣母院经典的哥特式建筑所历经几个世纪的非凡历程……

作者的目光从云端扫描，从历史中梳理，让我们看到了欧洲文化中蕴含的耐力、耐心和专注。他以一个反思者的角度，敏锐地找到了中西文化的差异点，看到了中国文化中的某些缺陷——在建筑上采用了不同的态度，表明了对生活的另一种理解。对此，他有自己独特的解释。中华民族对建筑材料的恒久性不感兴趣，不愿意采用费时费力开凿的石头来作为自己的建筑材料，更喜欢用简易的木材和黏土砖，它更能获得效率，也更容易在力学结构上予以把握。表面的辉煌带来短暂的视觉效果，代替了指向未来的耐久性。这也许和历史上王朝更替、战乱频繁密切相关，每一个新建王朝为了铲除人们对前朝的记忆，就常常将代表着过去的建筑付之一炬，然后再耗资巨大建设新的宫殿。历代帝王很少珍惜臣民的劳动成果，甚至从登基开始就建筑自己百年之后的地下陵寝。我们从作者批判性的解读中，领略到其中令人深思的真知灼见。

著名精神分析学家荣格曾说，一切文化最终沉淀为人格。那些看起来简单的人的行为表象，实际上有着深沉的文化内容。一篇散文中写到意大利建筑比萨斜塔的故事。古代的设计师之所以成就了这座著名建筑物，乃是因为对建筑基础的水文地质条件了解不够，缺乏今天的科学勘探和计算能力，“1174 年开工之后，工匠们辛辛苦苦砌至第三层时醒觉塔身斜了，探析原因乃造基之故，于是被迫停工达一个世纪。不明何由，耐不住性子的后人又捡起先辈的半拉子工程，年复一年继续着“危险”的施工，直至 1350 年盖上了竣工的最后一块石料。当时人们对建成后的斜塔做了精确测量，塔顶中心点向南偏离垂直中心线 2.1 米。一下子，“斜塔”之斜而不倒声名远播，特别是 1590 年意大利物理学家伽利略登塔进行了著名的自由落体试验，更使得斜塔之“斜”名扬世界了。”

对许多读者来说，这也许是耳熟能详的陈年旧事，重要的是，这仅仅是另一个故事的铺垫，是伏笔，是为了展现自己思考的前提。“600 多年过去，比萨斜塔的斜度已达 5.3 度，偏离垂直中心线 4.4 米，而且随着岁月更迭仍在缓慢南倾。照此下去，专家断言此塔终究不堪重负，难逃倾覆厄运。”“意大利采取断然措施，关闭斜塔，调集专家紧张投入维护及纠偏等拯救工作。”相传一位中国工程师无偿献出自己研究的纠偏“秘方”，但固执的意大利人并不采用这种能够让斜塔笔直站立起来的方法，而是宁愿用笨拙的办法，耗时费力一点点让这一建筑恢复到安全范围，保持一定的斜度，然后继续对游客开放。这一故事的真伪并不重要，关键是作家用这一故事联系中国许多盲目拆建的现状，说出了自己忧心如焚的真实感受。他在这篇文章的结尾写道："六月的天气燥热难当，不禁使人怀恋四月雨中比萨的凉爽。正当我挥汗如雨写完这段文字，忽然不经意间发现报章上登有一幅图片新闻，那是盘旋着的光亮勾勒出的比萨塔歪歪扭扭的轮廓，配发文字：在意大利中部城市比萨，成千上万支蜡烛照亮了夜幕下的比萨斜塔。"

从建筑的方向上深窥其中的历史文化奥秘，检测隐含在建筑形式里的不同文化心理结构，构成了自我关照的思想叙事。作者的思想不仅在故事外形上，还在其内容上具有了深度批判内涵。世界是不可分割的，尤其在全球化时代，世界的整体性使每一个局部的差异变得更加突出，更加强烈。欧洲和中国，不再是两个尺度上的彼此隔绝的时空，而必须把它们放在同一个价值天平上来调整我们的认知。一系列的欧洲旅行观感，作者发现了我们文化中对实体世界精细的一面，可能是漠视的。我们可能更重视建筑的空间象征意义，却忽视了它的永恒、它的历史性所具有的价值。我们追求的所谓效率，实际上是急功近利的翻版，是缺乏思考的权宜之计。

张敬民先生是一位有着文化情怀的资深记者，多年的职业生涯，养成了敏锐深邃的洞察力，他善于从细小的事情看到背后深含的价值。他从山西王家大院看到的各种各样的窗子中，窥见了精致生活背后所含的秘密：它意味着饱浸了希望的生活内容。他在文中讲述了一个关于窗子的故事：“第二次世界大战结束后，发动这次罪恶战争的德国满目疮痍，一片废墟。当时，有位外国战地记者不经意间惊异地发现，硝烟未尽的瓦砾堆里，一扇残破不堪的窗子旁，一只锈迹斑斑的罐头盒中有人栽种了娇嫩的野花，那花朵迎着霞光在徐徐和风中开放。记者望着眼前景象，禁不住自语：这个民族还有希望，这个国家不会死亡！”某种意义上说，窗子的故事就是心灵的故事，就是一个民族的故事。

这部书中所收的散文中，有一篇《走出奥登塞》。这是作家在异域的另一种观察和感受。在丹麦中部城市奥登塞，简陋、狭窄的蒙基莫莱街3号，他看到了两个世纪前安徒生诞生的床——一张用棺材板拼成的床，生与死竟然如此奇特地组合在一起，简直是一个精彩的人生寓言。而这样的主题，不断地出现在安徒生的童话里。这引发了另一位欧洲作家卡夫卡的感叹：“没有不流血的童话。”

个人的感情很多时候成为散文写作的冲动，它转化为激情汹涌的创造力。张敬民先生的另一些散文，从文化反思和笔锋犀利的批判转向个体精神的温柔乡。一连几篇文章都在谈论与自己感情深厚的村庄——贾家庄。这个村庄是前三十年艰苦奋斗的模范，曾是中国农业机械化的一面旗帜，获得了国务院的嘉奖。改革开放以来，贾家庄率先走共同富裕之路，成为闻名遐迩的乡村振兴典范。

贾家庄与几代作家有着特殊的感情联系。郭沫若曾经来过这里，并欣然题诗一首。山药蛋派代表作家马烽曾在这里蹲点体验生活，写下了影响巨大的电影文学作品《我们村里的年轻人》，著名歌词作家乔羽为此创作了至今仍然传唱的经典之作《人说山西好风光》。几十年后的今天，乔羽怀着对贾家庄深厚的感情，饱蘸笔墨，专门为贾家庄题写了“山西汾阳贾家庄是我当年创作歌曲《人说山西好风光》的地方，电影《我们村里的年轻人》讲的正是当年贾家庄的故事”。

贾家庄还把马烽为《我们村里的年轻人》创作的歌词中的“幸福不会从天降，社会主义等不来”的句子，作为自己不断奋斗的精神概括。来此旅游的人们一进村就可以看见写有这两句歌词的大幅标语。山药蛋派的几位著名作家西戎和孙谦都曾在这里体验生活、收集创作素材。以小说《人到中年》享誉文坛的作家谌容，曾在这里驻村写作，创作了她的第一部长篇小说《万年青》。中国作家协会主席铁凝曾专程来这里看望深入生活的作家，并与贾家庄村党委书记、全国劳模邢利民同志以及其他村民亲切交谈，在马烽纪念馆里流连忘返，回忆一幅幅旧照片上熟悉的文坛人物的沧桑往事，对贾家庄与作者之间的感情联系和改革开放以来的建设成就赞叹不已。张敬民先生也和这片土地有着深情厚谊。他认为，这是一块“长满故事的土地”。

于是，他就像一个农民一样，抡起镢头，在这块土地上不断挖掘。他为我们讲述贾家庄过去的故事、现在的故事，以及和贾家庄相关的故事。讲起乔羽和贾家庄的感情，马烽在贾家庄体验生活，和老百姓坐在炕头上聊天的故事，以及他怎样参与了贾家庄改革进程的故事。众多人物不断涌现，一个个故事如数家珍。我们从中可以感受到作者兴致勃勃、眉飞色舞的样子，可以看见他的神采、他的激情、他发自内心的兴奋，仿佛他就在每一个现场，每一个细节都清晰可辨。在他的笔下，一切都变得鲜活，历史的真实感来自他对贾家庄的爱，这样的爱在文字里是掩饰不住的。

敬民曾在20世纪80年代沿着昔日贫苦人的逃荒古道徒步“走西口”，村村寨寨，沟沟梁梁，莽原大漠，千里迢迢，这一去就是数月，与同伴撰写出版了颇有学术和研究价值的田野考察著作《西口大逃荒》。之后的几十年里，他倾注心血于“走西口”课题的挖掘、研究，多有著述，成为这方面的知名学者和专家。尤其值得赞许的是，他很早就以深邃的洞察力极具预见性地提出：晋陕蒙黄河金三角地带的独特地域文化，日后一定会成为人们热衷发掘、研究的重大学术课题，新兴为一种不断升温的文化现象，于是他创建性地首次提出“西口文化”这个概念，并以创立学科的严谨学术态度正式命名“西口文化”。正如30多年前的预言，“西口文化”之说现已被社会所公认，成为具有“符号”标识特质的专用名词而被广泛运用。张敬民作为一位资深记者、作家、文化人，有此成就，卓尔不凡，可钦可佩！

书中有一个章节专门记述了他与这片孕育着“西口文化”的土地的悠悠情深——那一张张质朴憨厚的面容，那一个个坚实负重的身躯，那一声声淹泪泣血的山曲儿，都在作者跳动着心律的笔端忠实、真诚地跃然纸上，读罢久久难忘……

这部书中还收集了民歌与歌手、画家和小提琴家、自己曾经养过的动物，以及纷繁复杂的内容。但是，一枝一叶总关情，都体现了作家的真性情、真感情。唯其如此，这部散文集才有令人感动的瑰丽，有着人性的光芒和思想的魅力。我喜欢这样的书，不仅因为喜欢自己的朋友，还因为这部书的每一行文字里都藏有朋友真诚的面孔。

2018年10月26日

大年月

十几年前，我收了一对儿砖雕的狮子，造像很拙朴，大耳朵耷拉着，尾巴翘翘地似拂尘，圆溜溜的眼珠子朝上瞪着，像是思考又像在提问，萌萌的十分可人。

这是对儿民俗味很浓的“老东西”，极普通却又极不普通。说普通是因为它的用料和雕工不甚考究，普通得就像村里人家家户户贴着的剪纸窗花；说不普通，倒也十分明显，一看便知不是那种为了拿去当商品换钱的“大路货”，而是匠人专为自己的孩童或是家人雕刻的，可谓“私人订制”，别无“克隆”。更为特别的是，当我不经意翻看“狮子”的底座，一下怔住了，只见上面竖着刻了三字楷书：大年月。好大的气魄！从刀锋锐利的字体到深藏意味的语境所表现出的气度，可以断定绝非一般人可为。它给我带来了很多遐想，这个看似普通的物件究竟发生了什么？是什么样的年份可以如此相称，又有怎样惊天动地的大事发生过？不然，何以让这样一对儿不足30厘米高的“狮子”背负如此巨大的负荷，承担起历史使命。关于这对儿“狮子”的身世之谜，我看纵使打破脑袋，绞尽脑汁，也难解其中所然。

大年月！它的生辰八字究竟有什么不同？我的理解是，这样的深重语言定是不俗，必记载着什么，或是江山更朝换代，或是伟人横空出世。当然，这是从家国兴亡的大情怀来说。也有另一种可能，就是制造了这对狮子的主人当下的处境，也许他家业中兴，也许他踌躇满志，也许他笃定人生远大目标正要远行，也许他壮怀激烈正当挺身疆场，也许……也许……

大年月！对于国家和人生都是极有分量的字眼儿，不到一个事关转折的当口是用不得的。可我真的太喜欢这三个字了，看到它，当时就想着以此为题，写一部有历史厚重感的作品，或小说或电影或电视剧或其他什么得以配得上这个名字。然而，不得机缘，未能如愿。不过，我始终没有忘记这三个字，不时端出来为人诉说，玩味咀嚼，猜度追思，浮想联翩，总难释怀。

我想，一个人的一生经历着风风雨雨、岁月沧桑，在历史的长河里最多不过是浪花一朵，其实够得上浪花的人生已属辉煌，众多的人生看不见，不留痕，只能是三千大千世界里的微尘或万千恒河里的沙粒。虽然如此，大年月对一个有生命的个体人来说还是具有特别的意义，因为世界上的每一个生命都是独特的，不一样的，独一无二的。生命的诞生本就是一个奇迹，就是一个值得铭记的大年月，是美到极致绽放的花朵，不可复制，无与伦比！那么，如此说来，又有哪一个人有权利辜负生命，应当，不对，应该是必须，怀着虔诚与神圣朝敬生命成长的历程，庆典和礼赞属于生命个体的一个个“大年月”，这方为生命本意，才不枉来世一回。从这点上讲，每个人都有自己生命的大年月！

作为我个人来说也有自己的大年月，它链接成生命过往的链条。大年月就像关键的环扣，一个个连缀着生命流动的血脉，承启着生命搏动的接力。其实，每一个人都一样，都有着属于自己的大年月，都用自己独特的方式记述着。在这里，我不想也不可能将我生命中的“大年月”一一例数，也没什么意义。如果说有一些真的对别的个体生命有价值的话，它会以其他渠道和方式记述下来，发挥它应该有的作用。今天我只想推荐的是这本书，它不光因为是我自己写的，还记述了不少属于生命个体“大年月”经历的往事。其中，有些本就在历史上堪称是“大年月”的人物和事件。还有，就我个人而言，在生命的历程中也正经历着大年月，正处在起承转合的又一个关节点。

人生六十，一个甲子！我正逢这样的时刻，告别工作几十年的岗位，开始新的生活。此不可谓不是人生之中之“大年月”，若想再经历一个60年是不可能的啦！故此，出版这本行文数十载、从时间长度亦可称作“大年月”的散文集作为一种特殊的记述，对我自己的生命也不失为一种责任的报答和崇高的致敬！

人生中的“大年月”是讲究机缘的。机缘到了，果就瓜熟蒂落了。我相信，这是绝对的自然法则，是真理。

记住吧，生命中的大年月！

2018年9月16日

目录

一

二

三

四

五

六

让土地飞

贾家庄人有一句让人暖心的话，那就是：回村儿来！我经常与万里通电话，他第一句话总是："什么时候回村儿里呀？"顿时，我心里暖融融的，像通电一样。这样的问候，时间长了，不知什么时候，我渐渐地从心里也真的把自己当作贾家庄人。

贾家庄就是这样有魔力，让你在不知不觉当中心有所属，心有所归。既不奉承，也不强拽，更不去阿谀，却是自自然然，像大田里灌溉的渠水，清爽明彻地流过心田，他们是从心里真正把你当作自己村里的自家人。当然，不待见的人也有，来了一样好吃好喝接待，只是走了就走了，下次什么时候来自便了。老书记邢利民说，来的都是客，喜欢不喜欢随个人了。

贾家庄人丁兴旺，车水马龙，南来北往的人络绎不绝，宽展展的腾飞大道两旁的"莲花灯"整夜光明如炬，广场上的广告牌宣传栏也都通宵亮着。这样的繁盛景象，与现在许多的村庄不尽相同。尤其是那些令人焦虑的“空壳村”和留守儿童，已成为亟待解决的社会问题。让那些外出打工的青壮年再回到自己的村庄似乎没有可能，让守在村里整天聚团儿村口晒太阳的老人走出自己的村庄也不可能，而夹在中间一天天长大走向生活未来的孩子们将何处去？必须面对，必须回答，为什么回到村庄？为什么守在村庄？为什么留在村庄？

然而在贾家庄，这些紧迫的叩问都不存在。一家老少、几代同堂，都其乐融融地在家乡劳动、工作、生活。年轻人考学走出去，毕业后有在外打拼的，更有义无反顾回来的。本村的姑娘不愿嫁到外村，外村的姑娘争着嫁过来，就连城里人也身着婚纱坐着花车落巢这里。本村的劳动力不够用，外村外乡的甚至天南海北的都来到贾家庄打工，不论会干什么，有什么手艺，身怀何种绝技，在这儿都能找到平台，都能派上用场，都能施展抱负。贾家庄就像一块海绵，有着强大的吸附力。

为什么会这样？来过的人都不禁在问。这里除了曾经贫瘠的土地，没有任何其他资源。照邢利民老书记的话形容：“地下没挖的，地上没抓的。”历史上的贾家庄，仅用两首民谣就可以说得清楚：“春天白生生，秋天水圪洞。下种不捉苗，有苗无收成。春分到立秋，种了又重种。连种四五次，只收二三成。”再一首是描述百姓生活的："院里有水家里湿，坐在炕上能洗足。烂塌火炉破瓦房，炕上睡着病婆娘。生疮害疥打摆子，辈辈过不上好时光。有女不嫁贾家庄，嫁到贾庄受恓惶。"那时的贾家庄真是留不住命的地方，背井离乡、逃荒要饭几乎成了这里人们生存状态的全真写照。俗话说，人不亲土亲。那时贾家庄的乡亲百姓，不是不想爱这块留下祖辈魂灵的土地，是不敢爱、爱不起啊！他们要活命，要繁衍，要留着这口气呀！爱是需要本钱的，那就是得活好这条命。

于是，让命在这块土地上扎住根，成为中华人民共和国成立后第一代村党支部带头人的肩头重任。贾焕星、武士英、宋树勋、邢宝山等共产党人一茬接着一茬干，他们把村民组织起来成立初级社，"百把镢头闹革命""改碱治水拔穷根"，贫瘠的土地开始肥沃起来，生长出茁壮的庄稼，绿油油的像绣织的绒毯，看着喜人，爽心舒坦。黄澄澄堆满场院的谷子、麦子、玉米，不仅填饱了全村老老少少的肚子，还向国家上交了"丰收粮"。贾家庄百姓的心定下来了，再没有人愿意离开，满身子热乎劲儿都捂暖着这块土地。人们心中曾经枯萎了的爱芽萌发了，家乡的风和了，地暖了，人亲了。有史料记载的几百年来，贾家庄的土地第一次把生于斯长于斯的人养活起来。

地里能打粮食，百姓不愁温饱。接下来的事情，就是让这块土地生金生银，人们口袋里装满票子，过上富足美满的日子。邢利民二十几岁担起了贾家庄的家，同村两委班子整日谋划着脚下这块亲乡热土如何能肥得流出油花花来。他们带领全村乡亲把农田像绣花儿一样侍弄好，攥牢这养家活人的“命根子”，再腾出手来红红火火兴办工副业。贾家庄广泛征求社员意见，结合本村实际发展情况，在坚守“集体根基”不动摇的基础上，创造性地实行了“三田到户、一集中、五统一”工作法。邢利民总也忘不了父辈们“敢教日月换新天”的英雄壮举，他们豁上性命去战天斗地的初心为的只是一个朴素愿望，那就是让全村的父老乡亲跟着他们这些党员再不受穷饿肚子，活出个人样来！如今，接力棒交到了他们这代人手上，贾家庄的土地应该不光是块庄稼地，还能再生出什么来，老百姓的日子还能活成个啥光景？这是邢利民一直转个不停思谋的心事。直到有一天，他出走半个多月，从各地考察回来，就铁了心地更加打定早已思定的主意：打碎自家的坛坛罐罐，走壮大集体经济的共同富裕道路。“一人富不算富，全村富才叫富！”邢利民的提议得到了村支委的一致赞同。他在村委会做出有关决议的会议上当场表态，把自己个人创办经营的赚钱盈利企业，产权利分毫不剩地统统划归集体所有。他响当当地发出豪言壮语：“不当百万富翁，要建亿万富村！”全部村支委毫不含糊，紧随其后，将自办企业一个不留地交归村集体。他们大公无私的觉悟都生就于骨子里，这便是对贾家庄的土地爱得深沉！

贾家庄决定上马特种水泥厂，集体拿不出那么多钱，又是党支书邢利民率先站了出来，把自己家的财产抵押上去，并向全村人放言承诺："如果企业办砸了，不连累任何人，全部债务由我一人承担！"最终，历经磨难，投资3800万的水泥厂建成了，迅速成为贾家庄的支柱产业，成为村集体夯实家底的"钱袋子"、老百姓致富的"金勺子"。随着集体的积累越来越厚实，各色村办企业翻着花儿地在这块土地上绽放。不到几年，贾家庄冒了尖儿，被树为全省小康示范村的标杆典型，国务院在北京人民大会堂隆重颁发奖状给予嘉奖。贾家庄变成了一块儿流油的土地，从这里走出去的人令十里八村都心生羡慕。

乡亲们富了，不愁吃不愁穿不愁花，这接下来的日子又该怎么过？难道农民活一辈子就为了一张嘴吗？不该是这样活啊！人应当活出个滋味来，吃喝不用愁是最基本的要求，日子还应当过得甜甜蜜蜜美起来。在邢利民眼里，自己的家乡该是天底下最舒坦的地方，人们应生活在画一样的风景里。他同村两委班子的人一起商量合计，做出了全村人都想不到、多数人想不明的决定，要把村东头废弃的砖瓦厂改造成像城里一样的文化公园，将取土挖下的深坑蓄水围湖，修造假山曲径，搭盖亭台楼阁，种花种草种树，装点成美丽缤纷、芬芳四溢的大花园。党员们的心点亮了，带领全村老老少少齐上阵，义务出工大半年，用双手和汗水建设自己的美好家园。要知道，贾家庄的这一举措发生在20年前，可见其理念之超前，眼光之长远。

“樱桃好吃树难栽，不下苦功花不开。幸福不会从天降，社会主义等不来。”这是电影故事片《我们村里的年轻人》中的插曲，而这部电影反映的正是贾家庄的真实故事。如今的贾家庄人幸福指数颇高，全村没有暴发户也没有贫困户，人均收入长期保持在数万元，米面油等都作为村里的福利发放。贾家庄现为4A级景区，实现了参观、游览、餐饮、住宿等齐全配套的一条龙服务，成为远近闻名的生态休闲度假村，游客天南地北汇聚在此，逢节假日，一天的接待量达到万人以上。而且，来村的人中有许多“回头”常客，借他们的话说：“来了不想走，走了还想来，时刻暖心怀。”

跑得再远再长，也要把接力棒交给后来人。2017年11月1日，以邢万里为班长的年轻一代上任担当起贾家庄的这个家。他们接手的既是一个殷实富足、和美幸福的家，也是一个高起点、压力大的家。常言道穷家难当，殊不知富家更难当。全村人、全县人甚至全省人都在关注着挑起担子的年轻这一代，看究竟把贾家庄带向何处去，能否在已然腾飞崛起的雄势之上飞得更高。摆在他们面前的，说白了，就是让贾家庄这块土地再能生出什么来，让贾家庄的老百姓还能怎么更快活。40岁的邢万里，厚道兼容精明，做起事儿来毫不含糊。十几年前，山西大学企业管理专业毕业的他，被分配到省某厅局当干部，哪知没坐两天办公室，人就烦得待不下去了。他过不了“一杯茶、一根烟、一张报纸看半天”的日子，没同家人商量，递交份辞职报告回到了贾家庄，回归家乡的土地，从一个普通村民一步一步做起。他创办贾家庄腾飞旅游开发有限公司，从北京把时下流行的拓展训练项目引进落户到村，很快即成为全省许多部门企事业单位首选的培训基地，既盘活了水泥厂闲置的仓储空地，又带来了收入、拉动了人气。现今，邢万里同有“秀才”之称的村委会主任范玖深等九位年轻人组成村党委班子，思想频频擦出火花，谋划让贾家庄未来的发展愿景更加超前、长远、宏伟。他们要让贾家庄的土地生出翅膀飞起来。

省城太原距贾家庄一小时的车程，上了高速一脚油门儿就到了，路不塞心不堵，来去都很便捷。邢万里他们的脑子总是跳出脚下的这块土地往外想，眼睛向外勾，去陕西、成都跑了几个来回，拿出几百万来投注到村北一块长条旱地里，动工不到半年盖起参差错落几百间大大小小的房子，紧接着向本村本县本省外省广招厨艺高手，凡落户者免除两年的房费及营业税，建成了汇集各地名优特色小吃的“贾街”，诱引着食客云集于此，“双休”、节假日常常爆棚，应接不暇。就这么巧借腾挪，无中生有，原本一块普普通通的农田，价值陡然飞升起来，活了商户，富了乡亲，美了城里人。

知名导演贾樟柯乃“汾阳小子”，是邢万里等人小时候的玩伴，知己知彼熟悉得不得了。贾家庄大开绿灯，尽其所能提供一切便利，把贾樟柯这张蜚声国际的“名片”召回了家乡，建设了中国第一个在农村落地的“种子影院”，放映最新最前卫的国内外电影，形成创作、拍摄、放映以及观摩互鉴、理论研究、学术交流的新时代电影发展模式的系统工程，召唤世界电影人关注这里，汇聚到这里，让贾家庄的名声传扬海内外。贾樟柯联合贾家庄共同创办的86358电影短片交流周已成功举办两届，在业界及社会赢得了良好的口碑。今后每逢8月18日至8月23日，来自国内外的年轻电影导演都会带着他们的处女作或是新摄制的作品，从四面八方欢聚贾家庄参加这一盛会，广泛观摩，坦诚交流，角逐专设给电影新人的五个奖项，让贾家庄成为他们事业的出发地，人生的新起点以及翱翔再高也永远颤动在心头的家。

贾家庄与作家有着一种特殊的情缘，大文豪郭沫若挥毫题词：“杏花村外贾家庄，红旗高举在汾阳”；山药蛋派代表作家马烽、西戎长期创作生活的基地在这里，许多重要作品均诞生于这片土地，其中就有影响了几代人的电影《我们村里的年轻人》；词坛泰斗乔羽来村里深入生活，斗酒之后激情写出了传唱不衰的经典歌曲《人说山西好风光》；著名作家谌容驻村一年半，与村民同吃同住同劳动，创作完成了第一部长篇小说《万年青》；中国作家协会主席铁凝等一大批当代作家慕名而来，寻访前辈们烙印在这片土地上的足迹……贾家庄堪为中华人民共和国成立以来农村发展进程的典型样本，每个时期都留下了堪称历史坐标的痕迹，有诉不尽讲不完的鲜活故事。

这里是一片文学艺术创作的沃土。从小邢万里这代人耳濡目染深受熏陶和感染，铆足劲儿要承传父辈与作家建立了半个多世纪的情缘。他们怀着虔诚与敬畏之心，将林徽因、梁思成以及美国汉学家费正清等外国友人曾在汾阳居住过的七座民国式“洋楼”别墅，一比一复制到贾家庄，“筑巢引凤”，建成全国第一个乡村“作家村”，希望有更多的作家来到这里深入农村，体验生活，潜心创作。在落成剪彩的那一天，村党委书记邢万里向全国的作家发出邀请：“欢迎大家回家！贾家庄人感恩作家们曾经给予的丰厚文化滋养，期盼着有更多的新时代的名篇佳作在这片土地上诞生。”

现在的贾家庄天天有游客，周周有活动，月月有“红火”，每到节庆日更是一派欢天喜地的乐土。那些在北京、广东等地创业成功的贾家庄人，时不时地带着客人回到自己的家乡游览，甚至有大型文化产业的老总，将全体员工参加的企业年会搬回生养自己的家乡举行。贾家庄村的老百姓真是乐得合不拢嘴，满脸洋溢着自豪的神采说：我们是天天都在过年！

金秋十月，平遥国际电影节隆重举行，来自国内外的众多著名影人云集盛典。贾樟柯和邢万里邀请他们走进贾家庄，游田园风光，品特色美食，观烟花绽放，不同肤色不同语言不同文化的人们在这里心相融、情相悦，喜笑颜开，流连忘返……

邢万里深情地道出对家乡这片土地的冀望：山西贾家庄！中国贾家庄！世界贾家庄！

2018 年 11 月 12 日

长满故事的土地

贾家庄是一个平静的村庄。这里的地势平展，渠水平缓，树木平行，百姓平和。这里的一切都那样平平常常。

我每次走进这个村庄时，心会自然而然平静下来，无论城里的尘嚣多么躁动，只要呼吸了这里的空气，人便立即得以安宁。

贾家庄，就是这么一个村庄，平常得与周边任何一座村庄没有别样，但当你慢慢走进去体会，平静间会“悄悄”泛生一种难以抑制的波动。这种波动不是蜓翼扇过，而是那种持久涓流的恒定的能量。

初夏的贾家庄，应该是这里最平静的季节。大田里的农活已经忙过，春耕该浇的水该施的肥该培的土都已做停当，接下来就该看着嫩苗顶出土壤、听着植物拔节生长了。我独自走在田埂上，刚翻过的土地散发着“土腥气”，高高的白杨树直溜溜地竖立在两旁，树梢都已泛出了春风吹生的葱绿。透过阳光的照射，那嫩黄的新绿通透得像翡翠，似乎一旦掉落下来就会被泥土融化去了。在这个安静的村庄里，凡是有生命的物种都在生机勃勃地生长着。望着白杨树梢聚拢着的天空，我在想，它很快就会变成一片碧绿浓荫。这种性状，就像我认识的贾家庄人，他们给人的貌相都是那样的平和，朴实善良的本性总是淡淡地写在那张微笑的脸上；可是，他们内心热情似火，都为这块祖祖辈辈耕耘过的土地拧起劲儿地往前干。他们对家乡热土的挚爱之情，各自都有不同的表达方式，但出于内心驱使而触发的那一举一动，都不着痕迹地融化进他们的血脉里，成为一种本然的自觉。在这里，我随处可以碰到许多许多看似不经意的小事，过后它们一直温暖着我的心，每每想起都会激起一丝丝的感动。

记得那日，我在村里的街道上走着，身旁掠过一辆自行车，没多远骑车人停下来，把车支在路旁，走到道路中间，弯腰拾起一张废纸，回过身放进路边的垃圾箱里，然后再骑上自行车继续前行。这张废纸显然是来村里的游人丢下的，而骑车人的一连串动作是下意识的，那样的自然，那样的理所当然。碰到类似事情，贾家庄人想也不想就会自觉付出行动，这种条件反射已经植入骨子里。我记住了那位骑车人的背影，时时想起都会被着实感动。

马烽纪念馆沐浴在晨光里，非常的幽静。我信步走进这座老式的二进庭院，看望这位生前即已熟识的老朋友。这时还没有游客到来，四下静极了，只听得院子深处传来“沙沙”的扫地声。我轻手轻脚往进走，希望先到二进院里安放的马烽雕像前拜谒。显然听到了动静，扫地声停止了，随即走出一位穿着利落的中年妇女。她迎面过来，嘴角含着微笑，轻声慢语地相告，游客需事先办理购票手续。我说自己是路过，只想看一眼老马就走。她不再吭声，笑眉笑眼站在一旁。我记住了这位管理员的笑容，时时想起都会被那和善的举止温暖。

路旁支着卖“石头饼”的小摊儿，听不到有叫卖的吆喝声。主家是老两口，见我这个游客过去，主动打招呼问好。老妇出出进进于店铺，把烙好的饼装袋垒到安置处；老汉守着便携式炉灶的摊位，自在地翻着铁锅里烧热的鹅卵石子烙着饼。他问我从哪里来，村里转悠的感觉好不好？边说边拿起一角“石头饼”递过来，请我尝尝，不买不要紧，只是品口土产的味道。那“石头饼”制作得很奇特，尤其是刚出锅的，软软的还未变脆，放进嘴里就化了。我记住了这老两口儿的乡音，时时想起都会泛起那“石头饼”纯纯的面香味道。

冬天的贾家庄，长年都有一“景”，只要天降大雪，不论男女老少都会凌晨五点走出家门，拿着笤帚铁锹箩筐，自觉组织起来清扫道路积雪，不等天色放亮，全村的大街小巷必会在灯光的映照下像水洗过一样的洁净清亮。这样的场面已上演了许多年，它早已成为人们的“习惯”。每逢这时，起得最早的、走在最前面的、带头挑起担子来的一定是村里的党员干部。在汾阳，人们都知道，贾家庄的党员，特别是干部不好当，没有身先士卒、率先垂范的苦干实干劲头就甭想立得住。村党委书记邢万里深有感触地说，这是贾家庄几代人传承的老传统，党员干部是实打实干出来的。如果自己做不好事情，脸上羞臊得连家里人都交代不了。正像刻在石头上的邢利民老书记的那句话：“荣誉比金钱更珍贵。”

其实，不光是下雪天，一年四季贾家庄村委和各支委的党员干部每天凌晨五点钟就准时出门了，先是到全村各处去查询，接着开始检点自己负责的工作，等到村民们来上班时一切必定妥当。我听邢万里讲了一件不久前发生的事，村党委组织各支部、小队干部举行每季一次的工作大巡查，三天起早贪黑连轴转，到结束的时候大家都累垮了。邢万里在深夜散会时宣布，明早大家都不许五点出门了，多睡会儿补补觉。他生怕在执行力上出问题，临了还特意强调：这是村党委定下的纪律，必须执行！谁想，到了凌晨五点钟他出门了，走到街上一看，所有的党员干部都“按时按点出工了”。问为什么不执行决定，大家都说，早已习惯了，哪躺得住啊！

时间的过往、物质存在终归是短暂的，唯有薪火相传的精神之光恒久。今天贾家庄人做人干事的风格传承于自己的父老先辈，来自一代接一代人的精神召唤，归其根源就是对脚下这块土地、对生养自己的家乡纯真而忠诚的爱！我不止一次听到过有关他们的故事，虽历经了半个多世纪，可在贾家庄人心中好似昨天刚刚发生，清晰可辨，历历在目——

1953 年春天，下种时令逼在眼前，可贾家庄初级生产合作社还有 300 亩农田未能及时耕作，原因是严重缺少畜力。他们派人出去求援，结果空手而返，还受了满肚子窝囊气。农时不等人，种子再埋不进地里，社员一年的口粮就要没了。这时，村党支部书记、合作社社长贾焕星站了出来，召集大家群策群力想办法。他说，活人不能叫尿憋死，更不能让别人看咱初级合作社的笑话。社员们说，不靠天不靠地只有靠自己，人心齐泰山移。最终，合作社做出决定：用人拉犁、人刨地的“原始”办法打春耕这一仗！第二天，天色没亮，全体社员在党员的带领下都来到田间地头，30 个最强的劳力拉犁耕地，100 个壮劳力挥镢刨土，大家伙儿齐上阵，能做什么做什么，能帮什么帮什么，一刻不停连轴转，整整大干四个昼夜，把 300 亩土地全部翻耕。地能下种了，可全社 1000 亩土地的种子又出现了短缺。社员们拿出自家所剩不多的口粮，有的妇女干脆卖掉做嫁妆的首饰、镯子买种子……这一年秋天，大家伙用辛劳的汗水换来了丰收的喜悦，粮食总产量创造了历史最高水平。从此，“百把镢头闹革命”成为贾家庄人一代代秉承守持的自力更生、艰苦奋斗的精神意志和信念。如今，“百把镢头闹革命”的巨型群雕竖立于村文化体育广场，昭示着历史，映照着今天！

“春天白生生，秋天水圪洞，下种不提苗，有苗无收成。春分到立秋，种了又重种，连种四五次，只收二三成。”这是历史上流传下来的关于贾家庄的民谣。20 世纪六七十年代，贾家庄人在宋树勋、邢宝山等党员楷模的带领下，以血性的英雄气概，向“湿泽碱地沤麻坑”的荒滩盐碱地宣战。他们矢志不渝，久久为功，历经数十年治水改碱，将贫瘠的土地变成了沃野良田。1965 年，贾家庄村平均亩产达到了 816 斤，成为北方地区第一个粮食产量跨“长江”的村庄。老书记邢宝山他们总结出来的治水改碱“四项原则、十五种办法”还在整个山西进行推广。与此同时，他们大搞农机具革新，向农机具要生产力，发展多种经营，使贾家庄成为全国农业机械化的一面旗帜。

1986 年，实行家庭联产承包责任制后的贾家庄，人均纯收入三年翻了一番。特别是响应号召“带头致富”的村委干部，通过办企业收入更是冒了尖儿。面对这样的成绩，作为党支部书记的邢利民却高兴不起来。他在忧虑三个问题：一是收入差距拉大，干群之间的关系；二是集体收入太少，没有积累，难为全村发展干大事；三是群众思想散了，集体主义观念薄弱了。带着这些问题，邢利民日夜兼程，跑到外地登门寻访。最终，他在笔记本上坚定地写下了四个字：共同富裕。回到村里，邢利民找村干部谈心，接着召开党支部会。他掏心窝子地说：“党员干部只顾自己富，不去带领群众共同富，那咱就没有共产党人的滋味了！”“大家都富了，这很好。但我认为贾家庄最富的不该是村干部，也不该是党员们，而应该是群众、老百姓！”在座的村干部都赞同支书的观点，齐声催促说：有话直说，我们听你的。邢利民掷地有声道：“党员干部把自己手里的厂子通通交给集体。我先带个头，从今天起曙光塑料厂归集体！”他动情地吐露着自己的心声：“我们共产党人是讲奉献的，为了实现全村人的共同富裕，应当放弃和牺牲个人利益，不惜打烂个人的坛坛罐罐，就像当年革命前辈打江山，破釜沉舟，背水一战，是做贾家庄的功臣呢，还是做贾家庄的罪人？是为社会主义增光添彩呢，还是给党的事业抹黑？我相信，大家都是真正的共产党员！”支书邢利民“发展集体经济，走共同富裕的道路”的意见得到热烈响应，与会的同志们郑重地做出决议，七位村支委就将自己的企业和承包的土地全部退出来，低价折给了集体。邢利民的话成为村党支部党员干部的共同誓言——“一人富不算富，全村富才叫富！”“不当百万富翁，要建亿万富村！”

如今的贾家庄民富村强，已经成为典型的现代农业生态乐园。社会主义新农村建设正在这里呈现出勃勃生机。现在是贾家庄历史上最好的时期，村集体经济壮大，家底殷实，村民们共享富裕，乐业安居。正在这基础坚实有底气、持续发展有后劲儿的时刻，以邢利民为党委书记的贾家庄两委班子，做出“新老交替”的举措，在换届选举中主动“让贤”，把肩上的担子交给新一代的贾家庄人，希望他们在新时代的道路上带领全村父老乡亲继续奔跑，拥抱更加富裕美好的明天。

不久前，我走进贾家庄村西一座安静的院落，探访电影《我们村里的年轻人》主角高占武的生活原型武士雄。他腰身挺拔，精神矍铄，说起话来声音洪亮，胸腔共鸣“嗡嗡”的，决然看不出是九十高龄的老人。这位半个世纪前的贾家庄团支部书记提起现在的年轻一辈，竖起一对大拇指连声说：“好！”“好！”他夸新的村两委班子在党委书记邢万里的带领下，有想法，干劲足，上任半年多工作有声有色，全村乡亲们都从心底里佩服。武世雄的老伴也忍不住打开话匣子，说：“村里当家的年轻人给上了年纪的村民们办了一件大好事，上任没多久就建起老年活动中心，不光大家能说说唱唱跳跳地聚在一起乐呵，还一日三餐变着花样地管饱吃。”两位老人家你一言我一语，把肚子里装着的话通通倒了出来……时至晌午了，集体灶上的饭菜熟了。老两口起身出门，相伴来到村史展览馆旁的老年活动中心。就在进门的那一刻，他们不忘回身向陪送而来的我挥手再见，那像花儿一样绽放的笑脸映照在阳光里，透出发自内心的满满的幸福感。

……

关于贾家庄人的故事，我一个“外乡人”还能讲出许多。它像珠链一样，一个个串起来实在太多了，而且还在层出不穷连缀着，光我一个人是讲也讲不完的。庆幸的是，贾家庄人把发生在自己身边的故事，视若无价的精神财富，倍加珍惜。村党委年年都要以支部为单位组织村民们登台演讲，讲生养着自己的家乡，讲深情根植的热土，讲亲朋邻里的你我他，讲发生在身边的感人故事……他们深深懂得，这里蕴含着真正属于贾家庄人精神故园的宝藏，它是聚合着不竭能量的动力源。我还清楚地记得初夏时节的那三个夜晚，我应邀参加了村党委组织举办的“永远跟党走”主题演讲活动，融入聚满全场的乡亲们当中，聆听一个个村民登台讲述自己身边发生的故事……

立秋这天，贾家庄村民委员会主任范玖深来电话说，村里已将村民演讲的文字稿汇编成册，要加班加点赶印出来，为每年一度定期举行的“贾家庄文化旅游节”献礼，希望我能为这本书作序。虽然时间很紧，可我还是毫不犹豫地答应下来，于是便有了以上的这些文字。在这里，我还要真诚地说一句：亲爱的读者，请你打开这本书吧，静静地、不慌不忙地读下去。我想，你必会从质朴而有温度的字里行间获得荡涤心灵的感动。

我行进在贾家庄的“腾飞大道”上，潮热的空气中透进了一丝秋意。一阵风儿吹来，挺拔的穿天白杨树“哗啦啦”地作响，仿佛在歌唱着丰收的喜悦。一片叶子无声无息飘下来，落在洁净的水泥路面。我下意识地走过去，俯身捡起，将它轻轻放归到路边平静舒宁的土壤里，继续向前走去……

贾家庄亦如往日的平静。

2018 年 8 月 11 日

爱到深处总关情

一年前，邢利民从领导岗位退下来，卸去那副挑了43年的担子，总算可以缓缓气歇歇脚了。他的称谓也随之发生了变化，人们都改口尊称“老书记”。村民都说：老书记眼窝子深呢，退下来整天也闲不住，骑着自行车满村子里转悠，哪有什么不合适，电话准定打给村两委新班子的人。老书记豁亮地说：“扶上马送一程，这是老一辈人的责任。”而这一茬新班子的人，干起工作来也真不含糊，九牛爬坡个个出力，铆足劲儿地想着法子往前做、往细做、往好做。

老邢每天乐乐呵呵，有说有笑，诙谐、幽默得愈发可爱了。他每天吃过早饭，绕着村子的宽街窄巷兜圈圈，这里摸摸，那里瞧瞧，就连一棵棵树一垄垄田都是看不够的美风景、好风光。他熟悉贾家庄的一草一木，这儿的一切都留有生命印痕的情感，流淌着自己对家乡的深沉爱恋。和他相互陪伴了大半辈子的老伴侯玉娥说："这老头子成天到晚操心的只有一件事，让村子一年比一年发展得更快更好，乡亲们的日子一天比一天过得更美满、更红火！"

邢利民对养育了自己近70年的贾家庄始终念怀感恩之情，对一辈辈人在这块土地上留下的跋涉印记铭心敬畏。他有一句话：记得住来路，才能不忘初心。今天的贾家庄，幸福指数超高，乡亲们生活的和和美美，有滋有味，来过见过的人都由衷感佩，羡慕不已。这样的好日子咋来的？一进村口的腾飞大道两旁的巨幅标语做出了回答：幸福不会从天降，社会主义等不来。这是邢利民卸任村党委书记一年半前，在村里的道路拓宽工程完工时特意做的一件事——14面漆金石鼓分置大道两旁，请人把字雕刻上去并加上红彤彤的彩。老邢就是要让出来进去的人们真真切切地看清这两句话，回味回味，记在心里。

就在修整这条腾飞大道时，路面需要延展，原来生长在两旁的树都移走了，单单剩下个"炮楼子"杵在路边，很是扎眼。有人说，挺碍事，不美观；也有人说，那是几十年的老物件，早过时了；还有人说，这与新农村建设不匹配，干脆炸掉算了。大家都等着村党委书记邢利民的态度，可他就是闷着憋着不表态。他明白，大家说得并非没有道理，这是座20世纪70年代末建起来的水塔，之前村里人吃水都用辘辘从露天的水井里往出搅，牲口渴了也来这儿，又拉又尿，遇上刮风下雨的，尘土、杂物、脏水都往井里倒灌，尤其是到了冬天，井口边上结起厚厚的冰坨子，挑水的人没有没被滑倒过的。1978 年，刚任村支书两年多的邢利民提出要彻底改善村民的饮水条件，修建当时城里人才用得上的水塔。哪知，12 位支委中竟有好几人明确表示反对，觉得祖祖辈辈都这样过来了，没必要花这个钱，村里急需用钱的地方还多着呢。的确，建水塔的工程投资需要 8 万多元，这对当时的贾家庄来说可不算一个小数目。年轻气盛的邢利民说：城里人要健康，咱村里人也得要健康。吃水是关系到父老乡亲健康的大事情。没有健康的身体，咋能建设好咱的贾家庄！他一拍胸脯说，钱我自己来解决！于是，这项村里人从未见过的“炮楼子”工程，在新奇与疑虑的目光中上马了。几个月后，高高的水塔耸立在了村口，这也成为汾阳全县农村第一个改善人居饮水的开创性工程。当清澈甘甜的自来水流进一户户农家院的时候，那些曾经投过反对票的支委对年轻的支书心服口服了。

现在这水塔已经完成了实际应用使命，可它却是一个时代的地标，忠实记录了那一代人改变家乡面貌的奋发精神。邢利民认为，这水塔承载着不可泯灭的历史使命，它蕴含着的精神内核对现在和未来都具有深刻的召唤力和强大的生命力。在他的建议下，这座砖混结构的老水塔被完好无损地保存下来，塔身上竖着写下两行红色的大字：吃水不忘挖井人，翻身不忘共产党。如今，这座依然矗立于村口的水塔，犹如一位历史的亲历者，向南来北往的人们诉说着曾经发生在这块土地上的故事。

深邃的精神须用显性的物质表达出来，而典型的物质产物又恰恰蕴藏着深刻的时代精神。贾家庄长年积攒起来的厚实“家底”正成为这样的经典范本。早在2009年，村党委决定上马一项在当时看来浩大的“红色”工程，建造一座面积为3600平方米的展览馆，将收集到的从中华人民共和国成立前直到当时能代表各个时期的所有典型资料、照片、物件、设施等汇集起来，盛装进去，按照编年体的形式分门别类编排入列，构成一部形象生动、史料确凿的“村史”。在整天与土坷垃打交道的村民看来，这“编纂修史”可谓是破天荒的事。正因如此，邢利民把它看得很重，说这是关系子孙千秋万代的“民心工程”，不建则已，但建就要像国家展览馆一样根基不倒、终不落伍。他登门求助有关部门，人家说了，要什么样的建筑都没问题，得先拿出一笔钱来搞勘测画图纸。一听还没动工就要花销一笔“巨资”，邢利民被“吓”了回来。可他不输这口气，目标不变要求不降，要自己动手搞设计。他带上村里的两位“土秀才”“土专家”，坐着绿皮火车咣当咣当到了北京，带着干粮挎上水壶，一连几天扎进国家博物馆里，照着展室画草样，依着展柜量尺寸，不耗到关门不出来，险些被管理人员当作“不法分子”。就这样，他们党委一班人共同研究，反复论证，召集齐全村的能工巧匠，集思广益，自己动手，土法上马，绘图纸、搞计划、兴建设，带领全村村民一石一柱一砖一瓦建成了贾家庄的“头号”地标工程，将“贾家庄精神”熔铸于“神圣殿堂”。随着时代的变革与发展，设计之初就预留有空间的展览馆总能跟进潮流，直到现在仍不失为一座集现代科技展示手段于一体的功能齐全配套的一流展览馆。现今，它已不再是普通的建筑物，而是盈润着丰沛凝聚力与感召力的精神聚合体，不仅成为贾家庄的政治文化中心，更成为中组部和农业农村部命名的“全国农业农村实用人才培训基地”，以及省级爱国主义教育基地、山西省基层干部党性教育培训基地。

恒鼎水泥厂曾是贾家庄的支柱产业，20 世纪 90 年代开工建设，当时邢利民以“挣了算大家亏了算我的”的担当，背负 3000 多万元的债务点燃了开炉的第一把火，从此村集体的家底厚实了，乡亲们的腰包鼓起来了。数年之后，水泥厂完成了它的历史使命而关停，但这座富有时代气息符号的“工业建筑”被完好地保留下来，华丽转身为时尚的工业文化园区，借助管网层叠密织的车间改建为极富特色的多层高架“18·18恒记纪念馆”，把原先生产物质商品的地方变成了盛装精神展示的容器。其蕴藏着的精神内涵再一次得到了物质的完美呈现。著名导演贾樟柯更是在这里找到了施展抱负和才华的天地，将那些闲置的厂房及其附属建筑修建成“贾樟柯艺术中心”和“贾樟柯种子影院”等高品质的文化场馆，还以这里为永久举办地创办了“86358电影短片周”，每年都召唤着国内外富有才华的青年导演欢聚于此。现在，这里的建筑都被赋予了生机勃发的文化滋养和精神蕴含，人们从那些充满时代标志特征的物体上看到了富有特质之美的生命力。

有意思的是，邢利民并不安于村子里的这些遗存，还不住地留神从外面往回捡“废弃物”。那年，汾阳城里搞广场改造，有62根人工雕琢的老石条扔在那里无人问津，他马上找到施工负责人，征得同意，赶紧喊来大吊车拉了回去，临了见工地还丢弃着一株拳头粗的梧桐树，干脆一并拉回村里，栽种到了当时水泥厂的“恒园”。二十几年过去了，这棵梧桐树长成了两人合抱那么粗，高大繁茂的树冠成了人们避暑纳凉的最佳“庇护伞”。它和那些用作露天会场座凳的老石条已经成为园子里的主人，同建“恒园”时即铺就的蜿蜒曲径一道，与刚刚在这里落成的“作家村”有机地融为了一体。

贾家庄的这片土地，就是这么神奇！

前不久，邢利民和几个老哥们一起合计，又做了一件让人想不到的事。他们自掏腰包，凑钱把村口的那座老水塔装点上了霓虹彩灯，每到晚上流光溢彩，特别是塔壁上那两排竖立的荧光大字，更加耀眼夺目：吃水不忘挖井人，翻身不忘共产党！老邢说得好，这样贴心用情地来做，图的就是传承两个字：精神！

2018年12月9日

乔羽情系贾家庄

贾家庄老书记邢利民家里，一如以往的惯例，我“回村”的第一顿饭都是在他家吃。老邢的老伴亲自下厨，炒几个别具风味的家常菜，再有就是煮锅那香得诱人的小饺子。同他一家人坐在一起，我们有唠不完的开心话。一如以往，话头儿自然而然又拉到了著名词作家乔羽的身上。这老爷子和贾家庄的情缘，是村里人说了几十年唠了几代人也道不尽的话题。既然如此，我吞下枚饺子，趁着碰杯之际给老书记和现村党委书记邢万里出了个主意，请乔老爷子给贾家庄题个词写几句话，这也算作是这段一个人与一个村庄割舍不断的情缘的一个见证。建议得到了老少全家的热烈响应，于是我们开始操办这件事情。《歌从黄河来》原制片人张嘉跟乔家惯熟，托他中间搭桥是最合适的人选。事情拉开了栓，这心就不消停了。我和村里人一样都期待地渴望着这个悬在半空没有确定的结果……

话说乔羽老爷子，是为众人所知的词作大家，他的创作跨越了半个多世纪，以赤子情深的笔墨记录了国家的发展历程，许多歌曲大家耳熟能详，广为传唱，以至于成为具有鲜明时代特征的不朽交响。比如他创作的《刘三姐》《红孩子》《胜利列车》《花开满山头》等电影剧作，还为大量影视剧创作了插曲歌词，如《让我们荡起双桨》《我的祖国》《说聊斋》等都出自这只文坛巨擘之手。尤其是他创作精力充沛，艺术与时代并进，不同时期都有佳作问世，甚至在艺术上很是前卫"时髦"，新潮而开放，引领时代词风。这里就有大家熟知的毛阿敏的《思念》、蒋大为的《牡丹之歌》、李谷一的《难忘今宵》、杨洪基的《夕阳红》等。而对于山西人来说，最为熟悉最为亲切的莫过于那首《人说山西好风光》。这首歌不光是从20世纪60年代初一直传唱至今，更成为具有山西特质的标志性音乐符号。而她的诞生地就是汾阳县的贾家庄。

故事得从1959年说起，"山药蛋"派著名作家马烽的电影《我们村里的年轻人》，是以贾家庄的故事为背景创作而成的，其中的许多人物都有村里真名实姓的原型，在全国公映后引起观众巨大的反响。剧组全体演职人员写信，热切期望作家马烽续写续集。两年后的1962年，在著名导演苏里的率领下，剧组的原班人马如愿开进汾阳，而且马烽还特意请来了老朋友乔羽加盟助阵。乔羽深感压力巨大，因为之前的电影插曲《幸福不会从天降》是由马烽亲自创作的，且已经为人们所喜爱并传唱，所以生怕写不出个花容月秀来交代不了老友的一番盛情。说也奇怪，素来文如泉涌的脑袋不出“水”了，乔羽来到剧组眉头便没有舒展过。

导演苏里也着急，可又不能跟在屁股后面催着要。一天，苏里特意停下手里的活儿，约上乔羽外出散心，调剂情绪，减减压，于是他们来到了杏花村汾酒厂。听说这两位大名人来了，汾酒厂的主人自然热情款待，从汾酒的 2000 多年历史一通介绍到现在，还参观了汾酒酿造工艺的全部流程。身量不高的乔羽依然少不得山东汉子的爽直，对美酒佳酿情有所钟，文人圈里素有“半斤量、出兴致”的美誉。汾酒厂的主人特意把窖藏的陈年佳酿搬上餐桌，酒香四溢，沁脾润怀。在主人的盛情之下，乔羽把酒临风，一连饮下几大杯，豪情奔放，兴致大发，索要笔墨纸砚，挥毫书写。只见铺展的白宣上落墨成行：“劝君莫到杏花村……”围观的人顿时傻了眼，导演苏里也紧张起来，赶紧打圆场，歉意地笑道：“乔公喝多了，还是歇歇再写吧。”乔羽却不急不忙，眯缝着那对标志性的小眼睛看看大家，然后沉稳地落下笔：“此地有酒能醉人……”不等人们醒过神来，那只如椽之笔龙蛇飞舞，一泻而下：“我今来此偶夸量，入口三杯已销魂。”人们见此妙语绝句，自是一番喧嚣喝彩……

道别主人返回时，两位老哥开心畅快，兴致不减。乔羽望着斜阳照射中的起伏山峦，耳畔伴着哗啦啦的河水，文思涓涌，深情感叹道：“汾阳真是个好地方呀，山好水好人更好！”不出几天，那首穿透了几代人心灵的《人说山西好风光》诞生了。电影上映后，这首插曲眨眼间红遍大江南北，许多大城市里的年轻人、大学生都被电影的故事和这首歌感染，自愿放弃优厚待遇和生活，纷纷来到山西扎根落户。

如今，半个世纪过去了，坚持走共同富裕道路的贾家庄人心里一直装着这位可亲可敬的乔老爷子，在乡亲们眼里他不是旁人，就是“咱村里的人”。几天过去了，一个星期过去了，我们等待着北京的消息，心里担忧着请老爷子题词这件事情的结果，因为他老人家毕竟已是92岁高龄了，年岁不饶人啊！有天清晨，我突然被接连的微信铃吵醒，是张嘉和邢万里发来的。我一个骨碌翻身，赶紧打开微信，大喜，乔羽老爷子手执毛笔题词状及香墨行云宣纸照片蓦地出现在眼前。我不敢相信，老人家硬朗的笔锋和满怀的激情仍不减当年——“山西汾阳贾家庄是我当年创作歌曲《人说山西好风光》的地方，电影《我们村里的年轻人》讲的正是当年贾家庄的故事。”

一段佳话续写了60年，一个故事讲述了几代人。贾家庄人懂得感恩，他们坚守着“幸福不会从天降，社会主义等不来”的不改初心，一代接着一代干，让乡亲们的日子更富裕、家园更美丽，以此来回报他们念着的人和念着他们的人。老书记邢利民和现书记邢万里对我讲，他们正为咱村的乔老爷子准备着一份代表着贾家庄人心意的礼物，但现在保密，不声张。看他父子俩的神秘劲儿，还真让人期待这个谜底的揭开。乔羽与贾家庄的这段情缘，必会成为人们传诵的佳话。做人做事都不能没有情，这是老书记常讲的话。乔羽老先生也正因有着对祖国对人民的至亲至爱的情怀，才创作出了那么多足可流传万世的歌曲。我想，乔老爷子长寿之要也正在于此，亦如他歌词里所写：青山在，人未老！

2018年4月18日

陈年酒　不了情

如今去北京，选择的方式很多，但多数人的首选还是高铁，便捷舒适，不怕堵车，省心！然而，这次开车成了不二的选择，缘由也只有一个，得小心装好回赠乔羽老爷子的礼物。4月17日，贾家庄乡亲惊喜地看到92岁的乔羽老先生的遒劲书法：“山西汾阳贾家庄是我当年创作歌曲《人说山西好风光》的地方，电影《我们村里的年轻人》讲的正是当年贾家庄的故事。”半个世纪过去了，这位老人心里还装着贾家庄的乡亲们，而贾家庄的乡亲们也从来把他当作“咱村的人”。

仁心诚挚，情义无价。给老爷子回份什么样的礼呢？这几乎成了一时困扰村领导班子的一件难事，一个个点子想出来又被一次次否定，村党委书记邢万里要的是真正表达贾家庄乡亲们深情厚谊的“那个”。照他的话说：“不是非要花多少钱，而是要让老爷子一见就欢喜，还意想不到。”忙活了半个月，事儿总算办了。可万里心里仍不踏实，人都坐在车上要进京了，还在担忧“见面礼”的效果。5月7日这一天，我同车而往，一路上心也随之颠簸，不住地想象着见到乔羽老爷子时的情景……

见面的时间约在第二天下午，是乔老的女儿定的，地点也不在家里，而是一处清雅僻静所在。她是老人的贴身护卫，日常起居饮食等一切都由她来料理。听说我们要来看望老爷子，起初她也是犹豫再三，主要是怕扰到老人家的静养习惯。后来她说老爷子同意了，而且还要在外面的场合郑重其事地见。这样的礼遇，令人实在没有想到。因为，事先我们就知道，年事已高的乔老深居简出，更是很少见客。

到达北京已很晚，万里查看过后备箱装着的“那个”，确定没有任何闪失，才放心地去睡了。第二天我们如约而至，提前候在距会晤地点不远的茶社。下午四点，乔女士准时来电，告知他们已到，请我们过去。万里赶紧交代同来的人，从车里小心抱起特制的那三只红绒箱子，先后相随而往。

这是家西式风格的餐厅，阳光透过敞亮的窗子照射进来，清雅、幽静而温煦。当间，一张西餐桌竖摆着，一位老人面背而坐。旁边，一男一女两位中年人守在左右。经从中联系此事的张嘉介绍，知道了他们是乔家长子乔鲸和女儿乔国子。

老人很安静地坐着，不为嘈杂所动，直到我们落座两旁，方缓缓抬起头，目光善真地点点头。这就是将文字的韵律注入当代中国人血脉的词坛泰斗乔羽先生！他身着雪白的长袖衬衣，外套浅咖色的黑领马甲，与同样色系的裤子相呼应，脖颈搭条红黑格相间的围巾，整个人都整洁而清爽，穿着得一丝不苟。从这点上，分明看出了女儿的精心呵护与孝心。

“你们好！”待闺女介绍过我们的身份，老人家操起纯甜的山东济宁口音，说着欲起身示礼。儿女忙劝阻父亲，我们也赶紧示意老先生莫动，并立身拱手回敬以礼。他不像个九十老翁，肌肤很细嫩，显得润泽而富有弹性，除了那稀疏的白发和岁月烙印下的一些斑纹，再找不到老态的影子；尤其是实际比想象还大的额头，极其饱满，泛着智慧的光晕。再看金边眼镜后的那对眼睛，更是清亮如水，机敏得像个年轻人。起先我们本能地提高声量去交谈，一直守在老人身后的乔国子笑道：“不用，老先生听力和眼力好着呢！”一句话，大家都笑了。

万里招呼人们将那三只红绒箱子抬上桌来，乔老爷子一家人不知所然，都生出好奇的眼神儿。老人家更是一脸狐疑，那双眼睛透过镜片凝神聚焦在了箱子上。

万里亲自开箱，吃力地从里拎出一个用考究的红木架箍牢的坛子来，轻轻搁在桌上，边整理着坛口扎的红绸布边说：“这是贾家庄的乡亲们托我带给您老的礼物！”大家都不约而同地凑上来，只见浅褐色的瓷壁上刻着：敬赠人民艺术家乔羽。且乔老的名字特意选用了他自己的手写体，看去十分的亲和而夺目。乔家老大乔鲸抢先问：“这里装着什么？”万里憨憨一笑：“是我们村特酿的纯粮白酒，也不知送得对不对？”乔家兄妹几乎同时应道：“好！好！”这时的老爷子眯缝起眼睛仔细瞅着，寿眉弯弯着点点头，脸上绽放出笑容。我不失时机地问：“老爷子，您还喝酒吗？”老人家反应很快：“喝！喝！”我又接茬儿问：“能喝多少？”他不等我收回话儿，便道：“每天半斤！”我们在场的人被惊大了眼睛。他的女儿笑笑说：“吹，也就一天三两吧，得限量。”接着，她眉一挑，又认真道：“还甭说，老爷子要不喝酒了，我们全家反倒着急，怕真出了问题。”大哥乔鲸在一旁不住点头应是：“他一挨酒，我们的心倒踏实了。”这时，万里将装满十斤酒的坛子掉了个个儿，展示给大家看。这下乔家兄妹叫出好来。上面刻制的不是别的，正是那首《人说山西好风光》的歌词。“回礼”的效果赢得了满堂彩，乔羽老爷子也竖起大拇哥。万里又打开第二只箱子，正要再往出拎，乔鲸赶快制止，说怪沉的，就别受累了。可万里没停手，还是拎出坛子摆到桌上。此时人们明白了，这只坛子背面镌刻的不一样，是乔老先生给贾家庄的题词手书。大家兴奋地击起掌来。说话间，万里又从第三只箱子里拎出坛子，特意摆到乔老爷子的近前，用手指着刻在上面的字一字一顿地念道：“《人说山西好风光》——一段续写了六十年的佳话，一个讲述了几代人的故事。贾家庄村乡亲们感恩人民艺术家乔羽先生。青山在，人未老！”老人家听得很认真，看得也很认真，不住地点头赞许。乔家兄妹着实感动了，慨叹连连。乔鲸由衷感喟：“这是最好的礼物。你们真是用心啊！”

这是一次愉快而难忘的会见，我们同乔老爷子和他的家人开心地聊了很多。邢万里特意带了一袋子有关贾家庄的资料，一本本一册册一页页地展示、讲解，乔羽老先生欠身认真听着，那聚精会神的劲儿真不亚于审听一首新创作的歌曲。这么多年过去了，虽然记不清当年贾家庄的模样，可“男儿能吃千般苦，女儿能绣万种花”的山西人留给他很深的印象。他说：“山西是个好地方啊！到处我都走遍啦，比我山东的老家都去得多。”的确是这样，照乔鲸的说法，多年来很多人都以为乔羽是山西人，经常会弄出误会来，有人说啥也不相信他是别地儿的，不然怎么会写出那样一首传扬于世的《人说山西好风光》。

有人统计过，乔羽至今已创作歌曲近千首，堪称经典之作甚众。其中，有许多歌曲已成为共和国成长历程的诗文符号，不仅广为流传于全球华人甚至“老外”之中，并已成为中华文化瑰宝中留芳永世的颂歌。人民，应当感谢他！共和国，应当感谢他！我们都为中华民族有这样一位优秀子孙而感叹，乔羽老先生却淡淡地说："真的太夸奖了。我没什么了不得的，就是个写歌词的。"这就是大家的胸襟，大家的风采！

突然，乔老问道："现在山西人还唱那首《人说山西好风光》吗？"同来的资深媒体人刘世雯回答："大家都在唱，从城市到乡村到处都在唱，它早已是名副其实的省歌啊！"我说，我们现在正策划拍摄《我们村里的年轻人》电视连续剧，把60年前的故事续写下来，一直讲到现在的第三代、第四代的贾家庄人。乔老兴致来了："这个好！应当再写一首《人说山西好风光》。"我们大家都欢喜地喝起彩来。

欢聚的时光总是过得很快，不知不觉已经过去一个多小时。老人出来的太久了，儿子和女儿都抱歉说该回去了。我们刚要起身告辞，乔老爷子发话了："朋友来了有好酒，一会儿咱们在这儿共同干杯。"女儿乔国子一听急了，赶紧打住："今天不行了，以后再喝吧。"背对着她的老爷子面露不悦，嘴里嘟囔道："怎么不可以！"他知道女儿的"命令"不能违，用这点儿小脾气表达"抗议"。我看着老爷子要小孩子的劲儿，觉得十分可亲可爱，小声说："您是位有趣的人。"老人家抬起头，善眉善眼道："做个有趣的人可不容易。我不知道自己是不是有趣，反正我活的就是一个真！”看着老人家双手抱拳，一脸平和的微笑，我从内心感叹：人要长寿，需要的是智慧！

夕阳是陈年的酒，夕阳是未了的情。我想起乔羽老先生所作《夕阳红》里的两句歌词，现在品来，别有一番滋味在心头……

我们与乔老爷子一家道别，相约不久的某个日子，请他们都回贾家庄来，为竖立起来的乔羽题词碑揭幕。他们欣然答应，到时准定来！

2018 年 5 月 12 日

作家与一个村庄的情缘

湛蓝的天空，葱茏的白杨。汾阳贾家庄，一通新的随形石碑矗立起来。乔羽老先生给贾家庄的题词，勒刻在八米高的青石上，那首流传了半个多世纪的《人说山西好风光》歌词手迹亦对应凿刻在另一面，终归于相得益彰地珠联璧合。这块本躺在大山里的顽石，焕发出了生命的异彩。它从竖起来的这天起，注定与之相关的人和事续写下深情融注的新的传奇，必会成为驻存于人们心中而不厌传诵的动听咏叹。因为，这是生活在亲乡热土上的百姓发自于内心的举动，以祖辈著史的传统方式铭记为人民忠诚而歌的艺术家。

20 世纪 60 年代初，作家马烽请老友乔羽来山西为正在拍摄的电影《我们村里的年轻人》续集创作歌曲。由此结缘，乔羽走进了贾家庄，与乡亲们朝夕相处，建立起深厚情感，并从生活中获得灵感，创作出至今传唱不衰的《人说山西好风光》，演绎了一段中国歌曲历史上的经典传奇。他说：我们从事的这项事业同群众的关系最密切，不能脱离生活、脱离群众，“捕捉人民大众中活生生的东西，才能创作出属于人民大众的作品”。几十年来，乔羽情系贾家庄，常相忆常相叙；而贾家庄的老百姓心里也一直惦记这位大作家，从来就把他当作“咱村里的人”。2018年4月，92岁的乔老饱蘸激情为贾家庄挥毫题词：“山西汾阳贾家庄是我当年创作歌曲《人说山西好风光》的地方，电影《我们村里的年轻人》讲的正是当年贾家庄的故事。”以此表达了自己与这个山西村庄的深情厚谊。而贾家庄人更是深懂老人家的“喜爱”，专程捎去村里古法特制的佳酿美酒馈赠，送上感恩和祝福——“《人说山西好风光》——一段续写了六十年的佳话，一个讲述了几代人的故事。贾家庄村乡亲们感恩人民艺术家乔羽先生。青山在，人未老！”

为人民秉笔而书，人民为他树碑立传。这应当是天经地义的逻辑。淳朴的贾家庄人正是一面镜子，映照着这样的事实。习近平总书记指出，坚持以人民为中心的创作导向。怎样才算是做到了？恐怕这是我们无法回避且必须去面对和思考的问题。什么人才配得上人民作家的称谓？这不是你说是就是的。回答这个问题，还得交给老百姓去说。只有他们把你当作能懂得他们喜怒哀乐的乡亲了，把你当作能掏心窝子说话的亲人了，把你当作能为他们代言的“文书”了，这才名副其实称得上以人民为中心的创作导向的人民作家。

贾家庄村口，腾飞大道两旁对应排列着各七面红彤彤的巨大石鼓，上面书写着：幸福不会从天降，社会主义等不来。这是电影《我们村里的年轻人》的两句歌词，是作家马烽有感贾家庄人的奋进精神创作的（电影《我们村里的年轻人》上集插曲《幸福不会从天降》歌词由马烽作词）。顺着腾飞大道再向前走几百米，一座青砖灰瓦的二进老宅院门匾上刻着“马烽纪念馆”，这是贾家庄父老乡亲为缅怀这位相伴生活了 50 年的“咱村老马”而建的。一个村庄为一位当代作家自觉自愿建起纪念馆，这或许在全国也为鲜有之举吧！

马烽一生的文学创作基地在贾家庄，从 1952 年初识到 2004 年去世历经了整整半个世纪，所著许多文学作品像电影《我们村里的年轻人》，小说《孙老大单干》《饲养员赵大叔》《三年早知道》《自古道》《韩梅梅》《我的第一个上级》《老社员》《停止办公》《太阳刚刚出山》等都取材于这里，甚至作品中的人物都能在村里找到活生生的原型。《我们村里的年轻人》主人公高占武的原型武士雄至今健在，已九十高龄。作家马烽在他脑子里烙印甚深，现在还清晰地记得许多动人的往事。他说，老马到我们村里哪里像个大作家啊，就跟普普通通的农民一样，抬腿就能上炕盘坐，手指一拧卷上旱烟就抽，讲故事，拉家常，说话逗趣得很。他挨家挨户吃派饭，遇上啥吃啥，给啥吃啥，从来不挑剔。人们根本就没有把他当外人，啥都不避讳他，肚里有啥还都想跟他说，跟他讨主意要办法，甚至有了吵架打架的也去找他评理。武士雄说起老马来滔滔不绝，像谈论自己家的亲人一样，就连他的老伴儿也不住嘴地夸个不停。两位老人甜蜜地回忆着往事，还透露他们二人的婚姻就是老马当年开“玩笑”撮合成的。

在任 40 多年、刚刚卸任贾家庄村党委书记的邢利民一家人同马烽的感情很深。他说，老马跟他当年在村里当支书的父亲邢宝山就是交心交肺的好朋友，到了他这一辈依然像自家人一样。老马不管是工作在太原还是去了北京，心里总是惦记着贾家庄的事，有空儿就要“回村看看”。贾家庄的变迁历史，还有那些家长里短，村里人都不如他清楚。因此，不管遇到什么事或者难处，村里人总是第一个想到的就是去找老马，问一问该怎么办。邢利民深有感慨地说：“贾家庄能有今天，也得感谢老马啊！”

20 世纪 80 年代初，农村普遍实行家庭联产承包责任制，汾阳县 318 个村有 312 个村把土地全部下放到户，只剩下贾家庄等六个村子没有动静。一位省里负责农业和农村工作的领导大会上毫不客气地批评，还有人在报上发表文章《上头放，下头望，中间有个顶门杠》。贾家庄这个全省的老先进模范典型，在改革的大潮中犹豫、徘徊了。他们清楚地知道，实行家庭联产承包责任制是个好政策，对摆脱农村的贫困落后是祛除痼疾的良药。可是，贾家庄的情况不同，从中华人民共和国初期成立的初级社开始，大家就抱成一个团儿，“百把镢头闹革命”“治水改碱拔穷根”，靠集体经济全村已走上共同富裕道路。实事求是立足本村实际，不用说村干部，就连村民老百姓都不愿意分田单干。大家都想不通，可又上命难违，交不了差。

这时，身为贾家庄党支部书记的邢利民想到了老马，从汾阳专门跑到太原，登门求取良策。老马认真听了邢利民的情况，肯定地说，走共同富裕道路没有错，这是共产党人的宗旨。现在搞包产到户也没有错，目的也是要让大家都致富。但是，如果不分青红皂白搞一刀切，也是不对的。各地的情况不同，差别也很大，干什么都要从实际出发，符合那里的实际情况。一定要坚持实事求是这一条不变。而贾家庄的集体经济是壮大的，是有坚固牢靠的基础的，是群众普遍认同和支持的。我觉得贾家庄要从自己的实际出发，坚持实事求是，在村党支部带领下壮大集体经济，走共同富裕的道路。老马的话句句打在了邢利民的心坎上，思想明亮了，方向明确了，吃了定心丸，有了定盘星。他回到村里，带领班子成员广泛征求村民意见，最终拿出了实打实切合贾家庄实际情况的“三田到户、一集中、五统一”的方案——“三田到户”：每人二分自留地、一分饲料地、六分口粮地，承包到户，自主经营；“一集中”：责任田连片集中，按劳动力能力承包；“五统一”：集体统一机耕、统一调种、统一排灌、统一植保、统一收打。由此，贾家庄的联产承包责任制就构成了一个土地公有、分户承包、统分结合、责权利明确、联合服务的格局。

这在当时引起了不小的轰动，有人说这是在跟中央政策搞对抗，也有领导担忧这个老典型“拖后腿”。可邢利民吃了秤砣铁了心，认准大伙儿定了的事情不能变，顶住来自各方面的压力，九头牛也拉不回来。从此，这个农业战线的老先进典型成了“落后分子”，各种评优评模没了资格，各类表彰奖励没了名字，就连县里公社的干部也来的少了，甚至干脆躲着走，不来了。昔日人来人往的贾家庄，门可罗雀，冷落萧条。不管怎样，邢利民只认准的一个理：老马说得不会错，走共同富裕道路不会错，共产党人的奋斗宗旨就是要让所有的老百姓都过上好日子！他带领大家坚定不移地走共同富裕的道路，初心不改，誓言铿锵：“一人富了不算富，大家富了才叫富！”“不当百万富翁，要建亿万富村！”

在这个时候，马烽极为关注贾家庄的发展，深入村里体验生活，并针对农村发展中出现的新情况新问题，发表了短篇小说《野庄见闻录》，批判“一刀切”“形式主义”的极“左”后遗症。他和孙谦（“山药蛋派五战友”之一的孙谦也曾多次到过贾家庄，当年马烽正是接受他的建议，由起初写小说的设想改作了写电影，并采纳了《我们村里的年轻人》的片名。）合作创作了电影“新时期农村三部曲”《咱们的退伍兵》《山村锣鼓》《黄土坡的婆姨们》，通过鲜明的艺术形象深刻体现了倡导农村共同富裕的思想和期盼农村深化改革的愿望，为贾家庄走共同富裕的道路提供了精神力量和舆论支持。如今，民富村强的事实，证明了贾家庄坚持实事求是走共同富裕的道路是正确的，得到了中央及地方各级领导的肯定和赞扬。贾家庄在新的历史时期再一次成为全国新农业建设的一杆旗。邢利民讲起老马来，依然是深情感怀：“贾家庄从来就把老马当作自家村里的人！”

这是块深情温暖的土地，这里的百姓有情有义。马烽去世的噩耗传来，邢利民第一时间赶到太原，代表全村父老乡亲为老马送行。村党委当即决定要在贾家庄为老马建纪念馆。没过一年，“马烽纪念馆”建成开放，那座老马曾经住过的院子被布置成展室及放映厅等，陈列了老马大量的生前照片、手稿、书籍及物品等，院子的中间安放了特意请美术家专门创作的马烽雕塑铜像。这是贾家庄百姓自发自愿为作家马烽建造的纪念馆，如此所为恐在当时全国的农村也属先例。什么是人民作家？贾家庄人用事实做出了回答。唯有真正活在人们心中的作家，才称得上人民作家！

以人民为中心的创作导向，对于作家来说是最根本的要求。而要做得到，必须得用作品来说话。现在有些年轻作家，关在书斋里搞创作，根本脱离了生活的滋养，还不屑于老作家那样深入生活，其所谓的创作，基本上是靠自己的想象和编造。其实，从历史到现在，各个国家各个民族的文学艺术从来就没有脱离生活，特别是作家、艺术家所处时期的现实生活。即使表现恢宏的历史的题材，也是把它放在当下的背景与环境当中进行观察、审视和思考。否则，艺术创作岂不成了乏味的教科书，而失去了艺术创造力及思想穿透力的强大魅力。我们现在的一些作家，不去深入生活，不会深入生活，不知该如何去深入，该怎样与生活中的人们打交道，甚至惧怕或者说厌烦与人进行交往，缺乏与人沟通的能力，进而成了“怪癖文人”，整天趴在电脑上跟屏幕“较劲”，外面的世界究竟是怎样的精彩，他全然不知，漠不关心，下雨刮风打雷飘雪与己无关，满脑子都泡在了那些虚构的毫无生命迹象的稀奇古怪的故事情节和形象当中，一切都在虚幻的臆造当中“穿越”。

这并非危言耸听。这是不争的事实，也是当下这个时代的一种“作家”的怪现象。还有一些人，刚发表了些作品，就看不上什么中短篇了，没有了耐性的打磨写作，动不动就要铺排开来搞鸿篇巨制，写百年史、家族史，寄期望于一夜之间一气呵成一部百万言、千万言的长卷以惊世骇俗而名扬天下。他们相信所谓的天才，而不相信现实生活的滋养。他们挖空心思搞超越现实的穿越，而忽略了文学的根基在生活。凡此种种，都是缺少了对文学创作规律及文学名著成名之道的了解和认识。

从中外文学史上看，凡是具有成就的作家都是对现实生活忠实的挖掘者和思想者，他们的笔触所反映的一定是世俗生活的物质世界和心灵感触的精神世界的综合体现。换言之，伟大的文学著作必定是对生活现实描述的厚实的物质卷本，同时也必须是盛装着深邃思想的丰满的精神容器。一句话，伟大的作家是把笔下的物质世界精神化。这样的作品还有一个共同的特点，无论是描写伟大的历史还是伟大的时代，都是从一个具体的小的切口进入，都有一个具体的社会生活的背景承载地，也就是物质的世俗生活基地，或一个城市或一个集镇或一个村庄，通过它反映那个时代的伟大进程和社会生活的波澜壮阔的图卷，从中透射出生活于那个时代的人们心灵的追求与期盼。脱离现实生活的真实，不可能创作出折射时代之光及其人类思想的伟大文学作品！且不论国外的，就说我们的《红楼梦》即是这样的经典。通过一个家族的变迁史反映了中国的那个时代的特质，它的切口是小的、具体的，但并没有因为这个具体的小影响到它去反映时代变迁的大背景，反倒是小说中描写的物质的生活世界非常坚实，以至于细致准确到了每一处景物描写以及起居饮食等细节都能通过模拟还原出来，而这样的细密笔触并没有影响到作者对精神世界的思考与探求，它恰恰成了揭示精神世界的坚实的生活现实基础。细节的真实造就了作品的真实。《红楼梦》通过坚定缜密的物质世界创造了一个丰满而深邃的荡涤心灵的精神世界，故而成为一部伟大的不朽的文学名著。

马烽、乔羽的作品之所以受到人民大众的普遍欢迎，也因其正是通过扎实地反映现实生活的物质世界而营造出了属于这个时代特质的精神世界。他们是在党的教育和关怀下成长起来的一代作家，与现实生活中的劳苦大众有着本质的联系，从拿起笔来的那一刻血管里就流淌着红色基因。他们是从骨子里就解决了“从哪里来到哪里去”和“我是谁”“为了谁”的根本问题，发乎于心、自觉于本地体现着“人民精神”。因此，他们的创作主旨没有障碍，为党和人民的主张鼓与呼是天经地义的选择。他们是大众文化、人民文化的旗手，反映现实生活、民众喜怒哀乐是天经地义的本然。他们知行合一，自觉置身于人民群众当中，投身火热的生活，压根儿就认为自己是人民大众中的一员，书写讴歌这个时代的民众生活是天经地义的使命。可以这样说，他们的经历始终与活生生的现实生活与普通大众的命运伴生着，他们的关注始终聚焦于社会发展与时代脉动，他们的笔触始终同人民的呼吸同频共振。之所以能做到，其中一个重要原因便是他们找到了作家连接物质世界的平台，即长期而稳固的创作生活“根据地”。（在这一点上，所有有成就的作家都是一样的，他们的写作一定是围绕自己最熟悉的生活展开，正如鲁迅与绍兴、赵树理与晋东南、沈从文与边城等。诺贝尔文学奖得主、美国作家威廉·福克纳就说，他一生都在写他那个像邮票一样大小的故乡。）

贾家庄的奋斗史可谓中华人民共和国成立后农村发展变革的一个缩影，马烽将文学创作生活基地长期选定这里有其典型意义。不光是马烽，贾家庄的这块土地还吸引了很多的“文化人”。著名作家、山药蛋派代表人物之一的西戎，长期的文学创作生活基地也在贾家庄，事实上马烽正是通过西戎才结缘贾家庄的。

西戎主要的创作实践活动及其重要代表作品都与这里有着密不可分的关系，如小说《纠纷》《一个年轻人》《丰产记》《冬日的夜晚》《老好干部》《麦收》《盖马棚》《行医事件》《赖大嫂》《宋老大进城》等。对生活给予的丰厚馈赠他深有感触，在谈到创作体会时说：“文学语言和文学中的人物都是来自生活，只有踏踏实实地深入生活才能打开语言的宝藏，真正活的人物才能够在你的笔下写出来。”

在这里吮吸过生活“乳汁”的还有著名作家谌容，她1963年从北京来到贾家庄驻村体验生活，当时只有28岁。后来，她以在这里与乡亲们朝夕相处一年多积累的生活素材创作完成了第一部长篇小说《万年青》。1997年，年过花甲的谌容由家人陪同回到贾家庄“探亲”，感怀这里的生活给了她难得的人生回报。

马烽等作家们之所以在文学领域有这样高的成就，最根本最重要的一条是，他们的这些所谓的体验生活不是为了纯粹的文学创作，不是为体验而体验，为写作而体验，而是真正深入到老百姓当中去生活，把心交给群众，从身体力行到思想情感都融入普普通通的人民大众中。这样，文学创作必然就植根在了生活的沃土里，就是生活长出的苗，生活开出的花，生活结出的果。马烽这样说：“我不相信什么‘灵感’，我坚信生活是创作的源泉。”他语重心长地教诲文学新人：“写作一定要把握生活的脉搏，反映当时现实生活的本质，作品才会有深厚的生活气息和鲜明的时代精神，为读者所喜爱。”几位作家，同一块土地，印证了一个道理：热爱于生活，忠实于生活，坚持以人民为中心的创作导向，这才是文学艺术家登上高原攀上高峰的必由之路。

半年前，贾家庄的大田里涌出泉水，乡亲们把它命名为“梦泉”，寓意几代人的富裕梦得以成真，并勒石立碑以兹纪念。在《梦泉名记》有这样一段文字，细细品咂，文学艺术之道莫不殊途同归——“常言道：饮水思源。梦泉乃贾家庄父老乡亲之福报。取之以用，当怀敬畏。引之以浇园灌田，当思其源宗，清流何来；舀之以洁面净身，当思其苦甘，先辈含辛；掬之以滋心健骨，当思其担承，百姓为天。山岳之负，莫若民本最重；度量之衡，莫若人心最精；普天之下，莫若苍生最要。泉小可见民德，沙微可显大千。贾家庄一村之隅，虽弹丸却鉴社稷貌相。观其民富，可知国运明昌；感其民安，可知国运泰康；闻其民乐，可知国运盛强。民生之道，与政通矣！”

如今，贾家庄又添了一处新“景”，七八座民国式样的“小洋楼”扎堆儿平地而起，当门匾上的红绸子揭下来的那刻方得见其详——作家村。而马烽铜雕像和乔羽题词碑分置于东、西门，成为名副其实的镇“村”之宝。村党委书记邢万里说，这是贾家庄与作家的历史情缘所致。希望有更多的作家走进我们的村子，投身到火热的生活中来，用饱满的激情书写今天的社会主义新农村，讲述新时代农民的新故事。老百姓期盼着这样的作品，人民需要有这样的作家！

2018 年 8 月 10 日

山西有个作家村

说起汾阳，这个地方不容小觑，它比山西省省会太原的建城历史还要长，迄今已有 2600 多年。说到人文，可谓贤德荟萃，胜景锦绣。2018 年的 10 月金秋，这里又添一景，“贾家庄作家村”落成剪彩，填补了山西的“空白”，也成为全国乡村建设的首例。

这个雅号“文澜苑”的作家村可不是一座楼或几个院子，而是别具一格的“民国式”中西合璧的建筑群。如此建造，并非追逐复古的潮流赶时髦抢风头，每幢却都大有来头。仅点出与它们有关联的人名——冯玉祥、梁思成、林徽因、费正清、万德生、恒慕义、恒安石、卫天霖等，便知其身世不凡。这些人于 20 世纪初叶的不同年月都曾在汾阳生活过，与踞守城边的贾家庄或多或少均有交集。曾经，那一幢幢散落在县城及峪道河畔的民国宅院，不仅闪映过他们的身影，还留下一行行青灯映照下的文字。贾家庄之所以把这些式样的宅院仿建复制到村里作为作家村的主体建筑，就是为了让后来人记住这些曾经在这块土地上发出过耀眼光芒的历史人物。现任村党委书记邢万里说："建作家村是贾家庄人的心愿，为的是报答作家们给这块土地带来的精神滋养。而选择复建那些民国式建筑作为作家村的主体风格，也是为了文化传承，并表达我们对那些在汾阳生活过的中外名人的真情感念。"

贾家庄与作家有一种奇特的情缘，中华人民共和国成立初期，山药蛋派作家马烽、西戎就把这里作为生活基地，长期扎根于此，直至一生，先后创作出了许多脍炙人口的文学作品，并成为代表那个时期中国文学的经典，比如马烽创作的电影《我们村里的年轻人》《泪痕》、小说《三年早知道》《我的第一个上级》《饲养员赵大叔》《太阳刚刚出山》等，西戎创作的电影《扑不灭的火焰》（与马烽合作）、小说《纠纷》《一个年轻人》《麦收》《盖马棚》《行医事件》《宋老大进城》等，以及20世纪80年代马烽与孙谦合作创作的电影农村三部曲《咱们的退伍兵》《山村锣鼓》《黄土坡上的婆姨们》。一代文豪郭沫若来到贾家庄，被热火朝天的新农村建设感染，诗兴大发，挥毫写下"杏花村外贾家庄，红旗高举在汾阳"的赞叹。著名作家谌容青年时期深入贾家庄体验生活一年多，积蓄10年后创作完成了第一部长篇小说《万年青》。人民艺术家乔羽陶醉于这里的民风民情，创作出了歌曲《人说山西好风光》，成为一个时代的辞章佳句，传唱几代人，经久不衰。在贾家庄生活工作过的还有国学大师姚奠中、著名文化学者马作楫等，他们都留下了书写这方水土的文字。所有这些，现在都成为贾家庄村文化的有机整体。要说到过或住过贾家庄的作家、艺术家等，那就更多了，难计其数，难述其详。可以这样说，贾家庄与作家的特殊缘分太深了，生活在这里的许多人和发生在这里的许多事都被小说、电影等文学作品所记述，成为传奇故事及人物形象，使文学艺术毫无缝隙及隔膜地植根于现实生活的沃土而绽放出生命的花朵。应当讲，如此这般与文学连接着血脉、基因的村庄范本，在实际社会中还真不多见。由此，便不能不说这片土地的神奇。作家似乎已成为这个村子里的村民成员中不可或缺的组成分子，文学也成为其乡村文化蕴含着的重要因子而生生不息。

单说人民作家马烽，村子里的老老少少都熟悉，亲切地称他为“老马”。老马是一个热闹人，到了哪里就把欢笑带到哪里。他不光是把村里的典型人物写入文学作品，还是牵红线的大媒人，现在儿孙满堂的好几对老人都是他当年撮合成的，电影《我们村里的年轻人》中高占武的原型武士雄老两口便是其中的一对。贾家庄确是马烽名副其实的第二故乡。2004年，82岁的老马病逝，贾家庄村党委书记邢利民专程赶到太原，第一时间向这位父辈的故交、自己的忘年挚友告别。他代表全村父老乡亲说，待到有一天，一定要把老马请回村里去，世世代代和大家伙在一起，永远不分离。半年之后，“马烽纪念馆”在贾家庄落成，老马的魂灵真的又回到了这片深情的土地，乡亲们就像当年串门一样，经常都要来到纪念馆，这座老马曾经住过的宅院里探望，看着那些熟悉的手稿、遗物、照片、著作等，再唠上几句家常，让那曾经的说笑声在耳畔回响……

这是全国第一个由农村村庄自发为一位作家建造的纪念馆，这样的待遇可谓是被称作“人民作家”的崇高的荣誉。2016年，中国作家协会主席铁凝慕名来到贾家庄，同文学评论家闫晶明、杜学文及长期驻村体验生活的作家张锐锋等一道追寻老一辈作家的足迹。他们怀着崇敬的心情，拜谒马烽纪念馆，对孕育出那么多伟大的文学作品的这块土地慨叹不已，再一次道出了文艺创作所遵循的规律：生活是创作的唯一源泉！因此，只有忠实地坚持以人民为中心的创作导向，才能写出无愧于时代、无愧于历史、无愧于人民的伟大作品！

殊不知，就在他们到来的这个时候，贾家庄村党委已经作出了一项决定，建造一座可供作家们长期入驻生活和创作的作家村。这项寄托着全村心愿的艰巨工程，压在了时任村党委副书记邢万里的身上。于是，这位30多岁的年轻人带着一拨同龄人上阵了。农村里建作家村，这在全国是首例，自然没有能仿照的模板和可借鉴的思路，村党委给他们的条件只有村北头恒鼎工业文化园区里的十几亩大的“恒园”和并不充裕的资金，再有就是能够接纳和满足全国乃至世界的作家、艺术家们舒适地生活和创作的要求。时任村党委书记的邢利民被老百姓称作“眼窝子很深的人”，意思是说看问题长远，对工作要求高，往往一些还裹在迷雾中的事情都能一针见血地透过现象看到本质。他说：“贾家庄建作家村，是生就在全村父老乡亲骨子里的情怀，不是赶时髦，更不是炒概念。贾家庄今天的富裕幸福，离不开一代代作家用笔在这块土地上耕耘，和他们给贾家庄人播种下的精神的种子。贾家庄的老百姓有情有义，心里装着他们，不会忘记他们。我们建作家村，就是真诚希望为更多的作家服务，吸引更多的作家来到贾家庄，深入体验社会主义新农村的生活，写出更多实实在在接地气的、老百姓喜闻乐见的好作品来。”就是本着这样一种质朴的理念，邢万里他们肩负着老一辈和全村人的重托迎难而上了，从此风雨无阻，寒暑奔忙，一次次地在城里乡间寻访考察，一个个绞尽脑汁的创意被推翻又重起，为的就是绘制出心中冀望的那个别样“村子”的蓝图。说透了，他们不想建起的仅仅是只能容身睡人的房子，而是蕴藏着深厚文化内涵的富有生命意义承载的建筑。

盛夏的一天，邢万里同两位作家朋友考察1934年梁思成、林徽因夫妇及费正清夫妇下榻过的峪道河“磨盘别墅”遗址，还寻到了他们曾住过的一幢民国时期建造的环有罗马廊柱的校舍，其建筑保存基本完好，只是被锈锁封闭，不得入内，显然已是一座落满灰尘的无人使用的旧物。当时，大家甚为怜惜这座具有特别记事意义的历史建筑，动了购置迁移到贾家庄的念头。后来，邢万里真的与当地政府谈了，可未能如愿。然而，他从中获得了灵感，民国时期曾在汾阳生活、工作过许多中外名人，并在这里留下了别具一格的建筑，有的年久失修已经坍塌，还有部分现存的也破败不堪了，这是一笔潜藏着巨大而独特的人文历史价值的财富，何不把它们复建到贾家庄作为作家村的主体建筑呢？如此，既可以让作家村的面貌别出心裁地独显风格，又能续接起历史遗落下的厚重而珍贵的文脉。这岂不是上苍守望百年，留给今日贾家庄作家村的礼物吗？！邢万里睿智地发现先贤们留下来的“宝藏”，责无旁贷且义无反顾地担当起了这些文化遗存的守卫者。于是，他们以先辈“自力更生，艰苦奋斗”的精神灌注于工程，自己勘探，自己设计，自己施工，仅用了一年的时间就建成了作家村，使那些曾经在这块土地上闪烁过文化光芒的薪火重新熠熠生辉。

作家村落成剪彩的那天，前来贺喜的人流穿过门楣刻着“文澜苑”的青砖拱门，走进一幢幢带着岁月留痕气息的建筑，追寻那曾经鲜活生动过的身影和传诵至今的难忘故事。

焕章别墅——一幢二层楼的四合院建筑，强烈的中式风格中略透出时代的“西洋味”。冯玉祥，字焕章，民国时期著名爱国将领。他本是安徽人，戎马一生，征战南北，功勋赫赫，同时也是一位文人，善诗文，多有佳作流传于世。而这样一位文武兼备的历史人物，何以在汾阳留下了他的足迹呢？这要说到1930年3月，冯玉祥与阎锡山结为“讨蒋”（蒋介石）联军，“中原大战”后隐住位于汾阳峪道河岸的别墅三年多，期间走访贾家庄、杏花村等多地，体恤民情，积极传播抗日爱国思想，创建汾阳军官学校，培养抗日武装骨干力量，同时兴学育人，开办求知平民学校和求知平民中学，还派秘书余心清担任汾阳铭义中学校长。冯玉祥对汾阳怀有深厚的感情，将自己的双亲墓迁至这里安葬，还创作诗文《悼吾父》《农民乐》《题咏峪道河》等抒情咏怀。

焕章别墅——《论语》曰：焕乎其有文章。一为纪念将军，二愿作家文章锦绣。

正清金屋——T 型建筑，二层有宽阔的露台。其命名由著名美国汉学家费正清而来。他本名为约翰·金·费尔班克，1907 年生于美国南达科他州，其中国名字是最亲密的朋友梁思成起的，意思是费氏正直清廉，而“正”“清”恰又与原名 Johnking 谐音。1934 年 8 月，梁思成、林徽因应费正清夫妇的邀请，从北平结伴来到汾阳峪道河畔避暑，住在上游河谷的由外国传教士改建的“磨盘别墅”，并开始了为期 30 多天的晋汾古建筑考察，留下了那段令后人津津乐道的佳话。正是因为他们的这次考察，有许多弥足珍贵的古建筑被记录了下来，为梁思成、林徽因夫妇在建筑学领域所取得的辉煌成就提供了有利的考据。而同时，费正清也由此奠定了他日后成为美国中国近代史研究领域的泰斗以及“头号中国通”的地位与声望。围绕中国问题与文化的研究，费正清在国际学术领域的有关头衔很多。他是哈佛大学的终身教授，著名历史学家，美国最负盛名的中国问题观察家，哈佛东亚研究中心创始人，同时他还是社会活动家，曾是美国政府雇员、政策顾问，特别是在中美文化交流等方面做出了独特的贡献。他一生著述颇丰，许多内容涉及中国，其中有《美国与中国》《林徽因传》《心系中国》等，就在去世的前两天，即 1991 年 9 月 12 日，他将完成的书稿《中国：一个新的历史》交予哈佛大学出版社，9月14日在剑桥去世。

正清金屋——唤醒来到作家村的人们，重新记忆那段中美两国学者在汾阳山水间的文化联姻与思想交互的传奇。

徽因水坊——三眼窑洞，篱笆小院，绿树成荫，溪水潺潺，相信凡是看到过它的人，都会毫不迟疑地会同林徽因联系在一起，这样的建筑与人（她）的气质更相符合。梁思成、林徽因夫妇可谓是代表一个时代的传奇人物，是用现代科学方法研究中国古代建筑的开拓者，为中国古代建筑研究奠定了科学基础，在中国古代建筑学的研究及学术领域堪称巨擘。不仅如此，林徽因还是位文学家，可驾驭诗歌、散文、小说、剧本等多种体裁，如《你是人间的四月天》等。1934年盛夏，她同丈夫梁思成应费正清夫妇邀请入住汾阳峪道河上的"磨盘别墅"，进行了30多天的古建筑考察，撰写出长篇考察报告《晋汾古建筑预查纪略》，同时她还在磨坊小院创作了《窗子以外》等数篇描写晋汾民俗风情及风光的散文游记，并在《大公报》文艺副刊发表。从林徽因的笔下，涓流出那毫不遮掩的情动："居然到了山西，天是透明的蓝，白云更流动得使人可以忘记很多的事。更不用说到那山山水水……小堡垒，村落，反映着夕阳的一角庙，一座塔！景物美到使人心慌心痛。"

徽因水坊——斜阳掩映中，隐约白杨间。借林徽因的文字喻之：“尤其是在夕阳西下时，砖石如染，远近殷红映照，绮丽特甚。”

德生雅阁——砖木混搭结构建筑，飞檐翘角，如鹏展翅。万德生（Clara F.Watson）是美国人，毕业于约翰·霍布金斯大学医学院，1909年作为医学传教士来到汾阳，在美国基督教“公理会汾阳宏济施医院”的基础上兴建了面积约7000平方米的U形四层大楼的汾阳医院并任院长。这是座在当时与美国医疗机构对接的现代化综合医院，诊科齐全，设备先进，技术精湛，居华北一流，被称作“小协和”。万德生著有《中国汾州25年医疗工作记事集》，记录了那个时期汾阳的有关历史。

德生雅阁——汾阳文人赠誉：“德生仁慈在，雅兴妙笔成。”

天霖精舍——青砖双层建筑，宽厚挺直，内敛含蓄，颇有君子之风。中国现代著名油画家卫天霖，1898年生于汾阳，自幼受家庭熏陶，喜书善画，1920年赴日本留学，师从日本早期印象派画家藤岛武二，1928年受蔡元培先生之邀任北平大学造型艺术研究会导师，后任北京大学西画系主任、教授，1948年奔赴解放区任华北大学文艺学院教授，中华人民共和国成立后创建北京师范大学美术工艺系，先后任系主任、北京艺术师范学院副院长、北京艺术学院副院长以及中央美术学院教授等职。卫天霖先生毕生从事美术教育和油画创作，桃李满枝，是现代中国油画的先驱者之一。

天霖精舍——心系乡土，山水寄情，甘霖润笔，文思飞扬。

慕义红楼——这是座通体用红砖砌成的“小洋楼”，四面窗棂明透，屋檐错落伸展，外观灵动之清秀，内涵绅士之严谨。美国密苏里州沃伦顿人恒慕义（Hummel，Arthur William），1915年被美国基督教公理会派到汾阳教区，并在山西铭义中学教授英语，后任教燕京大学历史系。1927年返回美国，次年任国会图书馆亚洲部主任，为当代美国资产阶级史学界现代实证学派代表人物之一，撰写有许多关于中国历史文化的著述。其主编的《清代名人传略》（两卷本），收录清代近300年间约800名著名人物，包括帝王后妃、将军、政治家、文学家、艺术家、宗教人士等，卷首由胡适撰写序言。

恒慕义十分热爱中国文化，钦佩北宋思想家、政治家王安石，故而特意给1920年在汾阳出生的儿子起名：恒安石（Arthur William Hummel）。这位在中国出生的美国人，在汾阳生活到八岁，后随父亲回到美国。20世纪70年代，恒安石一直参与美国国务院中国事务智囊决策，并作为基辛格的助手多次来华，参与中美建交高层谈判，为尼克松总统成功访问中国以及中美邦交关系正常化发挥了积极而独特的作用。在中美双方商讨互派大使人选时，周恩来总理向基辛格国务卿提到恒安石，基辛格说：派大使需国会通过，恒安石对中国有好感，恐怕有问题。毛泽东主席诙谐地对基辛格说：你就给他们说，我们中国有个习俗，他的出生地就是他的祖籍，美国只是他的故乡。基辛格听后，被逗得哈哈大笑。1981年，恒安石真的作为美国第二任驻华大使来到北京，积极而热忱地致力于中美关系友好发展事业。期间，他回到了眷恋已久的汾阳，重归出生地，深情款款，感慨不已。恒安石在美国曾向友人这样回忆他的童年："我记得那个古城不小，城墙也很高，我常在那里玩。我还记得我们家当时的那个院子，旁边是学校和医院。"他还对美国政要说："一些美国人要想阻止中国发展强大，可能不现实，是错误的。"1985年，65岁的恒安石卸任美国驻华大使，退休后还担任了美国霍普金斯大学中美文化研究中心主任，继续将身心倾注于中美关系的友好发展，并且为推动第二故乡汾阳与美国的文化、教育、卫生等方面的交流发挥了重要的桥梁作用。2001年2月6日，恒安石在华盛顿病逝，享年80岁。

慕义红楼——一个世纪以来，恒慕义、恒安石和其家族与中国结下了不解之缘，当深情铭记。

……

在作家村的"文澜苑"里，还有一块空地，现在被草木覆盖着。村党委书记邢万里透露，这是给汾阳籍的著名电影导演、作家贾樟柯预留的，其将来的建造作为体现建筑与人物年代感的一个延续标志。眼下，贾樟柯正在找人设计，至于建筑形制何状还处于保密，有理由相信这位电影奇才的惊艳创意，不久将会有一座彰显主人艺术特质的“创作工作室”呈现在这块土地上。贾家庄可谓是贾樟柯创作的一块福地，照他的话说，在自己家乡的田野乡村能找到无穷的创作灵感。事实也是如此，他的许多文学作品和电影创作是在这里完成的，如获得柏林金熊奖的电影《三峡好人》以及《山河故人》《江湖儿女》等。不仅这些，贾樟柯还利用恒鼎工业园区的旧厂房，改建成为创意独特的“贾樟柯艺术中心”和“贾樟柯种子影院”，并且与贾家庄共同创办了“86358 世界电影短片交流周”，给有志青年导演筑建起展示才华、实现梦想的星光灿烂的舞台。

贾家庄，这是块深情的土地，这是块长满故事的土地。贾家庄人为自己的家乡能蓄积丰沛的文化滋养很感自豪，也真诚地期待更多的作家、艺术家能来到这里同他们一起品尝生活的滋味。邢万里代表家乡父老乡亲发出了诚挚的邀请：贾家庄作家村欢迎文学艺术家签约入驻，长期体验生活和创作，尤其对以当地为题材创作的各类文学艺术作品将给予特别奖励。邢万里说：“中华人民共和国成立后，贾家庄历经几代人自力更生、艰苦奋斗，始终不忘初心，坚持走共同富裕之路，建成了今天富饶美丽、和谐幸福的新农村。真心欢迎作家和艺术家们走进我们的村庄，走进我们的生活，书写出以人民为创作中心的无愧于这个伟大时代的作品。请记住：山西有个作家村，来到这里就像回到了家！”

2018 年 12 月 19 日

梦泉名记

戊戌春日，回村访友，闻得村西南大田，忽如一夜涌泉，遂前往探究其详。距百米，波光粼粼；临近旁，水声潺潺。观状，流茎吐蕊，花样绽放，似白莲朵朵。掬饮，清冽通经，浸润明神，若甘露沁心。立时，喜悦油生，不禁大呼：爽哉！快哉！询同行者，言此泉乃丁酉寒月喷发，恰于村两委新老交替之际，众曰祥瑞吉兆。

阅查《汾州府志》，明万历、清乾隆即有记载，曰："闷泉，在城北八里贾家庄。平地渟渊湛澹，池圜闭如壁，其脉散漫流衍，无湍激声，故名。""……旁地多沃缛，穿引艺稻池上建昭济圣母祠。近池产九节昌蒲、水葱、剪刀草、芊绵绿。"以证，追溯数百载，此乃风水宝地，风光越秀，白鹭翱翔，稻荷映香，一派丰衣足食、乐业安居景象。然不知几何，闷泉息流，了无所踪。从此，贫寒逐至，灾荒肆虐，百姓食不果腹，衣不蔽体，不得好活；近代，天灾人祸（碱涝、战乱）甚重，妻离子散、家破人亡频发。民谣道：“烂塌火灶破瓦房，生疮害疥打摆晃。有女不嫁贾家庄，嫁到贾庄受恓惶。”

中华人民共和国成立，贾家庄百姓梦盼富裕，村两委楷模垂范，秉持公心，和衷共济，薪火相传，笃信共同富裕之路，弘扬百把镢头精神，初心不改，矢志不渝。邢利民执印 40 余载，承父辈之志，不以私财为贵，而以民穷为辱，誓言铿锵：“一人富不算富，大家富才叫富！”“不当百万富翁，要建亿万富村！”其心可昭日月。如今，贾家庄民富村强，亲睦祥和，生态宜居，名闻遐迩，来客络绎，流连忘返，实乃乡愁乐土。

新颜更旧貌，梦想变成真！一日，听邢利民慨叹：梦圆乡亲百年夙愿，不枉此生矣！故而建言，今泉非昔泉，何不名定“梦泉”。闻者大悦：甚好！并委以文字记之，勒刻立碑。

常言道：饮水思源。梦泉乃贾家庄父老乡亲之福报。取而用之，当怀敬畏。引之以浇园灌田，当思其源宗，清流何来；舀之以洁面净身，当思其苦甘，先辈含辛；掬之以滋心健骨，当思其担承，百姓为天。山岳之负，莫若民本最重；度量之衡，莫若人心最精；普天之下，莫若苍生最要。泉小可见民德。沙微可显大千。贾家庄一村之隅，虽弹丸却鉴社稷貌相。观其民富，可知国运明昌；感其民安，可知国运泰康；闻其民乐，可知国运盛强。民生之道，与政通矣！

2018年6月6日

●二

我遇画家李晓林

画家李晓林要在山东办个人画展，朋友托我帮忙。我虽不认识此君，但还是痛快地应了。一来他是太原同乡，山不转水转，人不亲土亲；二来他确是位卓有成就的画家，不仅现职为中央美术学院教授、全国水彩艺术委员会副主任，而且作品频频亮相于国内外各大画展，屡屡摘金折桂捧得大奖。

事情办了就办了，哪儿还记得住。谁知，有天接到朋友电话，说是画家要回太原一趟，邀约见个面。

那天傍晚，我来到微信里写的地址，推门进屋，人已聚齐，除了“搅扰”我的那位朋友，还有几个不曾相识的人。经介绍，我知道了那位蓄着灰白软发、一副眼镜架在长脸上的就是李晓林，其余的都是他就职本地的交情甚笃的挚友。人已凑全，上桌开席。我被安排在画家一旁就座，筷子刚拿起酒杯就到了。

主人诚致谢辞，一饮而尽。没啥说的，人家赤诚丹心，咱还有何装的，喝吧！连续三杯，热流淌进肚里又窜至脸上，话随之也多了，不一会儿大家便成了谈吐自在的相熟朋友。趁着酒性，李晓林拿过他书脊厚实的画集《面目》，撕掉包装着的塑封，掀开扉页写上名字相赠予我。纸质优良，装帧考究，线装做工，肉墩墩的293页，加上封面、环扉等足足有300个码。我随手翻阅，册子里的作品都是水彩人物肖像，不同民族、中外人种都有，还有一组极为显效的全墨色矿工面孔，富有故事性和穿透力。我曾经当过矿工，在井下做回采工，对煤矿的生活深有感受，故对这组画有强烈的触动感和呼应感。李晓林介绍说，这些矿工的形象来自现实，是他小时候随父亲回老家探亲时的玩伴，但让他心灵受到震撼和创伤的是，当这些生命长到十六七岁时一个个都过早地凋谢了，每次他回到老家都能听到又有几个去当矿工的伙伴死难的噩耗，虽然那一张张面孔的记忆还停留在孩童……

画家的故事让在座的人无不唏嘘感叹，大家把酒举盏又是几杯下肚。饭桌上的话越来越稠了，也不知晓林君喝了多少，脸红红的已显微醉之态。他一声长叹，仰脖又一杯酒倒尽，拍着桌子说："作为画家，我一直有一个宏愿，就是想为晋商创作一幅画，永久地挂在国博的墙上！"大家齐声击节赞同。可晓林君却摇着头，极度苦恼地说："机会虽然来了，国家权威机构立项要求创作反映历史上中国商人的画作。可几次论证，我的想法都未通过，原因是有位老专家称晋商不能代表中国的商人，甚至武断地说晋商是靠行贿官员发展的。我后来一打听，她是安徽人。"说着，他又喝下一杯酒，头一耷："唉！再过几天，国家权威机构组织最后一次论证，胜算渺茫，命运堪忧啊！"

这么好的一桩事，咋能无端地黄了呢！我愤愤然，也喝下一杯酒："历史是在那里凿刻的，事实胜于雄辩。我帮你！我来论证给你听……"对于晋商的发迹与发展，凡是山西人都略知一二，有的甚至谙熟其详。我 30 年前即已涉足于此题，曾徒步两千多里"走西口"，并最先提出"西口文化"的概念，故不可狂言专家但也算初有心得。我借着酒劲儿，口若悬河，一、二、三……大谈晋商之道，直听得晓林君神采飞扬，连连叫好，最终他再饮一杯，道："有你的话垫底，我就什么都不怕了！"

这一晚的酒喝得痛快，相信画家准保不知怎么回家的。我躺在床上，一时难以入睡，于是又拿起那本《面目》翻看。我面对那一张张矿工黑黝黝的脸，画家的创作笔触渐渐清晰。我当即写下一段感受微信发给了画家，虽然我肯定地知道他现在昏昏然根本看不了——

其实，李晓林对矿工的描写是“模糊不清”的。只是因为他对童伴的记忆还不确定时，他们即已离开了人世。正因为是这样，当他怀着儿时的情愫，回到父亲的故乡时，听到那曾经玩耍过的孩童未至成年即已在井下逝去生命的噩耗，不知所从但又无法忘却……因此，他便借助画笔寄托对幼弱生命的无限哀思……因为情缘，他描述了凿刻在记忆深处的永固表情；因为生命，他表达了对天地生灵的真诚敬畏……

第二天，太阳升起老高了，李晓林的微信来了：敬民兄，早晨好！读了，受益匪浅！后面跟着三个拱手抱拳的“表情”。

我回之以：不敢，乱评……哈哈！

……

此后几天，与画家“失联”，微信那头静悄悄地没了音讯。

忽有一日大早，微信再度振响，画家的文字又跳了出来：敬民兄，那天我喝大了，您说的那个关于晋商的三条重要意见我记不清了，麻烦您方便时再传授一下。我16日要与那些史学家辩论。

今天已是14日，距“决战”还有两天。看来画家现已回京，正在运筹帷幄。中午，回家翻出我在2009年编著的百万字丛书《西口再望》，对着刊有我就西口文化及晋商答记者的篇章一通拍照，然后微信传给了画家。随后又写去几句话：晓林君，发去有关文字一篇，请抽空粗略一阅，看能否对您有帮助。

画家很快复信：感谢敬民兄，下午我细细读。

……

下午，我去参加一个座谈会，发完言后坐着无事，干脆打开微信写起来，心想，何不趁此简略整理出画家索要的有关晋商的那“三点”，这样将能更加直接地帮上他。于是，便有了如下文字——

一、晋商是第一支以群体方式睁眼看世界的中国人。当时，山西商人票号开设到了全世界，欧洲如莫斯科、伦敦、巴黎等大都市都有。

二、晋商是中华文明的使者，是中华文化的传播者。中国十大商帮，只有晋商大规模地走出国门走向世界，仅曹家、常家经商员工就各达两三万人，常年奔波在中外商道上，因此在外国人眼里他们成为中国商人的代表。也正因此，晋商以商为道在传播中华优秀文化的同时，又把西方的优秀文化带回到中国，并进行杂交和消化、吸收，形成了独特的中西合璧的文化现象，如在建筑、陈设、用具、会话等方面都可见到。

三、晋商作为主力军打开了“茶叶之路”，建立了世界贸易及文化交流的大通道。当年福建、湖南等茶园茶山多有晋商买下经营，形成产、运、销一条龙，并打通陆路“张库大道”等和与东印度公司贸易开通海上茶路，由此以茶为介的中国文化影响了人类发展及历史进程，甚至在某些方面改变了世界。故对茶叶有“一片改变世界的叶子”之誉。

……

上文发去，画家那头没过几分钟即发来回应——一个五体投地、大拜不停的“表情”，并留言：“太好了，有您给我壮胆，后天和那些历史学家论证我有底气了！”

我不禁一笑，心说：夸张！少顷，我还是不放心，又写去一段话：“建议：可将画命名为‘中国商人’，这样既让他们有台阶下，并能从私利的个人情感中接受，又能更开阔更深邃更以世界视野地表现晋商。且在创作中摆脱了束缚，可自由驰骋，尽情挥洒……相信，不朽之作不久即面世人！预祝！”

……

又过两日，16日下午，画家李晓林的微信响起，我赶紧打开，哈哈，是这样写的——

敬民兄，晋商草图顺利通过国家权威机构专家委员会的最后一次定稿会，我方大获全胜，谢谢敬民兄的鼓励与献策。您的激情、热情、友情与渊博的知识感染和激励了我。寒假回并邀您喝庆功酒！

喝酒？太便宜他了！相信，用不了多久，画家李晓林就得登门送上举行于国博的盛大开展邀请！

2014年11月23日至24日

简历名片：

李晓林，1961年1月生于山西太原，1990年毕业于中央美术学院版画系，现为中央美术学院版画系教授，第三工作室主任，博士研究生导师。中国美术家协会水彩艺术委员会副主任。

作品曾获得全国第十一届美术作品展览金奖，第十二届全国美展提名奖；全国第八、十、十一、十二、十三、十四、十五、十六届版画作品展览优秀作品奖、铜牌奖、银牌奖；全国第六届、八届、九届美术作品展览优秀作品奖；中国版画家协会“鲁迅版画奖”。作品入选国家重大历史题材美术创作工程。

画笔上跳动的灵魂

晓林君：

昨天发来的《山西大院》新作草图拜读。您讲是应国务院参事室和中国文联之邀而创作的。他们真的找对了人，我认为在中国画这类题材的没有比您更合适的人选了，尤其是油画、水粉或版画之类，君当属第一人！祝贺！

此画作草图看过之后，无以平静，尤其是对我这样一个有晋商文化及“西口”情结的人。作品描摹的物象与人物打动了我的心，久久沉浸其中不能自拔。我以为山西当年商人的气质已深化于君的骨血，出手便挡不住激情偾张，色彩的笔触似有神明左右，尽染眼前，令人叹服！其实，君在这方面的奇才早已在国博永久陈列的巨幅油画《商帮兴起·晋商》就尽现无遗了，那画中十几个各态人物及营造的环境氛围是当下表现此类题材的高峰，堪称大师之作。这并非吹捧之言，因为虚幻的名堂对社会及你我都无益。既然作为评论者，就当应有自己的见解及远见，在墨彩丛生中穿云破雾，预测到那只执笔点化灵魂之手的趋向与未来。这个话题不再多说了，再说就真要有“马屁”吹捧之嫌了。哈哈……

现在我想说的是这幅即将诞生的作品，既然是草图，那就还有继续研磨、提高的空间可能，不到示人的那一天总还是在改动之中，力求达到认知所及的完美（虽然这是不可能的，作画与做事一样，永远有遗憾之处）。昨天您发来微信，我拜读草图即回复了意见：“这种体裁无人能画得过您，当为第一！非常喜欢您的画风，建筑某处可否表现一点中西合璧韵味，这样格局就更大了。晋商的经商历史也正是这样，通达四海，正所谓：汇通天下。其实，晋商大院儿里的建筑正反映着中西文化的交融。一点不成熟的建议，仅供考。”您当即回复：“太好了！这说明我们的交流无障碍，对艺术有着无上的崇敬和强烈的进取心。”在看到您大量作品的那时起，我认定您的造诣不仅在艺术，更是在境界。大师都是胸怀大局、有大境界的人。

我认为当今绘画有个共同的问题，就是不讲故事或根本就不会讲故事，因此画作没有承载，没有内涵，没有支柱，没有灵魂。而您不同，您是位会用画笔讲故事的人，并且讲得悬念从生，跌宕起伏，有热烈、有冷峻、有思考、有惊醒。总之，您的画作内在力量是强大的，是有着无法阻挡的穿透力，让人过目难忘，久久萦回，不绝于脑。比如，您荣膺全国美展金奖的《矿工》系列，那分明是用画笔在讴歌生命，在倾诉心中的怨恨与情愁。那些人物看似在那个生存环境中平平常常的自然状态，然而透过层层墨色令人感受到的是生命勃发着的张力，仿佛能听到那一颗颗怦然跳动着的心，使人不禁生发出一种仿若血缘牵连的亲情，接着便会切问：兄弟，你在哪里？你还好吗？再比如永久悬挂于国博墙上的那幅巨制《商帮兴起·晋商》，讲的是跨越几百年的故事。那些已随光阴故去了的先祖们复活在画布上，带着特有的时代气息风尘仆仆向我们走来。他们每个人的背后都演绎着一段自己的故事，而他们汇聚在一起则掀起的是那个时代商海里中国人的旷世波澜。您用执着深情的画笔给他们每个人注入了灵魂，使那个渐行渐远的时代辉煌重新放射神采。谁能说绘画不能承载历史之重，谁又能说画家不是历史的记录者呢！

晓林君，这次的画作依然延展、担承着那种源自于骨血中的历史责任感与使命感，画中除了那些恢宏的晋商大院建筑群落，便是在前景复活再生了的生动人物。他们按设置分成三组，左为四少年搭肩挽臂戏耍；右为五儿童“藏猫猫”，边立一女娃手拿“风轮”旁观；居于画面中间的是一老一少，长者气宇轩昂侧身站立，手持单筒“西洋”望远镜正朝远方瞭望，膝下一男孩儿牵着老者的衣襟有些木讷地看着正前方。从二者的人物关系来看，似乎是爷孙俩，但也不尽其然，当年老夫少妻的现象并不鲜见。很难说，这位财主富贾会有几房太太呢！画的气息已足够饱满，而且都别有情趣点。刚开始看过草图，觉着布局安排得已经很好，构思很奇巧，在有限的尺幅上展开了令人浮想联翩的故事。这也是晓林君的拿手活儿。过后再细品，在沉浸于光影之中的墨韵催发下，我心里渐渐生出些痒痒来，随着晓林君那魔幻灵动的彩笔也进入了创作状态，难锁意念的萌动，总想着再有一点儿别样方愈加舒畅，于是便开始了遐想……晓林君故事的开头已清晰地交代了背景环境，叙事铺陈开来，层层推进，然而我感到还不够“解渴”，再有那么一点点什么就更有味儿了。说得直白些，总觉得话说到这儿还意犹未尽，尤其从人物身上的特质及其呈现的环境氛围里，故事似乎讲至大半，而期待的那个精彩的结尾就将到来时竟打住了，使人提起的气无以放下，不能释怀，故事还可再饱满，主题亦可再深掘一锹。

这样一来，它开始搅扰我的睡眠，脑子总是不听使唤地缠绕在画幅里，难以自拔，画中的人物开始“动”了起来，不停地在画面的各处跑来跑去，总也消停不下来。我最终的注意力，还是放在了画面中间群组的人物身上，这是整幅作品的“气口”，“眼”的要害。我在想，可否如是设计：这组人物的关系处理为三人，老者享天伦，少年志远方，稚童善纯真。具体情形：老者怀里一幼童，红扑扑的脸蛋，头戴山西浓郁民俗色彩、式样的“虎头帽”，脖套银制“长命锁”，伸出两只肉乎乎的小手，喜笑欢颜；老者手捏红绿花布缝制的布老虎，脸上泛溢着舒心，眼神露出快慰，一派家业兴旺的满足；在其身边不远处，有位十三四岁的英武少年正站在一盘石鼓之上，翘着脚尖儿拔直身子，双手举起“西洋”单筒望远镜瞭望远方。他仿佛在盼着远去“口外”的父亲和那满载财富的驼队回来，又仿佛壮怀激烈，豪情万丈，憧憬那高远的苍穹和辽阔的海洋，大有像父辈那样去闯荡世界的勃勃雄心。如此，这幅画作的立意不同了，更有耐人咀嚼的故事“悬念”，愈加蕴藏有深刻的内涵。作品铸“魂”挺立，盈满张力，故事延伸着笔之外，激活读者交感思维，营造耐人寻味的遐想时空……

晓林君，我是个外行，也不管话说得对与不对就写下这么多，真有些怯意，好在彼此是朋友，也就有话直说了，图了个一吐为快，好歹您都会理解和耐受，不过初衷善诚，总想着让作品表达得更好。写到这里，我忽又有所感悟，其实晓林君的创作立意已得到验证，草图即已具有了触动人心的力量，不然我怎么会“滔滔”有感而发呢！

不对之处，敬请批评！

祝创作愉快！

切盼大作早日面世，成为又一个画坛传奇而不朽！

您的朋友：张敬民

2018 年 4 月 26 日至 28 日

我观画家王一明

一个人因导师的一句话便要一头扎进黄土圪梁守上10年，他不仅当场豪气地应了，而且话音落地的12天后竟然开启了“安居工程”。那是2012年10月17日，一个叫王一明的画家在陕北榆林的麻黄梁安了窝。

未相识前，我对这个人的兴趣远远大于他的画，可以说如果不是他的到来，去不去看画展都是两说，即或去了也会是漫不经心的，毕竟那纸上渲染的笔墨不是自己的专业和探求。

那个初冬的下午，我来到太原艺术博物馆，上了二楼，报告厅里传来出席开幕式专家、学者慷慨的激越陈词，掌声阵阵雷动。恰得展厅空幽无人，我没身进入，静观那陈列展墙或横或竖或大或小的作品。这是个有主题的展览，画作所表现的无一不是晋陕黄土坡梁的沟壑苍茫，而在构图布局上又以满幅遮蔽的手法强烈强调着厚重斑驳的黄土垣，以致每幅的天空与山岚都被挤压在窄窄的缝隙里，乍一看去黑沉沉的给人透不上气儿的压抑感。一位观者不知何时近前，小声道：我咋看画得都一样？我未作答，笑笑。这时，门前一阵骚动，随着电视记者白炽灯的照射，一群胸佩鲜花的人相互簇拥着走进来，从情形看那个戴着镜一头长发不住打着导解手势的中年男人定是王一明。

展厅很快有了温度，人们在画廊间流动，不时三三两两驻足评点。我退至安静一隅，眼观心摹那密密麻麻的黄黑叠加交错的点墨，总想从中读出画家流露笔毫的情愫心语。恰时，太原艺术博物馆馆长喜面迎来，把手相握，热语衷肠。我道出心里的探询，问画师是否学过西画。馆长自信满满，口吻不容置疑，这个年纪的画家一定都有西画的功底。话间，王一明陪随而至，馆长赶紧择机拉过他介绍与我，这便成了我们相识的第一次握手。由于他是今天的主角，哪儿都需要他，故不便详谈细聊，便匆匆而辞。

回到家里，王一明的画总在脑际萦绕，尤其是那些短触的点墨笔法和在大片昏暗山梁上或跳动或铺射的浓浓淡淡的黄色一直挥之不去，而是强烈跃动着表达着什么……忽然，一道无形的光划过，刹那明晰，他那看似一幅幅相似的图景其实大有别境，墨笔繁密的触触点点中透射出瞬息万变的气象，正像印象派大师莫奈的作画风格——以逗点法短笔触来表现光影的微妙变化。

王一明这次展出的画作，是两年来与麻黄沟朝夕相伴的所得，与其说是展览倒不如说是一次阶段性的对光影移变把握和感悟的汇报，因为距承诺的“十年磨一剑”的志向磨砺还有八载的路要走。

第二天，我又应约来到展馆，把自己的感想告诉了王一明。他瞪大原本就不小的眼睛，连连点头应声，称如是这般苦心追求。

眼下已没有了昨日的喧腾，静得只有为数不多的赏画人。王一明引我又一次来到他的每一幅画前，从着色、构图到创作背景等选择性地详略随兴而谈。渐渐地，我们的话题深入了，围绕在一些局部的细微处理上抒见探讨，特别是对画中表现强光照射的留白处理更是集聚的焦点，因为它虽不着墨却是整幅画作的“气口”和“画眼”，如果运用得好点画得妙便气韵生机，满纸通灵。正像画家王一明所言，墨是画白亦是，无墨胜有墨，无声胜有声。应该说，王一明在他的这种观念支配下，创作时已高度自觉地注意到了这一点，而且做到了有力的强化，无论是布局分布还是大小姿态都恰如其分、恰到好处，在墨色密实间给人以视觉的通透感和气息的流动感。

艺无止境，妙贵传神。关于“气口”留白的再深化，我商榷地表达出自己的意见，即目前的处理还只是一种透视学的光影表达，而现实中凡是这些或沟底或梁间的反光点往往是行走的道路或干裂裸露的阳壁，倘若在画绘此处适当地生出浮漫的尘烟，是否会给画里注入另一种生机，使观者透过涤荡的尘埃仿佛看到了商队、听到驼铃，或是触摸到万亿年的黄土梁在太阳作用下崩裂塌落的地脉……另外，在天空浮云与沙梁垣脊交会的处理上，不要泾渭太过分明了，而要多姿多变，自然界里其实就是飘拂缠绵在一起的，气象博大万千……

以留白的“气口”表现生命的律动，用云霭的岭垣彰显天地的张力。王一明欣悦采纳，说他已意识到这点，并正朝着更高妙的目标方向挺进深化。

是的，王一明现今画技已炉火纯青且水平亦属同辈高峰，谁敢说八年后走出陕北麻黄梁的他会是一个怎样的丹青大师。

王一明的这次画展，其恩师贾又福饱含冀望挥毫题名：苦行探道铸丹青。师生情重，寄语千钧。我感佩慨叹，不禁倾友衷肠，应题附赋：嚼碎笔墨入画幅。

2014 年 11 月 21 日

简历名片：

王一明，1959 年生于辽宁省抚顺市，原籍河北任丘。1988 年毕业于抚顺教育学院美术系，1990 年至 1991 年在中央美术学院国画系进修，2002 年毕业于中央美术学院贾又福山水工作室硕士研究生班。中国美术家协会会员，北京大学贾又福艺术工作室助理，贾又福艺术研究基金秘书、贾又福工作室组织委员会秘书长。2012 年 10 月，在陕北榆林麻黄梁镇田家园创建“王一明写生创作基地”。

王一明是黄宾虹、李可染、贾又福一路山水画正脉传人，他的山水画已经形成鲜明的个人面貌。他曾深入研究中国优秀传统绘画，对范宽、龚贤、石涛等家用功尤深。同时学习黄宾虹、李可染、贾又福等现当代画家的成功经验，结合对大自然真山真水的观察感悟，再以个人独特个性融冶运化，终成自家风格，为中国山水画的传承与开拓做出不懈努力。

苦行探道铸丹青

再见到王一明，已是三年之后了——即 2018 年的秋天。他还是那副打扮，身着浅灰色的麻布对襟褂，头发背着，脸上架着近视眼镜，操着满口的东北口音。他还是那么的随和谦逊，而且举止言谈之中愈加显得淡定平和了。想必，这就是陕北麻黄梁风霜雨雪的磨砺塑造，久了，定了，也就平了。

其实，自从王一明发誓，要在麻黄梁扎下十年潜心作画的那刻起，质疑的目光就从来没有淡去过。即便是一年两年过去了，人们还是不肯放弃关注，总想用时间来印证心里萌生着的“不确定”，直至现在还关注着事态的发展。我肯定，这种疑惑与猜测会伴随着王一明切切实实走过十年方可罢休。人们的质疑，其实是在求证，言必行，行必果，不到等着看见结果的那一天定不会释然。

从2012年到今天，满满的六年过去了，坐在我面前的王一明，谈到往事仍然焕发回当初的激情满怀。这也是我想知道的，虽然清楚他是为了老师的一句话而付出了十年扎进麻黄梁这样的行动，可来龙去脉的详情并不知晓。今天正得这样的机会，从头梳理事情的原委倒也极其必要。

（一）

那是2012年的秋天，山水画大师贾又福带着弟子们到西安出席画展仪式，提出想找处“有特点”的地方写生。在画家眼里，“有特点”这三个字可不一般，尤其是从贾老先生的口出，就更显其“百般挑剔”之独特了。之前，他和跟随自己十多年的弟子王一明等人曾跑过不少地方，几乎每到一处都要去找寻，但均未有心仪情注的理想所在。照王一明的话说，美是美，就是找不到蕴藏其中的动心之处。这次来到西北，同样肩负着如此使命。有当地画家推荐，陕北高原的榆林地区有一个叫麻黄梁的地方，高天厚土，地貌独特，值得去看看。王一明有些担忧，从西安到麻黄梁要走六七个小时的车程，一路颠簸，怕年过七旬的老师吃不消，万一到了那儿瞧过还是一个不中意，那可就……贾先生却认真地点点头：“去看看！”就这样，他们一行十几人来到了麻黄梁。

确如所言，麻黄梁独特的地貌景象震撼了画家的心！它不是人们一般概念中的黄土高原，历经千百年风雨剥蚀的莽原大地沟壑纵横，坡梁一重叠着一重，沟沟峁峁像被撕裂的伤痕裂开一道道深沟，那受强烈冲刷而形成的状若枯槁鸡爪的土流，在阳光的照射下似凝固了的斑驳血浆。尤其在傍晚，夕阳强烈的光焰把千沟万壑映照得一派辉煌，令人热血沸腾，甚至惊艳到喘不过气来。这是何等的壮美啊！一望无际的黄土地，地连着天，天连着地，置身其间，人生何畏。

贾又福和一同前来的弟子们都欣喜异常，整整两天奔波在麻黄梁上写生。就在离开那日的傍晚六点多钟，已在黄土塬上站了许久的贾老先生仍"定"在那儿写生。王一明来到身边，提醒老师按计划该动身启程，连夜返回西安了。闻声，贾先生立定原地未动，目光深邃地注视着远方。片刻，他声量不高却很深沉地说："一明啊，麻黄梁是个不一般的地方。如果……"老先生顿了顿，又强调道，"我是说如果，你能在这儿趴上十年，艺术上乃至人生定会有大的提升。"

王一明谙熟老人家的做事为人，先生一般不多言多语，一旦话从口出即有"玄机"，必定深意蕴含其中。他敏感地意识到了老师在"点化"自己，那个寻觅许久的千载难逢的机缘到来了。王一明望着先生，认真地说："老师既然这样说了，那我今天就当着大家发誓，在麻黄梁趴上十年！"

贾先生眼含微笑地看着学生的脸，又加了一码："当真？"

王一明会意一笑，应声到："当真！"

此言既出，时机尚好。当着相随而来的十几位弟子的面儿，贾又福先生当即与王一明立下"军令状"。

这时，烈焰一般的夕阳气势如虹地斜扫在麻黄梁那排山倒海的沟沟梁梁上，久已蓄势的王一明薪火点燃，面对如此壮美景象心潮澎湃……

跟我回忆起当时的情景，王一明的心情仍不能平静。他语气激昂地表述："我清楚地记得，那一天是2012年的10月5日。秋高气爽，夕阳打在沟壑峁梁上，才知道什么叫残阳如血，什么谓之为壮观。与大自然产生的那种共鸣，让我真正体会到了什么是自强不息，什么是厚德载物！"

那一天，他们师生们回到西安已是凌晨。王一明一夜无眠，脑子里不住地罗列出一个个问题。的确，一句话说出容易，真要付诸行动可就件件具体了，头一桩摆在面前的就是怎么做家人的工作。

回到北京的第二天，在夜晚安静的灯光下，王一明对爱人说："我有个想法，要离开北京一段时间。"

妻子不以为然地点头笑笑。

王一明又说："咱们要离开十年，去陕北的麻黄梁住。"接着，他讲述了事情的来龙去脉。

妻子见丈夫一脸认真，沉静思量。说来这已不算什么"意外"，专修美术史的她从东北南下深圳再"漂"到北京一路伴随，深深懂得丈夫在艺术道路上的苦心追求。只是又要离开好不容易才在北京安顿下来的家，心中真有些难舍，毕竟他们儿孙三代热热乎乎都生活在这里。少顷，她只说了一句话："这事要跟儿子商量一下。"

……

作为同道中人，夫妻俩可谓心有灵犀。他们敏感地知道艺术创作上的机缘来到了，可毕竟人生不过百年，十年不算短，况且这一去并非走马观花，也不是每年逢好季节开着车跑几个月写写生拍拍照，而是要在人烟荒凉的黄土坡梁上安家落户，寒暑星辰地扎下来生活，一年 365 天的日子得一天天过，谈何容易啊！但是，他们更清楚贾又福老师话语里深藏的用意内涵，用"趴下十年"解决一生的问题，又是何其的短暂，值得倾尽所有去付出！

执着的追求，长久的蓄积，机缘到来，决定人生改变的关节点往往就在那一刹那！

（二）

几天之后，王一明和爱人一同踏上了前往麻黄梁的旅途。原本想着去几天，摸摸情况再从长计议，哪知这程竟驻留了整整一个月。

到达麻黄梁的当天，他们先找到镇文化馆的馆长曹振林，一周前也正是这位“当地通”作为向导跑前忙后的。老曹不善言谈，很少有对话，即使说出一句也只有几个字，像电报用语一样节省。他个儿不高，身子很敦实，红褐色的皮肤透出陕北高原人的特质，还有那不会遮掩的憨直纯然的微笑。可老曹慧秀于心，十分明白这对北京来的画家夫妇一旦落户，麻黄梁为世人所知的机会可能就会来到了，这块沉睡的土地将被唤醒。（事实上，正如曹振林这位最基层的文化馆长的卓识远见，那时少见人烟的麻黄梁如今已成为闻名中外的画家、摄影师的创作基地。）他不吭不哈地忙前跑后，一连几日陪着王一明夫妇爬梁翻沟、走村串户，寻找那方可容身栖息的位置理想的艺术圣土。最终，选址落定在双锁山村田家园小队的一处峁梁上，不过若要安身立命于此，必征得已多不见踪影（都外出打工或住进城里）的农民同意，还得在生硬的峁梁上推出平地砌砖盖瓦新建“家园”。面临如此多的软硬工程，难度不亚于城里的房地产开发，甚至比意想的还要难。

“好脾气”的老曹开始发挥身为当地人的优势，连日泡在双锁山，拉上队长挨家挨户把村民找来，讲明情况，沟通思想，统一意见，有的人流走外地就想尽一切办法通讯联络，直熬到最后一个人同意。所涉事宜全部谈妥，王一明从镇上雇来的三辆铲土车开上了田家园，一时间隆隆的轰鸣声打破了荒僻多年的沉寂和清冷，就连对面峁塬上独居的老羊倌儿也天天手搭凉棚驻足长久瞭望。这一开工，铆足劲儿便推了27天，夫妻二人既是监工统计员又是端茶倒水带搬运的小帮工，眼睁睁见证那坚硬的峁塬上啃出了一块十几亩大的平地。王一明像个憧憬满怀的孩子，反复踱步丈量脚下粗粝枯槁的土地，幻想着那即将在黄土与蓝天之间竖立而起的艺术殿堂，心中生出无比的冲动和喜悦。他说：“搞艺术的人，心中必得怀着虔诚的神圣和崇高的梦想与愿景。天天暴晒，摸爬滚打在风沙里，我同妻子真没觉得苦，反而充满了无比的喜悦与期待，渴望工作室一夜之间建成，将全部身心倾注于笔墨情愫里。”

哪知，就在这时，一辆汽车载着几个后生来到工地，一阵沙尘卷过露出高原人暴怒的面孔。他们不由分说，勒令停工，强行要将王一明夫妇逐出双锁山。突如其来的变故，让这对显得文弱的外乡人不知所措，任凭怎么解释说理，来者死死咬定不答应，声称是专程从城里赶回的村民，决不同意租赁开掘这块土地。一直守在工地的曹振林出面调解，没有任何效果，只好找来田家园的小队长评判。这才知来者的意图并非无理取闹，而是担心这对所谓北京来的画家身份有诈，甚至有人猜测他们乔装打扮是为地下的煤炭和古墓而来。

事态已难以控制，村民们闻听越聚越多，纷纷反悔当初的承诺，表现出了“被侵”之危的强烈的土地意识。一切都无济于事，王一明夫妇只得息事宁人，披着像血一样殷红的残阳退出工地。解铃还得系铃人，唯一的办法就是把这里的麻烦通通交给曹振林，他们返回北京静候消息，结果究竟会怎样，只有天知道。画家夫妇心中焦虑，清楚地知道如若无果，不仅已经刷卡付出的 20 多万元工程费打了水漂，而且觅得许久的“机缘”将失之交臂，铸成甚或是一生的遗憾！这整整一个月的经历在王一明的生命里无法抹去，就其绘画艺术生涯更会是一组具有特殊符号意义的数字：2012.10.17—2012.11.17。

（三）

2013 年的春节马上要到了，就在这辞旧迎新之际，老曹的电话也到了，通报与镇、村、小队都沟通妥了，最终结果同意租让那块儿从来没有长起过庄稼的峁塬。王一明很干脆，说：“那好，过完年我们就上麻黄梁。”

刚出正月十五，王一明夫妇再次来到双锁山，托老曹租间老百姓的土窑住进去，草签过租赁合同，清明不到，地刚解冻就开工建设了。他们按照当地的习俗，破土、砌墙、上梁……烧香、放炮、宴饮……一项不离宗法，样样照着去做。王一明整得明白，这是入乡随俗，顺应自然，更包含着对当地百姓生活的纳接，以及理解与尊重。既然来了，就该把心贴近这块土地，学着当个农民。

一开始，他们并不懂得这里的人情世故，费了好大劲去找建筑队、备料场，可发现买回来的砖头总比实际价格贵，雇车运输路过一些村镇都要留下“买路钱”，常导致窝工，影响施工进度。后来，从北京跟来的儿子点醒父亲，索性把所有的工程都交给村里的百姓乡亲，一切的麻烦均随之迎刃而解。对此，现今的王一明深情理解：“生存在那里的老百姓不容易，都指望着揽下我的建房工程挣点儿钱，也许这能解决他们一年的生计。能帮一点是点，实在太应该啦！”说这话时，我从他透过眼镜的眸子里看到了不蒙一丝杂尘的真诚。王一明从纯朴的农民身上看到了人性大爱的圣光，他不能忘记对面峁塬上的那位老羊倌儿，80 多岁了，腿脚又不利落，有一天竟翻沟爬梁地来到工地，从怀里掏出粗麻纸包着的甜饼塞给王一明，关照这城里的后生多吃点儿，别累着。从油渍已经浸透纸面的情形看，这包糕点一定是孝顺的亲戚特意买来的，老人家没有舍得吃一口。王一明的心震颤了！

一年之后，老羊倌儿去世了。王一明翻沟爬梁来到对面的峁塬上，按照当地的风俗为老人家送葬。他供上专门买来的糕点，燃起高香鞠躬行礼，仰对苍天祈愿这位一塬之隔的邻里乡亲西去走好……

三月动工，八月竣工，400 平方米的“王一明工作室”终于坐落在麻黄梁上。王一明请来风水先生，按着老皇历定了个吉日，8 月 29 日这一天喜迁新居。这天，大红对子门窗贴，锣鼓鞭炮震天响，院里大桌小桌摆满酒席，全村老少和四方朋友全被邀来，把酒欢颜，不醉不还。

大功告成，一家人喜极而泣。

明天，王一明将迎来真正安家落户麻黄梁的第一个黎明。

（四）

麻黄梁的纵横沟壑开始进了王一明的画笔，同时也以庄严的沉默考验着画家的心。劳碌了半年的妻子必得回京处理些家务事，临走时，饺子、馒头、面条做了一冰箱的半成品，千叮咛万嘱咐，生怕孤身留守的丈夫饿着肚子。而平常从不料理家务的王一明，并不觉得日子有什么难耐，整天欢喜地守着麻黄梁写生，任画笔不停地墨色流动，只顾闷头吸吮大自然带给艺术的滋养，根本顾不上愁是个啥滋味。

半个多月过去了，事务缠身的妻子未能如期返回。王一明把冰箱里的食物吃了个精光，又在屋里的角角落落翻寻能够充饥的任何东西。他开始体会哈姆雷特的那句话：生存还是死亡，这是个问题。当然，事态远没有那么严重，但对成天晕染于笔墨中的画家来说，为混饱肚子而焦虑的"生存危机"袭上心头。幸亏有曹振林的接应，隔三岔五地开车上来，捎带点蔬菜什么的充饥解困。然而，天有不测风云，一场连阴暴雨真的像个囚笼一般困住了王一明。

秋后的陕北高原阴晴无常，险恶莫测，才刚阳光毒烈地暴晒着干裂的土地，烤灼得皮肤生疼刺痒，转眼之间便乌云滚滚压顶，大雨倾盆而泻。王一明后来才从当地文献资料查得，麻黄梁一带的气候条件恶劣，冬季冰雪封冻，春天风沙肆虐，夏季酷热干旱，秋天洪灾泛滥。他形容："头前还是大太阳烤着，转瞬天就黑压压一片了，连气都透不过来。开始雨点似铜钱往下砸，紧接着就像端着脸盆、澡盆往下倒，洪流滚滚，泥沙俱下。如果遇上冰雹那就更不得了了，硬得像铁疙瘩，人畜躲闪不及会被打死。这我才知道，野土梁上掏出的一个个小洞洞干啥用，是专为应急避难的。正是有了如此魔兽般险恶的自然塑造，麻黄梁才被撕咬成今天这样的独特地貌。”

这天，烈日当头，王一明正在塬上写生，黑云滚着雷声不期而至，瞬间天像漏了一样雨水滂沱。他逃回家中，紧闭门窗，看着风雨任性地暴虐，越发感到饥肠辘辘、身心清冷了。哪知雨一连下了几天，本就没有道路的塬上泥浆横流，人若行出定是冲落沟底不见踪影的下场。王一明受困家中，听天由命，每天只能省着吃所剩不多的水煮方便面，盼着老天爷早日放晴。住在镇上的曹振林也很焦急，电话不停地打，问这问那，生怕画家有个闪失。至于其他，他也望天兴叹，无能为力，车进不了山，人攀不上塬……

风停雨住，总算熬出天日。困兽一般的王一明好似重新活过来，恨不得立刻冲下山去回归到烟火人丛，可是他还是休想迈出屋门寸步，外面泥泞不堪，根本没有什么“道儿”可供艰难跋涉，即便是匍匐爬行也是枉然。真不知如此“饥寒交迫”的难耐还得熬多久？就在这时，王一明透过朦胧的光影瞄见远远有一个人影正朝这边蠕蠕移动，过了好一阵才看清那是村里辍学的小羊倌。他推着独轮小车，装满了土，两脚没进淤泥里，手攥铁锹吃力地垫出条弯弯曲曲的小道，见画家出现在门前，扯直嗓子吼喊："王老师，好个哇？咱这天底下最灰的地方，下过雨，不垫土就出不来。"

王一明谢着羊倌，眼已模糊……

（五）

一年、两年……画家的笔在麻黄梁这块土地上沉静下来，那墨色也渐渐吃进了峁梁沟壑的黄土层中，浸染于宣纸上呈现出别样的气象。2014 年到 2015 年，王一明画展《寄情麻黄梁》《苦行探道》分别在北京、山西、山东等地举办，以独特的笔墨语言汇报了尊师一诺"趴"在麻黄梁的磨炼与苦探。看着弟子修艺精进，贾又福老先生感叹："不容易！"王一明懂得恩师这句话的分量与深意，从当初选景时的"不一般"到今天寄情白宣上的"不容易"，其中包含着多么沉积厚泽的蕴涵与苦心。

王一明很坦白地说："我自己内心不是没有动摇过。开头咬咬牙，坚持一年两年还行，可新鲜劲一过了靠什么坚持？它不是光坐在那儿写生那么简单，天天吃喝拉撒要过活呀。实在说，生活方面的苦还扛得住，最难熬的是寂寞、孤独。"说这话时，已是他在麻黄梁趴了六年之后，语气恳切、平和，强调这是第一次向朋友袒露自己曾经有过的内心彷徨和意志畏惧。

冬天的麻黄梁是又一番景象，裸露的土地荒芜萧瑟，满眼都是瞭不见头的洪荒、迷茫。时逢大雪纷飞，天地白茫茫一片，更是绝望地没有尽头。往往这时，狂风相随而至，卷起冰寒的雪渣和冻土的沙粒横扫一切，抽在身上鞭挞一样生疼，手脸常会拉出血口子。面对严冬麻黄梁，王一明深陷孤独，内心蓦地被划得生疼。他望着冷冰冰的沟沟梁梁，扪心自问："王一明啊，你干了个啥？好好的北京不待着，跑到这儿来干什么？别人能老婆孩子热炕头，你怎么就非得拖累家人陪你一起受这罪？舒舒服服的日子你不过，图个啥？"王一明懊悔当初决定的轻率，根本没有料到接踵而来的重重困苦和难以忍受的孤寂。然而，当这个苗头一露出，他立即会坚决打住，虽不止一次反复，但最终还是重新夯实意志挺立在那里。学艺必先做人，是尊师教诲。大丈夫即已鼎言承诺，就必得赴汤蹈火，在所不惜！

"搞艺术的要有崇高感和使命感。艺术殿堂是神圣的，不脱胎换骨掉几层皮，真正超凡脱俗，定难以攀登。"王一明如是说。每当内心泛起彷徨和孤冷时，他总会以古圣先贤孟子的名言激励自己："故天将降大任于斯人也，必先苦其心志，劳其筋骨，饿其体肤，空乏其身……然后知生于忧患而死于安乐也。”艺术创作的追求与境界的攀升亦同。

王一明醒悟，面临的一切磨难正是在修炼自己的定力，这也是有成就的艺术家修为的不二法门。他把写生之余的大量时间用来精读古籍经典，还买了描写陕北生活的小说、当地文献、民歌光碟等“恶补”。他要让自己的心安定下来，由动入静，由外观内。“青灯之下静心读书，吸吮中华文化的营养，这在北京是绝对做不到的。就艺术滋养而言，在山里待一年胜过在城里住十年。”这就是王一明的切身感悟。他说，“定”字对各行各业都特别重要，人要心想事成必得有“工匠精神”。而“定”的根基何处，就在中华民族深厚的文化积淀当中。“定”“静”“安”“德”“慧”是根脉，《大学》开篇即把其中的道理讲明白了。我们的老祖宗太智慧、太伟大了，不能数典忘祖啊!

日复一日，年复一年。王一明眼中的麻黄梁变了，那些凿刻下世世代代苦难的沟沟梁梁、峁峁壑壑，凸显出深邃而博大的苍凉之美——神秘、凝重、庄严；危难、艰险、坚韧；创造、崇高、辉煌。王一明十分虔诚地说：“我把麻黄梁的沟壑当作一本书、一本经来读，你同它交流的越多，它带给你的就越多。透过它，我看到了大自然的魂魄，感受到了民族的精神！”

（六）

与山川为伍，与彩云为伴，以日而升，以月而落，瞬间就过了六年——王一明的言谈镇定、自信，听似轻松快意的语气里抒发出沧桑岁月磨砺而塑铸的丰满。

2017 年 11 月，《高天厚土民族魂——王一明山水画展》在太原艺术博物馆举办，60 余幅展现麻黄梁不同风采的墨彩作品面世。2018 年 9 月，王一明的新作又相继在北京 798 艺术区“三度半艺术空间”展出。这些作品除了艺术表现的独特性，还有一个特点就是尺幅大，将陕北黄土高原浓烈的气息强劲吹来，气势磅礴中蕴藏着神秘的意境。尤其令人惊喜的是，王一明透过自己的眼睛发现了深埋在黄土中的“秘密”，笔墨下的千沟万壑有了生命的流动，点线的晕染弹出了肌理的张力、韧劲和力量。这也正是中国绘画传统中所讲的“皴法”。可以说，每一位成功的画家都是创造了自己独特的皴法才成就为大师的，纵观历朝历代绘画史莫不如此。

我把自己的观感说出来，王一明会心地笑了，这正是他希望品鉴者读到的。中国画讲究气、韵、神，王一明恒“定”下来，品咂中华传统文化的汁液，描摹大自然造化的精灵，内外兼修，用自己的眼睛去发现美，用心灵的感悟去自己发现，“踏踏实实提升修养，看山是山，继而看山不是山，然后看山还是山，望前而行，渐变升华”。为此，他专门刻了一枚图章——“自家灯火”。

每一个伟大的艺术家都是孤独、痛苦的，因为有强烈的愿景追求。他们为自己树立了高远的目标，同时也给自己布下很多的难题，别人已表现出的东西不可仿不可袭，复制重复必死。唯有用自己的心灵去体察和发现独特之美，倾注生命为之燃烧，方可矗立起一座具有符号标志的峰峦。王一明深知其中的奥秘和道理：“不能用传统的语言符号去印证当下现实的自然的东西。艺术是用自己心里的文化积淀，用你对笔墨理解的艺术规律、美学规律，然后用自己的眼睛和心灵，用一颗虔诚之心、崇拜之心面对大自然，与大自然对话，和大自然处朋友，这样才能发现自己想要的、新的、未知的、与别人不同的东西，这是艺术的核心。”的确，选择麻黄梁对于王一明来说是艺术乃至人生的挑战，以前他的画茂密繁盛，追求的是梦幻的东西；但上了麻黄梁，他必须做出艰难的改变，丢掉过去所熟悉的、熟练的、成熟的笔法，在陌生与苦恼中重新去攀爬、去摸索、去探求。对此，王一明颇有感慨地道出四个字：“甘苦自知”。

在中国，有一位被称为“苦瓜和尚”的人，至今虽历经数百年，其笔墨丹青仍是一座仰止高峰，画论亦犹如明灯照亮后人。他便是清代中国山水画巨匠石涛。王一明在麻黄梁六载寒暑风雪的磨砺，对这位先师所言“笔墨当随时代”的精神感悟尤甚——作为画家，追求的东西要同这个时代甚而这个时代的风帆紧紧系在一起，其思想境界要代表一个时代的标志。作品要随时代而生，几十年、几百年之后，人家一看作品就知道是什么时代的产物，是那个时代的精神追求。一切艺术都要有追求、有境界、有标准，画家的笔墨要代表当代人的审美态度、审美情趣，以及人文、精神、价值取向，这离不开中华传统文化的根脉。中华民族的文化有她独特的历史标志，是精神价值的核心。新时代必得要有新时代的标注、新时代的印记。画家要有崇高的灵魂，积淀文化修养，升华思想境界，拥抱生活热土，睁大自己的眼睛发现大自然的独特之美、时代的流变之美、生命的极致之美。

“笔墨当随时代”——王一明与陕北麻黄梁朝夕相处的六年，遵循实践着这句话，备得其慧，深惠其德。他说：“我把麻黄梁当作一部天地人生的大书来读，从沟壑峁梁表现的危机、苦难、坚忍中，我发现了它蕴藏的流动之美，苍凉之美，特别是在阳光瞬间照亮的那一刻，就像万马奔腾，就像滔滔不绝的黄河水一样奔流不息，滚滚向前。从中，我读懂了不屈不挠的民族精神，我读到了生生不息的民族之魂。”

面前的王一明，让我又想起了第一次相见时我写过的那句话：苦行探道铸丹青，嚼碎笔墨入画幅。

我想，到如今已越来越少有人再怀疑王一明“趴下十年”的诺言了，因为那原来被人视为遥遥难及的岁月只剩下四个秋冬，可谓“指日可待”。然而，王一明笑笑，平静地说：“麻黄梁对于我来说已不是十年，而是一辈子。”

画家王一明，把自己搁在了沟壑纵横的黄土梁上，其行为已不光关乎于艺术，更关乎于生命。

2018 年 9 月 1 日

红肥绿瘦 得造花香

好友腊生约我去他那里，观赏杜平让的画作。我并不认识此君，未曾有机缘谋面。但他的丹青我早已拜读过，那是在腊生兄的办公室，整整一面墙留给了杜君的工笔花卉，清淡而略有曼雾的叶瓣与干系轻动摇曳，仿佛在夏日的阳光下吟着偶偶清凉，每每临读总有清风拂面之爽，那感觉就像刚刚沁入甘泉的明前龙井，随着温润的抚爱悠悠飘溢出淡淡的丝蕴。有工匠心而无俗腐气。与此不同的是，这次腊生兄展示给我的是写意，从运笔、着色再到构造全然不是几年前杜君的模样，那种意趣变法出乎所料。我原本以为工笔画家是内敛静秀之人，不然哪来的毫端那如水的细腻，蜻翼颤过便会留下朵朵涟漪。不曾想，杜君的写意竟是墨韵飞来的大气象，令人不禁瞠目，似酒饮至妙时，开合恣意，张力却尽在法度。

品读杜君写意，有感于怀，促膝品茗，与腊生兄抒发——

一、筋骨。这是国画立得住的根本，大凡功夫不到者，难擎椽柄之力，笔墨少气无力，或若年少轻狂，或如气若游丝垂老，总是拎不住那根立起的绳，抖不爽那个精气劲儿。而杜君毫笔千钧，落墨力透纸背，尤以花卉枝蔓，枯荣交融，执拗苍劲，气贯神通。看上去，使人恨不得想凑上用后槽牙嚼上几口，咂巴个中到底是何滋味？当然，怕只怕磨出性子，牙口不好。

二、墨韵。杜君运墨独到，那本是艳俗的着色花草生出毫端丝毫没有丁点儿媚态。而这类东西很难脱掉俗胎，许多画家也曾想着辟径探道，整出个别样来，可画着画着就又不知不觉陷入媚影俗流之中，或许是那天生的富贵太过娇艳了，难当诱惑。抑或这便是此类传统题材难出新意的原因，甚至没有了那点俗气味儿、艳媚劲儿大众市场还不认呢。像白石老人，那简直是从石头缝里蹦生来的“古灵精怪”，涂抹花草任性到稀有，若不然又怎么堪称大师！

杜君的着色极有学问与深究，那墨韵刚好点在交融过度间的恰到处，多一分艳少一分寡，浓一分俗淡一分浮，分寸拿捏的正是火候，让人既解了渴又不至于呛着，特别是那色墨的配比，红肥绿瘦，沉稳而富有生机，简直精妙。杜君墨韵调出了自己相当于“符号”标志的独特语汇，难以仿袭，其中那分绝妙只有其性灵的“上帝之手”方可捕捉。

三、空间。绘画不论中西，都讲究空间概念。西画长于光影明暗来表现，国画则不同，是以胸有布局而落墨渲染于白宣，张弛强弱尽在毫厘之间，“象”由心生，得造花香。这也是中国画为何难画之要，正所谓较西画高妙之处。杜君的画空间营造很精进，十分谙熟互相之间的关系，并以哲学的思维来处理。说得更彻底一些，就是用绘画方式来讲析哲学。他的心中有大局观，再小的画幅也能透出无边际的旷达与襟怀。面对这种张力，观者置身于一个神奇的气场空间，感悟思绪纵情飞扬……胸怀乾坤，笔意有神。

四、风动。这是读画时的一种感觉，而且越来越强烈，说明杜君笔意想描绘出那种花草临风时的刹那动态，要展现灵光一现、稍纵即逝的敏感神经拨“动”的那一念。这是很险峻的，是有志画家都想追求的境界，如果真的拿捏住了便可成就妙品佳作，但也有可能一跤滑倒摔了下去。我以为，杜君探索有益，成效卓然。然而，从中我似乎也看到杜君心底暗藏的莫名躁动，就像风从心中刮过，婆娑摇曳。风吹窗棂青纱动，怎奈临池不波澜。我不明这是为何，是什么在搅扰着杜君的心，更不知这种状态究竟可奈，是否需要再着定力，像工笔那样清净下来，毫端涓流不染尘。初读偶感，只是猜测，未必准确。见谅！

以上文字乃随想随记而成，信笔涂来难免不切要领，失之偏颇，有碍圆融，得罪得罪。

2018 年 4 月 20 日

简历名片：

杜平让，1966 年生，甘肃庆阳人，艺名昴颉，专业画家。1990 年毕业于西北师范大学美术系。1996 年结业于中央美术学院中国画系，1998 年结业于文化部首届重彩画高级研究班。国家一级美术师，中国美术家协会会员，中国工笔画学会会员，上海美术家协会会员，机构签约画家。作品多次参加全国美展并多次获奖，编入多种专集并多次发表于多种专业刊物。在全国美术院校、师范院校研究生、本专科生美术作品、论文评奖中荣获优秀指导教师奖。荣获第四届上海十大文化新人提名奖。作品被国内外多家机构和个人收藏。作品《沧桑祭》被国家收藏，作为国礼送给香港政府。参加“中国艺术大展——主题创作展”“中国艺术大展——当代中国画展”“世界华人书画展”“第十届全国美术作品展览”“第十一届全国美术作品展览”“第四届当代工笔重彩画大展”“第六届工笔画大展”“中国艺术大展赴港作品展”“首届中国重彩画大展”“首届中国岩彩画大展”“第六届全国水彩、粉画展”等并获奖。荣获文化部《艺术市场》“最受关注年度艺术人物”。荣获文化部《艺术市场》“突出成就人物大奖”。荣获新华网“中国收藏年度人物——最受藏界关注奖”。出版个人专著《当代名家艺术观——杜平让·创作篇》《今日艺术家——杜平让》。作品及简历编入《巨匠之门——中国当代核心画家专集》《中国当代经典美术全集》《中国当代美术全集》《中国当代艺术经典名家》《新世纪中国文化十年——艺术人物》《当代画史》《东方既白——中国国家画院建院 30 周年美术作品集》等重要文献专著。

墨道立言 骨血入画

杜平让先生画展主题是《生命的力量》。生命，是一个恒久的命题，只要这个世界有人存在，有生灵存在，那么他（它）与天地造化的大自然的交融与伴生，就会在生命的搏动当中不断地演化，不断地变化，不断地生长，不断地绽放，就是这么一个充满生机张力的奇妙无比的过程。

王一明老师说过，绘画不只是照着山水或者某些东西在简单地临摹。那么，这就提出一个问题，到底怎么来看一幅画作？我不是画家，是个外行，只谈我自己的感受。一个人仅仅是拿着画笔去复制，简单地临摹，那么真山真水要比你画得漂亮、生动得多得多，它更灵动，更有遐想，更有启迪。如此的关键就是关乎生命的问题，就是平让君这个命题——生命。如何去把握生命主体（我）与客体（它或他）的关系，是辩证，是互为因缘的，而换个角度，原来的主体与客体的位置就调了个个，彼此的对应关系也变了。我们必须从心里清楚生命主体与客体的互对与调换的对应关系。相互之间活体生命的信息与情感的交流，它不是死的僵的、无感无知的，当你看“景”的时候，它也在把你当“景”看。你又不是它，你怎么知道它没有长着眼睛？因此，一切“形”的内在都有一个活生生的生命体，就在于我们能否去用心感受他（它）们。在这种相互交融的情感流动与纠缠中，体会或幻化出来的生命性状就完全不同了。可以说千人不一，同景不同蕴，同物不同觉，同形不同悟，同体不同命。在这个过程当中，生命与生命会产生一个个碰撞，那么这种碰撞就是画家骨血当中透发出的那种灵性的东西。唯有如此，我认为这个创作的过程才是有意义的，才是我们要追求的东西。否则，即使你画得再像，大家都不会认。这不是个像不像的问题，而是有没有道性、有没有灵魂、有没有生命力的问题。

接下来的一个问题，就是这种力量的解读。《黄河大合唱》有没有力量？有力量！那是因为旋律不是一个音符，有起伏跌宕，有激越有舒缓，是多个不同声部在演绎，甚至在和声的铺垫下还有音质卓群的独唱。搞艺术忌讳的是千人一面、众和一词。绘画也是如此，每个画家都应当找到自己独特的语言表达方式，这样画出来的作品才可能会有穿透人心的力量。这是一种能力，也是一种生命的能量。而并非每个人都拥有这样的能力和能量。有些东西甚至是天生的，非后天努力所能获得。这种专属自己的独特语言方式的构建，并且能够强烈、有效地传递给我们（信息的有效到达率更为重要，它不是你说自己独特就独特了），这就需要自己下很多功夫在里面。

关于绘画，我们需要掌握很多技法上的事情，这是必需的，摹古的路必须要走，就是要拜先贤古人为师，更重要的是从中感悟古圣先贤的深邃思想和云水襟怀。在这一点儿上不能动摇，这是基因链条的根基。我们近几十年在这一点儿上发生了变异，非常可怕！我们崇洋媚外地跟着人家跑，走了半天不知道走到哪里去了。慢慢发现，我们中国的文化丢了，我们的民族基因好像在变异。那么，基因变异意味着什么？意味着这个民族的生存可能出现了危机、成了问题，意味着民族历史及文化出现了严重的断裂，有可能渐渐远去，甚而消失和消亡。文化是奔流在我们民族血脉里的骨血，它在每一个人的基因里，在民族的基因里，这是不可更改的，不能变异的。令人担忧的是，如果我们不能守望和传承好老祖宗留下来的文化，基因改变了，民族也就不存在了。你说你是中华民族的子孙，谁认呀！你的文化在哪里？说的满口洋文，不懂得本民族的历史和文化，生活在一个从精神到物质都同质化的“大同世界”。你长得黄皮肤黑头发像个中国人，谁又认你是老几啊！你的民族基因都灭绝了，你就是长得再像那还算是中国人吗？！这是根基的问题，不能动！在这一点上，我与王一明老师曾经交流过，他对这个问题的认识非常透彻，非常到位。所以他义无反顾地选择了陕北的麻黄梁，面对沟壑纵横的黄土塬，头也不回地扎进去，可谓是：苦行探道铸丹青，嚼碎笔墨入画幅。

说到杜平让先生的画，我有同样的感受，他的作品有着个性鲜明的独特语境，是别人不可能替代，更是不可抄袭的“杜氏”表达符号。我认为，这是非常重要的！如果平让君你去解答生命和我们来解答生命都是用一样的语言，那还有什么意思，还有什么穿透人心的力量。如果是那样就简单了，咱们录下来就是了，不断地去翻版、去克隆。因此，说到市场与艺术创作的关系，我认为如果你认定你的道路是正确的，这条道路是能更加尽情完美或者是更加淋漓尽致地表达你内心的领悟与感受的话，你不要去多问市场，市场终归是要回来的，当然这也许需要时间来认识。文化有大众性，但是旗帜性的文化引领又是先进的，是傲立群雄的，初始也往往是“高处不胜寒”。先进文化永远站在人类智慧及社会发展的高点上！所以，我认为民族文化的根基不能动摇。而说到绘画，当你一旦失去自己独有的个性语言的表达能力的时候，那么你的绘画一切都是零！要不然齐白石先生怎会说：“学我者生，似我者死。”故而我说平让君的绘画是独到的，一定是中国独一份的！

另外，我想不能用西方绘画的“标准”来套用于中国国画，不必要去设置标准，这所谓的标准的概念是从西方来的。比如说中医也一样，我们不能拿西医的那一套来套中医，那样你就必死无疑了。中国绘画的高级之处就在于它没有程式化的、一定之规的所谓标准，更注重人性生命状态的灵性抒发，技巧终为小术，情怀方乃大成。你就是你，不是他，不可复制，不可模仿。那种文化的、那种思想深邃的、那种灵光乍现的东西，都只有在天、地、人气韵贯通的“这一刻”，方可挥洒、表现得淋漓尽致。这就是中国国画的神采和气韵特质，精、气、神！我是觉得，国画家还是要沿袭我们古人的传统往下走，不要怕费功夫，只要耐得住性子，就这样去磨，就这样去写，就这样去感悟，功夫到了花自然就会盛开，创新也自然而然生发在其中。作为我们中国的画家，要有自信，要有自言（自己的语言），还要自真（自己本真的东西），这也是老祖宗留给我们的文化基因。

作画就是修道，永无止境。不断去探究，不断去发现，妙趣亦在其中。我在修改《红肥绿瘦 得造花香》这篇文章时，加了几句话，其中有一句是：“风吹窗棂青纱动，怎奈临池不波澜。”我认为所谓的青纱不动是很难的，怎奈……我没办法，也只有叹息，但是“波澜”不一定就是坏事，看你怎么来看待它、化解它，但是如果“波澜”被惊着了，也可能就会有问题。再说“风吹窗棂青纱动”，到底怎么来理解这个事情，那青纱到底是什么？我不太清楚，说不明白，问题是提给平让君的，他有答案，心知肚明。那么，“青纱”到底是在窗棂外面还是在里面？你可以理解为春天里的窗帘是青纱，但也可以理解它是在窗外的婆娑树影。古人形容初春时节生发嫩芽的柳条在随风波动的时候也喻为青纱。当然，青纱是有色彩的，我不知道平让君会为什么色彩而着迷。我一直想得到你的解答。天下万事万物的道理都是相通的，杜平让先生的画里让人们看到了他真正的那种意境很深邃的思想蕴含在里面，虽然都是画，看着红肥绿瘦，但他是用思想的经纬线去营造的。得造花香，这是傅山先生的一句话，它形容的是酒，就是汾酒，它形容汾酒醇香甘美，回味悠长。多么美啊！花香都溢流出来了。得、造、花香，我觉得平让君的画作值得人们细细品来，很耐人寻味。

画画如果达到了一个高的境界，这位画家一定是一个非常了不得的哲学家。为什么这么说呢？如果没有哲学高度的思考，对宇宙、对自然、对生命，乃至对一花一草一木和山水等等没有用这样的眼光来审视，那么你的画永远只是在纸上的那些颜色的涂抹，它是不会有生命力的。用哲学去思考，去认识世界，去感知世界，去改造世界的一种方法。用这种方法去做，它就会使你的整个的布局，着色，包括一笔一画你都会涵养出来，才会有生趣，有生命，有灵性。心中有福田，笔生墨自香。而我们都在说美学的问题，那么我就想什么是美呢？实际上，我们在生活中对任何一种事物做出的判断，都是因为我们的美学观点。很简单，就拿我们眼前的水来说，是用杯子还是瓶子喝，是喝纯净水还是泡茶喝，选择是不同的，这与个人喜好相关，而这个在判断与选择上的差异，究其缘由都是因为我们的美学观点不一样，会选择这一个还是那一个，是各自美学的认识问题，而哲学的认识问题最终就是关于美的问题，不是别的，是对美怎么认识。美，就是生命最原点、最本初的东西。我们怎么样来看待它，要用哲学的思想来思辨这些事情，其实它并不玄妙。杜老师的学生曾跟我说到，她对我讲的一句话很有感触，就是“如果把绘画仅仅理解为一种色彩在纸上的涂抹，那你的画还不如一张白纸呢”。结果那个学生就说了，她努力地去学画，努力画出一张白纸来。我说你是高人，你真正是具有哲学思想的人，我说这个好！

从杜平让老师创作的大量的画作中，我们可以清晰地看到他的心中一直在追求他想要的一种东西。他的技法已纯熟到可以来去自如，毫无障碍。但他冥冥之中想要摘取的那颗耀眼的星月究竟在哪里，他也不知道想要的那个东西具体是什么（如果明晰了也就无须再苦苦探道了），可是他一直就是这样迎着那个光点义无反顾地朝前走！

2018年4月29日

（在杜平让《生命的力量》作品展研讨会上的演说）

虚空无著为谁安

看到王莹画展的标题《禅心·墨韵》，我立刻想到了这两个词：虚空、物象。这本是两个对立的现象界，一个是神通的、幻化的，一个是物质的、实见的。佛经中常说，缘起性空，无著无住，告诉人们修道于自性之觉醒；物象则为物质世界的形形色色，乃映照于人们头脑中的种种社会认识及现实反映。而王莹正是把这两个不同的命题拧巴在了一起，构架起一个时空的大跨度，可见他是位不安于一道，有破立之为，求新图变的画家。

观王莹的作品，便知他从艺经历比较复杂，因其绘画融入了多种“美术”语言，甚或跨材质（陶艺、雕塑等）、兼画种（油彩、水墨等）、容中西（古典、现代、先锋、时尚等）都有摹痕，那纷繁的线条，险奇的构图，弹力的墨色，夸张的对比等等，分明彰显出这一点。因此，若想看清王莹画作之中的美学追求，或需了解其“复杂”的成长经历，这样也许会得到一些益助。简单说，他幼少生活在古称“纯阳”之地的山西芮城，可与“八仙”之吕洞宾攀做同乡，从小脑子里灌满古灵精怪，还伴着《永乐宫》那绘制于元代（早于欧洲文艺复兴）、堪称世界绘画史罕见壁画巨制的诸天神像，成天浸淫于瑰丽色彩、流畅线条之中绕弯弯；再大些，入省城最高学府接受“正规”美术训练，后赴中央美术学院进修国画，青壮时喜尝试多种“时髦”艺术，并以几年为一“阶段”或创作经历“单元”，先后展示其所获，用他自己的话说：“我的作品样式选择了水墨、油彩、陶土等，目的是想通过水墨的‘玄’‘韵’，油彩的‘强烈’‘盈实’，陶土的‘真切’和‘物质性’去表现内心的那种冲动。在这里已经不是真正意义上的‘中国画’‘西洋油画’和‘陶艺’作品了。”

我不再赘述他的那些经历了，还蛮多、蛮复杂的。之所以前面要有一些铺陈，是为了把话题扯到他的这次中国画人物作品展上来，我以为这是他在那些“复杂”的从艺经历探求之后，一次真正具有心灵意义的回归，不仅仅是中国画的传统水墨之道，更是放逐、游历多年“梦萦魂牵”的那种回归。他仿佛又回到了童年，沉睡多年的潜意识开始萌生出那一直缠绕在命里的“生相”。在那些唯他心中所有的臆想及物象里，用兼容并蓄的各种技法、笔墨色彩，勾勒出了一幅幅飘忽于脑际的不同图景。这在人们的看法中是创新之举，对于王莹来说这也形成了自己有别于他人的绘画风格，尤其是在中国画的人物写意上有了大胆的突破，运用西画的造型架构元素和强烈的明暗透视效果，营造出奇幻乖张的对比氛围，意图通过造型的构图和色彩的晕染增强作品的内涵与外在的张力。当然，这样的融汇或创新是冒风险的事，它往往是在不断的尝试中去探索，而到最终也未必能够得到所有同行的认同，弄不好是要栽跟头的。这或许也就是王莹自己的习性，总不愿意象围磨一样地转圈圈，“阶段”性所为的新的探求，只是要把自己的心境与情致淋漓酣畅地表达出来。这才是他所要的。

从这次画展的作品中看，王莹的“造型能力”显现突出。我觉得，他更多的是利用了物象即人物和物体之间彼此关系的对比，且在构图设置上往往比较险奇，比如主体人物所着笔墨并不多，但一块太湖石却会占到整个画幅的一半，甚至是三分之二或更强一些，加之各种墨态的晕染及其技法应用，营造一种“造型”语言，一种交流语境，使观者看到了画中所表达和追求的蕴含——人物与景物之间的气息流动与情态交互，我想这其中恐怕正“藏”着他思考的东西。

在表现人物的造型上也是这样，即使是铺满整幅画面的“独角戏”，也透显着“造型”辐射的点线分构作用。那些看似随性挥就的笔墨，勾勒出一副副、一张张真实生活中难觅却人人心念中竟有的“超现实”样态，人物的面貌、形态都在一种肆意狂放的线条辐射中夸张而又不失节制地描摹出来，使之在造型构建的“稳定”中迸发着诡异的动态。我想，王莹的笔下之所以有这些形形色色“怪诞”“鬼魅”的人物造型，是与他幼年时期在那个神奇乡野里的精神熏陶难以分割的。这是一种童梦奇缘的召唤，这是一种本真意识唤醒的回归。就好像是一位在外漂泊劳碌的游子，又回到了慰藉他心灵的故乡。

从画展表达的整体走向看，画作有很多仙道、僧人、高士、乡间怪客等，类似样态的内容透出一种信息，即画家当下的这个“阶段”或“单元”也恰是在回归之途的寻找中，寻找一种中国画的精神表达。多年的“艺游”经历告诉他，现在是需要找到这种精神的时候了。那么，中国画的精神到底要怎样去表达，我认为，居要之重的是回归到内心当中去，这已无关什么“技法”了，是一种近乎冥想的“虚空”状态，是要钻入幽深的隧洞去寻找赋予笔墨生命的灵光。说透了，就是“形而上”，任何艺术的本质都是如此。正所谓“色不异空，空不异色，色即是空，空即是色”。艺道亦复如是矣！

王莹的这类画往往有叙事性，解读起来得琢磨，有的一下子读不到、读不透，但不影响你随着他的笔墨往里走。有意思的是，王莹在创作一幅画时有可能是这样体会的，但其表现出的意境很可能给观者的是那样的理解，而有可能会有更高一层的启示。我开玩笑说，也许肉体的他并不自知，但笔下却已有，此乃“慧根”之中潜藏进的意识。比如《溪山行旅图》，主体人物是一位非僧非道之怪客，背后是一串枯藤黄叶，面前专注于一只伸出画幅的手接着涓涓细流；而正是这伸出画幅之外的半只手，一下子把整个画的尺度延展开了，画境别开生面。从中我看到了禅意：过去、现在、未来；过去的已经过去，未来的还未发生，我们都在当下。它让我记起《金刚经》中的那句智慧经典：过去心不可得，现在心不可得，未来心不可得。自然，我觉得此画如果没有题款则更佳，有了反倒框定了人的想象。再明晰不过了——纵使你绞尽脑汁写的再多，也不敌众心之妙悟也。

虚空无著为谁安？画画本来就不是给别人看的，因为本质的东西是用肉眼看不见的。

我认为，王莹正有意识或无意识地站在这个关键点上，期待找到或构建起虚空与物象之间的桥梁，以其“禅悟”揭示出一些真正能够天地通灵的东西来。或许在这个“点”上的结合，就是要找的那一个所谓的“道”。

大道至简。一声佛号了空：南无阿弥陀佛！

2018 年 6 月 4 日

简历名片：

王莹，1964 年生于山西芮城。1987 年毕业于山西大学美术系获学士学位。1991—1992 年进修于中央美术学院国画系工笔人物画室，1994 年就业于山西大学美术学院硕士研究课程班，2002—2004 年就读于中国艺术研究院研究生部主办的第三届中国画名家班及首届博士课程班，2005 年进入中国国家画院刘大为导师工作室“精英班”创作学习。

出版著作《王莹美术作品集》《王莹画集》《王莹水墨人物画集》等。

现为中国美术家协会会员、中国书法家协会会员、中国画学会理事、文化和旅游部艺术发展中心中国画创造研究院研究员、山西师范大学美术学院副教授、硕士研究生导师，山西美术家协会理事、山西中国画学会理事、天津画院签约画家、山西省画院院外画家，曾任山西师范大学美术学院副院长。曾有多幅作品入选全国重要美展及学术邀请展并获大奖。作品被中国美术馆、黄河博物馆、炎黄艺术馆、日本王森然纪念馆、中国美协、法国廊安艺术馆及国内外收藏家收藏。

三

泪蛋蛋腌出“山曲曲”

提起哥哥“走西口”，
止不住小妹妹泪蛋蛋流。
哥哥走呀妹子拉，
死好分离活难离……

在河曲楼子营、五花城、南沙窊……，我们的心被一首首深沉、凄婉的“山曲”震颤了！那些曾经饱尝流离颠沛、“东三天西两天无处安身，饥一顿饱一顿饮食不均”的老头儿老太太，滴滴答答淌着老泪，用如泣如诉的歌声唱出一幕幕“走西口”的悲凉惨景。我们恸哭了，攥着笔的手战栗了，笔记本浸湿了……这哪里是歌呀，分明是“眼窝儿里腌着的泪”，“山洞洞里滴出的血”啊！

在南沙窊，我们问村里的老人：“‘走西口’那么苦，咋嘴里还要唱曲子呢？”

老人们眼神儿黯淡，凄然回答：“苦得心颤哩，说不清多苦，只有‘曲曲’能唱清楚。”“‘山曲子’解忧愁，解心宽。”

“诗言志，歌咏志”。老人们朴实、简短的话语道出一个真谛：这些“少吃无穿谁可怜”的“走西口”人之所以要歌唱，是艰难生活的逼迫，是内心长久压抑着的忧闷情绪的抒发，是对“财主吃的油嘴嘴，穷人喝不上汤水水”的社会现实的强烈感愤。正如先人在论述音乐起源及与生活之关系时所讲的：“凡音之起，由人心生也。人心之动，物使之然也。感于物而动，故形与声……”

河曲是著名的“民歌之乡”。这里之所以能产生“浩如烟海”的民歌，一个重要原因就是穷！百姓们生活在这块“十年九不收”的土地上，过着“男人跑‘口外’，女人挖苦菜”的日子，怎么能不“感于物”而“形于声”呢！当地百姓这样说：“‘山曲’是穷人的歌，心里难活得不行了才唱哩。”我们在河曲走过的每一个村寨，只要一提起“走西口”，上了年纪的人都会借“山曲”把自己亲身的苦难经历诉说出来。这些“见甚唱甚、想甚唱甚”的淳朴“山曲”，不光唱出了“走西口”人“背起铺盖哭上走”的离情别绪，“难活不过人想人”的相思苦恋，“起鸡叫睡半夜”“异乡孤人谁可怜”的逃荒生活，而且“鱼出水坑树剥皮”地揭示出了“男人跑‘口外’，女人挖苦菜”的社会本质原因（主要是经济生活原因）——“烂大皮袄顶铺盖，光景迫下跑‘口外’”“守住妹子倒也好，挣不下银钱过不了”“你走‘口外’没有安住家，你叫我少食无燃怎介活？”

我们把搜集到的“山曲”归类整理，重新排列后，惊讶地发现，这一首首出自众人之口、情景各不相同的“山曲”已不仅仅是为了“唱几句‘山曲’解忧愁”了，而是一部真实记录了“走西口”苦难生活的历史。

黄河边的五花城，是个“人多、家贫、地又瘦又硬”的大村子。过去，这个村子年年都有大批“少食无燃”的穷苦百姓西渡黄河跑“口外”，给人揽长打短出卖廉价劳力。我们在村西头的一眼窑洞里，见到了村人举荐的“‘走西口’代表”王老汉。他60多岁，跑了30多年“口外”，几乎所有的“逃荒营生”都做遍了。他说：“不搭上命干不行呀，家里的老婆娃娃张嘴等着哩。跑‘口外’的人老说这句话：‘营生做遍，穷死无怨。’其实，这都是淡话，说给自己宽心哩。真要死了，全家老小也活不成。”

“你跑‘口外’都干过哪些活儿？”我们问。

“多啦，说不清。”王老汉盘腿坐在土炕上，苦叹一声，唱起记述跑“口外”做工生活的“山曲”：

在沙梁锄麻子，晒痛脚筋；
住沙滩睡冷地，头枕砖头；
在荒盖掏根子，自打墓坑；
到后山拔麦子，两手流脓；
到后阴拉骆驼，自带囚礅；
进后套挖大渠，二鬼抽筋；
大青山背大炭，压断背筋；
黄河上拉大船，拔断儿根；
高塔梁放冬羊，有泪难流；
东三天西两天无处安身；
饥一顿饱一顿饮食不均；
扔妻子别父母实在冤心。

“走西口”人外出揽长打短一般是春去秋回，每年三四月离家，九十月还乡。每到“三春期黄风天天刮”的季节，满村村的男人都将离别亲人，踏上“沙梁梁高来沙梁梁凹”的漫漫“西口”路。这时，一眼眼黄土窑洞前尽是妻子送丈夫、儿子别母亲，“背起铺盖哭上走，泪蛋蛋滴得我抬不起头”的恓惶场面。

楼子营镇辛家坪村的民歌手辛礼生说：“我离家跑‘口外’，家里人哭成泪人人。就像‘曲子’里唱的，‘一拉一扯好难活’。在河曲这地势，男人是主要劳力，就像房子的顶梁柱，一走就塌啦。所以，女人们实心心不想放男人走。男人们其实也不愿走，可没奈何，没钱没米过不下，不走咋活呀！”说着，辛礼生给我们唱起了当年他怀着矛盾心理离家出走时的“山曲”：

叫一声妹子你不要哭，
哭的哥哥心难活。
守住妹子倒也好，
挣不下银钱过不了。
再不要难活再不要哭，
谁家的亲亲常守着。
一对对蛤蟆井沿上蹴，
哭成泪人人怎叫哥哥走。

“墙上画马不能骑，伤心的话儿不能提。”南沙窊村妇女狄兰瓣揩着泪对我们说，“送男人出门，心里最难活的是女人。男人们一走就是一年，是死是活连个信儿也没有。女人送出男人总要多瞭几眼，谁知道他今天走了还能不能活着见。哪家的女人都想守着男人多走几步，可又怕人家笑话，羞得不能。所以送出窑门，女人就赶紧上窑顶去瞭男人，瞭不见了还瞭……”的确如此，我们在采访中，听到的许多“山曲”是表现男女之间“死好分离活难离”的凄楚情景的。不过，从妇女嘴里唱出的“山曲”深情婉婉，更加悲凉：

山顶上刮风树林林响，
临走你才把我心卷上。
你走“西口”我上房，
手扳住烟囱泪汪汪。
哥哥走了妹妹瞭，
越瞭越走越远了。
哥哥走了二里半，
小妹妹还在房檐上站。
风尘尘不动树叶叶落，
真魂魂跟上你走了。
……
……

告别亲人，离开乡土，为生活所迫的“走西口”人踏上“千里雷声万里的闪，远路亲亲难捞探”的艰辛路途。河曲、保德一带的跑“口外”人，要渡过黄河，经陕西省府谷县的古城（也称“固城”）乡出“口子”，然后进入内蒙古伊克昭盟（鄂尔多斯市），“跑沙滩睡冷地”，穿越库布其沙漠上包头。这是一段十分艰苦的旅程，大漠荒凉，“多见野狗少见人”，一般“快七（天）慢八（天）”才能到达包头。因此，人们在茫茫荒漠之中跋涉，触景生情，心里自然会勾起思乡念亲之情。南沙窊村的刘巨仓用这样一首“山曲”道出了自己内心的深切感受：

一过古城泪汪汪，一翻坝梁更心伤。
走了三天离家远，异乡孤人谁可怜？
烂石头和草打起坝，心爱的亲亲咋扔下？
刮起黄风黄又沙，哪是哥哥地方哪是哥哥家？
骑马不带驹驹马，马驹驹想娘咱想家。

包头并不是跑“口外”人的最终“存留站”，而只是过路的“歇脚地”。一般人们“快七慢八”来到包头，从家里起身时带着的零用钱和干粮都已用光。因此，他们要在这儿留住一两天，做点零工短营生，“赚上点盘缠混上口饭”，然后分走后套、五原、大青山等地谋求生路。然而，包头是“走西口”人的集散地，“口里”上来的人多，极不容易找到营生。不少人只得“卖衣卖裤卖老婆（有些人是夫妇俩‘口外’），讨吃要饭走后套”，有的人甚至因饥困惨死在荒郊。南沙窊村农民刘二达子曾经讲述了这样一段经历。有一年，他和兄弟跑“口外”来到包头，“各处都寻了找不下一点营生”。他们没吃没喝，只得卖掉随身衣物，光着膀子沿街乞讨。一天深夜，哥俩正在渠壕里睡觉，忽然被狗的撕咬声惊醒。他们出壕一看，只见两条野狗正抢食着一个因饥冻而垂死的人。那人奄奄一息在地上，无力挣扎，两条腿已被啃得稀烂……刘二达子兄弟俩算是命大，讨吃要饭来到佘太县南场揽上长工。当时，财主说下是包工一年，可到了秋粮一入仓，他俩却被无端解雇了。按说，苦作六个月应得四十块银圆，但财主蛮横无理，翻脸不认账，只给了仅值工钱一半的三只羊。刘二达子说：“人在‘口外’离家远，有上三只羊反成了累赘，吃又吃不了，送又送不回，整天介还得人照管。”有啥办法，“头顶人家的天，脚踩人家的地”，哥俩无奈，只好以三只羊八块银圆的价格卖掉，作为另找营生的盘缠。他们俩走在去“后山”（阴山以北称后山）的路上，满腹悲怨，“唱起‘山曲’道苦情”：

人家骑马咱骑羊，苦命的不和人一样。

绵羊山羊五花花羊，这地方不如咱家乡。

青山绿水一把把树，这地方不能长久住。

西北风越刮越起尘，受苦人在外谁当咱是人。

南沙窊村现任党支部书记刘元耀，过去多年跑“口外”做营生，“受尽财主的气，受尽无头的罪”。他说：“提起在口外揽营生好惨心！财主又贪又霸，心狠着咧。在人家眼里，咱穷人的命还顶不住一只羊一个烂箩筐。我们村的刘贵才，16岁起就跑‘口外’给人家放羊放牛。十冬腊月风刮得站不住脚，牛羊冻得躲进圈里都不肯出，可财主还要硬逼着贵才外出放牧。他孤单单一个人在荒草滩上游，手发青嘴打牙，冻得简直不像个人，结果得了一场大病。财主不但不给医，还不让贵才休息，说：‘吃的顶如牛，做的顶如毬。穷鬼贱命没骨头，这点小病都受不住。’唉！其实咱不到病得动弹不了也不敢歇。为甚？因为咱拼死拼活受一年才能赚十一二吊麻钱，可要歇一天财主就要‘春三（春天三百麻钱）夏四秋八百’地扣。打那儿，贵才就编下这‘山曲’”：

拉了两天骆驼放了两天羊，揽长工的人儿真恓惶。

十冬腊月逼下一场病，掌柜的还骂吗哞（咱们）没骨头。

有心心想呀歇两天，算账时候扣工钱。

思想起来有钱的真可恨，人小毛短碰不动。

……

（我们还搜集到一些反映煤窑工和黄河船夫等生活经历及情绪的“山曲”，这里恕不赘述。）

“瓢葫芦芦开花一对对，哥哥妹子一样受罪罪”。就在男人在“口外”揽长打短搭上命干的同时，丢在家里的女人也一样是“难活难活实难活”，过着“点起灯来没有吃烟的人”“水瓮没水谁跟咱担”的苦日子。她们砍柴、挑水、挖苦菜、带孩子，家里家外什么都干，心里还整天介惦记着音讯杳杳、身在异乡的男人。特别是到了晚上，累了一天的女人守着孤灯，望着冷锅冷灶，好不凄楚“孤哨”（当地土话，形容孤独）。这时，她们只能“泪蛋蛋好比水推船”，轻声泣唱“前房檐下雨后房檐流，想哥哥想得犯了愁”的相思调。南沙窊村妇女樊彩兰这样唱道：

大雁回家孤雁飞，你走在“口外”扔下妹妹。

阳婆一落点着灯，灯看我来我看灯。

一对对枕头花顶顶，一床床盖体（被子）半床床空。

提起盆盆顶住门，推下枕头短下一个人。

人家红火一串串人，我好比孤雁入不了群。

然而，苦难深重的“走西口”人也有快活的时候。每到九十月间，他们揽工期满，“挣下点银钱换回点面，匆匆忙忙往家返”的时候，就会唱起曲调高亢、节奏轻快、充满乐观情绪的“乐意调”。由于心情的不同，因此他们眼里的那些曾经是“灰塌塌”的景物此刻也被美化了，比如用“青山绿水一座城”来形容自己贫瘠的乡村，用“三天路程两天到”来表达归心似箭的心情。辛家坪村的辛礼生就给我们唱起过一首表现当年他回“口里”时的“山曲”：

割倒了糜子收到秋，跑“口外”的哥哥往回走。

前山后山二年整，挣下了盘缠转回程。

三百里明沙二百里水，五百里路途眊妹妹。

水流千里归大海，人走了千里蓃回来。

不大大的小青马呀多喂上二升料，三天的路程两天到。

南沙窊村的刘巨仓用“山曲”也道出了自己从“口外”回家乡时的喜悦心情：

千里雷声万里闪，远路哥哥往回返。

一上坝梁往南看，远远瞭见河曲山。

瞭见山来真高兴，三步当成两步行。

远远瞭见南沙窊村，一路上盘问我家里的人。

九十月季节里，村里的妇女也常常是站在窑顶上朝西瞭，“盼着亲亲早些趄回来”。当见到劳作一年的亲人活着回来了，她们那种久别重逢的愉悦心情简直难以言表。南沙窊村的老妇毛眼子对我们说：“开开门见是自己的男人回来了，眼窝子里的泪蛋蛋噗噗地往外掉，又是哭来又是笑。”这情景就像一首“山曲”里唱的那样：

开开门呀瞭一瞭，跑“口外”的哥哥回来了。

风尘尘不动树梢梢摆，哪一股顺风刮回亲亲来。

夜影影下来认不得个人，我想也不想是小亲亲。

双手手铺开二五毡，接待咱的亲亲当如官。

跑“口外”的亲亲回了家，小妹妹的心上开了花。

……

“乐意调”虽然喜悦，但一年也就唱这么一回，况且还有许多人是“挣不下银钱眼流泪，讨吃要饭回‘口里’的”。因此，“走西口”人唱得更多的还是“光景迫下跑‘口外’”，“嘴里唱曲心里哭”的凄凉调。从这类“山曲”当中，我们不难看出揽长打短的人们在“口外”的低下的经济地位和社会地位。他们在经济上受着残酷的封建剥削，过着饥一顿饱一顿无处安身的窘迫生活；在社会上深遭凌辱，被“有钱势力大”的“油嘴嘴”们欺压、践踏。然而，这些“走西口”人并不甘心“任人欺来任人打，穷人揽工当牛马”的生活现实。他们借助“山曲”对旧的社会制度大胆地发出呐喊：

鸡儿一叫我正好睡，揽长工的人儿才受这罪。
人家睡觉咱不睡，没明没夜受这罪。
月亮弯弯照九州，少吃没穿真忧愁。
掌柜家中有粮食，穷人没饭瞎碰食。
掌柜吃肉又吃面，穷人饿成干片片。
一疙瘩云彩遮满天，甚会会盼得亮了天。
有朝一日天开眼，改朝换世活两天！

这首具有觉醒意识和斗争意志的“山曲”，反映出了深受压迫的穷苦的“走西口”人对“掌柜吃肉又吃面，穷人饿成干片片”

的旧的社会制度与现实生活的愤愤不平，大胆地提出了为什么“掌柜家中有粮食”“为什么受苦人黑洞洞”的疑问，并且响亮地呐喊出了要求改变社会改变现实的强烈愿望：“有朝一日天开眼，改朝换世活两天！”尽管他们因历史条件的局限，把翻身做主的希望仅仅寄托在“天开眼”上，但却以真切的事实、质朴的语言道出了国破民怨的原因及“改朝换世”的真谛。

在一眼眼窑洞里一盘盘土炕上，我们谛听着哀怨凄婉的“走西口”“山曲”，品评之中顿悟其“声音之道”的深邃意义。民歌的产生及发展本身记述的就是一个历史，那一声声亲情一曲曲愁怨，反映着的是一个社会，一个国家的荣辱与兴衰。正如《乐记》所云：“情动于中故形于声，声成文谓之音。是故治世之音安，以乐其政和；乱世之音怨，以怒其政乖；亡国之音哀，以思其民困。声音之道，与政通矣！”

1985 年 1 月

难以忘却的歌声

1985年夏秋，我和同事马小林沿昔日穷苦百姓走西口的逃荒古道徒步采访，历时82天，行程2000多公里，沿途经过晋、陕、蒙三省区十几个县的上百个村庄，访问了众多百姓乡亲，采集到许许多多传奇、动人的故事，这其中就有那段感人涕泣的刘巨仓的爱情故事。

在山西省西北部有一个因黄河拐弯而得名的县——河曲，也许正是这样的机缘巧合，这里的人把他们唱的曲调繁多的民歌统统称作“山曲曲”，而且如同生生不息的黄河水一样祖祖辈辈传唱至今。因此，这个只有12万人口的小县成为名声远播的“民歌的海洋”“民歌的故乡”，并被学术界专家、学者所公认和推崇。甚至有权威大家听罢“山曲曲”后，慨叹连连，评价道：“河曲民歌可以与贝多芬的交响乐媲美！”而刘巨仓就是这个县民歌发源地之一的南沙窊村的普普通通的农民。他是个孤儿，无依无靠，早在20世纪40年代就跟着村里的成年人逃荒“走西口”，直到中华人民共和国成立后才返乡定居。常言道“男大当婚，女大当嫁”，眼瞅着刘巨仓二十好几了，可在那买卖婚姻盛行的年月连个媳妇也说不下，他只能孤单单钻进自家的破窑洞里，守着冷锅冷灶，唱那光棍汉的凄凉调：

一顿做下两顿的饭，
可怜我单身男子汉。
大雁回家呱呱叫，
光棍汉唱的是苦难调。

谁想，苦藤连苦瓜，女人堆也有像他一样的苦命人。就在南沙窊村有个童养媳叫李金香，自打14岁进了婆家的门就没有再笑过，整天过着“男人狠来婆婆毒，大姑子咒得我不能活”的日子，她有泪不能流，有苦无处诉，只能等家人都不在的时候唱几句山曲儿解忧愁：

秋风糜子寒露谷，
嘴里唱曲心里哭。

茶无叶子不如水，

童养媳活得不如鬼。

歌声把两颗苦难的心拧在一起，刘巨仓和李金香悄悄相爱了。1954年人民政府颁布了第一部《婚姻法》，这对钟情已久的恋人冲破封建礼教的束缚，手拉着手跑到乡公所登记结了婚。这事儿一眨眼传遍了峁峁岭岭，惊动了十里八村……

新婚之夜，闹洞房的乡亲散去了，温情的月光洒在静谧的院落。土窑洞里煤油灯昏暗的火苗跳动着，一对新人盘腿坐在炕上，深情相望，默默无语……刘巨仓干咳了一声，有些愧疚地对李金香说："不瞒你，家里只剩二斗米了，就是用酒盅盅舀着吃也吃不了几天了……你跟上我要受穷呀！"

李金香弯弯着眉，目光羞涩地望着心爱的人，脸上现出深深的酒窝，她慢慢从头上取下一只卡子，轻轻挑亮灯芯，温声细语唱起来：

灯瓜瓜点灯半炕炕明，

烧酒盅盅舀米不嫌哥哥你穷。

刘巨仓听着听着，泪蛋蛋"吧嗒、吧嗒"掉下来。这哪里是歌呵，分明是金香一颗热滚滚的心！刘巨仓肚子里的话再也憋不住了，一把攥紧妻子的手，声音颤抖着应起了山曲儿：

一铺滩滩柳树一铺滩滩草，

一铺滩滩姑娘就数妹妹你好。

……

从此，这首极不寻常的情歌传遍了黄河两岸，而且成为河曲民歌中的传世经典！

遗憾的是，当徒步“走西口”的我们慕名在南沙窊村找到57岁的刘巨仓时，才得知歌中的女主人公李金香已丢下心爱的丈夫和四个孩子离开了人世。刘巨仓闪动着忧伤的泪光，一声长叹，说：“我深深感到人家（金香）对咱的爱情是很深的，她病的时候骗我说没问题，其实我那时已经知道她得的是癌症，我们两个是互相瞒……她和我结婚整整26年，1954年4月初八结的婚，1980年4月初九我埋的她。整整26年呵，我感到连新鲜还没过呢！”

听完老人的讲述，我们不愿再触动他那颗伤痛的心，欲起身告辞。谁料，刘巨仓拦住了我们，声音抖颤着说：“你俩大老远为这事来的，我就把那段山曲儿唱给你们听听，唉！可惜再不能跟金香搭伴了……”说完，老人抬起泪水混浊的眼睛，唱起了那首难忘的情歌……他的嗓音虽然苍老了，但依旧爱意绵绵，一往情深……

由于徒步采访“走西口”的经历，黄河边儿上的河曲在我的生命里有了特殊的位置和牵念，那里的山、那里的水、那里的歌、那里的人时时萦绕脑际，挥之不去……时光如流水，虽然一晃 20 多年不曾踏上那片土地，可我却深深知道，我与那里的民歌和百姓的情缘及故事远没有结束……

这一年秋天，我再次来到了阔别 20 多载的河曲，而且刚到的第一天即脚不停歇地登上娘娘滩，寻找当年相识的扳船汉民歌手李贵雄和李二顺。这是座千里黄河中唯一能住人的滩岛，岛上的老辈人曾经都靠“跑水路”走西口谋生。哪曾想，如今已是古稀老人的他们见到我时，混浊的眼睛中竟放射出明亮的光芒，他们居然还记得我——那个与他们同吃同住同淌着泪唱山曲儿的年轻记者。他们粗糙苍老的手紧紧攥着我，像是迎回惦念许久的亲人，拉进院，让上炕，把滚烫的心毫无保留地再次捧给我……

夕阳的余晖把河面染得金黄，我们不得不离岛返回了。当渡船缓缓离岛远去时，暮色中的两位老人突然扯开嗓子吼起那熟悉的“扳船调”：

嗨——，众弟兄，弯腰用力一齐来哟！

嘿——！

嗨——，看只看，太阳落在西山畔哟！

嘿——！

……

我望着他们渐渐模糊的身影，禁不住放声应和着：

“黄河翻滚的浪尖儿上，跳荡着辽远激越的旋律……”

晚上，相邀住在县城的民歌手们叙旧共餐，因他们多是我二十几年前相识的熟人，自然也就少了那些场面上的客套，大家推杯换盏，你两句我一曲地对开了民歌。这是“鸡鸣三省”（晋陕蒙交会地）一带的习俗，直让我的同事们眼界大开，连声叫好。席间，我没有忘了此行最主要的目的，把退休前身为县文化馆馆长、当地民歌研究专家的贾德义悄悄叫到一边，要他明天陪我一道去南沙窊看望刘巨仓。可他看看情绪甚欢的人们，迟疑半晌没应声，最后轻轻地说：“明早你到黄河边儿来，我再告诉你……”

第二天大早，我如期来到“西口古渡”广场，在晨练的人群中找到了贾德义，我这才知道刘巨仓已在10多年前去世，而且是自杀！

贾德义讲起了事情的经过——

1998年7月的一天，刘巨仓突然来到贾德义家，进门就说："老贾，我想好了，不想活了。今天我跟你照张相，回村就死！"说着，拽起他的胳膊就要往外走。老贾开始还以为他是在开玩笑，没太在意，可细一观瞧，觉着不对劲儿，因为毕竟认识刘巨仓大半辈子了，他的异常还是感触得到。贾德义大声吼住刘巨仓，劈头盖脸痛骂他。刘巨仓沉默不语地听着，突然"嘿嘿"一声，一脸调皮地说："我是在骗你呢，我才不想死哩。好长日子不见，我是想你咧，跟你合个影好能常看看。"贾德义真被搞糊涂了，将信将疑地陪刘巨仓到照相馆拍了合影，又把他送上回村的公共汽车，再三叮嘱。刘巨仓满口应允，汽车都开出老远了还探出身子乐呵呵地挥手……一个星期后，悲剧果然发生了！那天，贾德义从照相馆取出照片刚回到家里，有人就来报信儿，说刘巨仓喝农药自杀了！

我问是什么原因，贾德义说刘巨仓患严重肾病，"尿漏"多年，十分痛苦，他又是个很要脸的人，总感觉这样活着没有尊严，加上李金香死后老也陷在那份凄怆的感情中，因此……

去南沙窊的车开动了，我的心情有些沉重，一路缄默无声……离开县城前，我专门找到一家特殊商店买了些东西，装在手中攥着的黑塑料袋里，只有极少数人知道它里面的秘密。一个多小时后，汽车开进了这个深藏在坡土圪梁里的实在算不得起眼的村庄。贾德义第一个跳下车，情绪亢奋得难以控制，不由分说把我们拉进了一座堆着满地玉米的院子。挑帘进了窑洞，我才惊喜地发现是来到了民歌手狄兰瓣家，眼下她正笑吟吟地望着拥满屋子的客人。

狄兰瓣这辈子是天天唱着山曲曲过来的，眼下虽说78岁了，耳不聋眼不花，腿脚麻利，身子骨硬朗，她把这一切都归结于民歌相伴。就连现在身边站着的多年配唱搭档刘宽来也印证了这一点，77岁的身板直挺挺，绝不输给年纪轻轻的小伙子。她和刘老汉像当年那样，把我让在炕沿上坐下，接着送上一杯热气腾腾的水。我与两位老人有说有笑拉家常，叙说那最初相识的情景，不由得唱起了当时学唱的山曲儿："墙上画马不能骑，伤心的话儿不能提……"狄兰瓣听着，眼睛一亮："这是我唱的山曲曲！"她看看随我而来的陌生人，顾不得羞涩开始浅吟低唱：

听见哥哥叫一声，

圪颤颤折断一根二号针。

……

听见哥哥唱上来，

热身子扑向冷窗台。

……

民歌一首接着一首，狄兰瓣、刘宽来一会儿轮换独唱一会儿相伴合唱，所有的人都被这两位老人情感真挚的歌声深深打动了，不时笑颜欢声，不时泪水涟涟，甚至抽泣哽咽……

离开狄兰瓣家已是正午，我提出要到刘巨仓和李金香合葬的坟上看一看。一经打听，才得知这对恩爱夫妻的墓地距此有五里多地，而且都是崎岖小道，很不好走。在人们的劝慰下，我不无遗憾地放弃了前往的计划，但还是决意登上村子的最高地，点燃了装在那只塑料袋里的香烛和纸钱……只见轻灵的纸灰旋着缕缕烟雾飘上天际，有人动情地调高嗓音悠悠叨念着："巨仓哥、香妹子，你们好福气啊，城里的亲戚来看你们了……"

我早有一个心愿：什么时候能把这些祖祖辈辈生活在山乡僻壤的民歌手接到省城太原来，让他们尽可能多些人一起会聚在广播里，好好向人们介绍这凝结着生命情感内核的山曲曲。因为，世人实在需要知晓这散发着泥土芬芳的民族文化瑰宝了！20多年后，这个愿望终于实现了，我们一次邀请到6位颇具代表性的河曲民歌手——辛礼生、张存亮、狄兰瓣、刘宽来、周平治、贾彩萍，他们年纪最长的 80 岁，最少者也已近 50 了，岁数加在一起有 420 多岁！记得那一天，山西文艺广播从主持人到领导里里外外异常忙碌，全力以赴为当晚两小时直播的特别节目做着精心准备。他们的所有努力，目的只有一个，就是达到最佳播出效果，以此来表达对这些民歌传人的敬重与钦佩！

按照我的安排，6 位民歌手白天的“工作”是专程前往晋祠观光览胜。当到达目的地后，当陪同人员正要买门票时，他们突然拦阻，说啥也不进了，原因是票价太贵，一个人要百十元，舍不得让花。这时，河曲崔家第一村的周平治找到检票员，语气诚恳地说：“……不要让我们花钱买票吧，我们不想花人家的钱，我给你们唱首民歌行不？”检票人员被他们的纯朴真情感动了，居然自作主张打开了门闸……周平治也没有食言，当来到晋祠著名的“水镜台”（“水镜台”原本即是一座古戏台，有 300 多年历史，建造时在台下不同方位埋入 8 口大缸，以起到最佳效果的共振及传音作用。它充分显示出先人的超凡智慧与创造力！），他登了上去，亮开了嗓子：

为人娶上个那好呀好老婆，

啃糠咽菜也红火，

为人娶不上那个好呀好老婆，

倒不如进后山拉骆驼。

那个妹妹，软颤软颤，担上那两担水，

你下那山圪梁梁亲呀么亲上个嘴。

晋祠的“水镜台”恐怕自古从来也没有响起过如此这般高亢狂放的“山野之声”！周平治一鸣惊园，好多游客驻足观望，击掌欢喝——太棒了！

……

广播里响起了晚8点的报时钟，热线直播的特别节目开始了。6位民歌手坐进直播间，起初的紧张很快随着一曲曲歌声消散了，他们拉呱着热熟的乡土和故乡的人，那动人的故事一串串像河水似的往外流，激动难抑时响起的便是唱不尽的那揪心揪肺、拽着泪蛋蛋的山曲曲……

这一夜属于他们，属于注入民歌灵魂的人们！

2008年

西口在望树传奇

2008年10月16日，我们一行人肩承特殊使命抵达包头。满面风尘的我们顾不得旅途劳顿，直奔人称“老包头”的东河区。下午3时，如约与东河区区委宣传部的同志会合，随即又马不停蹄地朝著名的南海湿地风景区而去……

这是一项怎样的使命呢？竟然特殊到相隔千里的两地人都为此像高速旋转的引擎一般行动起来，而且招得新闻媒体高度关注，报纸、广播、电视及网络等记者蜂拥而至。要知事情原委，还得从一桩宣传活动的创意及策划说起。

（一）

2008年，对处于社会主义初级阶段的中国来说是颇具意义的年份，它标志着自党的十一届三中全会确立了改革开放方针以来，中国乘风扬帆，破浪远航了整整30年。其间，在这块一度沉寂、贫弱的古老土地上发生了令人瞩目的翻天覆地的变化，唤醒的东方巨龙终以应有的姿态昂首矗立于世界强国之林。为了纪念这具有现实与历史意义的特殊纪年，中国黄河电视台联合中共忻州市委宣传部、山西宝洁房地产开发有限公司特别策划推出了“纪念改革开放30年广播电视大型主题宣传活动‘西口在望’”，以“走西口”的地域和历史为背景，抚今追昔，展示改革开放以来的变化与发展，特别要深度开掘“走西口”500年历史所形成的独特文化视角，从而深化主题，彰显精神。之所以以“西口在望”为题，就是要我们的媒体人担负起时代记录者和守望者的责任，站在现在即当下的时空交叉点上，回眸历史，审视当今，展望未来。于是，围绕这项重大的宣传活动，铺展开了扇形状的多发亮点，有11个子项活动呈现出来，其中有40集广播电视新闻报道《今日西口路》、30集大型广播直播访谈节目《西口文化现象访谈》、15集大型文化纪录片《西口在望》、20集广播文艺专题《唱着民歌走西口》等等。如此精心策划的活动，自然少不了隆重而热烈的启动仪式，因此主办者特意将会场选择在了“走西口”发源地的忻州，而且还极端朴实地在小檀村的玉米大田里搭起简易的露天舞台。仪式简朴热烈，程序的最后一项特别引起在场所有人的极大兴趣和关注——为一株一人多高的榆树苗培土，从树梢垂展下的红绸带上写着“西口在望树”。原来，这是主办者意味深长的创意——随采访团带上忻州最有代表性的榆树苗，沿西口古道一路跋涉，最终移栽到走西口人的聚集地包头，借此寄托故乡亲人对生活在“口外”骨肉同胞的深情厚谊和美好祝愿！启动仪式整整两个月后，这株榆树被如愿以偿地运送到了包头，而我和忻州市委宣传部副部长张森、中国黄河电视台副总编聂新荣、国内台总监肖亚光、记者王斌以及河曲的张建军等一行，亲临包头，就是为“西口在望树”选址并组织举办栽种仪式专程而来的。

碧空朗朗，秋阳高照，南海湿地风景区偌大的湖面闪烁着灿灿金光，仿佛青翠芬芳的草原缀满了炫目的珍宝。这个地方曾是黄河的古渡口，走西口人就是通过这里将一船船货物运回“口里”。可以想象得到，当年那是怎样一番车水马龙、人声鼎沸的繁忙景象啊！黄河改道之后，码头的喧嚣亦随着曾昼夜不息的水浪声远去了，留下来的就是这形成于洼地里的巨大的湖泊，因其位于包头的南面，故当地人把它习惯地称作“南海子”。

出面接待山西客人的是风景区管委会的张颖琦书记——走西口人的后代，原平人。他非常热情，伸手大大画了个圆弧说：

"这么大的湿地风景区随便选、随便挑，看中哪一块地我就给你们划哪块地来栽'西口在望树'。"这实在是令人感慨的慷慨之举，主人这么一画竟是1664万平方米，仅围湖而筑的道路总长就有9.8千米。据悉，为把湿地风景区打造成国际一流的休闲度假胜地，已投入建设资金5个多亿。

张书记领着众人由北岸一直看到南岸，边走边如数家珍地滔滔不绝做介绍。尽管这里已规划得井井有条，"天人合一、天地合一、自然为上"的设计理念得以完美体现，可谓处处风景，美丽如画，但认真查看的我一直若有所思地摇头。大家行至南岸的中段，与湖相隔于路南的一处原始生态的景致令人豁然开朗——大片的芦苇荡，黄黄的苇叶与蓬松的芦花在轻拂的秋风中"沙沙"摇曳。我停下脚步，朝相距100多米远的西南角的一块草地凝望。见此情景，张书记顿觉醒悟地说："过去的水运码头就在这个地方！"

……

（二）

"西口在望树"找到了满意的归宿，大家十分欣喜，甚至有人击掌欢呼。陪同而来的区委常委、宣传部部长刘燕丹（蒙古族，蒙名为：阿拉腾其其格，金花的意思）、讲师团团长李艳华（西口文化研究专家、山西走西口的后代）等也如释重负，露出欣慰的笑容。他们为选址的事没少劳碌操心啊！接下来就是石头的问题了，因为主办方要郑重其事地在“西口在望树”的栽种处安放一块石碑，希望用中国历史上最古老、最庄重的方式，把这次具有纪念意义的活动凿刻、记录在石头上。其实，在这之前我已将此事安排给了张建军，请他委托在包头工作的河曲老乡到山里去寻找石头，但直到现在对方还没有回音，石头还没有着落。大家为此十分焦虑，因为栽种仪式已确定在后天即18日上午举行，所以心里都不免有几分担忧。这时，正同大家随主环湖而行的我忽然叫声停下，推门奔向湖边的一片人造沙滩，哦！原来沙滩上摆放着一排天然形成的大石头，以作为供游人观赏的景观。我像发现了梦寐多年的宝藏，两眼放光地抚摸着一块块形状各异的石头。张书记完全看出了我的心思，不禁朗声慷慨地说：“这些石头是专门去大青山选运的，只要中你的意，看上哪块我送你哪块！”我连连道谢，并一再表示一定要出费用。张书记却动气了，沉下脸来：“你这是说什么话？这不是打我的脸嘛！钱，我坚决不能要！”他植根于骨子里的“走西口”情结和对故乡人的深深情意，令大家无不感动！

大家一拥而上，瞪大的眼睛像雷达一样扫寻着石头。找了一遍又一遍，最终选中了一块3人合抱的不规则的椭圆形石头，尽管都觉得还不够特别理想。天渐黑了，我在这块石头上做了记号，留待备用，同时委托东河区委宣传部的同志帮忙联系刻字的石匠和吊车、叉车，因为这块石头不是仅靠人力能搬起来的。他们答应想尽一切办法，明天一早把事情办妥。

这里，忽听有人在喊：“快看！快看！”大家顺着他们手指的方向望去——干干净净的天空上，一个白色的不规则的环状的云团，正在慢慢扩散。他们说刚才看到的时候是一个小白点，似乎突然炸开了，之后就形成了这个神奇的样子。如此天象一直持续了很长时间，直到天色尽黑。第二天，包头城的老百姓都在议论，媒体也做了报道，但没有人能说清楚这是一种什么现象。

晚餐后大家随张建军来到一家茶馆，应约相见他那位姓刘的老乡谈石头的事。原来这个人是包头某部队的一个营长，刚刚转业到地方。就在今天，他借用原服役部队的汽车跑了一天，从大山里拉回了一块石头。他说石头现锁在营房车库里，但任其比画老半天也形容不出石头的样子。我道了辛苦，说明天一早去看，同时告诉他在南海湿地风景区也找了一块石头做备用。谁知，这句话惹恼了姓刘的老乡：“你们让我辛辛苦苦跑了一天，可你们又自己找了一块，你们到底用不用我的石头？”大家顿觉愧疚，赶紧解释事情的前因后果。最后他说："行啦！按照草原的规矩，那张台长得喝一杯酒。喝了这杯酒，我就觉得你们是诚心的、是对我苦劳的奖赏。"他不由分说，拎起高粱白一下子斟了满满一茶盅。我也不多说废话，双手接过来，一饮而尽！

（三）

第二天一早，大家到昆区的部队营房去看石头。车库一打开，一块躺在军用中型吉普车后舱的石头赫然入目——青灰色，形状呈不规则的圆形，有两人合抱那么大。姓刘的老乡说，我们昨天跑了整整一天，到了很远的山里头，找了很多石头，最后才选中这块。它要几个大小伙子一起才能挪到车上。

这盘青石，无论大小还是形状再合适不过了，一眼看去就是心中所想的那般，真乃天赐之物！大家都很满意。张建军立即自告奋勇，主动请缨把石头拉到湿地风景区，保证妥妥帖帖放在"西口在望树"安家落户的位置上。于是，大家兵分两路，我带着其他的大队人马如约赶赴东河区与宣传部的同志商定栽种仪式的相关事宜，并置办林林总总的所需物品。

中午，东河区委宣传部设宴款待来自山西的客人。先期到达包头采访的摄制组人员宋沈平、张亮、王琛、何峰、董胜捷、李志成等也汇合到这里。一张可坐20多人的硕大圆桌上，宾主边吃边谈，气氛热烈友好。不消多久，张建军和姓刘的老乡以及同去运放石头的人也及时赶了回来，落座后张建军满面笑容地交令道："张台长，按您的要求，一切都办妥啦！我们办事您就放心吧！"他们还说，那石头非常重，又叫了四五个小伙子，才把石头放到位。我连声道谢，举杯一一相敬。

大家上足发条似的，都为明天栽种仪式的圆满举行紧张而有序地奔忙着。下午5时，一缕斜阳照在我疲惫的脸上，不知怎么的，我整整一下午总觉得心里不太踏实，于是，决定再亲自去湿地风景区查看一番。十几分钟后，当刘燕丹部长、李艳华团长陪同我来到仪式现场时，大家都傻眼了：哪里有石头的踪影！就在这时，天空突然阴沉下来，随即狂风骤起，满池湖水被卷得晃里晃荡，紧接着豆大的雨点也开始往下砸，风雨中的人连站都站不稳！大家赶紧钻进车里，稍稍定神才发现我还孤身一人站在原地发呆，于是，大家又喊又叫地把我招呼进车里。我顾不上擦去脸上的雨水，而是一个劲儿打电话向有关人询问石头的去向。回答犹如当头一棒，把大家都打傻了——石头放错了地方，被卸在了距此以东100多米的芦苇荡入口的草坪上了！

就在这时，王斌打来电话，焦急不堪地说，昨天预订好的位于风景区湖边的海滨酒店出现意外，刚刚接到北京总部的指令：明天关门停业！这怎么得了呀！订好的酒店是为明天的答谢午宴专备的，而且已印在了请柬上。屋漏偏逢连夜雨，倒霉的事还不算完——刘部长的手机这时响了，是派去接石匠的人打来的，说他们一路上坎坎坷坷，现在还被堵在半路，根本无法到达湿地风景区。大家都愣住了：昨天的饭店还人声鼎沸，今天怎么就……石匠本来上午就应该到了，现在已经快天黑了，怎么还……

我询问是否还有别的饭店可订，李团长使劲摇着头说，绝无可能！明天是个好日子，结婚办筵的很多，现在订餐，好饭店肯定没位子了，怕连一般的也订不上。我不肯放弃，执拗地电告王斌立即前往当地名声颇盛的盘古大酒店。刘燕丹部长也急了，冲着电话抬高嗓门，以命令式的口吻要那接石匠的手下无论多晚也要赶到我下榻的酒店……

（四）

雨已不只是倾盆而泻，老天爷完全失去了理性，狂风肆虐，狠狠地往下摔打着成捆的雨杵水柱；只见水位暴涨的街道旁，折断的树干横七竖八，有的甚至被连根拔掉……

天大黑了，暴风骤雨中的车被死死堵在了路上，寸步难行。我显得有些焦虑，加上几日来的劳顿，胸口莫名地隐隐作痛，气息也不甚匀称。我不得不捂着胸口，不时捶击按压。见此情景，同车的李艳华团长宽慰说：“别急啊，说句另外意义上的话，老天爷肯定是在考验咱们，让你怎么办、什么时候办，自有他的道理。咱就好好地坐在这儿，慢慢等着看。”

将近1小时过去了，车仍然被裹在车流里动弹不得。无奈之下，刘部长提出来掉头走机场高速路，但那要绕很大一个圈子，即便行驶顺利也得一个多小时才能回到城里。还算幸运，机敏的司机逮着个稍纵即逝的机会，强行打了几把方向盘，终于在很窄的夹缝里小心翼翼地一寸寸倒回来，转而驶上了机场高速公路。大约快9点的时候，大家总算回到了酒店。这时候我感到非常难受，以至怀疑自己心脏出了毛病。我不愿给别人添麻烦，尽量佯装无事地独自回到房间，赶紧含了几粒救心丸，躺了下来。

稍事休息，心里惦记着桩桩件件事情的我，又咬着牙爬了起来，下楼找到张森部长，要求今晚无论如何都要把石头挪到选定的栽树地点。张森深知事态的严重，虽一时想不明如何去办，但还是许诺：“放心吧，我们今晚想尽一切办法也要把它弄过去！”

然而，谈何容易，黑更半夜天气又如此糟糕，哪里去找人和车呢？！张建军紧急联系那位姓刘的老乡，请求其无论多难也得帮这个忙。我交代，不惜花费！姓刘的老乡极度为难，答应去试试。大家都屏气等待着，分分秒秒熬煎着一颗颗悬着的心。这时有人报告，天气预报说，明天雨肯定不会停，而且还有雨夹雪……我不等听完，手一挥打住："你们听我说一句话，明天一定是艳阳高照的大好天！"其实，我的话毫无根据，只是在情急之下的妄语，一来发泄窝在肚子里倒霉透顶的怨气，二来坚定大家笃志目标不动摇的信心。10分钟、20分钟、30分钟……电话铃终于响了，姓刘的老乡传来了好消息，5位正酣睡的民工被从工地的窝棚里找到了……张森、聂新荣、张建军等二话不说，立即动身赶赴现场……

（五）

眼下距明天举办仪式的预定时辰只剩下十几个小时，坐镇指挥的我却面临着一团亟待解决的纷乱如麻的难题——肖亚光打印仪式用的文稿还没归来，王斌未有回音，石匠不见踪影，区委同志邀请的来宾还未最终落实，会标、彩旗、标语、拱门等等礼仪公司还没有制作完成……

这时，去订餐的王斌可来电了，说盘古大酒店刚好有人退了2个包间，正好4桌饭。虽然不是原来希望的1间4席的面场，但这已是意想不到的吉运了。我指示，交付定金，立即拿下！

总算有一件事落实下来了，刚想喘口气的我手里的电话突然又响了——石匠到了，就在大堂的前台。原来，他是被从100多公里外的山坳里请来的，身上穿着的工服布满了石粉灰。我快速下楼，见到石匠顾不得寒暄，就势趴在前台，写写画画商量起要刻的字样来。

石匠领会明白要求后，即被安排睡了。因为他明天必须起大早，赶在仪式举行前完成所有作业。

这时，我的身体状况似乎已达到极限，甚至没有了说话的气力，心脏难受得实在撑不住了，回到房间，又含上救心丸，忐忑不安地和衣躺了下来。

……

雨还在下，毫无消停的意思。张森一行驱车来到黑漆漆的南海湿地风景区湖边，与从昆区赶至的姓刘的老乡们接头。他们找到那块石头，借着汽车大灯的照明开始挪移。无奈，石头太沉了，大家无论如何也搬它不动。一次次尝试终告失败，人们在风雨的抽打中一筹莫展。要说还是民工有经验，想出了个法子，找来两根碗口粗的树干做杠杆，带领大家喊着号子，拼尽气力把石头推上了雇来的工具车。车主看着下陷的底盘，“呀呀”地直心疼。

石头总算被准确放置在了白天选定的位置上，刹那间，奇怪的现象出现了——雨骤然停了，风也住了，洗过的天空跃出了一轮皎洁的月亮，非常大，非常明亮。那么大的风雨在瞬间停止，而且马上就又出现了如此朗月，真令人称奇！这时，有有心人看了一下时间，表针正指向11点47分。果如老辈人讲的，事不过夜啊！

……

（六）

第二天清晨6点，被折磨了一宿的我睁开了眼睛——奇怪！身体非但没疲惫之态，反倒感觉变得很爽快。我一下子跳起来拉开了窗帘——雨住风停了，但想不到的是窗外白雾蒙蒙，整个世界仿佛裹在了很浓很厚的帷幄里，密不透风。从没见过这么大的雾！

7点报时响过，大家按时上车赶往湿地风景区。原本十几分钟的路程，但因雾太大，挪挪蹭蹭竟走了近一小时。车子慢慢开进景区。湖边的雾更大，能见度更低，大家都嘀咕，这栽种仪式还能搞成吗？谁料，当汽车吃力地挪到距栽种地点还有200米左右的时候，非常现象闪现眼前——大雾仿佛一下子被划开了，阳光在前方撒满金黄，而身后却依然大雾弥漫，就好像咫尺两重天，恍如隔世。

眼前的奇观让大家瞠目结舌，半晌才醒悟地发出了惊叹。

石匠已经开始动工了，朝霞洒在那块洗涤一新的石头上，洒在葱绿的“在望树”上，洒在湖堤周边的景物上，金灿灿的，特别美！我守在石匠旁边，指导雕刻，因为字是我用毛笔题写的，最清楚笔画的来龙去脉。

9点多钟，礼仪公司开始架拱门、悬挂条幅、安装扩音器；记者们陆陆续续到来，有内蒙古电视台的、内蒙古日报的、东方新报的、包头日报的、包头电视台的、包头电台的等等；东河区的各方领导也如期接踵而至……所有的人都觉得奇怪，因为城里到现在还是大雾，而唯有景区的南岸天气独好。太神奇了！在包头从来没有见过这样大的雾，也没有见过这种奇妙的现象。人们忘情饱览，啧啧感叹！

正在这当口，石匠的电钻失灵了。只见眼前的青石上，“西口在望树”和“中国黄河电视台”字样都已经完成了，雕刻刀正停在“中共忻州市委宣传部”的“宣”字的半个宝盖处，下面还有一个主办单位的名称没雕呢！偏偏在这个节骨眼上掉链子，可怎么办呢？

我慢慢蹲下身来，抚摸着青石自言自语道：“青石啊青石，看来我非得守着你，它才肯转啊！”邪了，话音刚落，电钻果真神奇地转起来了。石匠吓了一跳，好生纳闷，瞪着眼珠子说：“明明是齿轮坏了，咋可能转动哩？”

风景区的张书记一身正装地来了，他围着那株一人多高的“西口在望树”转了两圈，连连点头：“榆树选得好，种哪儿哪儿活；寓意也好，连年有余嘛！过去走西口的人闹饥荒过不去了，都吃榆树皮救命。”他又问起昨天石头放错了的事，连连摇头：“石头放到那地方肯定闹不成！这带叫雁渡苇荡，放错石头的地方是雁渡苇荡的东口，选定栽种的地方是它的西口，石头当然应该放在西口的口子上。”他仔细端详了一番石头，眼睛一亮，兴奋异常：“这是太行山和阴山山脉交界处才会有的石头，那是晋蒙两省区交汇的地方。”这时，一位名叫柳陆的西口文化研究的老学者插话说，这种石头叫晴天石，选得太好了！接着，他又打趣道：“真的，这块石头如果不挪，怕是雨还停不了呢！”

这里的学问实在太大了！

……

（七）

晴天石上的字终于刻完了，刘燕丹部长、张森部长和我，依次拿着红漆毛笔开始描红，待一切完成，再将红绸子盖上，刚好是原定举行栽种仪式的开场时间10点30分！

事不凑巧，还有一批受邀的重要嘉宾未到，他们是包头市委宣传部的领导及包括西口文化研究会会长郑少如在内的专家和学者，原因是雾天路远（包头市委所在地为几十公里外的昆区），车被耽搁在途中，根本无法预期到达。没办法，只得启动第二套方案，仪式顺延到半小时后的11时举行。10点50左右，他们十大几号人终于从迷雾里现出了身影，远远与期待中的人们挥手呼应。

大家相会，寒暄过后，谈论的话题自然集中在了天气上。郑少如和几位银发老者议论，活了70多岁了，没见过包头有这么大的雨，也没见过这么大的雾！有人还说了一个更奇特的现象——人都听到过春雷，而昨天平生第一次听到了秋雷，深秋季节居然还打雷！大家七嘴八舌地谈论着这些天象景观，都说太神奇了！太神奇了！

在彩旗、气球、拱门和写有“同栽在望树，共叙晋蒙情”的横幅标语装点下，会场显得极为隆重热烈。整整11点钟，阳光格外灿烂。我作为主持人，郑重宣布：“‘西口在望树’栽种仪式正式开始！”掌声四起，随波回荡在湖面。接下来，程序顺利进行——张森代表主办单位致辞，东河区常务副区长李国栋讲话，包头西口文化研究会会长郑少如发言……仪式举行到了高潮，在我的号令下，来宾们庄严地为“西口在望树”石碑揭幕，然后挥动铁锨为那棵迢迢千里运来的榆树苗培土……历史，将这一刻定格为永恒！

……

正午，盘古大酒店因这批特殊客人的到来而异常热闹。刚刚出席过仪式的人们，情绪非常高昂，都在谈论这次“西口在望树”栽种的过程、感受，还有那些围绕其中发生的神奇的事情。大家认为，来自山西的主办方做的这件事儿，实际上是为走西口人树碑立传，也的的确确是为走西口人树起的第一块碑；能亲自参加这样一次意义非凡的栽种仪式深感荣幸，积了功德，都是有福之人！还有人说——那块晴天石也修了千年万年，是块福石，也是块有造化的石头。把它从山里选出来放到这样一块宝地上，又把“西口在望树”刻在上面，赋予了这块石头以生命。从此，它会被多少世人拜谒，它的生命力会比给予它生命的人更长久，它势必会成为记录历史的文物留存下来！答谢宴会举行得非常热烈，大家频频举杯祝贺，又说又笑，最终还按照蒙古族的习惯又唱又跳起来。答谢宴会真正办成了一个口里口外、蒙汉民族的欢乐聚会!

宴会上，大家说，走西口人有拜树的传统，既然把树种到了包头，就要按照走西口人的习俗举行祭拜仪式。于是，第二天大早，大家又汇聚在了南海湿地风景区那棵神奇的“西口在望树”前。朝阳照射在树上和石碑上，一派盎然生机。大家点燃了3炷高香，按照走西口人的礼节，举行了祭拜神树的仪式。高香上面写着:“风调雨顺，国泰民安。”

这时，有人发出了惊奇的叫声，他举起手机，让大家观赏16日傍晚拍摄的那个奇异的天象的形状——天哪，天象的轮廓居然酷似这块晴天石!举行完拜树仪式，大家绕湖一周，又有更加惊人的发现——原来，那天象和晴天石的样子，与南海湿地风景区整个湖面的形状非常相似!

2008年10月

天歌难再

千万年的黄河日夜流，

山曲儿世世代代唱不到头。

一晃又是数年过去了，就在2015年元月也是农历甲午年的腊月里，我再次来到河曲这块让人无法不牵魂儿的土地。不知怎么的，近些年来我对河曲民歌的事越发关注了，尤其是对那些相熟的歌手们更是常常惦念、记挂在心。他们现在还好吗？生活得怎样？特别是身子骨……因为，岁月不饶人，光阴催人老，他们毕竟都已上了年纪。我此去的目的，就是要在有限的时间里去尽可能多地看望这些故交老友，再从他们的嘴里听听那的山曲儿、二人台。

今年的冬天不像往年寒冷，黄河河面虽然封冻了，可挂着霜白的薄薄冰层下透出深浅不一的水蓝，远远望去光影莹润、晶晶闪闪，一抹的清雅明秀。也许是这暖冬的天气，催得河曲人早早开了街市，就地摆放着的米面菜油、调味山货、大排猪、牛、羊肉，穿的戴的铺的盖的，还有红红绿绿、花花哨哨的春联、斗方、灯笼、彩带等等顺着道路两旁平行线似的一溜拉开，山曲儿似的叠着调调的吆喝声绕得醉了人，此起彼伏飘飞游荡在天空。这里早早地已有了年味儿！这个季节，历来也是民歌、二人台戏班子开始忙活的当口，进入了腊月，随着年味儿越来越浓，演出的频次也逐渐密起来，直到正月里达到最高潮，城里乡村到处是唱唱跳跳闹红火的，空气里弥漫着山曲儿、二人台的韵味、音律……

（一）

我穿过街巷，敲开县政府大院隔壁一栋居民楼里张存亮家的门。开门迎出的是他的老伴，一件红毛衣配一头齐肩白发，文静中透着一丝的俏丽，还是那副中学老师的气质。她正是17岁那年听了张存亮唱的山曲儿，一下子迷上了这位身材高大眉目俊朗的青年，以歌传情牵系了这辈子的姻缘。我进了屋，随从着穿过昏暗狭窄的过堂，眼睛寻找自己要见的人。就在这时，张存亮那“哈哈”的爽笑声先传了来，随即他人从侧屋的门里走出：“我说咋一大早就听见喜鹊叫咧！”说着伸过那双还沾着水珠的厚墩墩的手。显然，为迎接我这位老友的到来，他精心打扮了一番，身穿一件新的棉夹克，头发梳得整整齐齐，连一排排捋出的发道都看得清。老伴儿不见外地冲我叨叨：“听说你要来，今早起来他脸就洗了两回。”张存亮倒不介意，依然开着笑口，拽着我的手进了另一间向阳的正屋。

张存亮今年 82 岁了，身板儿还是健朗得很。这也应了他六年前在对全省的广播里说的那句话：唱山曲儿能长寿，解宽心、解忧愁。那是 2009 年 10 月 30 日，也是在此之前我与他的最近一次见面。我早有一个心愿：什么时候能把河曲这些祖祖辈辈生活在山乡僻壤的民歌手接到省城太原来，让他们尽可能多些人一起会聚在大众传播平台的广播里，好好向人们介绍这凝结着生命情感内核的山曲儿。因为，她是生长于中华文明沃土里的血脉根系，世人实在太需要聆听到这散发着泥土芬芳的民族文化瑰宝的声音了！那日，这个愿望终于实现了，我一次邀请到了六位具有代表性的河曲民歌手——张存亮、辛礼生、狄兰瓣、刘宽来、周平治、贾彩萍。当时，他们最长的 80 岁，最少者也近 50 岁，相加累计在一起有 420 多岁！记得那天，节目是晚八点档开始，而六位民歌手白天的“工作”被特意安排去晋祠观光览胜。当到达目的地，陪同人员正欲购票，张存亮作为大家的“领导”挡前拦下，说票价太贵了，不能再叫“主家”花钱。说罢，他带头就要往回走。这可急坏了陪同人，一脸央求地望着性子率真的客人们。身量瘦小的河曲崔家第一村的周平治，小眼一挤眯成一对月牙儿，善解人意地“解围”道：“都等等，让我跟人家说说看行吗？”不等存亮老人应允，他快步来到检票员面前，一五一十道明了实情，最终说：“……实在不愿意让人家为我们再花钱……你看这样行吗？你放我们进去，我们唱民歌给你听……”张存亮这位年近80岁的老者也凑了上来，不住点头允诺，眸子里透出孩子般童真的期待……检票员被他们的淳朴真情感动了，手把着的铁栅栏慢慢开大了缝儿……民歌手们没有食言，周平治率先亮开嗓子：

为人娶上个好老婆，
啃糠咽菜也红火。
为人娶不上个好老婆，
倒不如进后山拉骆驼。
那妹妹软颤软颤担上两担水，
你下那山圪梁梁亲呀亲上个嘴。
……

晋祠，这个古老的皇族园林，自古以来恐怕从未响起过如此狂放的“山野之音”！

广播里响起20点的报时钟声，热线直播的“特别节目”开始了。张存亮等六位河曲民歌手坐进直播室，个个戴上耳机对着话筒，拉呱起那热熟的乡土和故乡的人，一串串动人的故事像黄河水似的止不住地往外流，激动难抑时便会随情唱起那揪心揪肺、拽着泪蛋蛋的山曲曲……这一夜属于他们——注入民歌灵魂的人们！

那一夜，唤起了听众心灵的共鸣，通过热线电话和网上留言交流的人比以往多了好几倍。六位民歌手也情难自禁，打开的话匣子关不住，山曲儿一首接着一首唱不尽，原计划两小时的直播节目一直进行了三小时还无法结束……

眼前已82岁的张存亮，谈起那晚的事儿来还是显得有些兴奋，说他那一夜睡着睡着就醒了，嘴里的曲曲哼个没完。说着，他目光移向老伴儿，非让她去拿被子。我被弄糊涂了，到了还是老太太解疑释惑——原来，存亮老人要让老伴儿取出的是，那晚我当作礼物送给他们的蚕丝被，说到现在还原封未动地没舍得用，他为的是留个念想，记住这暖暖的情意。

张存亮是人们公认的河曲民歌、二人台的“活字典”，是健在的资格最老、研究最全面、系统的专家。他是河曲县唐家会村人，那地方本就是民歌和二人台的发源地之一，有物证记载的最早的二人台“玩意儿”班子和《走西口》剧目就诞生于此，可以说从这个村走出的人没有一个不会唱的。张存亮也是因为唱，1951年19岁时走进了县文化馆业余宣传队，凭着一副好嗓子“大小村庄都转遍了”，串红全县出了名，人人都知道他的名字和唱的《王婆子选种》《赵三汉子山药蛋》等。当时，民歌成为向当地群众宣传党和政府政策、主张的最通俗、最有力的武器，由此也出现了许多歌唱新社会新生活的新民歌。张存亮至今还记得那首65年前唱过的新编民歌：

一朵朵红花山顶顶上开，
毛主席带着那幸福来。
山前的彩云山后的雾，
毛主席给咱指出光明路。
山上的青松山下的花，
毛主席领导咱当了家。
朝阳阳开花头朝东，
咱一心心跟着毛泽东。
……

1953年，只有小学文化的张存亮迎来了“点化”自己一生最重要的人——这年秋天，中央音乐学院中国音乐研究所民歌采风队的八位音乐人，“从阳方口下了汽车，又骑上毛驴走了四天”来到河曲。张存亮被县里专门抽出来，随同协助北京来的人到乡村采风，其任务有三：一、向导；二、翻译（队员多为南方人，尤其听不懂当地土话）；三、歌头（率众拉歌领唱的人）。他们走村串户近四个月，为了那原汁原味的山曲儿、二人台，几乎“甚的罪都遭够咧”。开始，人们着实的不理解，惊奇天底下还有吃饱了撑的跑山沟沟听曲儿的人，说：“有收铜收铁的，还没见过收山曲儿的！”结果，常常是村人围着他们看，或是他们追着人家屁股后面转。幸亏有了张存亮，又是唱唱跳跳当“歌头”，又是掰开揉碎作“翻译”，这才说服了群众打开了局面。

张存亮老人望了眼沾着水雾的窗外，仿佛又看到了当年的情景，道：“也就是这么个节令，快要过年啦，他们带着最后采集到的400多首不同的曲调、2万多首词、30多首二人台回了北京。后来，他们出版了《河曲民歌采访专辑》，出第二版时改成《河曲民间歌曲》。一晃52年啦，真快！自打那以后，我就再也没有离开过民歌、二人台。”老人搬出厚厚的相册，一页一页翻过那尘封在光影里的岁月，讲解着在他记忆中永不褪色的鲜活故事。

1957年，在张存亮老人的心里，珍存着河曲民歌、二人台历史性的辉煌一页，每每讲述起此情此景都还会像当初热血扑红脸蛋一般激动。这年的三月，全国第二届民间音乐舞蹈会演在北京拉开大幕，作为代表山西参演的河曲文工团，以张存亮为团长且作为领唱、李有师等世家艺人组成的12名演员团队登上了首都大舞台。他们亮响了来自黄河岸畔农家百姓的歌喉，一连演唱了《打蓝调》《推船号子》《倒卷帘》《唱河湾》等民歌、二人台曲目，赢得了来自全国同行的一致称赞。他们做梦也难想到，曾经为熬苦日子“解心宽”、混口饭吃“讨生活”的唱曲儿人，如今竟登上了国家最高的大雅之堂。不仅如此，在中南海的怀仁堂，周恩来、朱德、邓小平、彭真等党和国家领导人接见了参会全体演职人员，河曲二人台的两个娃娃演员被周总理亲切揽入怀中定格为永恒。

显然，这些往事又将老人带入了年轻时的激越情怀，他站起身，伸出那对有些弯曲的胳膊，攥拢双拳，比画着劳作状态，一口气接连唱起《打蓝调》和《推船号子》：

打蓝哥哥唱起打蓝调，
才把妹妹的心揪住。

蓝苗苗本是风流草，

制成蓝靛更时髦。

小妹妹穿上一身身蓝，

好比九天仙女下了凡。

蓝布衫衫蓝布裤，

咱是解放区的翻身户。

……

黄河水长流，

船儿水上走。

搬船嗨撑船，

每日水上游。

春暖冰河开，

大河换新颜。

河路汉推船，

大河谱新篇。

……

不管多会儿听张存亮唱歌，总是有一种像喝了“海红蜜”的享受感、满足感。他演唱时有个鲜明的特点，无论是在台上台下，只要开口必配合有动作，开合适度，既不失舞台艺术表现力又不丢劳动生活的原发性，富有那种从黄土圪梁上长起参天之树的张力！根基在，何愁绿树成荫，百花争艳！张存亮这辈子装进肚里的曲曲和其背后的事与人都海了去，你问起哪首曲儿哪个调儿哪出剧哪个人，他都能不假思索地连何年何月甚村家户谁人所唱统统讲出来，人称其“活字典”实不虚名，在我看来，更应视为河曲的“活宝贝”！早已退休的他深知自己对这方水土的价值和使命，在县老年大学创办了民歌、二人台演唱研究系，不定期地开设学术讲座，每天下午还雷打不动地“正规”搞排练、吊嗓子，不光吸引得老头儿老太太们挤抢着往过跑，就连年轻人也装作一把岁数地往堆儿里混。别看他们不是什么打着名号的剧团，可声望不小，经常被请到企业、单位或乡里村里演出。为此，张存亮美滋滋的，好像从没退休过，自打当上“团长”这个角儿便没有“卸妆”过。不仅如此，他从实战经验到理论素养还真就不含糊，谁不服都不行，前几年竟然撰写出版了两本大部头的学术专著《二人台探踪》《二人台史略》，留给河曲及后人一笔永久的财富。老人把这两本书送到我手中，眼里含着释然而又期许的目光。我捧着它，觉得沉甸甸的，这分明是老人对家乡及其民歌、二人台倾尽一辈子的深情厚谊和那一腔热血的忠心啊！

对民歌、二人台的传承，一直是人们提及和关注的老问题，记得20多年前我就组织张存亮、贾德义等县里的专家、歌手会同探讨过，这次相见自然还是避不开这样的话题。张存亮双眼注视着窗外，语调平稳地缓缓说：“推陈才能出新，什么事情都有它的发展规律，只有在老的、传统的基础上才能提高，纯粹讲出新不行。听现在的民歌、二人台总感觉不对味儿，老味道没了，用河曲人的话说就是酸粥味、酸饭味少了。有的人总想着弄上点洋味儿，说这才潮流。还有反映生活的少了，纯粹说笑的多了。歌里早就说了：山曲儿本是肚里生，心里有甚就唱甚。这是艺术创作规律，深入生活是第一位的，这才味道浓，跟百姓密切，群众爱听。现在中央强调改变文风，咋改？还是多接近群众！像我们过去搞文艺的，首先是下乡跑，平时回城关的很少；现在是出城的很少，除非来请才下去。这样久了，怕是连乡村里的土话也听不懂咧……”

我看着眼前这位当年给采风队的南方人当“翻译”的张存亮老人，深知他还想要说什么……

（二）

还是像当年约定的情景一样，我和贾德义又在黄河边上的“西口古渡”广场见面了。同以前不同，他身后多出一群穿红着绿、腰扎彩绸花带的队伍，其相貌均为中老年，妇女老太居多，每个人脸上都打着艳艳的腮红。

贾德义压根不管有多少看客围观，大喊一声：“我可想死你咧！”便张开枯瘦的双臂拥抱过来，多日未刮的胡子随着头的晃动扎得我脸生疼。他那臂膀箍拢着一紧一抱的蛮劲儿，真让人看不出已是78岁的人了。

我趁着拥抱之机，冲他耳朵说：“听有人说你生气了，嫌我没第一个看你？”

贾德义眼一挤：“哪能咧！我老贾是那种人？”说着，“嘿嘿”凑近，压低声音道，“不过，说心里话，你还是应该第一个来看我才对。”

我俩的笑声跳荡在黄河上……

贾德义扭转身，拽着我的手腕往队伍里去，待人到围场中央，他做了个夸张的导引手势，拉着声调介绍：“这是我的广场表演队，多时50多人，叫——田野组合！”说罢，他一挥手，带领着大家一起鼓掌。面对这样的礼遇，让人不知该如何是好。我正躬身以示谢意，不料贾德义这个“歌头”已手持四弦琴落座在了小凳上，高挑一声吆喝，吹拉弹唱地喧腾起来：

天上的星星地上的水，

这地方唱山曲儿人人会。

山曲好比葫芦里的油，

生在咱肚里出在咱口。

山曲儿就能顺口流，

多会想唱多会有。

河曲人都有出口才，

看见甚也能唱出来。

石捣石捶石圪垯，

山曲儿都是些实心话。

红红的阳婆圆圆的月儿，

劳动人留下个唱山曲儿。

大河水长流不断，

山曲儿永世唱不完。

……

广场上的人越聚越多，都被这散发着浓浓“酸饭味”的歌声牵住了心。他们中有当地人，也有不少一听口音便知是外地来的游客，男男女女、老老少少，踏节起舞，随声附和，一曲唱罢，叫好的、喝彩的、鼓掌的，喧天欢腾，此起彼伏。不怪河曲人都叫贾德义“歌疯子”，这下子他带领的“田野组合”收不住了，什么《打蓝调》《挂红灯》《打樱桃》《五哥放羊》等一连唱了十多首，让人开眼见识了河曲人唱民歌就像那滔滔不绝的黄河水一样是怎样往外流的。

的确，我见过的河曲人都像贾德义一样热爱着自己家乡的民歌、二人台，不论走到哪里，甚至都离开乡土几十年了，还会在兴头激起或是酒酣之后不由得要唱上几段儿，而且发声叠调仍旧是不改的土语乡音。眼下的“田野组合”更是有坐镇“主场”的神威，我每次感叹这个群体表现时，贾德义都要赞同地加重口气道：“因为，本地人不爱本地人自己的东西就没了自信，人是，国家也如此！”他在肯定的同时总也不会忘了狠夸一下自己：“而我对山曲儿、二人台是酷爱，爱了一辈子，哭了一辈子。甚都可以少，就是不能没了这！”老贾就是这么率直的人，爱恨情仇都写在脸上，也只有他才能放胆说出这样的“疯话”来：“在河曲，我贾德义是亘古一人！”他说的这话是狂放了些，可从父亲、爷爷再往上数“唱了好几辈子”确也是事实，可谓传承有序、宗脉世家；正因如此“底气”和“气概”，他才会编著出版了《河曲二人台全编》（后更名为《山西河曲传统二人台》，因为一位老艺人让他醒悟再多的文字音符也不可能囊括“全”了）等七部著作。

贾德义的妻子也是唱民歌的高手，现任“田野组合”主力唱将。她趁着广场演唱“中场”暂歇，凑到与我畅聊正兴的贾德义身后，突然插嘴“告状”说：“我和孩子谁说他也不听，一个人住在破庙后的烂平房里，水自己担炉自己生，全县最穷的人也不住那儿。他把钱全拿去出书了，说要把一生都贡献给它！”

贾德义闻听一急，“吱”地拉响一把琴弦，瞪老婆一眼：“去去去……”接着毫无顾忌地发出爽笑道：“你懂得甚！不管酷暑还是数九，我带着‘田野组合’兄弟姐妹们天天在这古渡口演唱，已有50多万游客听了我们的河曲民歌和二人台。这其实就是河曲的灵魂啊！那年美国哈佛大学一个音乐博士专门寻到河曲，我问河曲民歌好不好听？他竖起大拇指说：好听！绝对好听！”贾德义望着黄河，不无自豪和自信地说：“要问我最大的愿望是什么？很简单，就是让河曲民歌和二人台在河曲人人都唱起来，不要丢失了；再加上同其他艺术的互相碰撞，结出新花、生出娃娃，结生出更漂亮、聪明、好听好看的新民歌、新二人台来！”老贾的一番话说得十分动情，引得围观的人一阵阵鼓掌喝彩。他兴致更高，情绪不能自控，眼看着日落西山天色已晚，可还是不由分说非得再唱一曲二人台的经典之作《走西口》不可，于是，那出揪着河曲人真魂魂的二人台《走西口》，再一次以每每不同的演绎方式及各有情愫的表达回响在亘古流淌的大河岸畔，令人荡气回肠……和着黄河古渡的风声，他不容推辞地向我郑重邀约，为他新编著的长篇巨著《北方两句头——晋陕蒙传统山曲儿实录选编》作序，未及回过神来，他已抓起我的手击掌敲定……

……

（三）

一大早，我如约去县文化馆，谁知刚一进大门，恰好遇上要寻访拜望的韩运德。他正低着头碎步朝外而来，边走边往腰兜里揣那串“哗啦啦”碰响的钥匙，抬头忽见我至，呵呵笑道：“我正是出来迎你的。”说罢，转身往回走，又将手重新伸进腰间再去摸那串钥匙。

韩运德今年75岁，满头后背的白发和驼着的背总显得比相仿年纪的人要老态些，而且那张线条匀和的面容配上了一对弯若月牙的眉眼，常让人乍一看误以为是位仪态慈悲的老太太。他是人们公认的河曲“情歌王子”，曲调“拿不住人心”不吐口，中国音乐学院对其唱法进行过研究，还专门请进课堂面授示范。

县文化馆还安置在明代建造的文庙院子里，第一任馆长张存亮几十年前曾带着剧团的人们在这里出出进进。早已退休的文化馆员韩运德的家一直就安在大庙东北角的小院里，究竟有多少年了不知道，反正自打我们认识他就住这儿，而且是孤身一人独处一室。听说，他原来也有过妻子，还生了个儿子。可哪料，妻子不到30岁就病故了，他独自把孩子拉扯大。待儿子成家立业另立门户了，他还是坚持一个人独守只有十几平方米的小屋。好心人也操心过他的婚事，可他说啥也不再“续弦”，每天只管蒙头埋在山曲儿堆里抄啊写呀，“谁叫也叫不醒”，人们不解地私下议论他是让民歌、二人台给拽去了魂魂迷住了窍！

“又有几年不见了，您身体好吧？”我随在身后问。

韩运德将钥匙塞进锁眼儿开着院门，回答道：“哎——，可不行咧，快没气了。”

进了整洁的小院，韩运德又去开屋门。我顺眼望去，窗户左上角的横木上钉着一块期刊大的金属牌子，面上压制着两排字：国家非物质文化遗产河曲民歌传承人韩运德工作室。

进到屋里，洁净的十多平方米的空间摆设得还是那么简单，窗前一张小桌配一把靠椅，中间硬板单人床上铺着浅色的布罩，靠墙立着一架双开门书柜，侧旁一只窄小的老旧沙发。眼前的一切还是那般模样，与早前我熟悉的环境没有任何变化。韩运德有件事一直让我挂念，无法挥之而去或淡忘，那便是当年见到震撼我心的、倾注了他几十年心血创作、整理的2000多首河曲民歌。当时，他从柜子里抱出足有两尺高的稿纸让我看时，真叫人吃惊不小！一首首歌曲的词谱被清秀的钢笔小楷抄写在纸面上，横竖齐整，排列有序，一丝不苟，纹丝不乱，简直不亚于印刷体。韩运德抚摸着摞起老高的文稿，表达着心愿："我想着有一天把它印成书出版了。不过，要出就一首不丢的全出，不能拆开！"原来，已有出版社看上了这个选题，也表示愿意印刷出版，但要从中精选一部分。韩运德一听就不干了，抱回原稿又锁进了柜子。后来，也有不少出版商或"热心人士"找上门来，应承下要出全本书，可都是热热闹闹说完了，回去就再无音讯了。这次又见面了，我自然开口提出的还是这最关心的问题："你的歌曲集出书了吗？"韩运德的回答着实令人惊讶，他十分干脆道："不出了，绝对不出了！他们把我哄的，今儿这个说出呀，明儿那个要出呀，都说过多少回了，我再也不想出书这事咧！"他说着，又从那串钥匙里找出一把，扭开书柜上的锁子，打开上层的两扇门："我看现在这样就挺好！"——同多年前第一次看到手稿时一样，呈现在眼前的情景又一次震惊了我：书柜的最上一层，齐齐整整竖立排列着硬壳精裱套封盒，好似古代线装书的包装形制，目览序号有十“函”，厚有两寸的匣脊之上醒目印着“河曲民歌”。开始，我以为他已将那些注入心血的文字和音符正式出版了著作，前面所说的“不再想出书的事”是故意卖个关子，可当取出一册打开套封才知道，原来它只是主人仿效“宫廷典籍”的模样自制的精美包装，内里套装着的是用线装技法订合的纸本，打开先是扉页，上面工工整整只有两排大字：河曲的民歌如流水，世世代代唱不到头。翻过这一页是歌曲的目录及页码标注，接着续后的即是一页页格式规范标准的歌曲词谱，而再一细看，那一行行一段段清晰耀眼的纯黑色文字及谱码并非印刷体，竟然还是那纹丝不乱、一丝不苟的清秀钢笔楷书！这是韩运德老人用自己的方式为自己“出版”的书，是他对自己一生心血的“体面”集成与尊重，更是对家乡艺术的挚爱倾诉及别样致敬！

韩运德是河曲巡镇人，那是闻名全县及业界知名的河曲民歌发源地之一。他从小在娘怀里听着山曲儿声一天一天长大，毛头小子时就成了远近出名的“好嗓子”。从20世纪60年代开始，青年韩运德动手收集民歌，慢慢学习乐理又转向创作民歌，都50多年过去了这已成为像吃饭睡觉一样的“生活习惯”。这不，见我来了，他又拿出一张抄写着词谱的白纸给我看：“这是我前天半夜起来写的新歌，叫《小心心上分外甜》。你听着啊——”说着，嘴唇收紧，气运声发……

哗啦啦啦的河水，
速来来来地响；
水灵灵灵的姑娘，
脸蛋蛋上放红光；
红润润润的嘴唇，
白生生生的牙；
爱的哥哥浑身滚烫，
小心心上乐开了花。
哎呦呦咿儿呦，
哎呦呦咿儿呦，
爱的哥哥浑身滚烫，
小心心乐开了花。
……

韩运德一口气唱完了他的新作，长长的尾音拉没了，可配合着歌曲意境的笑意还浮现在脸上。

“您一唱歌人就全活了，可看不出没气了，足着呢！”我感慨着他投入的状态，鼓着巴掌说。

韩运德摇摇头："可不行咧，唱一会儿就出不上气了。"他喘口气，抬起头看着我，眼神儿透出认真且深邃的光，道："我有个体验，唱歌不一定唱得那么高，唱歌就是唱情，唱出情来，你唱的歌必然会打动人家。我写的歌大部分是情歌，我觉得情歌是民歌的主题，情歌也是民歌的精髓。"他说自己这辈子爱的就民歌这东西，没情不写，没情不唱，动情时不管甚会儿，"想起词来我填上曲，想起曲来我再填上词"；"河曲民歌情歌多，老少大小都喜欢听也愿意唱，所以我唱的时候特别注意情感，每唱一首民歌就要看怎么吐字，吐字是应该先出气还是先出声。先出气还是先出声截然是两回事儿，先出气说明你是真心想她了，如果先出声就是哄人了，根本不是想她。"好个"情歌王子"！这人送的称谓可不是虚得而来的，他居然就一个"情"道出了如此精妙的一番心得，难怪中国音乐学院非把他请去"就说就唱"讲座河曲民歌不可呢！韩运德说着，为了验证自己的"理论"，又像给学院师生示范那样唱起了经他改编过词的《打樱桃》，而且令人想不到的是开头第一声拉着长调的气声，竟一口气不断地足足拽着音调"爬高"了15秒钟：

哎呦——

我和我的小妹妹，

说说笑笑，

叨叨啦啦，

一搭搭走，

去打樱桃。

过了河上山坡，

小妹妹揪后襟拉住哥哥我。

乐得我那小妹妹，

她脆个铮铮，

甜个盈盈，

笑个嘻嘻，

叫呀叫哥哥。

……

妹呀妹坐在阴凉地，

哥哥我赶紧挨过去，

我和我的小妹妹，

亲亲热热，

甜甜蜜蜜，

紧个嘣嘣，

亲呀亲了一气嘴……

“唱得太好了，心都唱醉了！”我情不自禁赞叹，不知何时已泪流满面……

分别时，我拉住韩运德的手郑重道：“您要好好保重身体，明年我再来看您。”

韩运德还是那样平和地淡淡笑笑：“明年？唉！没气了，离死不远了，怕明年你再来就没我咧……”

屋子里陷入了沉默……

韩运德自觉话说得有些唐突，似意解除尴尬，又摸出那串钥匙打开桌子的抽屉，取出一册本子来，慢慢打开一页指给我看。他说：“这就是我对自己一生写民歌的总结。”

我的水平太寒酸　给个八字无处安
七个数字来回转　绞尽脑汁往里钻
稿纸废了几笸篮　民歌写下一大摊
曲调难听不拐弯　歌词没味胡乱搬
翻来覆去瞎纠缠　七颠八倒来回返
素材缺少路不宽　旋律单调难施展
硬着头皮夹盘算　疵拼架舞充好汉
放开喉咙来吼喊　观众听得心上烦
虽说大家没刁难　心中愧色滚浪翻

思来想去实在惨　创作民歌太艰难
寻找原因回头看　知识贫乏把路拦
要想民歌人喜欢　脚踏实地从头干
不耻下问多流汗　努力学习不间断
只要虚心常听看　请教老师勤写涮
三日五来五日三　总有一天会灿烂
……

（四）

走进黄河边的楼子营镇辛家坪村，远远就听到以扬琴、四弦琴、枚（笛子）、四块瓦、梆子组合演奏的声音，这五样家伙是二人台典型的乐器配置，也是衡量一个戏班子是否具有“专业”水准的标志。不用问，这声音肯定来自辛礼生的家，因为村里的文化大院就设在他家，每天想唱唱跳跳的村民都往这儿聚，再加上辛礼生本就是个名声很大的民歌手，是全村的“名片”和文娱生活的领头人，这热闹的响动自然而然地也就发自了他家。

我绕过村口那三棵参天的白杨树，寻声拐过几道巷子便来到了那发出乐奏的院子，大门是敞开的，男女老少围满了一地，有唱有跳有欢有闹，自在自足自满得很。此时，辛礼生正站在人丛当中，摆手指挥着大家各就各位，俨然统筹全盘的现场导演。他今年有 77 岁了，可从身板儿上看不出什么老态来，不高的个子精瘦精瘦的，背一点不驼，手脚还挺麻利，特别是说起话来发出的特有的尖音仍是那么响亮。我俩相识于三十年前的 1985 年，当时也正是坐在这座院子的那棵海红树下“拉呱”的。当时我问他，如今农村包产到户了，这样的政策好不好？辛礼生乐得合不住嘴地连声道：“好！好！每天早晨不用听队里敲钟出工了，觉够睡咧！地划归自家承包了，想种甚种甚，想甚会下地甚会下，时间都由自家安排。这样的政策就是好！”他说农忙时自己在地里打理庄稼，一得空闲就赶着牲口拉上大车跑些“副业”，挣点现钱补贴家用。他 47 岁正当年，手勤脚快肯出力，又有一副高亢嘹亮的好嗓子，自然找上门来的营生就越来越多。因此，那时的辛礼生是个远近有些名声的唱得一口好听山曲儿的赶车汉。记得，我们在这座有四间南房的院落攀谈时，辛礼生脸上始终透发着心满意足的微笑，一看便是那种因日子过得殷实而气定神闲的农民。不过，当时他唱民歌仅是出于爱好，吼喊着逗逗乐解解闷，所唱的山曲儿多是从老辈子或别人那儿学来听来的，处于原生的“模仿”状态而少有自觉“创作”，因此当时在表达对现行农村政策的欢愉心情时，仍然借用了自己小时候深刻记忆的一首民歌：

大红公鸡窗台上卧，
八路军进村好事多。
分了房子有了地种，
日子那越过越红火。
……

后来，随着农业政策进一步深化，加上风调雨顺的好年景，农民逐渐都富裕起来，不仅粮食够吃还有了储蓄、现钱，人们对文化生活的要求也高了，经常有村里组织或是娶亲、祝寿的家户雇请民歌、二人台“戏班子”来演出。于是，辛礼生开始了“转型”，迈入了人生半世之后的辉煌道路，从那时起登门请唱的越来越多，他的名气也越来越大，不仅在本县唱出一片天，还在隔河的陕北、内蒙古一带叫响了名头，再后来又唱红了省城太原，唱响了首都北京，唱上了中央电视台和人民大会堂的大舞台。国家级权威人士听了这位来自山野乡村农民的演唱，啧啧惊叹，将他与世界男高音相提并论，称其漂亮的高音比帕瓦罗蒂还高八度。通过辛礼生的歌声，更多人们喜爱上了河曲民歌、二人台，也认识了山西汉子的纯朴和这方神奇的水土。然而，成名之后的辛礼生却没有走世俗人眼里那条“顺理成章”的举家入城的“星光大道”，到现在家还在河曲楼子营的辛家坪村，人还是地地道道的农民，习惯闻的吃的还是家乡那酸捞饭味儿，演出一结束还是“没出息”地日夜兼程往回赶……这些年来，我几乎每年要在太原的剧院后台见到来演出的辛礼生一、两回，当问起行程时，他总是以河曲人特有的“电报语”作答。

问：“您什么时候上来的？”

答：“夜儿（昨）个！”

问：“什么时候回去？”

答：“明儿个！”

问：“有什么要办的？”

答：“没！”

……

辛礼生从来身着的是那风格一贯的标志性演出服——头扎白毛巾、身穿对襟白褂和肥腿红裤，脚蹬千层底人字口布鞋。每次与他的对话都简约得不能再省了，只有从脸上始终绽放着的笑容读得出其内心涌泉的清澈和对生活的满足感。每到这个时候，我总会不由想起那首辛礼生常唱的河曲民歌《三天的路程两天到》：

不大大的小青马马多喂上二升料，
三天的路程我两天到。
赚了银钱我回口里，
赶上路程我盹妹妹。
瞭见南山我真高兴，
赶上路程我看母亲。
过了黄河我下了船，
欢天喜地我往家返。
……

如今，院子还是那么大，而冲街的大门翻修过了，原是土坯的四间房子也都砌成了砖墙，门窗漆红刷绿地装饰一新 ，一副富足康宁的农家景象。辛礼生见我来了，喜出望外地瞪大眼睛，嘴里直个劲儿地叨囔：“欢迎！欢迎！”我知道他一个多月前做过一次前列腺手术，于是关切地询问康复情况。老辛一摆手，依然中气十足道：“手术做了三个多小时，也费劲儿了，可我不像别人，身体恢复的特别快。甚的原因？我想就是因为唱民歌唱了一辈子了，心情好身体也就好。民歌能给人带来欢乐！”他习惯性地拍了一掌胸脯，自信满满地说自己像以前一样硬朗，而且前几天就已随县剧团上省城大剧院登台演出了两场，再过几天要再赴太原录制省电视台的《民歌春晚》节目，待春节一过还要应保利剧院邀请进京演出。辛礼生讲这些话时，流露出的自豪感随着一道道笑纹都写在冬日阳光照射着的脸上。他看看围拢着的乡亲们，深吸一口气："我的愿望就是把老祖宗留下的东西发展起来，让民歌、二人台走到全国，这我就歇心了！"说罢，他高挑一声，指挥着大家以特有的方式表达了对来客的欢迎，顿时乐队那欢快的伴奏声喧起，紧接着群口演唱的二人台《挂红灯》充盈了整个院落，荡漾在了清远的天空……

歌声使辛礼生家成了辛家坪村的欢乐发源地，村里人不光习惯了一闲下了就往这儿跑来闹红火，还想着让他们心目中的"歌唱家"面传心授、点拨提高。他从来就把自己定位为农民，自然也没有什么"大牌"的架子，谁来都行，想学都教，阿宝没出名时也曾拜在门下讨教过。辛礼生深有感触地说："农民就像庄稼一样得长在地里，离不开乡亲啊！唱民歌、二人台也是一个道理，不接地气、脱离生活就不会唱了，没那个味儿咧！"所以，他从来是外出几日就赶紧又回到村里了，离不得这片乡土，离不开乡亲们。就说种地吧，辛礼生如今早已用不着靠打下的那几石粮食养家糊口了，可那地里营生是农民的本分，也是流出山曲儿的源头活水。辛礼生说："在地里干完活儿，扛上农具往回走，就走就哼哈上两句，高兴了走到哪儿唱到哪儿，从来也不觉得有什么忧愁、烦恼，因为有民歌、二人台伴着你。到了外面有人问：你那好嗓子咋练成的？我说，只要你扛上锄头往山上爬，嗓子自然就高亢嘹亮咧！你听，这首《眊亲亲》就是站在山圪梁上唱的：

头一回我眊你来呀，
十里那路途，
过了一段河呀，
爬了一道山呀，
我累了一头汗，
走到你家大门口呀，
我心锤锤跳呀，
脸蛋蛋烧呀，
进不是个进来，
退不是个退呀，
作了难呀，
亲亲。
……

我正与辛礼生聊得热乎，突然身后冒出一个熟悉的声音：“可把你给断着咧！”转身一瞧，原来是贾德义。

辛礼生同贾德义是相识50年的老朋友，平时就多有交往。因此，不等我搭话，他俩儿已热人热语地招呼问候上了。村民们见是名震八方的贾老师“大驾光临”，呼啦啦也都围了上去，这个唤一声那个拍一把亲切得像迎来了亲戚。待稍静下来，贾德义把夹在胳肢窝的一只厚墩墩的牛皮纸大信封塞给我，拍拍空了的手说：“我可交给你了，就等你写的序了。”这我才弄明白，他是特意从县城里一路找来的，专为送那部《北方两句头——晋陕蒙传统山曲儿实录选编》书稿，信封里装着的正是老人家一早跑到街上的文印社，自掏腰包花200多块钱打印并装订成册的文本。用当今网络上流行的一句热词来说，这河曲老汉就是这么“任性”！

我将老人的书稿捧在手中，深知他交予的是为河曲民歌、二人台每个音符而怦然跳动的那颗心！

……

辛礼生与贾德义打交道半个世纪了，对其“歌疯子”的脾性把得很准，懂得这院里扬动起的吹拉弹唱是多么的撩拨人心，于是不容迟疑地拽起老伙计的胳膊就上了“歌台”，冲着满院的乡亲们说："我俩交往大半生，还从来没有同台唱过，今天我就要实现这个愿望。"

贾德义早欢喜得眉眼都弯了，手拍的"呱呱"直响，挑高嗓门呼应："好咧！我二人平生是首度合作，大家竖起耳朵听上来。"

唱甚？二位老人目光一碰，无须商量，心有灵犀地同声一曲：《五哥放羊》。

乐队奏响了那飘荡在黄河边上古老而熟悉的旋律，两位命根子扎在这方水土里的痴情老人抖开了嗓子放声高歌。我敢说，这是河曲历史从未曾有过可与之类比的情形和场面，这一次的两位当地顶级民歌手的即兴合作一定会被人们记住并传为佳话。

唱罢一曲，两个老汉的兴头才刚开始。贾德义摸一把嘴上的胡茬，夸张地瞪大眼球问我："咋地咯，两老汉唱得够味儿吧？"

我由衷地拍响巴掌，赞叹："好听！真没想到你俩第一次合作就这样默契。借你当年的话说，是亘古一唱！"

贾德义哈哈一笑，猛然又伸出他那招牌式的大拇哥手势，道："我们两个老汉是亘古一对！"

辛礼生也开心笑着插上话："可不是咧，老贾 78 岁，我 77 岁，加起来整整 155 岁啊！"

两位老歌者的话，惹得聚满院子的乡亲们阵阵爽笑，强烈要求他们的“亘古对唱”继续下去，好让大家伙听个饱、品个醉。

辛礼生攥起贾德义的手，神情激动地对大家说：“千万年的黄河日夜流，山曲儿世世代代唱不到头。唱！今天唱，明天唱，身体只要不倒台就唱下去！”

贾德义一声应上：“对咧！今天咱先唱个够。起调《拜一大一年》。”话音未落，他习惯性地双掌击拍指挥起了乐队。

辛礼生率先亮出了第一嗓，那极具穿透力的漂亮的高音划破天空……

过罢大年头一天，
我和我的那连成哥哥来拜年。
一进门，把腰弯，
哥哥拜，妹子把你搀，
乃是咿哟咳，
咱兄妹二人拜得一个什么年？

正月十五闹花灯，
我和我那个连成哥哥去观灯。

西瓜灯，红彤彤，

白菜灯，绿个盈盈，

茄子灯，紫腾腾，

圪柳把弯黄瓜灯，

乃是咿哟咳，

还有那斯喽喽起火带炮，

乒乓两盏灯呀，

乃是咿哟咳。

原本，我这次河曲之行还想去唐家会村探望民歌老人李有师，他是历史上名声赫赫的“五云堂”玩意儿班子的传人，清同治二年（1862 年）创建时的头号人物李有润即是其先人，现存最早即光绪十一年（1885 年）的二人台《走西口》及《小寡妇上坟》手抄传本的落款便明确著录了“五云堂玩意班戏文”字样，就连勘考到的最久远的河曲大埝蔫古戏台上的演出题壁也出自“五云堂”。李有师从小耳濡目染，深得真传，可以说是靠民歌、二人台吃饭的世袭艺人。他肚子里装着的山曲儿和二人台如滔滔流水，“点甚有甚唱甚会甚”，因此年纪轻轻就成了晋陕蒙黄河一带的名角儿，1957 年的那次进京全国会演是响当当的河曲表演团的绝对主力。我对李有师的专访先后有过三次，时间跨度20多载，记得最近一次是2008年，当时他已83岁，身体不太好，双目白内障，行动十分不便，故而每天大多时候坐在炕上。听说我来了，这位老人说甚也要下地迎接，拄着拐杖走出屋门，不过他没聊几句话便撑不住靠墙坐在木凳上了，障目失神望着想必已看不清的来客，嘴里不停地叨叨人至黄昏的无奈。我看着这位当年歌声动听、神采飞扬的著名艺人，不觉感触到一丝人生晚景的清冷、凄凉……然而，不曾想到，我这次来到河曲才得知李有师已经故去了。究竟他逝于何年何月、是怎么走的、留下些什么，我不想再细问了，唉，斯人已去，一切都不重要了！

此次河曲之行，在了却心愿的同时也带给了我沉甸甸的思考，难道李有师就是植根于故土的民歌人的命运轨迹和归宿吗？他们固执而任性地坚守着自己的文化基因来到世上，又默默无声地悄悄离去……如今，中国的文化多元性已足够有国际化的包容气派，人们对世界流行艺术和明星等了如指掌，特别是追逐“新潮”已成为当下社会的所谓时尚。这本无可厚非，可反观于己，我们对中华民族传统文化的态度又怎么样呢？客观地讲，情形不容乐观。继承与发扬且不论，仅从态度上就缺少了应有的尊重、自信。闹闹哄哄的这个赛那个奖不少，可有几个是给民间传承者设的？这仪式那盛典上加冕的“天王”“歌后”等等不少，可又有哪个是真正从乡野里走来的？我以为，时下的中国人最迫切的是需要续接上中华民族传统文化精髓的根脉，若此则必须像崇拜图腾一样，虔诚地投入于蕴藏着中华灿烂文明的沃土，而其血流未断、生生不息活着的基因传承人正是这些生死不离乡土的民间艺术家！我们应该向他们致敬，为他们喝彩，给他们树碑，封他们名号。也只有他们才真正配得上！

下面是我个人满怀崇敬给予河曲当今一代部分民间老艺术家代表人物的“尊号”。

“歌圣”——张存亮（1933 年 10 月 8 日— ），河曲县唐家会村人。他长期致力于河曲民歌、二人台的搜集、研究、传承，被公认为“活字典”，出版过专著《二人台探踪》《二人台史略》等，由其主编的《河曲民歌采访专辑》《河曲民间歌曲》等三本集子成为最早研究和整理河曲民歌、二人台的书籍。他是第一位把河曲民歌、二人台带上首都北京大舞台的人。张存亮还是位出色的文化工作管理者，曾任县文工团团长和县文化馆长，培养出大批专业人才；1985 年重新挖掘、恢复断档 36 年的河曲放河灯习俗，并作为总负责人组织举办河灯会十余年。他被授予山西“民间艺术大师”、全国“共和国之星”等荣誉称号。

“歌神”——李有师（1924 年 3 月 15 日—2012 年 6 月 8 日），河曲县唐家会村人。二人台世家，其曾祖父李有润早在光绪年间即是“五云堂玩意班”著名二人台演员，到他之辈已是国家级非物质文化遗产河曲民歌五代传承人，人称“风搅雪”艺人。李有师一生演唱了众多河曲民歌和二人台传统经典曲目，尤其是以扎实的功底、精妙的演技塑造了许多二人台剧中的人物，成为广受大众欢迎和喜爱的民间艺术家，百姓俗语有赞：“二人台请到家，李有师的刘干妈（热心诙谐的‘刘干妈’是二人台《探病》中的主要角色）。”各级政府部门及团体授予多项荣誉。

“歌癫”——贾德义（1938 年 9 月 16 日— ），2009 年 6 月评为国家级第三批非物质文化遗产河曲二人台代表性传承人。二人台专著有《河曲二人台》《二人台》《西北风情歌》《山西二人台传统剧目》《大河西口古渡·河曲民歌》《山西二人台唱腔牌曲》等。

“歌痴”——韩运德（1941 年 2 月 13 日— ），河曲县巡镇镇河南村人。2009 年 6 月评为国家级第三批非物质文化遗产河曲民歌代表性传承人。多年来搜集二人台传统剧目 92 个，二人台曲牌 90 余首，传统河曲民歌 600 余首，创作河曲民歌 1500 余首。

“歌王”——辛礼生（1939 年— ），河曲县楼子营镇辛家坪村人。2007 年 12 月评为国家级第二批非物质文化遗产河曲民歌代表性传承人。代表作品《三天路程两天到》《割莜麦》《水刮西包头》《五月散花》等。

……

在河曲，卓有成就、深受喜爱的民歌、二人台等传承人与民间艺术家还有许多，恕我不能在此一一冠以某个尊称、雅号。不过，我还是要以郑重的方式将他们列举如下，以示尊崇与敬意！

吕桂英，2007年12月评为国家级第二批非物质文化遗产河曲二人台代表性传承人，代表作品二人台《走西口》。

杜焕荣，2009年6月评为国家级第三批非物质文化遗产河曲二人台代表性传承人，代表作品《走西口》《打樱桃》《五哥放羊》等。

许月英，2012年12月评为国家级第四批非物质文化遗产河曲二人台代表性传承人，代表作品《走西口》，成就独特“许派唱腔”风格，多次在全国大赛中获奖。

赵六十一，2009年3月评为省级第二批非物质文化遗产河曲灯会代表性传承人，祖传民间艺人，20世纪60年代起专门从事河灯制作，工艺精湛。

王永茂，国家二级演员，2011年11月评为省级第三批非物质文化遗产河曲民歌代表性传承人，央视曾为其制作专题片，多次参加国家、省级大赛并获奖。

杜全居，2011年11月评为省级第三批非物质文化遗产河曲民歌代表性传承人，2008年受奥组委邀请参加北京奥运会开幕式，向世界展示河曲民歌。

邬新田，2011年11月评为省级第三批非物质文化遗产河曲二人台代表性传承人，多年从事二人台的表演和导演工作。

菅保憨，2011年11月评为省级第三批非物质文化遗产河曲二人台代表性传承人，代表著作《二人台剧作选》《二人台音乐概述》《河曲情歌精选》等。

张林彦，2011年11月评为省级非物质文化遗产河曲二人台代表性传承人，20世纪50年代曾到中南海演出传统二人台《珍珠倒卷帘》，受到中央领导接见。

任俊文，2012年2月评为忻州市级首批非物质文化遗产河曲民歌代表性传承人，创作的《我爱你河曲》《黄河风》《黄河恋》《黄河湾》等民歌获国家级金奖。

侯巧梅，2012年2月评为忻州市级首批非物质文化遗产河曲民歌代表性传承人，先后演唱过河曲民歌《大红公鸡毛腿腿》《难活不过人想人》《菜园小曲》等20多首曲目。

刘玉贵，2012年2月评为忻州市级首批非物质文化遗产河曲二人台代表性传承人，20世纪80年代起一直担任二人台传统剧目《方四姐》《走西口》《闹元宵》《打樱桃》等曲目的主要演奏员。

李继明，2012 年 2 月评为忻州市级首批非物质文化遗产河曲二人台代表性传承人，代表剧目《挂红灯》《方四姐》《墙头记》《挑女婿》等。

刘喜才，2012 年 2 月评为忻州市首批非物质文化遗产河曲河灯会代表性传承人，在河灯制作上传承技艺，推出新灯。出版书籍《河曲民俗》《文笔图志》《河曲文史资料》。

……

2015 年 8 月

望故人

当《凡音之起》书稿的最后一个句号划上时，我想到的第一件事是去河曲，我要将这些文字放归于它所描摹的那方亲乡热土和那脉甘泉清流里去滋养和洗涤。

2015 年 5 月 14 日，我又回到（与我相熟的当地人见了都这么说：你回来了）了黄河边儿的这片飘飞着民歌的土地，敲开一扇扇门，把书稿送到张存亮、贾德义、韩运德等这些老辈分的民歌人手中，请他们审阅、勘正。因为，在我心目中，浸泡在“山曲儿”里一辈子生活于此的他们，是最有资历、最有权威、最有发言权的专家，只有经他们的手、眼批阅修订过，才让人踏实放心，才算拿到准予放行的“通行证”。同时，我登门到来还有另一个请求，要他们“把智慧贡献出来”，与我一道共同完成书稿的最后一个部分，即以文中各章节所述主题对应选定附录的民歌——“黄河上的歌”“走西口的歌”“男人女人的歌”。之所以要设置附录这部分，目的是为了书的内容有一个更宽更深的延展，使有兴趣的读者能更痛快地品读原汁原味的“山曲儿”。

我此来“求援”，并非是借众之手尽可能多地拼凑民歌的数量，恰恰相反，是苦于“资源过剩”，丰厚得不知从何处下手。河曲是民歌的海洋，数量浩如烟海，照当地百姓的话说是“山曲儿好比天上的星”。我诚邀这些民歌人的“加盟”，正是想请他们帮助“淘海捞珍”，以章节主题分类，每类各精选出他们各自心目中最具代表性的20首左右的经典“山曲儿”，汇集起来，综合比较，最终遴选入书（凡在正文中引用过的民歌便不再重复入选，以避免雷同）。我想，只有这样才算得上具有“权威”性，才算得上“认真负责”。当然，这本来就是见仁见智的事，萝卜青菜各有所爱，经历、喜好、学识、审美等等的不同，必会导致认识的差异，故而选择出的心目中的“经典曲目”定会有别，甚至大相径庭。我以为，这都是再正常不过的了，不是这样反倒不正常了。因此，本书所选曲目也仅为几家管见，不足定论矣。

三天后的一大早，我如约登门“讨债”。老人们都把看过的稿子一页页重新码齐，等待我的到来。当我从他们手里接过文稿急切地翻阅时，心被打动了，不由地手在颤抖。趁着朝阳的光辉，掀开的一页页白纸上不时跃动出不同颜色和笔体的墨迹，无一不是那么工整、仔细，甚至在一些涉及民俗俚语的地方更是掰开揉碎了地注解，可见这些民歌老人们的严谨与认真。这部书稿虽然不长，但在这么短的时间看完，对于七八十岁的老人来说也非易事，必得“点灯熬油”，正如韩运德说的“半夜三四点就又爬起来看了”。他不仅按时审阅了文稿，还用他那极为工整的秀丽雅书，一笔一画将精选的民歌一首一张地抄录在了白纸上，而且不满足于我仅要的歌词文字，还“超额”填补了曲谱。

我发现，在这一摞词曲里，除了那些传统“山曲儿”外，还有多首由他自己创作的民歌。从中，我意识到了老人对我的极大信任，因为他把自己一生创作的民歌视作生命，决不轻易交付于人。贾德义把书稿交于我时心情仍旧难以平复，虽说一夜没合眼，可从说话的劲气和舞动的手势上看不出有丝毫的倦意。他表示极其赞同书中的观点，认为这是一部“文字不多，分量挺重”的著作。接着，他又翻出有过自己标注的每一页，一个词一句话地加以解释，比如文中引用的晋蒙土语“孤少”，即指出应为“孤哨”（当地也有人用“孤骚”），只有“哨”这个音才被当地人认为是“孤独”“孤单”之意，而读“少”（shǎo），当地人则会意会为“热”的意思。其实，我认为用作“孤少”更能望字生义。当然，遵循当地人的习惯用法则亦属贴切。

老贾翻到了文稿的最后，指着在纸的空白处用铅笔写下的四句话，抖动起胡须高声吟读：“书稿阅后很痛快，穿透现实展未来；东南西北凡音汇，世代要唱二人台！”同样，他也选出了自己心目中的经典民歌，而且一样是手写的一笔飘逸劲秀的好字，齐齐整整抄于稿纸上。我欣喜、急切地伸出手去接，可他却拦住不给，非要一行行读予我听完后方才罢休，说是怕我有认不清的字而弄出错误来。

再说张存亮，等不得我上门去，天刚亮便来敲县招待所的房门了。他先把装着文稿的大信封郑重地放在床上，尔后从里面抽出一张写满蝇头小字的稿纸道：“看过了，好着呢，没甚意见。只是想给你推荐个人，他应当写到这书里。”我赶紧接过来看，上面出现的名字是“李法子”。这是个在上了年纪的河曲人中尽人皆知的名字，也是我如雷贯耳多年的名字，只可惜一直无缘相识，直至隔世终憾。而从其一生的从艺历程上看，他正是我在河曲民歌人中苦苦寻觅的那位堪称“歌师”的人。后来，我就此向多位民歌老人求证，对尊其“歌师”得到了一致的赞同。故此，我决定将张存亮笔录的文字复述如下，郑重向读者介绍这位艺术造诣深厚、承启之功卓著的河曲“歌师”。

李法子（1916年—1995年），人称“串话王”，河曲县岱岳殿村人，出身贫寒，16岁时跟人学艺，18岁出师唱民歌、二人台。1938年他给傅作义将军演出，受赠军服一套；后组班到内蒙古卖艺谋生，遭土匪刁抢；1940年回乡务农，并参加抗日文艺宣传活动。1953年，他率先在本村组织“娃娃班”，培养了吕桂英等一批二人台新秀，并向山西省歌舞团任艾英传授了《走西口》等节目，两人表演的《走西口》轰动一时。1955年他还应邀到山西省艺术干校，向全省文化馆干部教唱《五哥放羊》等节目。1956年河曲二人台剧团成立，他担任副团长兼教师。其导演的二人台《珍珠倒卷帘》被选为1957年全国民间艺术会演节目，并同张存亮等一道进京参加了民歌合唱，受到周恩来、朱德等党和国家领导人的接见。此后，他还应聘到阳高县教唱二人台节目。他先后收徒传艺百余人，传授二人台剧目50余个，民歌300余首。1992年，李法子被忻州地区授予“民间艺术家”称号，1994年入选《中国民间名人录》。

我想，将李法子尊为“歌师”是实至名归的，其“传宗接代”的承继之功当被铭记。其实，对于河曲的民歌、二人台来说，需要的正是许许多多像他这样的“歌师”，把老祖宗遗留下来的文化艺术继承好呵护好并创新发展，肩负起“把根留住”的责任与使命，传承给下一代。令人欣慰的是，在河曲以“传、帮、带”为己任的大有人在，教徒授学几乎是所有从艺人的习惯之道，有的甚至作为了生命的归宿。现年已75岁的邬新田，一生与民歌、二人台打交道，曾开办专门学校施教授学，培养出了1500多名学员，目前都活跃于城乡大大小小的舞台上。我就亲眼所见亲耳所闻他对徒弟们的嘱咐：“记住，我死了甚也不要，往棺材里放两本二人台的书就行咧！”今年71岁的菅保憨对家乡的艺术也是一样的痴迷，既带学生又著书，前些年瘫痪了，硬是挺了过来，身体刚刚康复即又投入到写作之中，整理出版了《原生河曲民歌集》。这次去河曲，我俩得以在二人台剧团大院重逢，真乃喜出望外，万千慨叹。我当即将精选民歌的事交代与他，他痛快应允，并在几天后便交付完成。

此一程河曲之行，我还特意深入到了属民歌、二人台发源地的两个村子，一个是樊家沟村，一个是岱岳殿村。在那里，我访问了很多民歌老人，从他们身上依然能看得到家乡艺术带给他们的生命活力。樊家沟村是著名艺人樊六的故乡，他毕生倾注于民歌、二人台的事迹是村人后代口口言说的传奇。现在，在村里那些上了年纪的人，依然坚守着当年全村“无曲不会、无人不唱”的光耀荣誉，有空就唱逢节就演，以自己的行动来感染带动全村人，特别是年轻一代。不仅于此，他们还把村里的“文化大院”办得红红火火，并筹划着集资将村头老旧戏台扩建成适应村民需求的大舞台。

再说岱岳殿村，我去寻访的对象是李法子的后人李兴飞和徒弟张翠英。李兴飞管李法子叫“老爷爷”，也就是其父的爷爷辈。他现在是奔走于晋陕蒙的“文化经济人”，吃得依然是祖宗饭，不仅自己为远近小有名声的唱将，还依托其演艺资源与儿子一道开办了婚庆公司，无意中把生意与传播有机结合在了一起，每年不仅有大几十万的收入，还红火热闹地把“山曲儿”、二人台带进了千家万户。张翠英现年也是71岁的人了，虽是女性可有着男人的性格，说话办事爽直得很。她17岁进了县二人台剧团，就入门成了李法子亲传的徒弟。在事业的道路上，她有过属于自己的辉煌时代。世人耳熟能详的民歌《大红公鸡毛腿腿》，就是她在20世纪60年代初去定襄县演出时发现并同当地人一句句学来的。回到河曲后，她首度将这首民歌搬上舞台，并一炮走红，成为每演必唱的保留曲目。之后，她把这首自己的“成名曲”毫无保留地传授给了登门来学习的地区和省里的歌唱家,“毛腿腿”从此走遍了神州大地，直至奥地利维也纳的“金色大厅”，成为中国民歌的经典。至今，张翠英的嗓音依然清脆，唱给我听的《大红公鸡毛腿腿》口齿利落，“脆生生”的实在好听。虽说她已退休不再登台了，可仍放不下这份事业，将自己积蓄的经验传授给儿女子孙。在河曲，除了上述这些具有代表性的老一辈外，倾力做着民歌、二人台艺术传承事业的还有许多现今既活跃在舞台又投身教学或组织带团演出的中年人，如田白、王掌良、王永茂、贾彩萍、杜全居、侯巧梅等等。其实，无论年长年幼，只要是立志并且投身传承实践的民歌人都可称作“歌师”。而像这样的“歌师”，越多越好！

在这里，我还想记述一件事情，似乎只有把它讲给了读者我方能释怀。按照我多年的习惯，只要有可能，每到河曲的第一站必上娘娘滩，去探望住在那里的结交 30 年的扳船汉——李贵雄、李二顺。

从太原出发，行程五个多小时抵达河曲，当天下午，我即动身往娘娘滩而去。到了黄河边，在码头上遇见了正在招呼游客上下船的李二顺。他见到我，先是一愣，眯着昏花老眼瞅了一阵子，方才恍然认出了我。他毕竟是 81 岁的人了，况且我们又有七八年未能见面。老人伸出干枯粗糙的手，把我拉上了船，嘴里叨叨着“咱回家说话”。我望着黄河里环水而抱的娘娘滩滩涂，问李贵雄现在干啥。李二顺没直接回答，看看正站立船头划桨的黑脸大汉：“你问他。”他冲我笑笑，道：“我是李贵雄的大儿子。”接着叹口气说：“他瘫了，躺在岸上的村里。”我知道，娘娘滩人有两个住处，一个在滩上一个在岸上，岸上的村子，是政府特意拨款盖的，目的是为了防范水患。李贵雄是位多么爽朗的壮汉呀，怎么竟会成这样子！我当即表示，上岸后即去看望老人家。

船刚靠稳，李二顺率先上了滩，嘱咐我同随行者们转了庙即往家里去，说罢便匆匆没入了小道的林荫里。我熟悉这里的一切，哪条道儿通向哪儿、庙宇坐落什么方位、滩名的历史由来等等尽在心底，于是便自然成了一行人的向导。待环滩一圈后，我引导着来到绿树掩映着的李二顺家，只见在那棵海红果树下已摆好了小桌小凳，瓜子、花生、红枣、核桃、杏干、海红果、茶水、香烟摆得满满的，李二顺和老伴正憨厚地笑望着迎接客人的到来……

夕阳西斜，黄河上泛着金波。我们又回到岸上，告别了相随而送的李二顺，跟着李贵雄大儿子朝前面不远的村子而去。进了一座红砖围砌的院落，推门走进敞亮的正房，一盘大炕上躺着一个男人坐着一个女人。我一眼就认出满头银发的老妇人是李贵雄的老伴儿，而那一动不动背对门躺着的男人必定是李贵雄了。我迅速来到炕前，伏下身握住那双粗壮的手问："贵雄，你还认识我不？"他睁大一双干涩的眼盯视片刻，颤抖着厚厚的嘴唇喃喃道出几个字："是敬民来了。"那声音虽小，但很清晰，浑厚之中富于穿透力。在场的人都被李贵雄的反应惊呆了，就连他的老伴儿和儿子也生露出了不敢相信的目光。是啊，一个

85岁、瘫痪在炕上躺了几年的人，居然一眼就认出了时隔数载不见的外来人，怎能让人不吃惊呢。何况，据说老汉脑子经常糊涂得“不记人了”。

我与李贵雄老汉交谈起30年前相识的情景，他笑着说，你那时候还是个娃娃，背着采访背包……我忆起每次上滩他都不忘领着我去庙里，拿出残缺的汉瓦讲述令他们自豪的祖辈故事时，老汉竟闪动着神秘的眼神儿，要我俯耳上前，低声告诉说他自己还悄悄藏着两片完整的带有“万岁福贵”字样的汉代瓦当，末了还开心地笑着说：“我甚也给敬民说咧。”……我对老汉说，你还记得不，我学唱的“扳船调”还是你一句一句教的。谁也想不到的是，全身动弹不得的李贵雄居然又张嘴哼唱起了那属于黄河船夫自己的歌：“哎——，众弟兄弯腰用力一齐来哟！哎——，看只看太阳落在西山畔哟！哎——，大闺女爱上个扳船汉哟！”……

听着老汉的歌声，满屋子的人都哭了……

我要离去了，把几张人民币塞进老人的枕头下，说：“你好好的，我下次再来看你。”

李贵雄望着我，脸上浮现出一抹微笑，说：“你再来时，还不知有我没……”

……

写到这里，我不想再说些什么了。我想，面对这样的情景，再多的语言都是苍白的。只要记住他们就好。

最后，我要感谢所有帮助过我的人们。

谢谢！

2015年5月24日

歌癫

老贾约我为他的新书《北方两句头》写序是突如其来的事，事先没有任何“戏文”里所谓的铺垫，完全是“直个榄子”捅出来的。那是在今年腊月里，我去河曲采访民歌、二人台传承的事儿，借题恰好探望那些相熟多年的老朋友。贾德义是我来后的第二天下午见到的，当时他正带领着一群婆姨在黄河畔的“西口古渡”广场演唱。见到我来了，他丢下四弦琴，一个老鹰展翅式扑将过来，双臂一拢将我抱住：可想死我咧！附声那使出的蛮劲儿实在觉不出是 78 岁之躯。我故意逗趣道：听说你老汉很生气，嫌我来了没先看你？老贾一瞪眼：哪能咧！紧接着又眯弯眼线，贴耳小声说：不过，我心说，你应该第一个见我。言罢，抖动着满脸的胡茬儿朗声大笑，惹得一广场的人都往这儿眊瞧。

贾德义就是这样不管不顾的率性人，我俩认识 30 年了没见他苦过脸，即使是说到那“要命的山曲儿”断根儿的事也是慷慨激昂的亢奋。他松开劲儿，捶一拳我的肩，突然愣愣冒出句：我的书你作序啊！我被搞蒙了，不知从哪儿说起。他却不等你回话，满是一副什么都已敲定的样子，像交代接下来的工作似的倒回来说明情由。原来，他刚编纂完成一部名为《北方两句头——晋陕蒙传统山曲儿实录选编》的书，正计划交由出版社审定付梓。我当即推辞，口吻十分坚定。本来嘛，话头儿突袭、一字未见，这糊里糊涂的嘱托怎好应允。可贾德义毫不理会，没听见似的把我拽进婆姨堆儿，挑亮声音道：这是我的“田野组合”广场表演队。来哟——大家唱起来喽！说着，他坐在扇形编队的中央，抖肩跺脚地拉响了四弦琴。歌声顿时覆盖了广场，飘向清远的天空，与冰封黄河之上吹来的风汇成合唱……

几天后，我返回太原，脑海里萦绕着的山曲儿绵绵不绝，那里的人、那里的歌、那里的情历历浮现，无法忘记。我与河曲的结缘是1985年夏秋，当时因沿历史上穷苦百姓逃荒“走西口”的路线长途徒步采访路过这里，从此便爱上了这片飘飞在歌声之上的土地，以至于来来往往了30年。与贾德义即是在那个时候认识的，他时任县文化馆馆长，好像在文化局还担任着头头脑脑。也是从那时起，我见证了戴着近视眼镜、很文艺范儿的他满头黑发到花白。这次从河曲回来，我行囊里带回了老贾装在牛皮纸大信封里的书稿，打印装订的厚厚一本，像块砖头一样沉得压手。

当时，他是从县城赶了十几里路，寻着我去采访“歌王”辛礼生找到辛家坪村的。他将信封郑重地交到我手里，还不住地认真做着提示，像把个娃娃托付了似的。我第一次见到贾德义这么婆婆妈妈。说心里话，他越是这样，我越是不敢轻易答应，因为我知道这是个怎样视山曲儿、二人台如命的人，真怕难堪其重啊！故此，回到家里，我一直没敢去碰那只牛皮纸信封，不是不想，而是心里沉甸甸的，潜意识在躲避它，或者说是缺乏勇气去打开它。这并非是写作上的故弄玄虚，确是我内心活动的真实描述。因为我太清楚这方水土滋养着的民歌人了，他们都坚定地认为自己来到这个世上就是为民歌、二人台而生而活的，照贾德义的话说是“没吃没穿没甚也行，就是不能没有民歌、二人台。因为，它们是河曲人的灵魂。如果魂儿没了，那还活得个甚咧”！

在与他们的交往中，我能真切地感受到那用生命为音符和歌唱而跳动的脉搏和呼吸！他们需要呵护，他们值得敬重，他们是传承中华优秀文化传统活着的基因！如此，那信封里便不是寻常之物，仅从书名可知，它里面装着的是一首首从乡野飘来的歌声，打开它便打开了无数民歌人的心扉！

终于有一天，信封打开了，呈现在面前的这部书稿还是让我吃了一惊：四开大的白纸装订成册，厚厚一摞有400多页，上面密密麻麻垒满文字，以编码的形式从“歌头”到“歌尾”长长短短排列了476段（首）共8440句，还附了唱腔曲谱及相关文章，用贾德义“前言”的自述分项是“唱词（包括可读的）、传统调子（唱腔）、流传的山歌、新编和创作的山歌四大部分”。从内容上看，书里绝大篇幅是通过内心的情感诉说表现爱情或者说是“男女那些事儿”，就像实录的“山曲儿”开宗明义即唱的：“天上的星星地上的水，这地方唱山曲儿人人会。山曲好比葫芦里的油，生在咱肚里出在咱口。”“男的唱曲儿女的听，十句有九句唱爱情。女的唱给男的听，山曲儿越唱越惹亲。”可以说，这是部实录以爱情为主题“山曲儿”的鸿篇巨制，工程系统而浩大，一般人即使有此动议（事实上有许多文人都想对河曲民歌如此归类编纂）也难以完成，这不光是有无选题创意和动笔能力的事，仅是浩繁民歌的收集整理就不是三年五载能完成的，也就是说想单凭天慧和灵感是不可企及的，它要求去做的人要有足够的耐心与毅力，更重要的是有永不熄灭的挚爱和终不枯竭的激情，尽其一生的所有所能，把魂灵都注入家乡的土地与“山曲儿”一同生长。就像贾德义等这样的人。如老贾所说，50多年“深居乡下采集到一些不为人知的山曲儿”，“对河曲民歌、二人台，你是热爱我是酷爱。爱了一辈子哭了一辈子……”由此，我的心被打动了，我决定为老贾和他的书写些文字，不为作序，仅以此表达对贾德义及其河曲民歌人的深深敬意！

这并不是贾德义第一次出书，之前已出版过八九本，内容全部是涉及河曲民歌、二人台的。而且，令人想不到的，几乎都是他自己掏的钱。这次去河曲，他的老伴赵济珍见我又“告状”说：老头子自己吃穿舍不得，工资攒下全干了这事咧。我问她对此怎么看。一头白发的赵济珍“没了脾气”地平静道：人家这辈子就爱好上个这，不由他又咋呀。一旁正拉胡琴的贾德义嘴一歪眼一挤，笑对我说：这是好东西，不用求人。自己花钱出书，更说明热爱。听到这话，我真不知该笑还是哭……

贾德义的异类性格许多人都不理解，包括他儿子和老伴。就说住房，到现在他还一人住在县城文化馆那座庙后的清代老平房里，不通水管没有暖气，冬天生炭炉，用水靠肩挑，家徒四壁，黑咕隆咚，仅有一盏昏暗的台灯映亮小桌一角，炕上堆满了不知是何年月的纸张、书籍、报刊，中间扒出的一道凹槽铺着早已失去本色的被褥，让人总想到形容当年穷困潦倒“走西口”的逃荒人的那句话：刨个坑儿就睡了……单位领导和家里人都让他搬出去住，可谁劝也不听，执拗地就是不挪窝儿。儿子哭着脸没办法，见到我一个劲儿地叹气：新新的房子他不回去住，别人不知道的还以为我是不肖子孙咧！我曾私下里问过原因，他马而虎之地回答，说是老地方住惯了，安静，甚会儿想起甚会儿写，半夜爬起来也不扰人。我相信这是真话，因为我熟悉的不少像他一样痴迷于家乡山曲儿的河曲民歌老人都有这样习惯，半夜三更不睡觉，想起句词曲隔不过夜，爬起来就写。比如，与贾德义同样荣获“国家级非物质文化遗产河曲民歌、二人台代表性传承人”称号的韩运德也是这样，他75岁了，也是在文化馆专搞民歌研究、创作的，有意思的是他与贾德义两个同道中人一个住庙前一个住庙后，都是一间老平房，又都是一人独处，而且同样也是常常起五更睡半夜地伏案抄抄写写。可以想象得到，这会是怎样一幅有趣却动人的夜景图——深更半夜，河曲县文化馆驻留的这座古庙处，一前一后有两间屋里同时透亮着灯光，两位头发花白、皱褶满脸的老人在这一刻都沉浸于各自的空间里潜心创作……

贾德义在本地艺术方面可谓是通才，吹拉弹唱样样都会，剧曲诗文创作也是一把好手，这就为他研究、传承河曲民歌、二人台奠定了一般人难以具有的条件储备。他年轻时拉着手风琴当过音乐老师，常活跃于各种集会的文娱舞台，指挥过全县各界代表隆重参加的《东方红》大合唱，还出版过集诗歌、散文、小说、剧本等多种文体于一书的原创文集《喇叭花》等。要说他最终潜心致力于河曲民歌、二人台的收集整理及发展传承事业，那还得说是骨血里的基因和性格使然。年轻时的贾德义也有所有“文青”展翅高飞的“鸿鹄之志”，30岁那年考取了中央音乐学院，但县里的父母官儿说甚也不放这个“人才”，不肯低头求人“磨泡”的个性使他“一气之下”丢掉了就读属于音乐人最高学府的机会，赌气一头扎进了民间艺术的沃土。就这样，贾德义成为今天全国研究河曲民歌、二人台响当当的学术专家和民间艺术家，多次受邀中央音乐学院开坛讲学。对此，他只有一句话：“下得越深，上得越高！”

关于这部《北方两句头》的书，我不想作过多的评论。因为，它们都来自民间百姓，来自生长它的那片土地，不能用世俗的眼光和功利心来评判好与不好，只能是每个人从自身认知水准的深浅与审美取向的差异说喜欢不喜欢。我十分赞同贾德义先生对待民间艺术的态度，那就是：原汁原味儿——“本本分分不要添油加醋”。这既是对原创的劳动群众的尊重，又是对“山曲儿”作为“遗产”的本样还原保护。因为，一首首民歌里所包含的东西实在太多了，不是哪个人主观感受能讲得全说得清的，故此还是“原样封存”的好。与此同时，我还特别赞赏贾德义先生在学术研究上秉持的观念：讲真话、讲实话、讲自信的话、讲“自己悟透”的话。如他谈到民间艺术家的职责时这样说：

“我们现在有足够的胆子，试试把河曲民歌、二人台这颗种撒到全国撒到世界，这样就更迫切需要人们通过深入挖掘、收集、整理、加工，把真正的原汁原味的民歌、二人台形象恢复圆满，让民间艺术再闪民族的光彩。这个光彩越强其民族性也越强，随之世界性也更强。”可见，民间艺术家的视野和胸怀并不是狭隘地仅盯在那自家的一亩三分地上，而是眼界足够的辽阔，具有纵横中外的环球观。他不想把民间艺术搞成“玄学”，尽可能地剥去一些所谓专家、学者附加其上的“华丽外衣”，还原其质朴面目的本来。他说：“民歌、二人台反映那些为人类有贡献的古今人物、事件和劳动人民劳作生活的方方面面，而尤为主要的是人民群众的爱情生活和极少部分性文化方面的内容。劳动人民用自己创造的歌唱形式反映自己的心声，抒发自己的感情，达到心理平衡，满足了他们的精神生活，这就是民歌、二人台历史上产生宝贵价值之所在。”

现如今，人们越来越重视中华优秀传统文化的发掘与传承，各级政府部门都出台了相应政策及规定鼓励保护和发展，特别是众多有识之士在地方和部门领导亲力亲为的主持之下挥臂上阵，浇水施肥、持刀弄剪、嫁接移植，准备好好大展身手大干一番，让传统文化之树开出光彩夺目的时代新花。就河曲民歌、二人台也是这样，随着被列为国家级非物质文化遗产后更加地受到各级政府部门的重视，许多人摩拳擦掌，使出负牛之力，努力实现其大繁荣大发展。有人甚至提出把河曲民歌延伸为大型歌舞剧、交响乐，把二人台改造升级成像晋剧等一样的舞台大戏，使之成为无愧于时代的艺术精品。

创新是一切事物发展的生命力，文化艺术尤其是这样。关键要看怎么创，是否抓住了事实本质的发展规律。贾德义面对这样的形势，在兴奋、激越之余却提出了自己的观点。我们且不论他的论点论据是否充分与正确，就其独立思考、实话实说的学术研究态度即值得称道。他如是说——二人台虽经历了近300年的历史，但从各方面来看还无不显露着山曲儿的痕迹。它还是囿于载歌载舞的演唱阶段。二人台的前途究竟怎样？好心人们想出新，可欲速则不达。我认为二人台还是让劳动人民去革新发展去吧，或者让它自身演变吧，这样或许巧遇良好的土壤气候还能开出新花、结出香果。如果是主观地定方向、指路子和什么框框目标，即使结出颗果子来也不会很香，甚至是苦涩的。因为它原本是在劳动人民中自然生下的“儿子”，那时并没有哪个专家权威定过什么条条框框。我们还是不要弄巧成拙吧。不过我想，如果通过努力戏曲形式一旦完善，二人台也就“完蛋”了，就失去了它特有的民间性和即兴表演的特点。

西汉时期成书的中国最早一部儒家音乐理论著作《乐记》有

论述："凡音之起，由人心生也。人心之动，物使之然也。感于物而动，故形于声。"我们的先贤用简练的语言道出了音乐起源的成因及本质；它还进一步探究曰："凡音者，生人心者也。情动于中，故形于声。声成文，谓之音。"由此，也道出了民歌以及衍生曲种的原生初因，即由事物触动于情感而发出的心灵之声。关于这一点，贾德义的学术见解与老祖宗是一致的，而且他作为一个植根于田野乡村的民间艺术传承人，从理论到实践都始终一贯地遵循着感物心动的率真的"民间性和即兴"，还有那骨血里流淌着的难以自已的激情。也难怪，见过和未见过面的河曲人一提起名满全县的贾德义，都会异口同声地称他为"歌疯子"。

这次河曲之行，贾德义在"西口古渡"表现的"疯癫"情形着实让与我相随的同事和广场上的游人见识了一回。他形体大幅度摆动地拉着四弦琴，挑起嗓子带领着披红挂绿的"田野组合"的婆姨老汉们唱了一曲又一曲，一直唱到太阳落进西山畔。间歇，他还像演说家一样，站在人丛当中，挥舞着干枯的手臂，扯高声音作河曲民歌、二人台的讲解和宣传。他说，河曲是民歌的海洋、二人台的故乡，"田野组合"已为50多万过往的中外游客义务演唱过，为的就是传承，让更多的人知道这是好东西。美国俄亥俄州立大学和波士顿哈佛大学的博士专门找上门来，说河曲民歌、二人台好听，美国人也喜欢。为甚？因为它是来自河曲人灵魂的声音！有人问：河曲的民歌、二人台究竟有多少？回答是：天上的星星有多少，地上的曲曲就有多少；像大海的水一样，量也量不完。还有人问：河曲民歌、二人台会不会断了根儿？回答是河曲“山曲儿”里唱的：黄河日夜水长流，子孙万代唱不到头！

回到太原，忙过羊年春节，又因“全国两会”报道公务，我匆匆上了北京。昨晚，贾德义打来电话问：序写了没有？我回答：一定写！

……

2015 年 3 月 15 日

四

建筑物象

访问美国，感受现代工业文明，慨叹之余仍心存慰藉，这便是中华民族殷实的历史文明。遥想当年，先祖引领世界先锋之巅，美国何有？不过是鸟兽出没的蛮荒之地，无名无姓的野孩子一个。我曾以傲慢的口吻对美国人讲：在中国俯身捡起一块破砖烂瓦都比美利坚历史长！祖宗的荫德恩泽子孙，行至何方这都是腰板儿呗儿硬的“本钱”。哪曾想，我的西欧之行却使这份世袭自信荡然无存。论其思想典籍，星罗棋布的图书馆鼓胀得盛装不下；论其历史名人，拥塞街巷大大小小的塑像、广场难以容纳。稍微翻阅历史，陡然惊色醒悟，眼前这些活脱脱的遗留寿同康乾盛世乃至大明王朝甚或更长，尤其是历经风雨沧桑却依然坚实挺立的辉煌建筑，灿烂得感官及心灵备受刺激与冲撞，微审仰观唯有面面相觑，叹观止矣！

游历西欧，风光无限，如诗如画，其美轮美奂如同痴醉于绚丽多姿的音韵乐律当中。一路景致有如莫扎特的奏鸣曲清纯明快，有如施特劳斯的圆舞曲华丽奔放，有如舒伯特的小夜曲恬静迷幻……而与贝多芬气魄恢宏的交响乐相等肩媲美的，独其烙印着历史文明光辉的建筑艺术——希腊式建筑好比“田园交响乐”(《第六交响乐》)、罗马式建筑恰似“英雄交响乐”(《第三交响乐》)，诞生于法国后盛传欧洲乃至世界的哥特式建筑犹如“命运交响乐”(《第五交响乐》)。大文豪雨果曾这样赞颂欧洲的建筑：巨大石头制造的波澜壮阔的交响乐。如此兜圈子的一番颂歌式的比喻，无非想强调说明，人类聚体能与智慧创造的建筑并非只是材质与用途的浅俗物件，而是历史承传现实、现实延续历史文明的具象艺术再现，是曾经或现在存在着的一个国家一个民族如典藏一般传承于世的基石砌垒，是人类社会政治经济文化发展与演进的血脉流动。不可想象，没有传世经典建筑的国度或民族，会缔造助力时代车轮的文明。欧洲人对这一点似乎早有醒悟，于是对待建筑的理念近乎神圣，其不厌其烦的耐久建造工夫与前仆后继的智慧叠加升华可谓惊世骇俗、望尘莫及，工期长达百年的建筑例属常规，历经几个世纪也毫不稀罕，有的甚至是承启子孙的世代工程，就像没有休止符的交响乐永无竣工之日。由此不难想象，以如此耐力长久不懈地“磨洋工”砌造而成的建筑，会是何等常人所思不及的巧夺天工，美妙绝伦！不妨就西欧几国简约列举。

意大利佛罗伦萨，由米开朗琪罗等艺术大师设计的“花之圣母大教堂”，1294年始建，1469年落成，工期达175年。这座可容纳万人的教堂，以其白、绿、粉三色大理石装饰的绚烂之美光彩照人，是世界上最大的宗教性建筑之一；堂内陈列的壁画被称为人体百科全书，米开朗琪罗的伟大杰作《哀悼基督》（又名《母爱》）大理石雕像也安放于此。

奥地利的“圣斯蒂芬大教堂”是音乐之都维也纳的象征性建筑，始建于13世纪中叶，到15世纪中叶完工，历时200多年，登临137米的塔顶可尽览全城。

德国的科隆，素有欧洲最高尖塔之誉的“科隆大教堂”，动工建造于1248年8月15日，直到1880年10月15日才竣工，先后持续632年，是欧洲建筑史上耗时最长的建筑物之一。

法国巴黎名声赫赫的“巴黎圣母院”，堪称哥特式建筑的经典，1163年开工建设，1345年大功告成，而至17世纪和19世纪又两次改建，成为今天看到的模样，前后历经几个世纪。它是法国的重要集会中心，也是造就千古巨著《巴黎圣母院》的深邃背景。

法国巴黎的“协和广场”，建于1757年，竣工于19世纪，是该市最大的广场，许多历史性的欢庆在这里上演，路易十六也是在这里被送上断头台。

比利时布鲁塞尔“大广场”，12世纪始建，经过几个世纪修建完成，雨果称其为“世界上最美丽的广场”，马克思、恩格斯的《共产党员宣言》就诞生于广场一侧的旅馆里，各国政要（如克林顿、密特朗、科尔等）都曾慕名前来参观。

……

写到这里，我不由地想起两个十分相近的词，即“物像”与“物象”。它们读音相同，角度都具有“透视”性。前者从主观物体出发来谈客观自然作用的物理现象，解释是：来自物体的光通过小孔或受到反射、折射后形成的像。我想，这便是欧洲建筑带给观者的感受，它们所折射出的影像已绝非建筑物的纯粹本身，而透射着的是那个时代物化的文化、经济、政治等包罗万象的综合内涵。后者是被动式，意思为：物体在不同的环境中显示的现象。它所强调的是“环境”的作用，因建筑是人们根据不同需要的主观创造，所以这里指的环境便成了社会范畴，故而也才可称其为“现象”。

由此，我自然联想到了中国过去与现在建筑的“生存”物象。论历史悠久，中华民族虽不及“两河流域”，但对偌大世界而言仍属祖宗辈；论文明成就，过去和将来的地球人都会诚服敬佩中华民族的渊深智慧。黑头发黄皮肤的先祖们对人类文明的巨大贡献是铁定的。然而，一个不幸的事实也是无法修补的，不管是7000年还是5000年的文明史，细数古老中华诸朝遗存的标识性完好建筑又有几处？按照惯常，君王天子的登基总是以兴建宫殿先行的。如果这样推算，恐怕中国历朝历代的象征性标识建筑应该是世界上最多的国家之一，更何况其幅员辽阔，民族众多，官吏与官府层层叠叠遍及疆土，附设和附和朝廷的官方及民间建筑必密若丛林。可事实上，能留给我们看得到的少得可怜，大多数的历史“建筑”只是考古专家及学者才看得懂的废墟或是描摹在书卷、画轴上的激发意念想象的辉煌描绘。为什么会这样？深研细究原因纷繁复杂，但最主要的是中国沿袭久已的封建体制所造就的观念意识。

古人晓得，建筑象征着王权与统治，只有毁掉这个象征才意味着改朝换代，江山易主。于是，砸烂旧世界建立新世界便成了铁定的规律，称王者必砸烂旧王朝的建筑，取而代之的是更为精美宏伟的新建筑。如此循环往复，中华大地更朝迭代几乎都在废墟中重建，又在硝烟战火中摧毁。因此，后人所能见证的物化历史，大多也只能是荒草丛生、破砖碎石的废墟、遗迹，而躲过劫难有幸仅存的也未必都是那个时代最具代表的经典之作。如此这般，与欧洲相比，我们能承载得起中华历史负荷的建筑及物化了的民族智慧就显得极为匮乏了。

也许有人会说，建筑物与食品的保鲜一样，由于材质的不同其耐久寿命也不尽相同。这一立论无疑是对的，欧洲的建筑一般是用坚硬的石材建造，而中国的建筑多用木料灰瓦构筑。有如此差异是何故？探究缘由深浅皆有，从客观角度讲是因为地理位置的不同，本着就地取材，因地制宜，欧洲便靠山吃山，拆岭凿石；中国则相异，王朝故都大都建在黄土高原，土层深厚，树木参天，也就顺其方便择取和泥锯木了。显而易见，木材与石头相比谁的寿龄会更长，自然所耗建造时日更是相去甚远。但从另一个层面看，建筑选材的不同也是必然，单说中国，一个帝王诞生的头等大事有两件，一件是修筑宫殿，一件是建造陵园，好使自己生可观其亡之居，若用石头精工细作，活人也得耗成干尸，无人有这样沉稳的好性子。想想看，一个人活在世上不过几十年，如此浩大建筑工程要有足够的耐心，因此随王者所需所愿，必争分夺秒，刻不容缓，于是木材和泥灰成了建筑主体构件的必然选择。少了西方人修造建筑的神圣与从容，在坚硬的石头上弹奏波澜壮阔的交响乐便如同神话；既是这样的追求遥不可及加之强权者的迫不及待，人们为了温饱乃至生存也就不去焕发“费力不讨好”的创造了，而投其所好玩弄起了讨巧的小把戏，拿起画笔大做表面文章，饱蘸艳丽至极的颜料在裹着岁月年轮的木头上涂来抹去，以渴求产生迅捷的视觉效果——“金碧辉煌”“雕梁画栋”（我们的书籍形容古建筑不都是这样吗）。不言而喻，这样的结果会造就出怎样的建筑怎样的人？故此，以往的中华民族也就肯定不会诞生什么诸如“建筑设计师”之类的称谓及“建筑艺术大师”而不足所怪地只能是身份卑微的把弄画笔刻刀的“匠人”“手艺人”。

建筑是反映社会与时代的直观产物，造相、品质等以至于命运如何，究其问题的根本是为谁而建，为谁所用。如果我们稍加考量，就会发现我国遗存下来的古建筑大致分为三类，一类为宫殿、陵墓，一类为庙宇神殿，一类为民众实用及社会公共建筑。我以为，这三种类型的建筑极具典型性，第一类是为己而造的建筑，君主帝王为了自己强权统治世袭相传，万代千秋，不惜倾国之力大兴土木，修建宫殿、花园、陵墓等皇家建筑，耗财之巨取料之精规模之大极尽所能，无人匹敌，虽绝对用时的耐久功夫不及欧洲，却也是所辖版图的任何阶层遥不可攀的。如故宫，这是我们所能见得到的最具代表性的皇家建筑。它是明朝第三位皇帝朱棣为巩固权位决定迁都北京而始建的，到明永乐十八年（1420 年）竣工，历经明、清两朝，易主 24 位皇帝。故宫未像以往历朝历代的皇权建筑（深埋地下的陵墓除外，不过幸存下来的多半也是当时未及发现）被砸烂而有幸保存至今可谓奇迹，探究社会深层缘由，研究者自有权威结论。

对此，我仅作个人的肤浅认识或猜测：原因之一，游牧民族入主中原，尚无深思熟虑的定型建筑造相，加之初来乍到，王权未固也无暇稳住神儿重新修造。原因之二，大汉之地易主异邦统治，民众的传统文化心理难以承接，于是聪明的马背民族采用“拿来主义”，索性入住象征着皇权的紫禁城，来个“旧瓶装新酒”，巧妙地借助先朝统治者在百姓内心存留的物化了的惯性影响与权威“入乡随俗”了。原因之三，辛亥革命后，按照《清室优待条件》，逊帝溥仪被“暂居宫禁”，客观上保护了故宫；1924年“北京政变”，虽溥仪被逐出宫禁，而冯玉祥理智地将故宫挪作他用，1925年10月10日通电全国，宣布成立故宫博物院，使之性质成为国有的社会化公众建筑。原因之四，和平解放北平使故宫等中华历史瑰宝免遭战火毁灭，并且本着“着重保护、重点修缮、全面规划、逐步实施”的方针完好加以保护。由是可知，建筑的“生存”物象与国体政治大有关联。

第二类是为神而设的建筑，其物象怎样关乎民族与民众信仰。我认为，就纯粹建筑艺术而言，庙宇、神殿、石窟等是最具价值与成就的经典。如四大佛教圣地的五台山、峨眉山、普陀山、九华山，藏传佛教圣地布达拉宫、道教圣地的武当山以及堪称石窟艺术宝库的敦煌石窟、云冈石窟、龙门口窟等等，这类建筑数不胜数，也是较地面其他建筑保存历史尚久尚完整的。为什么能够这样？想是因为人们对神的无限崇拜和敬仰。信徒们在修造时，泥土砖瓦已不纯粹是物质，而是化作了精神寄托，一笔一刻一雕一塑都表现出忘我的忠诚及虔诚的祈祷。在为神所造建筑这一点上，无论是东方还是西方态度都是相同的。但是，就一座建筑所花费的单纯建造工本时间还是远远不如欧洲长，而且材质与品相甚有差异。欧洲的建筑更强调硬碰硬的具象艺术表现，凝重、精致、大气磅礴。中国则更多地采用揉搓、描摹的抽象风格，飘逸、洒脱、如梦似幻。诚然，择取怎样的表现形式主要是不同民族文化所致。然而，说到底，欧洲毕竟是费工耗时的重彩油画，中国则是一蹴而就的泼墨山水。

第三类是为民而修的建筑，其目的特性为解危救困、安居乐业等，突出庶民百姓生产与生活的实用性。如民居、客栈、会馆、戏园、坝渠、路桥等等（实际上，凡是通过劳动与智慧建造的便民利民设施都属广义建筑范畴）。在我看来，此类为民建造的古建筑中，最有典型意义的是驻守于四川灌县城西岷江上游的“都江堰”。这是一项集民族智慧与勤劳创造的伟大水利工程。古时，由于河道狭窄，岷江从灌县流入成都平原时常常引发洪涝灾害；而又因玉垒山的阻隔，江水无法东流，故而形成西涝东旱的自然境况。为治理水患、造福于民，战国秦昭王时蜀郡太守李冰父子，率领当地民众，特别是汇聚了众多治水经验丰富的人，凿山引水，拦堰导流，兴建了规模宏大的“都江堰”水利工程，使川西平原从此“水旱从人，不知饥馑，时无荒年，谓之天府”。时隔2000多年，今天的都江堰已不仅仅是一项变害为利的水利工程，而“以独特的水利建筑艺术创造了与自然和谐共存的水利形式”（专家语），越来越显示出中华民族文明历史的丰厚内涵。世界遗产委员会这样评价：“建于公元前三世纪，位于四川成都平原西部的岷江上的都江堰，是中国战国时期秦国蜀郡太守李冰及其子率众修建的一座大型水利工程，是全世界至今为止，年代最久、唯一留存、以无坝引水为特征的宏大水利工程。2200多年来，至今仍发挥巨大效益，李冰治水，功在当代，利在千秋，不愧为文明世界的伟大杰作，造福人民的伟大水利工程。”

我敢说，李冰父子在率众兴建都江堰时，决然不会想到后人会以无比崇敬的心情做出如此高度的评价。如果当时父子二人抱着个人得失的功利思想，也决然不会创造出举世叹服的伟大建筑。之所以是真诚为民而建，民族的智慧与创造才竭力焕发到极致，原本冰冷的建筑才熔铸了温厚的情感、流动的血脉以及鲜活的灵魂。于是，伟大的建筑托起了筑建者伟岸的身躯，千秋万代，相映生辉。都江堰就是这样的建筑经典，在世人心目中矗立起的是寿同日月、天高地阔的丰碑。

……

建筑是与人类活动最密切的物质形态。好的建筑是物质与精神追求的和谐统一，技术与艺术完美结合的科学构建。在这一点上，而今人们的认识不会再生疑义，即便是那些不学无术者也会为了佯装“有文化”的体面随声附和。然而，我们在以这样的法度审视回望古代建筑时，也该毋庸回避地直面审度时下中国的建筑物象。

我不敢武断妄言，如今林丛网织于中华大地的现代建筑没有传世精品，但直言不讳地说较之数不胜数的建筑物数目少之甚少，至于体现民族文化思想精髓的更不待言，风起云涌取而代之的是毫无个性韵味的所谓“国际化”。真不知，缺少了民族特质又何以国际化？这个道理太浅显了。借鉴是必须的，而要丢弃自己老祖宗的灵性去削足适履、一味装扮作“洋人”的模样，那不成了“邯郸学步”的千古滑稽了吗？去看吧，大江南北多有这样的“杂种”！建筑原本就是艺术，无论观瞻还是住用都应以神圣的责任和虔诚的膜拜去悉心建构。说远了，它是社会演进物化的历史，是民族文明灵性的凝聚；说近了，它是关乎民生起居、性命安危的大事，是行善积德、施恩送福的良心工程。佛语言：种善因得善果，种恶因得恶果。就眼下的建筑物象看，我敢肯定地说有许多人终究要遭报应的！一座座桥梁断裂、一条条道路塌陷、一栋栋高楼倾覆、一道道坝堤溃决……如此丧尽天良的“豆腐渣”建筑裹挟着无数个无辜的生命殉葬倒下，媒体频传的噩耗令人惨不忍闻，惊悸胆寒。当今中国之建筑大都已经或正在失去人本的天良与灵性，附着其上的是世故与鄙俗的交易、金钱与权位的诱惑。于是，积淀着深厚民族文化的土地上便有了心浮气躁的“应景工程”、急功近利的“政绩工程”以及巧取豪夺的“腐败工程”等等。怀有如此伎俩的权力者胃口极大，往往唯利是图，权钱兼收，决不肯放弃任何一次攫取的机遇，因此便出现了眼前的黄金地段转包他建、工期数月而寿命不及二十几年的建筑抵偿租用于承建者 30 年的怪现象，而所谓土地及建筑所有单位的职工却只能拥挤在狭小办公空间望楼兴叹！无须再费口舌，受这样的意念驱动何以能耐着性子与欧洲建筑的“工夫”与品质相攀呢？甭说几百年、几十年，倘若真有法术恐怕恨不得一夜建成，什么建筑的精品、民族的智慧、文明的物化等等让它们统统见鬼去吧。

建筑归根结底是人造的生命，它是人格的化身，铭刻的碑碣，文明的延续。在欧洲，人们看到建筑想起的是缔造它的设计师、艺术家；在中国，人们面对建筑记住的是决策它的主人或权力者。其建筑物象犹如观相照影的诚实的镜子，正所谓人造建筑，建筑造人。

2003 年 1 月

比萨之塔

利古里亚海东岸有座意大利古城，它的遐迩闻名缘非历史悠远，而因一座教堂的钟楼。

这钟楼的建构究竟有何巧思妙想，在我眼里抑或欧洲教堂的五花八门钟楼的一花一门，其主要职能亦同曲同工——神明教化信徒的慈鸣善响，凡界倾听上苍的天籁之音。然而，它却犹如神力，召唤得世界各地芸芸俗人接踵拜谒，是何魔法？就一个字——斜！平地高楼在于直，而它有悖常理，反其道而斜之，且斜而不塌，于是乎人心痒了，也就驱使着临险览奇了，这就是意大利比萨城中举世闻名的“比萨斜塔”。

原本，设计师绝非想把这8层大理石圆柱形的钟楼刻意倾斜，却是雄心勃勃矗立一座重1.42万吨、高54.4米的罗马式建筑典范的丰碑。然而，1174年开工之后，工匠们辛辛苦苦砌至第三层时醒觉塔身斜了，探析原因乃造基之故，于是被迫停工达1个世纪。不明何由，耐不住性子的后人又捡起先辈的半拉子工程，年复一年继续着“危险”的施工，直至1350年盖上了竣工的最后一块石料。当时人们对建成后的斜楼做了精确测量，塔顶中心点向南偏离垂直中心线2.1米。一下子，“斜塔”之斜而不倒声名远播，特别是1590年意大利物理学家伽利略登塔进行了著名的自由落体试验，更使得斜塔之“斜”名扬世界了。

如今，600多年过去，比萨斜塔的斜度已达5.3度，偏离垂直中心线4.4米，而且随着岁月更迭仍在缓慢南倾。照此下去，专家断言此塔终究不堪重负，难逃倾覆厄运。因此，20世纪90年代初，斜塔的纠偏问题成了举世议论的热门话题，各种传媒连篇累牍炒得沸沸扬扬。意大利采取断然措施，关闭斜塔，调集专家紧张投入维护及纠偏等拯救工作。霎时间，世人关注的焦点投向比萨，心被大理石圆柱体南斜的倾力紧揪着，担忧一夜醒来神与人的伟大创造惨遭毁灭。这时，据说有位颇有建树的中国工程师经过艰苦“攻关”，研究出一种能将比萨斜塔纠斜扶正的绝佳方法，神奇之效俨然科学配方的灵丹妙药，一剂下去立竿见影。他怀着对人类文明遗产的虔诚，将“秘方”无偿捐赠意大利，愿救比萨斜塔岌岌可危之难，使之笔直站立，直插云霄，永远摆脱倾覆厄运。哪料，热脸贴上冷屁股，意大利人压根不买账，拒绝接纳这份天赐的“厚礼”，理由极端简单：斜塔改斜归正了，谁还来比萨！他们我行我素，仍以传统方式缓慢纠偏，花去10年功夫仅纠回2.5厘米，而且在确认暂无安全之忧后对登塔游人正式开放。不仅如此，浪漫的意大利人还对塔基处的草坪做了“处理”，有意修整得南高北低，造成人们视线上的幻觉误差，从而使得比萨斜塔看过去愈加危如累卵了。

意大利人临危不惧，只要不倒便乐得斜塔就这么斜下去。因为，比萨的政府财政及市民的收入来源主要仰仗于这座擎天宝柱。说白了，它就是钱袋子、摇钱树，甚或日夜流淌着世界各国货币的印钞机。一旦斜塔修正，无疑是傻子生在富人家——掷出金银打水漂儿，自毁好日子。更何况，由于斜塔带来的品牌效应，比萨的其他产业也因此红红火火，什么皮革、纸张、木材、碟碗等等，甚至砖瓦泥土，只消印刻上斜塔的模样便陡然有了不菲的身价，怕得是你的想象力过于贫乏。远的不用说，即使在中国的商店或家庭找到标有比萨斜塔徽记的物件亦非难事。可想而知，意大利在借此捞取滚滚财源的同时，是怎样地将其文化、意识等其他效应尽情而浪漫地艺术放大。

如此说来，一正一斜深含学问，小涉盈亏，大系存亡，牵其左右仅一念之差。由此，是否应该好好反思一下中华民族与别国民族的观念之“差”，纠偏我们习惯了的矫枉过正的行为误差。一“差”之间，我们曾经犯下多少深重罪孽，而且现今仍在理所当然地继续。我国佛教圣地五台山的菩萨顶，曾有奇观“滴水殿”，晴天朗日庙宇四周的瓦当下也会连绵不断吐出珍珠般的水帘，以致日久天长青石地面被滴成密密麻麻的蜂窝状，引得历朝历代香客游人竞相朝山睹奇。谁想，滴水殿的厄运发生在20个世纪80年代，据说有研究者为解千古之谜，攀檩登岩，卸砖拆瓦，实施“高空解剖术”，最终不晓取得“成果”如何，但日照下的滴水殿从此再也无水可滴，圣境奇观消失绝迹，令人痛心疾首。

此类一念之憾比比皆是，如中华人民共和国成立之初的北京老城，围绕保城与拆城即有一番人所共知的争论，以学者梁思成、林徽因夫妇为代表的护城派，虽竭尽所能，奔走疾呼，终因抵挡不住革命者“砸烂旧世界”的排山倒海之势，千年古城随着建设大潮被拆得七零八落，取而代之的是苏联老大哥帮建的不中不西的呆板建筑。50多年过去了，人们才扼腕叹息地意识到，我们所拆掉的不仅是先祖血汗砌垒的城池遗产，而且是无法弥补的一段物化了的民族历史与文化。更为可怕的是，这股“破旧立新”的“拆城”之风并未因老京城的覆灭而遏制，相反在今日的城镇乡村仍然继续蔓延着，尤其是那些亟待甩掉贫困帽子的落后地区。

前不久，我走访晋西北的偏关、河曲，一路风尘一路叹息，当年的边塞重镇、漫道雄关已面目全非，国人引以为自豪的巍峨长城也只见孤零零散落坡岭的残破烽火台，风一刮唯有丘上野草虚弱摇荡。自古道："铜偏关，铁宁武，生铁铸成老营堡"，我在 20 世纪 80 年代曾造访过这一带，虽然历经百载，风吹日晒，城堡的砖墙剥蚀严重亦有坍塌残损，但城方墙直，雄风犹在。像这样有模有样的城池，仅我所知在偏关、河曲就有贾堡、老营堡、偏头关、万家寨、桦林堡、石城堡、楼子营、罗圈堡、焦尾城、五花城等十几座城堡，而如今都被拆得残垣断壁，片瓦不留，曾经威严强悍的城墙犹如被剥去战袍的将士，裸露着千疮百孔的干瘪身躯任风抽沙打、锹撕镐咬，折腾的遍体鳞伤，血肉模糊，死去活来，而拆毁它们的"凶手"正是当年驻守边关城池官兵的后人。这些蜗居于城堡的人们不甘贫困，依着靠山吃山的简单换算思维，拆去祖辈砌筑的坚固砖墙，垒起房舍、圈起猪圈、搭起茅厕……可到头来生活并无本质改善，一个个还是灰头土脸地围着残裸的城墙熬着苦日子。

我痛惜地望着悲凉的古墙，心绪难平，为什么人们不享祖荫的庇护，非要拆掉含量丰盈的银城金城呢？这是先祖留下的不可再造的宝贵遗产，也是一条自然天成的黄金旅游链，其边关要塞、营寨城池连绵相接，乃一道独具特色、风格别样的雄浑风景线。真不知，当地政府为何不曾借助这份遗产，因地制宜，打造品牌，赚取财富，而任由还不甚开窃的百姓砸烂金碗讨饭吃呢？如此机遇，意大利人绝不会放弃，老本儿是要吃的，可人家懂得老本的保存及使用价值，吃老本儿要吃出商机，吃出效益。就说罗马吧，斗兽场等历史遗迹散布满城，东一截断墙西一条壕沟，破破烂烂不成样，甚至残砖碎瓦、烟熏火燎印迹都照古封存，人踪稠密处还围上现代化的钢筋混凝土护栏，真是倍加珍惜，煞费苦心，呵护保管，因此这座城市赢得了罗马帝国历史博物馆的美称，使得全球络绎不绝的游客心甘情愿倾囊相送。

相形之下，正在苏醒的国人还是自觉或不自觉地守卫着传统理念上的一念之差，且看中华大地无论该与不该到处的老墙上都赫然刷着“拆”字，隆隆推土机一夜之间平整出无数块大展宏图的“新天地”，于是摩天商厦如雨后春笋拔地而起，道具般的仿古建筑争相攀比着粉墨面市，好一派热气腾腾废旧立新的大兴土木景象。此情此景，实在令人寒心难耐。

六月的天气燥热难当，不禁使人怀恋四月雨中比萨的凉爽。

正当我挥汗如雨写完这段文字，忽然不经意间发现报章上登有一幅图片新闻，那是盘旋着的光亮勾勒出的比萨塔歪歪扭扭的轮廓，配发文字：“在意大利中部城市比萨，成千上万支蜡烛照亮了夜幕下的比萨斜塔。”

2003 年 6 月 29 日

花之窗

有人必有舍，有舍必有窗。

我喜欢窗子，无论行走何处，它总是我观察的景致。

我与窗子的亲近感是儿时建立的——当朝霞点亮窗子的时候，大人开始冲刺般地忙乱，接着要送我到极不情愿去的幼儿园；挨过一天，窗子的玻璃被盼得褪了光泽，这时我就会坐着快乐的自行车回到自家的窝儿。窗子是我那时的全部期待，因为它的快快黑暗能使我回归妈妈温暖的怀抱。再长大一些，我挎上了书包，惦着教室窗子的光影缩矮、消融，这时我就会饥肠辘辘迈开匆匆回家的脚步，盼着早一刻望到自家蒸腾着饭菜喷香的窗子。再长大一些，我插队到了农村，总盼望着窗子浸染秋色，这时我就会乘着奔驰的火车，甩去一年的疲惫，见到自家的窗子，回到父母的身边。再长大一些，我回城有了工作，每天推开窗子迎接朝阳，青春勃发地踏上绘织着理想的跑道；夜来我会怀揣忙碌收获一天的满足，尽享自家的窗子营造的犹如港湾的宁静与温馨。而每当星月归家之途，我总会边行走边眺望路旁那一扇扇被色彩斑斓的灯光照亮的窗子，猜想窗子里的人和事；特别是遇到落雨或飘雪的夜晚，那一扇扇的窗子更会激起我无尽的遐想。每一扇窗子里必都盛装着一个鲜为人知的故事——我常常这样想，渐渐地竟成就了一种观与思的习惯，也渐渐地与我的职业所需融在了一起。于是，我外出采访或考察学习，必随身携带实录的眼睛——照相机，每次回来总有几张关于窗子的定格。有一次，我去山西灵石的王家大院，两个胶卷几乎都拍了各式各样的窗子，有方有圆、有长有窄、有竖有横，还有极少见到的扇形和不规则的菱形，朋友观之眼界大开，称奇叹绝，其俨然一幅中国古民居窗棂文化的艺术长卷。

我有了这样的感悟：窗子是家居的温馨、孩童的期待、青春的憧憬，当然也是逃生的天门、小偷的捷径。

一次欧洲之行，让我对窗子的内涵有了更丰富的认识。

四月的欧洲春雨缠绵，素有“欧洲天堂和花园”的文明古国意大利更是在丝丝缕缕的雨幔中弥漫着浪漫情调。具有上千年历史的文艺复兴发源地——佛罗伦萨，这种空气愈发浓密，无论是穿城而过的河流、密织如网的街道，还是错落有致的建筑、富丽堂皇的教堂都裹在这浓浓的氛围里，仿佛飘舞的雨、吹拂的风无不游动着浪漫与艺术的气息，人在其中都会被熏醉。文艺复兴时期，这座文化之都托起了众多与日月同辉的文学家、画家、雕刻家、建筑师，如但丁、达·芬奇、米开朗琪罗、拉菲尔、提香、布鲁内莱斯基、乔托等旷世巨匠、一代宗师。他们留下了不朽之作和浪漫情怀，文学、诗歌、绘画、雕塑自不必言，就是城市的建筑也以艺术色彩尽情书写着浪漫。

位于佛罗伦萨中心位置的圣玛丽亚教堂，建筑艺术家从1294年开始修建，先后用了175年才大功告成，其外观一改通常教堂纯白一色的肃穆，浪漫地装饰上了白色、粉红色、绿色大理石几何图案，并且起了一个别具色彩的名字——“花之圣母大教堂”。而教堂的内部则有意设计得简朴空旷，肃穆庄严。特别值得一提的是，主教堂内独具匠心的光学设计及应用，正面的大圆窗和侧面狭窄的窗户穿射进来的光线，恰如其分地突显出方形擎柱的明暗划分，这种空间与光线的韵律分配即是伟大的经典杰作。真不知，有谁能说得清，是艺术孕育了浪漫，还是浪漫创造了艺术。

再看乔托钟楼，这座1334年乔托设计的高达82米的圣玛丽亚教堂钟楼，用了30年建成，其苗条典雅，拔地擎天，尤其是如同“花之圣母”一般色彩装饰四壁的光滑大理石及其众多精灵般巧夺天工的窗子，令人梦绕魂牵，美不胜收，颇感艺术之韵味，浪漫之律动，庄重之神圣。即便说到名曰“老桥”的佛罗伦萨最古老的桥，它在古罗马时代就已存在，桥面两侧起初开设卖肉点，后来是铁匠、修鞋店，现在是金匠店。从表面看去，它无奇无异，破旧不堪，既无艺术又乏浪漫，只有大大小小点缀的玻璃窗交映着灯光与阳光的亮泽。然而，当地人却不甘于平淡，反给它起了个光彩迷醉的名字——“黄金大桥”，并且赋予了它浪漫的生命而使其在人们眼里有了艺术的美感。相传，意大利伟大诗人但丁就是在这座桥上与他终生热恋的女子贝雅特丽齐相遇的。因此，“老桥”也就演变成了“鹊桥”，成为热恋中的男女相会的地方。可以想象，有多少动人的爱情故事在这里一幕幕上演，直至现在，河畔长堤、老桥上，一对对情侣依旧无休无止、旁若无人地相拥狂吻，激情热烈地要燃烧整个世界。而世代忠实关注这一切的，是河岸两边那千年老宅的一扇扇明净的窗子。

我穿行于佛罗伦萨，贪婪地饱览密布城中的文化历史遗迹，脚下的步履奇快如飞，生怕窄街陋巷（虽然这同样是凝聚着历史文化的遗产）的距离耗损了“走马观花”的时间。在通往“佛罗伦萨教堂”的一条古老街道，我沿着两旁的千年古宅匆匆而行。突然，掠过的一幢楼房的窗子牵回了我的视线，洁白的楼壁的二层有两扇窗子格外打眼，木制的百叶窗呈外八字展开，两条竖窄的玻璃明晃晃地镶嵌于木窗框里，恰在两扇合闭处的正中两只朱红色的小陶盆对称悬吊，盆中俏嫩的绿叶捧起几株浓艳的红花。登时，我的心被那火样的花猛地揪动了，热泪不禁盈眶。这是让人心灵感动的窗子，主人的美好情怀和对生活的热爱从普通的窗子喷射出来！我从未想过，窗子竟有如此功效，它不仅透视着家的温馨，还是向世人敞开心灵的镜子，而且凸现的是这么的鲜活生动，透亮照人！我将镜头对准这两扇鲜花开放的窗子，克制着心灵的颤动按下快门，把这感动的一幕化作永久的封存。

窗子是生活的艺术，心灵的镜子，窗子是生命的呼吸、自由的放飞。

几天后，我穿越阿尔卑斯山来到德国，又看到了许许多多不同式样和功能的窗子。而令我不可思议的是，这个在第二次世界大战中90%以上的建筑被战火摧毁的国家，何以在几十年建设得如此繁华；尤其是镶装着那些美丽窗子的或新或旧（仿古建造）的建筑物，简直令人难以置信这个国家曾经遭受过战争。我带着不解和疑惑走访一位德国老人，回答是一个真实的故事——第二次世界大战结束后，发动这次罪恶战争的德国满目疮痍，一片废墟。当时，有位外国战地记者不经意间惊异地发现，硝烟未尽的瓦砾堆里，一扇残破不堪的窗子旁，一只锈迹斑斑的罐头盒中有人栽种了娇嫩的野花，那花朵迎着霞光在徐徐和风中开放。记者望着眼前景象，禁不住自语：这个民族还有希望，这个国家不会死亡！

2003 年 1 月

走出奥登塞

踏上这个北欧国度，我必须去看一个人。因为，从小我就与他相熟，记不清有多少个童年的夜晚是听着他的故事度过的；而且，一晃几十年过去了，这位已是 200 多岁的老人没有丝毫的倦意，仍然以那恒久不枯的激情给我和我的孩子讲述着品咂不厌的故事。在我的脑海深处，他生活的地方即是七彩奇幻的童话世界，他和他的国家熔铸为一体，熠熠辉映，他便是它，它就是他……这绝不是我一个人的臆断感受，而是为不同肤色的世人所认同。我敢说，读到这里，读者对本文所述其人其国早已明了于心，答案呼之即出：丹麦——安徒生！

丹麦是北欧最小的国家，面积仅为 43094 平方千米（不包括已取得地方自治的北大西洋上的法罗群岛和北美洲的格陵兰岛），而其海岸线却很长，蜿蜒曲折 7474 千米，相当于地球周长的六分之一；它的版图形态也十分有趣，由 480 个岛屿组成，就像一块块大大小小的拼图在海洋湛蓝的怀抱中聚合成绚烂奇艳的美景，其中镶嵌于“核心”的第二大岛屿——菲英岛，便是安徒生出生的地方。巧得很，我前往故居拜谒这位被政府誉为“伟大的丹麦人”时，恰是两个世纪前他在那株重新吐芽抽绿的醋栗树旁的陋屋里呱呱坠地的季节。

汽车轻快地飞驰，平展的高速公路反射着春日的阳光，像一条银色的玉带缠绕在海岸线上，波罗的海的风潮乎乎地吹来，顽皮地掀起一波又一波的“白头浪”，紧接着随波发出伴着海鸥清脆啸鸣的阵阵男中音般的欢唱……啊——，虽是冬季刚刚过去夏季还未来临，这里的风光依然迷离幻化着童话的生趣和色彩。驶出哥本哈根所在的丹麦最大面积的西兰岛，一座几公里长的公路桥梁凌空飞渡海峡，犹如彩虹一般在蔚蓝的天际与大海之间划出一道精致而美妙的弧线。窗外无边无际，穿行其上，风驰电掣，人似生出了翅膀有了飞翔的感觉，况且心所往之，桥的那一端就是菲英岛。

行驶大约一个多小时，我们深入到了该岛的中部城市奥登塞，它是现今丹麦的第三大城市和第四大港，工农业生产均占有国家重要地位，特别是经由这里集散的丰富的农产品依然表明承袭传统的土地资源。虽说这是座城市而且还居于菲英岛的首府，它却不是我们概念中的车水马龙、熙来攘往、声喧啸聚、热闹哄哄的景象，恰恰相反，一切都被颠覆了，这里不见楼宇集群，也不见密织如网的街道，更有意思的是分不清哪里是市区哪里是乡村，仿佛整座城市都稀释在了大地田园之中，静谧得让人超脱，所有的一切都归于天地通灵的自然……这就是安徒生的故乡！

200 多年前的奥登塞只是一个并不知名的小镇，安徒生就住在简陋、狭窄的蒙基莫莱街 3 号。如今的这里并未有多大改变，目力所及其规模仍旧是个聚拢在乡间田野里的小镇子，一条鹅卵石铺就的街巷像阳光下撒落的海贝，闪烁着斑斓的光晕幽幽深去，幢幢色彩绚丽的欧式古老建筑如同积木玩具一般，错落有致地静静摆放两旁，仿佛把人又融回了 19 世纪安徒生生活的时代。所不同的是，这里没有了当年手工作坊里发出的叮叮咚咚的各种敲击声和春寒季节人们裹着深暗的大衣在蒸汽弥漫的街巷出没的身影……就在这条巷子的中段，临街有一栋低矮的平房，尖顶红瓦，白色墙壁，看上去很不起眼，平淡得稍不留神即一晃即过，丹麦国旗飞扬上空，猎猎作响，显示出了它的与众不同，那扇质朴的黑漆小门旁挂着长方形牌子，上面规规矩矩写着一排小字："安徒生 1805 年诞生于此"。

终于与这位世人仰慕的童话大师同一空间相会了——我轻轻

走进他依旧狭窄、昏暗的故居，静静沉浸于漫溢着两个世纪前主人贫寒气息的氛围里，每一步挪移、每一次侧身都会情不自禁地想象着与这位文学巨匠身影交错，仿佛置身在了那个特殊的往昔时空中……1805年4月2日，这栋贫苦鞋匠的木屋里，一个新生命降临在了由棺材板拼成的床上，母亲神情有些惶恐，因为婴儿的啼哭声大得吓人。守在一旁的教士安慰说："小时候哭声越大，长大后就越聪明。"哪知道，这话果然应验，号哭的男婴许多年后"即使是圣诞老人也并不比他更有名气。"他就是安徒生。

封闭的奥登塞小镇见证了安徒生的童年，他没有受过正规教育，只是在慈善学校读过几年书，然而受父亲和民间口头文学影响，自幼就迷上了奇幻多彩的艺术殿堂。不幸的是，11岁时，父亲在参加抗击拿破仑·波拿巴侵略战争归来后不久病逝，窘困的母亲只得送儿子去工厂做童工。还是那清脆嘹亮的嗓子使他免除了劳役之苦，工人们不再派他干活，而是让这小家伙每天用歌声和表演驱散苦闷、激发情绪。一日，一个工人在不经意间说了关键一句话："你干吗不去当演员？"小安徒生本就欲动的心敞开了一扇放飞的天窗，他要穿越横亘在自家门前的这条幽深的窄巷，走出奥登赛！于是，执拗不驯的他击碎了母亲设计自己去学徒做裁缝的"人生计划"，背起简陋的包袱跳上马车离开了沉闷寂静的小镇。

这时的安徒生14岁，不过是个长着瘦高挑个子的一脸稚气的男孩儿。马车伴着叮叮当当的铃声吱吱扭扭走向远方，憧憬着美好未来的他回望故乡写下这样的话：“当我变得伟大的时候，我一定要歌颂奥登塞。谁知道，我不会成为这个高贵城市的一件奇物？那时候，在一些地理书中，在奥登塞的名字下，将会出现这样一行字：一个瘦高的丹麦诗人安徒生在这里出生！”

后来的事实验证，安徒生誓言凿凿的宏愿准确不虚。可谁又曾想，当初这个走出奥登赛的满口乡音土语的乡下孩子面对陌生而繁华的哥本哈根却是一派茫茫无措……他拿着苦心求来的介绍信拜师著名芭蕾舞演员沙尔夫人未达心愿，去见皇家剧院经理霍尔斯坦想当演员被逐出门，为挣糊口钱做小工遭“城里人”取笑……这个“鹳鸟一般细高”的孩子孤苦无助，流浪街头。然而，严酷的现实并没有泯灭心中那束已被理想点燃了的火焰，他攥着刊登意大利歌唱家西博尼在哥本哈根演出和开办歌唱学校消息的报纸，冒失得近乎“奋不顾身”地闯入人家的住所，打开喉咙放声高歌。兴许是这异乎寻常的举动，满座高朋的视线不但让这个莫名的“侵扰者”牢牢拽住了，而且被这位孤奋少年充满希冀与追求的心感动了，他们纷纷解囊，促其梦想成真，如愿进入歌唱学校。岂料，命运偏偏捉弄安徒生，一场大病专就冲着他一心想当歌唱家的嗓子而来，结果造成声带严重损伤，彻底打碎了光耀舞台的希望……

不幸与幸运，在安徒生身上是相伴的。上帝似乎故意要用各种磨难来考验这位乡下来的年轻人，又似乎以否定其一个个错误方向的追求与尝试来拯救他的天才。安徒生终于明白了自己这一生的承载不属于舞台，而是文学。他大量阅读莎士比亚、歌德、拜伦、海涅等人的作品和丹麦的古典文学，同时拿起笔创作了第一部剧本《阿芙索尔》，由此得到皇家公费资助进入拉丁文学校深造。1829年，安徒生在自己的诗作《傍晚》《垂死的孩子》广受好评后，又创作的喜剧《在尼古拉耶夫塔上的爱情》得以公演并大获成功。这个经常被来自城里上流社会的学生嘲笑的“乡巴佬”，在自己潜藏的才华终于被唤醒并赢得公认时淌下了热泪……为文学而生的安徒生找回了自己的灵魂，出版的《阿马格岛漫游记》《幻想速写》《旅行剪影》等作品及长篇小说《即兴诗人》成为读者追捧的畅销书。然而，这还不到这位日后被堪比与国齐名的丹麦人尽显才华、尽放异彩的时候。1835年，他在写给女友的信中说：“我要为下一代创作了。”于是，就在这一年，安徒生的第一本童话集《讲给孩子们听的故事》问世了，那颗镶嵌在文学圣殿宝塔尖儿上的明珠终于点亮。由此，全人类多了一位超脱平庸走向智慧的无与伦比的儿童作家；从此，世界上的孩子们每年圣诞节都会收到份特殊的礼物，即这位丹麦人的一本新的童话集。而且，这一写就是43年，笔耕不辍，直到他生命结束。

1875年8月4日，这位为世人留下《海的女儿》《丑小鸭》《夜莺》《拇指姑娘》《皇帝的新装》和《卖火柴的小女孩》等168篇不朽童话作品的伟大丹麦人安徒生驾鹤西游，享年70岁。

世上不知有多少人因安徒生认识了丹麦，不知又有多少人因读了他的作品而在幼小的心目中即矗立起了“童话王国”的丹麦。当一个人与自己的国家及民族融于一体时，他便真正获得了永生!

奥登赛小镇静得出奇，行走在小巷里自觉不自觉地就要放轻脚步，生怕弄出声响来惊扰了四方的宁静。我在想，这样的环境与氛围也许正是走进童话世界的曼妙佳缘，人必须让心安静下来才能听到来自幽邃自然和纯净灵魂的声音……

回到哥本哈根，我见到了静静安置于市政大道旁的安徒生铜像，他戴着他那个世纪标志性的高桶宽沿儿礼帽，身穿长长的燕尾服，手持其特征符号一般的手杖，瘦高瘦高的，正挑着那枚长长的鼻子、凹着一双深深的眼窝儿注视着人们，仿佛从奥登赛走出来的他还有许许多多的童话故事要讲出来。在我眼里，安徒生那富有特质的形象早已是丹麦的图腾，看到他即想到它；而他笔下的故事，早已幻化成为丹麦人的精神气质，辨不清文化了人还是人化了文。

我似乎明白了，一个伟大的人是如何用灵魂相伴着自己的祖国昭告世界的。世人又是怎样透过这个人去认识他的国家的。其实，这样的例子在欧洲国家并不鲜见，如比利时首都布鲁塞尔，就以不过60厘米高的“尿童”而闻名天下。真不知，是这座城市因一尊小小的铜像而更闻名于世呢，还是这尊小小的铜像是因这座城市悠久的历史更名声远播。总之，城就是像，像即为城，它们不能分开，不怪乎世界上无论国家元首、政要还是普通游客，来到此城都要前去看这尊被誉为“布鲁塞尔第一公民”的铜像。它的人名叫于连，一头黝黑的卷发，光着身子，小肚皮朝前撅挺着，站在大理石雕花台上撒“尿”。传说，14世纪即500多年前的一个晚上，外国侵略者在布鲁塞尔市政厅地下室安装了许多火药，准备炸毁这座城市。当导火索火蛇似的被点燃，灾难即将临头之时，小于连灵机一动，撒出一泡尿浇灭了燃烧的导火索，挽救了全城百姓和这座古城。由此，人们请来雕塑大师捷罗姆克思诺，塑造了这尊小英雄于连光屁股撒尿的铜像，并把他誉为“布鲁塞尔第一公民”。出于对这位小英雄的敬慕，凡来访问比利时的国家元首遵惯例都要送一套本国传统服装给于连。据说，小于连至今已有700多套来自世界各国不同风格的服装。可以讲，于连的知名度同安徒生一样，都是世界级的。他已成为这个城市、国家乃至民族的形象符号与精神象征。人们只要提到“尿童”，就会立即想到比利时以及布鲁塞尔。

然而，回过头来反观自己，泱泱5000年文明的中华古国被世界民众普遍认知的伟岸巨人又有几何？从古至今，我们不难数出一长串的名字来，他们也确是在人类文明进程中具有卓越贡献的世界级人物，但静下心来理智地想想，又有多少能像安徒生、“尿童”那样为全世界的人们所共同认知，又有哪个能被普遍认同与这个国家及民族化合为统一的象征与精神？要想屹立于世界民族之林，关于这一点，我们必须认真反思，是中华民族缺少了擎举全世界及人类文明慧炬的精英、伟人、智者、圣人，还是我们辜负了他们……

夜晚，台灯映照下的书桌，从丹麦带回的纪念品“美人鱼”安于一角静静注视着，那有些凄美的神情仿佛在思念着那滋养生命纯净灵魂的海洋。这时，我看到报纸上刊出的一则消息，即久负盛名的“小美人鱼”铜像将首次走出国门，在2010年中国的上海世博会丹麦馆展出；同时，童话大师安徒生生前用过的一只旅行皮箱也将运抵，世博会期间作为丹麦著名品牌乔治·杰生全球最大分店——上海店开店仪式上的展品与世人见面……

2012年1月

失散的文明

欧洲国家博物馆多，世人皆知。物乃历史固化，博乃海量储藏，人类找到这样的方式安放历史长河里的文明浪花，真是一种经典的智慧结晶。关于这一点，欧洲人比亚洲人领悟得早，西方人比东方人做得好。它的意义与价值绝不是几间房子几幢楼厦那么简单，它是一个国家盛衰强弱的历史凿刻，它是一个民族悲喜荣辱的血脉涓流。试想，一个连民族文明的历史遗存与记忆都守不住的国度会是多么的尴尬与羞惭，又有何尊严可言！而中国，在并不久远的过去就有过这般令国人不堪回想、心痛永远的耻辱！

游历欧洲，慨叹人家的同时又痛感切肤。这里到处散落着中华文明，不说博物馆里，即便是大街小巷的古董店中无一例外地都能找到中国的珍玩。这一现象，我是从奥地利开始注意到的。记得那天去萨尔斯堡拜谒莫扎特故里，进城刚拐入一条巷子歇脚，无意间溜达着即撞入街边一家小门窄户的古董店，里面除容得两三人下脚便满满当当尽是老物件，就连头顶本不高的天花板上也挂着七零八碎的东西，境况与中国同业别无二般。所不同的是，这里不兴“漫天要价就地还钱”的行规，这不，看上件小瓷瓶想买，开店的黄发碧眼的老妇咬死一口价，摇着拨浪鼓似的脑袋告诉你：休想从我牙缝里挤得出分毛毫厘！临出店时，她突然从背后开腔说：还有张清中期的红木雕花八仙桌，若有意可到店后仓库一看。真令人想不到，在远隔重洋的这等异邦小店竟有如此大件的“重器”！

这种情形几乎伴随一路，就连法国巴黎著名的埃菲尔铁塔下和丹麦哥本哈根伟岸的皇宫旁的街巷里，都能碰到有卖景德镇造的“五子佛”或绘制有“暗八仙”的鼻烟壶以及专供外销的珐琅彩香料瓶等中国瓷器的古董店，就连十分惹眼而走俏的青花罐和大盘等也偶有见到，只是价格一经欧（元）——中（人民币）换算贵得吓人！更加没想到的是，在风车之国的荷兰，恰遇著名的阿姆斯特丹周日跳蚤市场，偌大的广场上人山人海，一眼望不到边，全是“撂地摊”和“捡漏儿”的，若不是相貌有别、语言不通真还幻化在北京的潘家园或中国任何一座城市的旧货市场。我一头扎进去，但生怕“汪洋”湮没未敢深入，只是在极短的限定时间里沿边缘地带浅浅转了几个摊位，出乎意料的是，不消费力竟找到了三件“国货”——刻有“潮邑真水点”底款的温酒锡壶、十二碟木柒绘花套盘、拳头大小的青花将军罐（后仿品），其价格亦如国内“地摊货”一样便宜且能议价，三样东西最终28欧元成交。管窥可知，我们中华的玩意儿在欧洲是何等的“普及”啊！

一路上，我脑子里沉甸甸地装着这些只要留心即随处可见的“中国制造”，特别是那些个收藏在国家、地方或个人的大大小小博物馆里的不同时代的各种中国艺术品，甚至是有不少成为人家镇馆之宝而国内难得相见的中华民族顶级文物瑰宝，如打翻五味瓶，满腹怅惋，难言滋味……我不敢妄言，这些够得上品级的东西全都是非法流入“洋人”之手的，但可以肯定无疑的是，其中有相当数量，尤其是那些惊世骇俗的文物重器是通过不光彩的手段和肮脏的渠道弄来的。谈起这些，我们又不得不揭开国人积淤心底的那永远难以愈合的伤疤。

据联合国教科文组织不完全统计，全世界47个国家的200多家博物馆中收藏有中国文物164万件，加之更广范围内的个人收藏，流散海外的中国文物至少在1700万件以上，这个数字远远超过中国本土博物馆藏量的总和。可以这样说，亦如“有阳光的地方就有中国人”一样，几乎在世界上的各个角落，你都会发现来自中国的远可上溯千百年的文明遗迹。然而，在这个庞大的数字背后，却有着不堪回首的屈辱。虽然这些文物中有部分是通过中西文化交流（比如古有日本僧人来中国学佛学，回国会带走佛像、经卷以及当时名僧或艺术家的各类作品）、出口贸易的方式流落海外的，但也有相当数量的品级文物，特别是那些众多的凝结了中华民族智慧之光的传世孤品，是被西方帝国主义列强及文化强盗以武力或欺诈手段巧取豪夺去的。

其实，对我们来说，这个饱受凌侮和浩劫的年代并不遥远。1840，一组在中国历史上与耻辱相伴的数字，就在一个半多世纪的这个年份，中华民族遭受外邦列强殃祸蹂躏的悲剧史拉开了序幕，悠悠几千年灿烂文明的泱泱大国国势孱弱，犹如病祸缠身的迟暮之人，承袭祖宗基因血脉的精神圣殿遭到肆意亵渎，大量传承着人类文明种火的文物被焚毁、被破坏、被掠夺、被偷盗……这一个半多世纪的近代中国，也成为历代流失文物最严重的时期，抑或说是中华文明遭受摧残践踏的最惨痛、最黑暗的时期！1860年，英法联军火烧圆明园，将难计其数的园中秘藏和陈设其中的传世文物及艺术珍品洗劫一空。当时的法国大文豪雨果这样说："即使把我国所有圣母院的全部宝物加在一起，也不能同这个规模宏大而富丽堂皇的东方博物馆媲美。"时隔40年后，也就是一个新世纪始发开元之际的1900年，八国联军再陷北京城，又从圆明园、紫禁城、颐和园等抢夺走大量文物珍宝，甚至强盗本性毕露地搜刮到了民间百姓。这其中被掠走的就有世界美术界公认的超级瑰宝、现藏于英国伦敦大英博物馆的东晋顾恺之的《女史箴图》图卷。在这次浩劫中，他们还野蛮地毁灭了“代表着几个世纪文化积累的文献宝藏”——明代《永乐大典》和《四库全书》底本！

而就在这同一年，莽莽大漠中的古老丝绸之路上发生的一桩事件，又引来了一连串的劫难，一如在本已千疮百孔的血淋淋的伤口揉搓上一把又一把的盐。那是1900年6月22日，在甘肃荒漠腹地的敦煌，以“莫高窟主持”身份自居的道士王圆箓无意中十分偶然地发现了藏经洞，洞中秘藏着从5世纪到11世纪的经卷、文书、绘画、典籍、方志、曲子、信札、契约、户籍、账簿、佛像等旷世奇绝的众多文物。应该说，这是一次不仅对中国而且是对世界全人类历史具有巨大贡献的重要发现，然而，因当时清政府及其各级大小官员的腐败无能，还有本可英名流芳的王道士那很难以愚昧、贪婪即简单概论的一次次行径，竟使得在中国、印度、伊斯兰、希腊四大文明唯一交汇点的地域上复活了的敦煌宝库，变异成了西方列强和文化强盗们垂涎睽睽的掳掠之地。

开始，王道士对藏经洞看守很严，并一一向当地官府报告，还送上了一些经卷、佛像等“以供观瞻”。但他的所有努力并没有得到积极回应和重视，那些大到甘肃省政要、小到敦煌县令的官吏们个个漠然置之，不理不睬，只将宝物窃为收藏，供闲暇把玩。即便是翰林院编修、一代文人叶昌炽也有眼无珠，时任甘肃学政的他早在1903年手上就有了来自藏经洞中的佛像、经卷，但却无有触动和起码的职责警觉，甚至连走一趟去瞧瞧的兴趣都没有。就这样，秘藏千年而渊深博大的敦煌瑰宝失去了她免遭破碎支离、遗落四方的天赐唯一的最好时机。由此，一场持续数十年的罪恶劫掠，在藏经洞被发现的七年寥落沉寂过后开始了。

1907年，“把眼睛盯着衰老的中华帝国”（斯坦因《考古与探险》语）的英国人斯坦因来到敦煌莫高窟，为了窃取藏经洞里的宝物，想了很多办法来接近王道士，但未获其果；后来，他得知王道士十分崇拜唐玄奘，于是装扮作信奉者，谎称自己是专门沿着唐玄奘西天取经的路途而来的，结果骗取了王的信任，最终以极低的价钱买走了24箱经书、5箱绘画、丝织品等大批无价之宝。对此，当地官府非但没有阻拦禁运，相反一些官绅还为其提供了超出游历护照限定之外的“方便”。更有讥讽意味的是，当看到一箱箱文物从眼前运走时，被斯坦因称作“潘大人”的时任新疆阿克苏道尹的潘震，竟然愚痴地露出疑惑难解的目光：“为什么要把这些古代资料搬运到遥远的西方去？”可怜的“憨憨”哟！

斯坦因带回到英国的敦煌文物很快在伦敦大英博物馆公开展览，顿时震惊了文物考古界，发现东方“秘密宝藏”的消息刹那间传到全世界。1908年，法国人伯希闻讯来到莫高窟，从王道士手中买走6000多件写本及画卷。由于他是精通汉语文字的汉学家，因此挑选去的卷子更具有文物及研究价值。戏谑性的是，就在这批文物要运往法国时，这个在中国领土上肆意掠夺宝贝的外国佬，居然大模大样在北京装裱了部分卷子，并且堂而皇之地于六国饭店举办了展览……

又两年过去了，直到1910年，迟钝的清政府才在有关人士的敦促下做出把藏经洞剩余卷子全部运回北京保管的决定，而此时洞中藏物或因盗卖或因失窃已流失严重，其数量惊人，难估具目。然而厄运远未到此结束，就在这批历经劫难的文物迢迢千里东归途中，每到一处即遭一次窃偷，哩哩啦啦一路流散，最终移交京师图书馆时仅为18箱，整理编号8697。这些被掠去的文物，有的被拿去求官，有的被拿去卖钱，有的被中饱私囊……以至于有些遗失的经卷竟在特殊时期的抄家中被发现。何其难堪、何其痛哉！

谁曾想，那位王道士与衰败的清政府隔膜着心肺，在移交洞藏文物时还留了一手，“将他所视为特别有价值的中文写本另外藏在一所安全的地方”（《斯坦因西域考古记》载），当1914年斯坦因再度来到敦煌时，又从王道士手里买走整整装满5大箱的600多件文物。先后还有日本的橘瑞超、吉川小一郎，俄国的鄂登堡、美国的华尔纳等也到敦煌莫高窟弄走了不少数量的经卷等，其中仅那两个日本人即盗去600卷经书及绢画，据其在回国后的报告文献记录，当时装箱的文物就达几十车之多，而如此行径竟没有遭到任何阻遏。更令人发指的是，1924年1月，美国人华尔纳组成的哈佛大学考古调查团来到敦煌，居然以破坏性的野蛮手段，用洋布和树胶粘贴去石窟中的26幅壁画（现藏于美国宾夕法尼亚州纳尔逊博物馆），还搬走了彩塑菩萨像。有了这次强盗的经历，华尔纳的贪婪之心更加欲壑难填，时隔一年的1925年5月他又来到敦煌，还带来了两马车用于剥离壁画的胶布，企图盗去更多具有文物价值的壁画，甚至精心策划了整体石窟的搬迁计划，幸而当地老百姓把这个“不受欢迎的人”赶出了敦煌，才使得这描绘着人类灿烂文明的瑰宝免遭灭顶之灾！

据不完全统计，1856—1932年间，以各种名目进入我国西北地区的俄、英、德、法、日、瑞典、美国等考察队多达66次（仅斯坦因就来过4次），每经一次都像飓风刮过一样卷走大量中国文物。《敦煌史话》所记，仅敦煌文物一项，除中国现存的2万件外，约有5万件失落到世界各地，其中主要流散在英国、法国、俄国、日本以及美国、丹麦、德国、奥地利等国家。斯坦因从敦煌藏经洞窃取的那9000多件卷子和500多幅绘画，现即被分藏在大英博物馆、大英图书馆、英国印度事务部图书馆；而法国人伯希掠去的6000余件经书及画卷，现主要收藏于法国国立图书馆。

我还记得在美国访问的经历，几乎每去一次都会发现中国文物的踪影：

在纽约大都会博物馆里，我看到了失窃于山西云冈石窟的著名佛像，它被从石窟中盗取时的一凿凿打痕还历历清晰；镶嵌于该博物馆中国厅的那幅宽10米高6米的元代壁画，众佛栩栩如生，场面宏大壮观，从壁画底层数厘米厚的土坯墙面，使人不难想象当它被切割下与山西广胜寺的母体分离时是何等的惨不忍睹！

世界名校的美国普林斯顿大学，不仅为诞生了爱因斯坦等众多科学家和诺贝尔奖获得者而自豪，还为拥有一座藏量丰富的图书馆而骄傲，其存储的100万册东亚各国图书中就有60多万册是中文，其中有许多线装的古籍善本，还有字画古董等。作为文化使者，我被允许走进这座并不对外开放的图书馆，穿行于排排高大的老式书架间静静触摸着那些难得一觅的泛黄了的汉字典籍，还眼睁睁地看到有学生不戴保护性手套就借走了明代善本，要知道这在国内是宝贝，严禁普通读者借阅。我不解地问陪同的周质平教授，这位该校的中文系主任不以为然地说："书是工具，是为人服务的，不论什么版本，只要需要即可借用，这就是学校的理念。"

在位于华盛顿区的乔治城大学，这里的中文教学搞得十分红火，有十几个班的学生学习汉语，曾七次蝉联大华府区华语比赛冠军。也许是这样的缘故也许是巧合，这所大学的镇校之宝就是一件世间独一无二的中国文物，而且在100多年前的建校之初即被创建者安放在这儿了。我在主人的引导下乘电梯来到坚实壁垒的地下室，怀着一种难以言状的心情拜谒那历经1300多年磨砺、布满岁月留痕的祖产遗物。突然，几束强光启开，明晃晃照射进铸模考究的玻璃罩里，一通近两米高的巨型石碑犹如基石一般竖立中央，壁上刀锋遒劲地刻着《大秦景教流行中国碑》。原来，这是一通唐代凿制的石碑，记述了早在那个时期外教即传入中国的史据，对于研究中西方文化交流历史具有重要的史料和独具证明的文物价值！

……

诚然，一个国家的文物无节制地外流失散只有在特定历史背景和条件下才会发生；但是，一个连本民族世代文明瑰宝都无力保护的国家又是何等的屈辱和悲哀啊！

聚集着民族悠久文明历史和智慧的文物遗产失落世界各地，这已成为中华儿女心中永远的伤痛，讨回这些物化了的祖宗遗产，也成了炎黄子孙一代又一代的夙愿。中华人民共和国成立后，人民政府开始以对历史负责的郑重态度关注流失海外文物的回归问题，并通过外交手段或出资购买等方式收回一些文物。与此同时，民间团体以及有识之士也为此长期奔走五洲四海，寻找、收购、呼吁、呐喊……竭尽所能，不懈努力。然而，人们都清楚地知道，这是一次以民族的名义而进行的曲折艰辛、旷日持久的“长征”，殷殷期待的“国宝回家”之路漫漫修远兮……

1995 年 6 月 24 日，联合国教科文组织签订了《国际统一私法协会关于被盗或非法出口文物公约》，规定任何因战争原因被抢夺或丢失的文物都应归还，没有任何时间限定。这里所指的时间限定，包括战争发生时间和归还时间的跨度。规定还明确指出，被盗文物的拥有者应归还该被盗文物，缔约国可以请求另一缔约国法院或者其他主管机关命令归还从请求国领土非法出口的文物。这为索回流失海外文物提供了合法依据。中国政府于 1997 年 3 月 7 日加入了该《公约》，同时严正声明：中国加入本公约不意味着承认发生在本公约以前的任何从中国盗走和非法出口文物的行为是合法的。中国保留收回本公约生效前被盗和非法出口的文物的权利；根据本公约第三条第五款的规定，中国关于返还被盗文物的申请受75年的时效限制，并保留将来根据法律规定延长时效限制的权利。

近些年来，随着政府对该项“国际事务”的高度重视和力度的不断加大，外流文物也越来越受到海内外华人的关注，许多机构、团体、企业和个人都行动起来，满怀责任感与使命感纷纷投入到搜寻中国遗珍的事业中，而且要求有关国家、博物馆及机构归还被掠中国文物的声浪不断高涨。著名学者季羡林指出：“中国历代文物流失海外，最令人痛心的就是英法联军火烧圆明园和敦煌藏经洞被掠夺。火烧圆明园是帝国主义强盗行径，当时我们国家弱，列强胡作非为。我有一个想法，圆明园被烧掉，当时的肇事国家现在的政府予以赔偿修复。当时圆明园有许多名画、瓷器等文物被侵略者掠走，应予以归还。”

世界著名物理学家、诺贝尔奖获得者杨振宁博士拍摄了大量有关流失海外文物的影像资料，他说：“在国外，我参观了许多著名博物馆，最关注的是流失到那里的中国历代文物。每当看到它们，作为中华民族的后裔，总会油然而生故国之情。”杨振宁博士曾经向白宫提出建议，送还现藏于美国宾夕法尼亚大学博物馆的唐太宗李世民“昭陵六骏”浮雕石刻中失窃的“两骏”——“拳毛騧”和“飒露紫”，使它们能与同样在上个世纪初遭切割盗卖命运但幸运被截回的其余“四骏”（“什伐赤”“特勒骠”“青骓”“白蹄乌”，现藏陕西省博物馆）重逢弥合。文化学者时坚东说，尽管“文物回归是一个历史遗留问题，但从整体上讲，它是殖民时代的产物，当时的所谓探险家、考古学家、殖民地官员、远征军等采用非正常手段甚至掠夺，极不公平地获取了大量殖民地、半殖民地国家的文物和艺术品，这些东西又通过购买和捐赠等方式被收入西方的主要博物馆。但文物来源国一直认为西方掠走的文物破坏了其文化的完整，所以纷纷要求归还”。

然而，较灿若繁星般流散海外的遗珍瑰宝来说，经过艰辛努力索回或购回的文物只是屈指可数，顶级绝品更是凤毛麟角。可以说，那些《公约》并未发挥出应有的权威效力，特别是对那些文物主要占有者的西方发达国家。他们有意回避事实，极力为自己辩解，一方面对占有的他国文物不承认其非法性，另一方辩称文物是全人类的文化遗产，收藏不应有国界之限。甚至，伦敦大英博物馆、巴黎卢浮宫博物馆等19家欧美博物馆、研究所串通一气，于2002年12月9日联合发表了所谓《关于环球博物馆的重要性和价值的声明》，称：“长期以来，这些获得的物品，不管是通过购买还是礼品交换的方式，已经成为保管这些文物的博物馆的一部分”，明确表示反对将艺术品特别是古代文物归还原属国。曾任大英博物馆馆长的大卫·威尔逊，毫无避讳地直言道：“有很多原因使我们不能考虑把博物馆的任何文物归还来源国。”“大英博物馆是作为一个全球性的博物馆而创建的；强调藏品的历史价值和科学价值，我们不应用孩子的语言‘这是我的’来表达幼稚的想法，我们是出于一种博物馆的责任，为人类保护这些文物，直到可以预见的未来。”“如果这样回归，大英博物馆将丧失作为国际博物馆的地位。”还有人言词倨傲地称，他们的文物保护技术和设备先进，能够更好地保存这些文物，如果把文物归还给原有国，由于落后的技术和管理，将使文物遭受进一进步的损坏……

我们绝不是狭隘的民族主义者，但也不再是一个多世纪前那任人愚弄、掳掠的“憨憨”。这算是哪家的道理，你闯入人家的院子和家里抢夺走财物，窝进自己衣襟里转了一圈就不认账了，还反过来强词夺理说：什么你的我的，咱兄弟还分这么清楚？放心搁这儿吧，搁在我家比你家保险；什么《公约》不《公约》的，你今儿要拿回了，我这大户人家可就空了；管它是谁家祖宗留下的宝贝，谁抢去算谁的……这绝不仅仅是在文化和学术上的“强盗”逻辑！包括中国在内的文物来源国的政府和有关机构、团体及其文物工作者、学者专家等不吃这一套，没有退缩让步，都在为维护民族尊严和全人类文明不再遭受蹂躏和践踏而针锋相对地做着持久的博弈和较量，他们登上各种国际舞台，态度坚定地向全世界表明：我们对被掠夺去的文物拥有无可争辩的主权，这些文物必须归还给它的祖国，相信那里人民一定有能力珍藏和保护好从家园失散的文明瑰宝！

……

在丹麦首都哥本哈根中世纪的古老街道深处，一家古玩店的橱柜里摆放着两件小巧的中国“老物件”。我没有犹豫，倾囊掏出所有克朗……我知道这算不得什么“文物”，可心里还是充满了莫大的慰藉感：咱也为自己的祖宗尽了点孝心呐！

2010 年 5 月 25 日

伦敦，雾有雨

并非很久远的就是历史。历史应是世代人值得永存的民族记忆。哪怕是在昨天，只要有了足以影响当下社会，更或对未来产生作用力的人和事，那就成了历史。其实，眨眼之间的过去就是历史，只要有意义！而历史又是容易淡忘的，如果没有每个时代担承者的提醒与传教，历史的记忆将会被人们一点点丢失或很快忘记，甚或最多成为封存着的亦如“死去”的故纸堆。这是多么可怕的事情，想想看，如果一个民族失去了记忆，那它还会行走多远呢?

我要说的一个人，提起来恐怕当下许多人的记忆里都没有此君。其实，那并不是什么遥远的事，他离开我们只不过60年，仅仅是一个甲子啊！他的名字叫萨镇冰，曾经的中国海军奠基人之一，还曾当过代理国务总理。其一生跨越了清朝、民国和中华人民共和国三个历史时期。关于他的故事，我要从西半球的英国讲起。

伦敦的天气总是阴沉沉地掉着雨滴，像挂在天穹的水帘子，飘飘摇摇，忽缓忽骤忽疏忽密。如此惆怅连绵，难怪这里留给世人的故事和情思犹若它古老的纵街横巷那么多。

今儿太阳罕见地出来了。这是伦敦难得的好天气，虽然路街的低洼处还积着雨水，可迷人的阳光映着大海一样的天空毫无遮拦地照射大地。格林尼治公园古老的树木有了荫凉，墨绿如毯的茵茵草坪上，学生们聚集在一起踢球、奔跑、嬉闹，家人老小相携着缓缓散步曲径，看得出就连小狗也憋闷得太久而甩着尾巴可劲地撒欢儿……

我伫立在举世闻名的格林尼治天文台前，听友人威廉指着山坡下的绿色操场和白色楼宇在讲述，那是英国皇家海军学院，就在上上个世纪的 1877 年，萨镇冰和另五位来自大清王朝的中国人成了这所培养世界级海军人才摇篮的学员。他们在当时的中国个个名声赫赫，有的人甚至成为历史人物而影响着这个国家、民族。他们的名字是：林永升、叶祖珪、刘步蟾、萨镇冰、方伯谦、严复。

威廉说，英国皇家海军学院创建于 1863 年，是当时日不落帝国争霸海上的人才培育基地，凡是从这里经受系统、严苛的职业训练走出的人，必是领导素养与作战能力均堪一流的职业指挥官。那时，这儿是霸权主义猖獗的国际社会所关注的神秘之地，也是许多欲谋求霸权或守卫疆域的国家都渴望派员求得“仙术”的殿堂。而作为大英帝国，可不是随随便便谁想来就来得了的，必须是评估利害之后有选择地授准，并有限制有区别地予以择校及课目选修，绝不办“教会徒弟饿死师傅”的傻事儿，换句话说，这事关国家利益！那时，同一个时期的两个同属东方的国家做出了同样的决策——在千方百计讨得英国女皇有名额限制的恩准后，派遣从全国海捞细挑出的精英赴英伦求取海洋战法。这两个国家便是中国和日本，而派出的这些留学生在日后的甲午大海战中都成了刀枪舰炮对决的战将。

其实，在当时英国人的心目中，这两个国家的地位与分量是不一样的，因此对他们到来的态度与待遇也不一样。中国的留学生可允许进入英国皇家海军学院学习，而作为日本留学生的东乡平八郎等则被英国政府拒绝进入海军学院转而安置到商船学校。虽是如此，对于受到“优待”的中国人也还有所限，不得像英国学员那样入住学校，只能在周边租住房屋栖身，即便是所学课程也被严格筛定，授训课目并非全套系统性的教程，而是从中挑拣出几项进行选修。即便这样，在当时已是求之难觅的机会了。来自中国的年轻海军，没有辜负人们的期望，除严复中途因受命于朝廷调遣外，其余的人都以优异表现完成了为期三年的学业，于1880年毕业回国。那时，萨镇冰年仅21岁，是他们中年龄最小的一个。

我这次访问英国，目的之一就是来伦敦的格林尼治，亲眼看看这座名震世界的海军学院，在同一个纬度空间里感受一个多世纪前自我中华而来的先辈们的英武气息。

我开始关注萨镇冰这个人物，也属于十分偶然的机缘，因相识著名导演冯小宁，也就有了合拍的电视连续剧《东方有大海》，而这部反映中国百年海洋维权及海军创建历史的作品，从头贯到尾的主人公即是萨镇冰。因此，这位曾经叱咤于风云大海的近代中国的历史人物，便也进入了我的生活并自然而然成了聚焦对象。

萨镇冰，生于1859年3月30日（清咸丰九年），来自福州著名的八大家族之一的萨氏家族。其先世为色目人，始祖辅佐元世祖忽必烈有功，元中期受赐萨姓并入蒙古族。因先祖曾世居雁门（今山西代县），故称雁门萨氏。元末，萨氏一分支迁于福州，定居榕城朱紫坊。萨镇冰为十六世传人，自幼家境贫寒，但勤勉好学，11岁即考入马尾船政学堂（福州船政学堂），毕业成绩名列第一，于同治十一年（1872年）进入水军服役。光绪二年（1876年）冬他入选福建船政第一批留学生，光绪三年

（1877 年）春被派往英国格林尼治皇家海军学院学习行船理法。萨镇冰临行前，身为教书先生的父亲萨怡臣挥毫题联相赠：“家有健儿驰海上，国御顽夷赖栋梁”。

1894 年 7 月，日本海军在鸭绿江口丰岛突袭前去援朝的北洋水师舰队，公然挑起中日“甲午大海战”，随着战事扩大，黄海、渤海、辽东半岛、山东半岛都笼罩在战火中，以日本天皇为首的军国主义分子早已谋划吞并中国的野心昭彰于世。这时的萨镇冰开始走入了历史赋予的角色，丁汝昌急调这位年轻的部下“康济”号的管带率领 30 名水手登上日岛炮台，加强威海卫港的守防。

惨烈的海上之战，林永升、邓世昌等相继为捍卫国家海疆领土和民族尊严而献身。他们随同英勇的战舰和朝廷腐败无能的屈辱沉入大海，却给自己的民族留下了激励后人的永恒英雄气概及精神光辉。

不难想见，当萨镇冰获知这样的噩耗时是何等的震惊与痛心！逝去的这两位不仅是他结交十几年的大哥，更是他做人做事的品德楷模。年长整整十岁的邓世昌，是福建马尾船政学堂的第一期学员，高萨镇冰一届。当年赴英留学的行列里本应有成绩优异的邓世昌，可李鸿章没舍得放他出去，而是把他留在了急需带船人才的北洋海军。同是第一期福建马尾船政学堂学员的林永升，不仅是年长六岁的学长还是榕籍同乡，后又成为同赴英国皇家海军学院留学的同窗。他们朝夕相伴，可谓情深义重。应该说，萨镇冰从青少年的成长乃至此后一生的经历与追求，无不烙印着他们的影子。自己的大哥、同窗以及众多好友、官兵的遇难，怎能不令人悲愤万分，那满腔的热血又怎能不在燃烧的怒火中沸腾！这是家国之仇，民族之恨，同胞之痛啊！

有人说，历史编织于许许多多个偶然之中，这话颇有道理。不妨梳理一下社会发展的史实或盘点一下曾经经历过的人生，你会发现它们都是在一个个偶然中演进与推动。而其中，有许多个如果，如果不是在那个时间，如果不是碰到那个人，如果不是说了那句话，如果……如果……太多个如果，如果不是这样的偶然与巧合，历史将会是另一番模样。但偶然之中却蕴藏着必然。只要再将历史倒过来推理一下，就又会发现它发展的每一环都有其天造地设的合理的必然性。就拿甲午海战失败的原因而言，从大到小可以归结许多，不尽所数，如国体与制度落后，清政府腐败，光绪皇帝无能，慈禧昏庸专权，官吏贪污受贿，百姓愚昧无知等，都是构成甲午海战乃至清朝政府最终垮台的直接或间接的原因，从中不难看出其失败的必然。可见，在这里正义与非正义并不是决定胜败的砝码，那只是停留在人类良知的道德考量上的东西，无关刀枪对垒，甚至中国人标榜的所谓的“礼仪”相形之下会令世人感到愚蠢可笑，在这里只讲实力与狡诈。而日本军国主义则显露出贪婪的扩张野心和残暴狡诈的本性！

甲午之战中，历史还安排了一个偶然的巧合及其必然的重合，那就是中日两国海上对阵的许多主力指挥官，正是两国处心积虑派往英法求取舰船战法的留学生。其中，日方核心人物之一即是那个同样留学去了英国的东乡平八郎，后来成为被称作“东方纳尔逊”的日本海军元帅。他当时担任“浪速”号巡洋舰舰长，在甲午海战中发挥了极其重要的作用。正是他不宣而战，下令发射鱼雷击沉了“高升”号，使近千名大清赴朝陆军殉难。也正是1894年7月17日这一天，“吉野”“浪速”“秋津洲”三艘日舰对北洋水师的海上突袭，点燃了中日甲午战争的导火索……

再说同为英国留学回来的萨镇冰，奉丁汝昌之命率30名水手守卫渤海湾口的日岛炮台。其乃方圆仅有14亩的礁石岛，却居军事战略要冲，堪比威海防卫“咽喉”，上设两门20厘米口径地阱炮，6门其他炮。1895年1月30日，日军对威海发起进攻，日岛保卫战打响。这时正值隆冬季节，萨镇冰带领将士在纷飞天际的大雪中浴血奋战，顽强抗击敌人分别来自海上和地面的炮火进攻，其中就有东乡平八郎的“浪速”舰射来的一排排重炮。萨镇冰同将士们誓死坚守炮台，十天十夜，炮火纷飞，多数人战死，而活着的人依然像磐石一样固守阵地，直至打光最后一发弹炮。最终丁汝昌下达了死命令，萨镇冰等才撤回刘公岛……

甲午海战是北洋水师的耻辱，也是近代中国海防史上的耻辱，更是中华民族子孙后代铭记心中的永远的痛！可以想象得到，身为这段历史参与者、见证者的萨镇冰是何等的身受其辱，痛苦难当。当他被革职遣返回到福建的家乡，父母已经去世，不久后妻子也撒手人寰，真可谓国破家亡啊！面对一贫如洗的家境和两个未成年的孩子，这位曾经征战沙场的血性汉子只得委身于官绅家做私塾养家糊口。然而，他骨子里的忠贞秉性不改，心中的大志不移，发誓终不再娶，再屈再辱也要活下来，为的就是伺机再起，重振海军，完成那些死去同学和兄弟战友的遗愿，以期有朝一日再驰骋海上，雪洗甲午之耻……

历史注定不会让肩负使命的人就这么沉沦、消失。1896 年，两江总督张之洞聘萨镇冰出任吴淞炮台总炮台官，不久又升其为自强军帮统。1898 年，清政府决定重建海军，并授原北洋海军副将叶祖珪为北洋海军水师统领，萨镇冰为帮统兼“海圻”号管带。命运再一次选择了他。可是，没过两年，北洋海军又险遭覆灭之灾。1900年，八国联军侵华，列强又一次从海上扑来，而那位东乡平八郎这时竟作为司令官率日本舰队于入侵的强盗行列里。清政府签订了丧权辱国的《辛丑条约》，甚至为了献媚讨好这些闯入别人家烧杀抢掠的洋人，有人竟提出出售军舰，撤销一切防务。此议遭到叶祖珪、萨镇冰等爱国将领的强烈反对，最终被迫废除。1902年，萨镇冰正式统领北洋海军，令将士的职业素质及舰艇的实战能力大大提升。1909年，萨镇冰上任海军大臣和海军提督，力行改革，合并南北水师，建立统一指挥系统，制定了统一的官制、旗式、军服、号令等，使得中国近代海军第一次走上科学管理的轨道。中国全编一统的海军终于启航了……

……

1911年，武昌起义，萨镇冰站在了国家与民族前途何去何从的关口。历史就是这样，所处关键节点的一个人的一举一动，甚至一念之差，也许就会改变民族的命运，影响历史车轮的方向。这里的方寸把握，尽在偶然与必然之间。奉朝廷镇压革命军之命，萨镇冰率海军舰队驶临武昌。这时，清军与革命军正处于对峙阶段。清军为逼革命军退出汉口，竟纵火焚城。此径激起国人愤慨，更使得本不愿与革命军为敌的海军官兵对清政府愈加不满。在萨镇冰的授意下，他们与清廷摆开“迷魂阵”，有意把炮弹射向无人的江边和稻田，使得陆军无法借助足以致命杀伤革命军的强大火力作战。时任英国驻汉口的领事朱尔典，在发给本国外交部的电文里这样写道：“水师提督萨镇冰所统之舰队，自始至今对于清军行为殊淡漠。”

革命军政府都督黎元洪乃天津水师学堂毕业，后入威海北洋舰队当兵，可以说是萨镇冰的学生和属下。他致函老师，申明主张。此时，萨镇冰是把持清军与革命军胜负天平的关键人物。经历的种种苦难与屈辱，使他深切认识到清政府已穷途末路，“熟察现势，必知专制政体之必亡”（黎元洪评萨语），而且各省的纷纷独立更促使着这个封建王朝的加速崩塌。萨镇冰绝不甘当大清国的殉葬品，却又不愿公然易帜于革命军，陷入既不想做叛变“罪人”又不愿背负逆历史车轮而动的骂名的两难境地，无奈之下，他选择了一条中间道路，即以治病为由离舰赴沪。1911 年 11 月 11 日的夜晚，日后被证实这是个驱使当时中国命运何处去的极不寻常的时刻，萨镇冰在“江贞”号上发出信号灯：“我去矣！以后军事，尔等舰艇好自为之。”暗示默许部下起义，然后离舰搭乘英商船消失在夜幕中……

辛亥革命后，萨镇冰于 1912 年起担任上海吴淞商船学校校长。1916 年黎元洪任大总统后邀他“出山”，任命其为海军临时总司令、海军总长。1920 年 5 月 14 日至 8 月 9 日，萨镇冰代理国务总理。1921 年 5 月 14 日，萨镇冰卸去海军总长职务，回闽任清乡督办，后又出任福建省省长等职。

凡此种种，足以见得萨镇冰一生丰富而不凡的经历。然而，置身于一个社会大变革的时代，注定了他不会悄无声息地活着，只要还有一口气便会继续书写传奇，演绎终其毕生的历史角色。

1935 年，已是 75 岁的萨镇冰凭着依然健朗的身体，自信地踏上迢迢万里之途，跋山涉水、翻山越岭来到山西，奔向祖宗的根基之地代县雁门关，寻访先人足迹，把心贴进这片萨家的原生地尽情吸吮、呼吸……他如此不辞辛劳，为的是主持修编《雁门萨氏家谱》，以传后人。

命运注定萨镇冰一辈子都要裹缠在对日的雪耻与复仇之中，虽然那个同在英国留过学并自甲午就在海上侵略中国的东乡平八郎已于 1934 年病死东京，但日本军国主义的侵略本性并未随之入棺葬墓，他们犹如食人恶魔卷土重来，又践踏摧残我中华大地。全民族抗击日本侵略者的战争打响了，萨镇冰不顾年迈，以自己的影响力及方式，奔走于海外南洋和国内四川、贵州、湖南、云南、广西、陕西、甘肃等地宣传抗日，筹集款物。

萨镇冰为共产党的抗日主张所吸引，1940 年来到西安，以 80 岁之躯取道前往延安。蒋介石听报后，大为光火，即命人中途拦阻，随即将老人送返重庆。

1945 年，86 岁的萨镇冰看到了日本侵略者的最终失败，他面向大海，泪飞如雨，告慰那些已离去近半个世纪的不屈英灵……

1948 年，90 岁的萨镇冰仍激情满怀，在寿诞之日乘上马背并在其照片上书写道："行年九十，壮志犹存，乘兹款段，北望中原。"

1949 年 8 月，正值福州即将解放，蒋介石差李宗仁专程来榕，邀请萨镇冰一同前往台湾，却不料遭到老人家以病坚辞之拒。他要留守城里，等待中华民族一个新的历史时期的到来。他与人文告天下，拥护共产党，并为迎接解放军进城做了许多事情。他坚信，只有中国共产党的所行主张与道路，才能真正挽救苦难深重的故国家园。

中华人民共和国成立后，萨镇冰为中华人民共和国第一届全国政协委员、中央人民政府革命军事委员会委员、中央人民政府华侨事务委员会委员等。

1952 年 4 月 10 日，萨镇冰逝世，享年 94 岁。毛泽东、周恩来等党和国家领导人亲发唁电，并由中央人民政府拨给治丧费，福建省人民政府举行公祭，将一生戎马的爱国老人安葬于福州西门外的梅亭。

……

伦敦的天阴沉沉的，再没有晴过；雨时骤时缓，雾或浓或淡……我的访问就裹在这阴有雨的迷雾漫游的天气里。依照威廉的安排，今天前往位于伦敦百公里之外的牛津大学。想必，那里也是当年萨镇冰等留英学生曾经去过的地方。

牛津大学有近千年历史，是英语国家中最古老的大学。它至今培养了6位英国国王、26位英国首相、近40位诺贝尔奖获得者，一直是名冠世界的顶尖学府。当我在蒙蒙细雨里走进它时，才发现这根本不是我们习惯了的固有概念中的那种高墙围砌着的大学，而完全是一座由四通八达街巷网织的城市，各个不同时期的教堂、房舍、广场等古建错落分布其中。其实，这里原本只有亨利二世的一个宫殿，自从大批学子聚集于此才渐渐地在英国版图上描摹出了牛津市。也就是说，先有校后有城，学校即是城市。

听着威廉对自己母校绘声绘色的讲述，我们撑着伞漫步在寂静的古老街道，脚下铺路的石板一块块排列有序，经雨水洗涤反射出散发着历史磨砺方有的光泽。我猜想，100多年前，萨镇冰和他的战友们或许也走在这条路上，或许那时也是一个这样的阴有雨的天气。他们淋着雨水却朝气如焰，谈着理想想着未来，等待着祖国的召唤。这深邃的街道里不时回荡起畅快舒朗的欢笑，那一张张青春动人的容颜和一个个满怀憧憬希望的身影在交织的雨雾中映现……

在即将结束对这所造就了众多世界英才的学府访问时，路边一家门脸不大的古董店吸引了我。进得门去，满屋子或竖或横的玻璃柜里陈列着各种各样的“老东西”，其中也有来自中国的古董，一眼望去即可辨识。我的视线迅速被橱柜里的一尊铜制佛像牵动，其为四头十二臂，手中持着各种法器，脚踏狰狞鬼妖，作降魔护法状。虽说当时并不知这尊佛像造于何时、何以称谓，但直觉告诉我与之有缘，而且从材质、做工以及宝光溢射的包浆来看，它已在异国他乡的英伦等待了我上百年。我毫不犹豫，当即付账，从戴着眼镜的中年女店主手中请回了这尊布满岁月风尘的铜像。

回到车上，威廉端详着佛像，不解道：“这东西长得怪怪的，能有什么用？背着还挺沉的。”

我用纸一层层精心将佛像包好，满面欢喜地回答：“它是佛教徒寄托精神的宝贝，来自中国。我要带它回家。”

这时，车载收音机里传来女声的播报，预告未来几天，伦敦天气状况仍然是阴有雨……

结束英国之行，回到国内，我抱着那尊佛像去请教专家，经认真验证后被确切告知，该铜制佛像为19世纪中后期铸造，名曰胜乐金刚菩萨，藏传佛教无上瑜伽部母续的本尊，是三世诸佛的金刚身、语、意所依，诸佛功德的总集代表。胜乐也被尊称为母续之王，乃亿万空行总主。

难道这是命运的安排，让我在100多年后的今天遇到它！这尊胜乐金刚像恰与萨镇冰诞生在同一时期，又凑巧远渡重洋一同漂泊到了英国；更为巧合的是，萨镇冰晚年成了虔诚的佛教徒，做了许许多多造福黎民的善举好事，被榕城百姓尊称为“活菩萨”！我不知这尊胜乐金刚菩萨像究竟有多大的法力，但我感到它与萨镇冰确有着某种不可言说的联系……

写就本文的时刻，电视剧《东方有大海》也拍摄完成并通过了重大题材领导组的审查。2015年正值中国人民抗日战争胜利暨世界反法西斯战争胜利70周年，此剧面世正逢其时，意义重大。中华民族实在需要这样一部真实记述那段历史的声像作品，它比时下受金钱价值取向驱使，一味贪图眼前速效功利的所谓“工程”“项目”重要得多！在这里，我以诗作为收笔，表达我对曾经发生在大海上的那段历史的感怀：

一段情心痛已百年，
潮起潮落从未平息波澜；
那曾经的炮火硝烟虽已消散，

但悲怆的记忆就像大海一样深蓝。

不曾淡去岂能忘记，

历史的疮疤总被一次次触痛揭去；

远方吹来的海风啊，

回荡着碧波狂涛的呜咽、怒吼，

倾诉着铁血忠魂的赤胆、传奇。

东方有大海，

那是生我养我不屈不辱不离的故国家园；

东方有大海，

那是母亲怀中厚德贤良温暖的安然蔚蓝。

……

2015年6月16日

五

美丽终会是传说

这是一幅黑白且80年前的老照片，我久久凝望着不舍移开视线。它之所以如此吸引我，绝不仅仅因是尘封岁月的影像沉积，而是其代表着那个时代中华人文精神的境界以及那时空交错的刹那间的美轮美奂的经典一瞬。照片是1934年8月在山西汾阳县小相村的灵岩寺拍摄的，作者为近代伟大的建筑师梁思成。其成像为黑白分明的高调摄影风格，近乎四分之三的画面被黑漆漆的巨型铁佛占据，余留空间是残垣土坯渐隐的迷茫空白。照理说，即便即此存照，亦不失为佳作。但它偏偏没有就此打住，在画面的右下角还驻足着一位娇小美丽的女子，正仰面虔诚地注目着，而那尊盘膝团坐、仪态俊秀的大佛恰也垂首低眉温情地俯视着，与她——林徽因和悦温婉的视线交织辉映于心明妙现的时空里……

梁思成、林徽因与山西的渊源很深，曾先后四次踏上这片神奇的土地考察，揭开了许多中国古代建筑瑰宝之谜，如1937年发现的震惊于世的唐代木结构建筑遗珍——五台山佛光寺。依时间顺序排，1934年是他们第二次来山西，缘起是应友人费正清邀请前往汾阳避暑。当时，汾阳的峪道河一带因依山傍水、风景宜人，被外国传教士开发成了别具一格的“磨坊别墅”，享用于盛夏避暑。费正清正是借着这方风水宝地，以主人的姿态迎接了京城来的客人。而这位好客的费先生并非山西人，却是地地道道的大鼻子美国人，著名汉学家，他的中文名字正是梁思成给起的。因有相同的志趣，借此次避暑消夏的机会，梁思成、林徽因与费正清等结伴对太原、文水、汾阳、孝义、介休、灵石、霍县、洪洞等沿汾河流域的古代庙宇进行了考察，那幅照片所记录的情景正是他们在造访小相村灵岩寺时与那尊大佛的美丽邂逅。如今，整整80年过去了，这尊历经了几个世纪、被建筑家夫妇称作“低头前伛，现悯恻垂注之情”的大铁佛还驻守在灵岩寺吗？我决定踏上寻访的旅途……

如今的小相村想必已没有了往日的宁静，其实刚进村口迎面驶来的客货车即已宣告了它今天的节律。再往前走，曾经尚算宽阔的街巷堆上了建筑用的沙土，一根歪七扭八的柳树干横卧在当间，意思是此路不通绕寻它途。眼望着主路被阻无法逾越，我们只得拐进细窄而有些弯曲的支巷向前探寻，几个迂回之后终又上正路，颇有“殊途同归”的顿悟之效。也许是快正午了，太阳大的太晒人，并无出出进进的繁忙身影，整街只有一处小商店门口站着的几位老人和孩子随意瞟了我们这些外乡客两眼，个个都表现出一副见惯不怪的样子。巷至尽头，向右一拐，便是座北朝南的灵岩寺，门脸不大，朱墙绿瓦，一扇拱门紧闭着，一看即是不常开启，来人通常只走边上的小门；寺门的对面有片不大的空场，半腰高的红砖墙围砌周遭，一座青灰古塔从中蓦地拔地冲霄，倒颇有盖世不凡的气势，由此却让人不敢轻视它阴影庇护下的这座现存规模狭小、形迹简陋的小庙了。此塔为六边形砖石结构，层高十三阶，名曰药师七佛宝塔，建于大明嘉靖二十八年，被梁思成称为“晋冀两省一种晚明砖塔的代表”，远远看上即巍然挺拔，“婉丽可人”。

我们进得边门，迎面是亩余大的园子，坐北有几孔窑洞式的佛殿，上悬一新制匾额：大雄宝殿。我压根顾不得别的，只想迎面即见到缘引此行的那期许已久的悦目一现，于是满眼转着圈地寻找那尊“低头前伛，现悯恻垂注之情”的美丽大佛，然而却周围空空了无踪影，最终只有一半僧半俗扮相的瘦小老者收入视线。俯身问其详，费了老大的劲儿，老者方慢悠悠地操着“汾孝话”告知他快八十啦，就没记得这儿还有这么尊佛。按理说，他的年龄与照片上那个林徽因与美丽大佛相会的时期十分相近，不该不知道那尊体量庞大、重可吨计的铁佛。不会是上了年纪，糊涂得记不清了吧？我心有不甘的还要问，这时一位身着黄色僧服的中年和尚迎上答话，说老人确实不知，要我们先去西北角斋房院的客房歇息下再说。

这是孔挺深的老窑洞，清凉得爽身，从无序放置的杂七杂八的家什看，这里是个全功能场所，起居、做饭、接待、研习等等尽在一室，而其最显著的中心位置摆着的是一张老式办公桌，上面铺展着的宣纸上抄录的《心经》密密麻麻还墨迹未干。中年僧人法号悲传，说是在五台山出的家，前些年来到灵岩寺。他人很热情，待人和善，忙活着让座，沏茶倒水，可就是不急着回答我们的急切，只管稳着声地介绍起他所知的灵岩寺所有的历史，直至讲到现在。在他眼里，这座灵岩寺可是不得了的古刹，南北朝始建，兴盛于唐、宋、元、明、清，规模最大时殿宇林立可逾余里，即便是到了清末寺院的面积也有大半里。为了为自己的说法加上有力佐证，他指着背后说，院墙后面正在花几十个亿建造的“汾酒城”就挖出了许多僧人的骨灰罐，最终还不忘加重语气强调：要不怎样叫“护国灵岩寺”呢！他觉得“护国”一词特别重要，由此便将此庙上升到了当时的“国家级”层面。

从各种文献记载来看，和尚的说法基本是属实的。据清康熙《汾阳县志》载，该寺建于南北朝时期，唐李世民狩猎时曾在此避雨，许愿有朝一日将重振此寺，其登基后，便命尉迟敬德大兴土木付诸承诺，并将灵岩院改名灵岩寺。查文献记载确有“护国灵岩寺”之说，至于是为何荣获此谓便未见详述了。然而，就寺院的现存状况来看，丝毫感受不到那曾经拥有的辉煌，呈现在面前的“老物件”只有明代的砖砌窑洞建筑十方院。那么，是什么力量摧毁了它们？据了解，并非天灾地难而是人祸，那是光绪二十六年，不明何因村民发生了大规模械斗，寺庙殿宇被拆毁，不出数日曾经煌煌巍峨的灵岩寺便成了残垣断壁、一片废墟。所幸，几十年后这里的佛寺遗迹还有所尚存，虽然在梁思成的描述里是“道路泥泞崎岖，难同入蜀，愈行愈疲”，可林徽因还是见到了那尊露天盘坐的“低头前伛，现悯恻垂注之情”的明代大铁佛……

我的造访，为寻佛而来，怎奈却不见踪影。究竟铁佛去了何方？悲传和尚这才不紧不慢地说，经常会有客来寻找大佛的下落，村子里的老人也说不清去向，因此渐渐地成了神秘的难解之谜；其实，大佛的“失踪”与当年的抗日战争有关，由于缺乏枪弹，就在梁、林夫妇来过之后不几年，这尊在灵岩寺盘坐了几个世纪的铁佛被附近山上兵工厂的人拉去化作铁水，造了打鬼子的手榴弹……无法考据悲传所言的历史真实，不过这也许是迄今最好的解释，毕竟它以舍生取义、救人水火的大德大愿修成了“正果”，实现了佛的境界——圆满！

离开灵岩寺，我的心里总有一种悻悻不畅的滋味，更准确地说是若有所失，仿佛硬生生把呵守于怀的“美丽”丢失了……我走在小相村的那条贯通南北的街巷中，望着迷漫的尽头，虽然知道当时“道路泥泞崎岖”，可仍然不愿放弃心中那抹彩虹般的“美丽”，固执地臆想幻影着1934年那个8月的盛夏。

遥想80年前的这天，山西这个已有2600年历史的古老汾阳县的小相村里传来了清脆的驴铃声或是抬轿汉的微细喘吁声，或是在挚友间舒朗明快的笑谈中伴着那种只有高贵女性才有的优雅曼妙脚步声……可以想象得到，就在这一时刻会是怎样的一幅情景——不论是大人小孩、男女老幼，只要是恰逢其时，都会刹那间安静下来，屏住呼吸驻足观望，直至那外乡人的背影消失在巷子的尽头……相信他们包括女人们一定在心里赞叹：天上人间竟然真有这样美的女人！我还相信，待多少天多少年过去后，他们包括女人们还会在为那惊心一艳而津津乐道，品咂回味……而那个两位彬彬儒雅绅士肩膀相辅间的那位娇小可人的身影，正兴致匆匆地奔向灵岩寺，憧憬着与那尊撼世奇绝的大佛的美丽相会……

2014年8月14日

琴魂不死

盛中国先生与世长辞了，带着灵动的指尖，带着揉动的琴音，带着跳动的心脏驾鹤西去了。他在世界乐坛的声望和影响无上荣光，他留给人类的音乐作品必定成为传世绝响。我想祭奠他的最好方式就是闭上眼，静静地聆听那曲千回百转、牵情锁魂的《梁祝》，默默记忆印迹里他的音容笑貌，再献上心中一束圣洁的白花。

我有幸与盛中国先生有过交往，那是在20世纪80年代初，著名指挥家李德伦执教山西交响乐团，特邀请盛中国助演小提琴独奏。记得一共有三场公演，他提前两天抵达太原与乐队合练。我作为省电台的记者，那日一早如约来到他下榻的迎泽宾馆东楼。房门虚掩着，悠扬的琴声袅袅传来，我轻轻走进，只见盛中国微闭着眼睛正运弓揉弦。他浅浅点点头，示意我坐下，继续拉琴，情状陶醉。半小时后，琴声在长长的颤音里渐近渐远地结束，盛先生从左肩慢慢放下琴，用浅淡丝绒方巾仔细擦拭过，再小心安放于黑色琴盒中，这才吁出口细绵的长气，掏出方格手绢沾去微渗脸颊的汗珠，转而向我表达歉意，说："练琴是小提琴手每天的必修课，一日不勤一日无功。"他怕我这位涉世未深的年轻记者不明就里，打了个比方来解释——观众所看到的是小提琴家在舞台上的精彩演奏，哪里体会到台后磨砺的甘苦，每天的大量时间都在练琴。这就好比人们在吃饭，看到端上桌来的都是色香味俱佳的菜肴，哪知厨房里的大师傅从选料配料到烹炒煎炸的辛劳过程。没有功夫做不成一桌好菜，不下苦功哪有舞台上的精彩。

世界乐坛上，盛中国的小提琴演奏风格十分独特，不光擅驾驭各类题材的作品，演绎准确、细腻传神，而且在指法、表情直至形体上都有突破。过去，小提琴演奏者身着燕尾服，站在台上十分刻板，一招一式都把持着"绅士风度"。盛中国的出现，改变了世界乐坛上沿袭多年的演奏习惯，那随着乐曲主题内容的情绪表达而有机起伏摆动的身姿，恰到好处地表现出了绅士优雅而又入世的情怀，1980 年在澳大利亚六个城市成功举办的 12 场音乐会上得以尽情展露，技惊四座，满场沸腾，观众如痴如醉。也就是从这一刻开始，盛中国式的演奏风格风靡全球，效仿者频频，至今久盛不衰。盛中国对我说，音乐是心灵流淌出的甘泉，要服从自己内心的独特理解和感悟，情动于心，魂从于情。“我就是要把自己的风格表达出来，将自己的理解与领悟通过颤动的音符演绎出来，特别要肩负起把中国音乐作品传扬于世界的使命，因此我无论走到哪里举办音乐会，都要演奏《梁祝》或者我们民族的其他音乐作品”。

盛中国，一位中国艺术家的良知可昭可感。

说来还有一件遗憾的事情，至今无法释怀。盛中国先生特别喜欢钢琴，尤其是德国生产的老式钢琴。闲聊中，我记起自己的母校有一台阎锡山时期留下来的德国产的三角钢琴。他听后，很兴奋，立刻起身要我带他前去看看。那的确是台好琴，历经百年，漆还是那么明亮，每个琴键按下，音色悦耳动听。盛中国被它迷住了，提出花巨资购买。自然，校方拒绝了这位小提琴演奏大师的请求，理由很简单，公家财产概不出售。下午乐队要合练，晚上首场演出，盛中国满心失意地离开学校，嘴里不住地叨念：“好琴！太可惜了……”

我不知道现在这架钢琴究竟在哪里，但愿它的用场不会辜负大师看过的那垂青的一眼。

记得采访归来，我写的报道题目为“琴魂”。昨日深夜，惊闻 77 岁的盛中国先生驾鹤远行，我想仍以“琴魂”作题祭奠这位被国际誉为的“世界最伟大的艺术家”。

琴音犹在，琴魂不死！

2018 年 9 月 8 日

是风是雪走你的路

一年 365 天，这是人类自纪元以来即排定的数字。根据气候自然变化的规律，这个数字又被分割为春夏秋冬四季，并赋予天意之道：春耕、夏种、秋收、冬藏。在人们的脑海里，这一切都是顺其自然、顺理成章的铁律。而下面有几组数据却是这样显示的——八级以上大风 220 多天 / 年，能见度小于 1000 米的雾日 236 天 / 年，降雪日数 289 天 / 年，积雪达 263 天 / 年，极端最低气温 -44.8 摄氏度（1957 年 11 月 27 日），最大风速超过 40 米 / 秒……这种气象状况，已不属正常地域，可它既不是冰雪皑皑的极地也不是广袤无垠的高原，却在地处华北腹地的“表里山河”的山西，即正是我要去的地方——五台山气象站。

中国四大佛教圣地之首的五台山，是文殊菩萨的道场，芸芸信众不分节令、不论寒暑来此登山朝圣。从地理概念上，它还有另一个高度，即华北最高峰在此，海拔3061米，终年积雪，人称“华北屋脊”。1955年，就在中华人民共和国成立的第六个国庆日，又一个气象建设史上的里程碑在这里竖起——国家基本气象站五台山气象站建成。它坐落在中台台顶，海拔2895.8米，属于国家一类艰苦高山台站，承担着指标站各项观测任务，还负有代表我国与国际交换气象情报的职责。这么说吧，五台山气象站不单是地理状态上的华北地区最高的气象站，更重要的是它作为这一高度的气象观测点，起着“分水岭”式的关键作用，其数据对我国的工农业生产、航空航天、人民生命财产等都具有先觉先行的指导性。

我记得，20世纪90年代以前，中央及省的广播电台都还在每天傍晚的固定时间，以记录速度播送那些为专业部门传输、也只有专业人士才能听懂的气象预报信息。而来自五台山气象站的数据即是其不会缺失的且占据显著位置及篇幅的内容。我做了广播记者，对收音机的亲近更胜他人，几乎一天到晚总开着，因此五台山气象站便成为一个神秘的所在植入心里，经常唤起赴身一探好奇的想法。可是，几十年忙忙碌碌未能实现心愿，以至于惭愧自己还是个做记者的。这次，中宣部以“行进中国·精彩故事”为活动主题，组织新闻战线以“走转改”的要求深入基层采访报道，我不假思索地确定了有关五台山气象站的选题，并毫不迟疑地背起行囊就出发。

现在的五台山气象站已迁址到了南台的木鱼山，无论工作条件还是生活条件要比在中台时好得多，道路通达，车上来下去都很方便。但是，不变的是恶劣的气候环境，虽说海拔高度已较中台有所降低，可仍在2208.3米之上，风照样吼、雪照样下、天照样冷，寂寞的职工们照样用的喝的是蓄存进旱井里的雨水雪水，大厨师照样怎么烧火水就是不开，水温最高只能七八十度，做出的饭总是半生不熟……

我从太原一路进发，上得五台山气象站已近晌午时分。站长高和平以“隆重”的仪式，率领职工夹道欢迎，不过那本来人就不多的掌声经不住猎猎寒风，一刮就飘散得无声无息了。高和平今年58岁，中等身量，很浓的“忻定”口音，说起话来语速不快但需要强调的“重点”却声调格外扬动，其动作也同声音的速率相仿，不紧不慢稳当得很，想必这样的表征特点是在多年的高山环境生活中养成的，凭着那脸上渗透进皮层里的“高原红”肤色，也有力地印证了这一点。与相貌不同风格的是，他那对不大的圆眼睛上架着副近视眼镜，从中透出几分读书人的文秀影子。

进到站的平房建筑里，所有人列坐会议室，高和平打开电脑，以汇报式的口气四平八稳念着早已录入完毕的欢迎词和站里的基本情况材料。我做记者30多年，极不习惯这样的采访场面，见了就浑身难受，憋不住要说几句，于是打断人家的程序，提出关注的问题。高和平不愧为基层工作经验丰富的老手，不慌不忙，你问啥都笑迎相接，简短回答之后就又回到了事先准备好的汇报“编程”上。每次，他闷头去看电脑时，屏幕反射出的荧光恰把脸分割成一阴一阳，镜片也是一面为正常影色一面被光涂得银白，看上去有几分滑稽。无奈，我只能礼节性地听一段又非礼貌地插话打断，结果是来来往往几个回合，搅得“汇报”无法流畅进行。最后，高和平干脆扔掉那电脑里的“稿稿”，抬起头顺遂着聊起来。这话头才算拉开，不觉已到吃午饭的时间。高和平本想拉客人到镇上吃口熟饭，可我决意要待在站上，他只好递来一碗烩菜和一个大馒头，随即自己也拿过一份陪坐一旁，好像心有愧疚地边吃边不时抬眼观瞧，若逢目光相遇便翘起嘴角“嘿嘿”几声憨笑。

眼下是腊月，再有二十几天羊年春节就到了。现在站上的十几位职工有老有少，都按部就班地忙着自己的那份工作，从他们不紧不慢的行事状态上看，这里的一切都已成为生活起居的常态。根据规定，高山台站职工实行轮班制，分成两拨人，一月一交换，上山的值守，下山的休息。我见到的这拨儿职工，是前几天刚换班上来的。他们的心情比往常要松快得多，因为今年春节可以回家过年了，这是熬过了两个整年才轮换到的“待遇”！春节是中国人最重要的伦理时刻，照常理再远的游子没有特殊情由都要想方设法返回故乡与亲人团聚。然而，因工作岗位离不得人，五台山气象站的职工每逢过年必有一拨儿人驻守在这海拔2000米之上的冰雪天地里，天天不停地观测、发报关乎国计民生的各类气象数据。故此，对于他们来说，与家人团聚的春节为两年一次，今年能下山回去的必定是去年过年守卫在山上的人。

吃过午饭，我提出要上趟中台顶的气象站旧址。高和平听后一愣，扶扶老式的近视眼镜，眼珠儿瞪起，透过圈儿套圈儿的厚镜片瞅着我，那神情仿佛是既意外又不解。我很肯定地点点头，表示现在就走。他面有难色，瞧瞧这个看看那个，最终还是不得已地出了门，吩咐站里的越野车头前带路，同时又招呼了三四个老职工随同前往。

山路崎岖难行，沙土碎石的路面坑坑洼洼，不时出现冰雪混合覆盖的情景，让人颠颠簸簸着实的不轻松。这时，高和平才解释一开始不愿答应上山的原因，一是天寒地冻，道路难行；二是怕不安全，伤害了客人。

近一小时的车程，我们来到了半山腰，抬眼已望见中台顶上红墙黄瓦的庙宇，可因路面全都被厚厚的冰层包裹得严严实实，明晃晃的像条长长的不规则的冰坝。汽车再也开不上去了，只得就地刹闸熄火。高和平跳下车，手搭凉棚朝山上望望，回过头招呼大家向面前的大斜坡走去。这里的风明显大多了，呼呼地往上抽着刮，打在脸上刀削般的生疼，人行动起来也觉着有些吃力，说话交流近似于喊叫，而且还得一句句截短了抢着说，不然一个不留神就被强风倒灌着噎了回去，常常弄得满眼流泪喘不过气来。难怪，我们已来到了海拔 2700 米的山间，周边已没有树木等植被，尽是裸露着大大小小的岩石。显然，此地是一处“风口”。我顺着高和平示意的方向望去，眼前是面巨大的山崖陡岭，断崖式的坡势使它成为与周边其他山峦相隔的独立峰岳，而积年累月的雪雨化作的涧流在其表层冲刷出了曲曲弯弯的“鸡爪纹”。

高和平指着山下说，原来上中台顶的道自古就这一条，气象站的职工不分寒暑不顾雪雨，每月都得爬上爬下交接班，从山脚到台顶几十里的路，顺顺当当也要吃力走上整整一白天。相随而来的副站长韩先明和老杜，瞧着已模糊不清的山路（因长期无人行走攀爬，在外人眼里根本就看不出有路的痕迹），情绪显得有些激动。他俩是现有职工中仅有的在中台顶老气象站工作过的人，曾经是这条路上的跋涉者，也是那段历史岁月的见证者。老韩已 59 岁，再有一年时间就要退休了。他由插队知识青年返城上了班，就把青春投进了这大山深处，从此快一辈子了也没走出来。他说，这条 33 里长的山路记不清自己爬过多少回，但毫不夸张地说，每一寸路途的土石上都浸湿过气象人的汗水，甚至还有泪水和血水。每次登上这里，他都要习惯性地回头眺望群山，心里一次次地下定决心，一定要走出大山，离开这里。可日子一天天过去了，如今已见稀疏的头发都白了，还是守着这山里的气象站没挪动一步。我问他这辈子待在这儿觉得亏不亏？老韩用一种怀恋的目光环顾着群山说：咋不觉着亏呢！谁不想住进城里干一番事业。可总得有人在山里干气象吧？我不来也得有别人来。不过，有时静下来想想，也挺知足，虽然没有轰轰烈烈做什么大事，但一辈子认认真真做了一件事，没误报一个数据，零差错，也觉着挺自豪，没白活。看得出，他说这话是由衷的。

眼前的这条山间小路，是老辈子气象人心里既生喜又生畏的牵缠，因为它是走出大山回家的路，又是回归寂寞守望的路。每到每月三日这一天，便是五台山气象人“法定”的交接换班的时刻，山下休班期满的人无论春夏秋冬，不管风霜雪雨都得告别家人，迈上那长长的一眼望不到头的山路，怀揣神圣的使命接过班，好让值守了一个月的兄弟们能按时踏上那牵着心尖儿的“山线”回家……陪伴而行的老职工杜文艺是这样形容当时的心情：快到交接班的前几天，人就开始发愁上了，怕的就是这上山的路，从山脚到台顶从早爬到晚，人累得半死不说，还常常遇上危险，稍把握不住就连命也没了。因此，人一出家门心就颤上了，生怕像当年的送菜工一样，失足落崖，一去不归。

他讲了亲身经历的一颗鸡蛋救了三条人命的故事——他还是青年小杜的时候，有年冬天的一个三日，与两位休假期满的兄弟结伴儿攀爬在上山的路上，当耗费六七个小时好不容易爬上了 2700 米的坡坝时，漫天大雪借着嘶吼的寒风飞降而下，压得人气都喘不上来。他们三人相挽互拽着锁成联合体，角着力地与风雪抗争。风越来越疾，雪越下越大，眼被扫得睁不开，人被刮得站不住，他们心里清楚，命悬一线的时刻来到了，这口气不能松，打碎牙也必须得咬住，否则将人赴黄泉尸难寻。他们爬在雪坡上，伸出手指用力插进雪中，抓住一坨坨草根死死不放……坚持、坚持、坚持……不知过了多久，终于风平雪缓了，杜文艺他们也精疲力竭了……

这样的经历并不是第一次遇到，不管是春夏秋冬、风霜雪雨，凡“赶上风大得要把人刮走的时候”，气象职工都会使出这保命的“家传一招”。当然，他们还都信守着另一条人人心照不宣的“约定”，即不管遭遇再大的险情，谁都不能对外泄漏一个字，必须统统烂在肚子里，以免家人提心吊胆、挂肚牵肠。杜文艺三人躺在雪中，浑身没了一点气力，肚子里不住“咕咕”直响。体力已经耗尽，必须尽快补充能量，否则难以爬上台顶。然而，他们出门时携带的那点干粮，已在艰难跋涉的风雪途中用尽，于是，此时只能无奈地静静仰望着天空。这时，一位工友突然欣喜地叫嚷起来，他搜遍全身竟然在挎兜的角落里找出一颗熟鸡蛋来，想必这是妻子一大早连同其他干粮一起装进来的。这可是救命的蛋啊！他们一掰三份，分食了这枚鸡蛋，重新强打起精神，相搀相扶着亦步亦趋地向前挪动，直到天色大黑才爬上台顶。兄弟三人顾不得许多，撞开与气象站相邻的庙门，冲到佛像的供台前，抓起盘子里上供的饼干就往嘴里填。哪知，冰冻的饼干又干又硬，捏碎了的茬口像刀片一样锋利，一进嘴里便立刻划破了喉咙。可极度饥饿已使人全然不顾，他们疯了似的朝嘴里塞着饼干，眼眶里憋着泪水拼命地往肚里咽，任由鲜血满嘴淌流……

站在我面前的杜文艺，头上特意戴着他们那个年月的职工发的狗皮帽子，眼里闪着泪花朝挂坡的山路望去，像是喃喃自语：一辈子交代在了这路上。子女们觉得我爸爸没本事，走了一辈子路。

……

高和平说我们是有福之人，腊月里从未见过有这么好的天气，一定是五台山上的文殊菩萨在保佑。的确，蓝天白云，阳光普照，风速不算太大，气温零下十一二度，对于冬季的中台确实是出奇的少有。这里相距台顶海拔垂直高度仅有200多米，那朱墙金瓦的庙宇已历历在目，可真要爬上去却没那么容易，弯弯曲曲的羊肠小道盘绕在山坡上还有相当长的距离。高和平带领我们朝台顶的方向走了一程，深一脚浅一脚地在冰雪混合的高山草甸上攀登已累得人粗气直喘。他停住脚，不再前行，有意让大家调理呼吸，慢慢平复，嘴里劝说，就此罢了，不可再往上去，心脏不好的会出问题。其实，这个时刻人们心里都在犹豫，特别是平时没有任何登山锻炼和经验的我，是上是下系于一念之间。到了这个高度，空气中已明显缺氧，人感觉行动费力、头皮憋涨。其自然生态环境也十分恶劣，放眼望去山石裸露，形态狰狞，遇有土层瘠薄处，贴地长着一坨一坨枯黄的草甸，唯有一种浑身暴刺的植物一团一丛地略显茂盛。经询问，方知它有一个瘆人的名字——鬼见愁，是这个层级高度的霸主，抗风耐旱不怕冻，刺锋利有毒，不光人怕它，就连羊见了也躲得远远的。真是大千世界法一宗——物竞天择啊！

就在这时，想不到的一幕出现了。我坐在石头上，扭身回头仰望中台顶时，忽然发现有一个熟悉的身影已爬上半坡腰，远远地躬身向前头也不回。是他，副站长老韩，一行中那个年龄最大的人！我不再犹豫，起身望着那背影坚定地跟上去……

一排灰砖垒砌的平房厚墩墩地坐落在中台顶上，两架锈蚀斑驳的铁塔竖立于寒风里……这里的外貌还像从前一样俭朴，只是气象测量仪器不见了，住在里面的是身着黄袍僧服的喇嘛。穿过昏暗的走廊，登梯上了屋顶，老韩径直来到屋檐，指着下面已是狗圈的院子说，这就是他们每天不停折返的数据采集点，春秋还好过一点，夏冬是最难熬也是最危险的季节，随时都有葬送性命的可能。他讲，夏天多遇雷雨天，一个炸雷闪电劈下来，常把高高的避雷针烧得通红，电光像火蛇一样屋内院外地“哧溜”乱窜。有一年，一个职工正在电报室对外发送刚刚采回的气象数据，突然一声响雷裹着闪电袭来，顿时被击倒在地。人们都以为出了人命，大呼小叫慌作一团。不一会儿，这个职工慢慢苏醒过来，啥话都没说，重新扶上桌案，又滴滴答答按响发报机。恢复理智的头脑告诉他，工作条例要求，气象信息必须在规定时间内发出，若有延误，有可能造成工农业生产或生命财产安全的损失。

冬天，中台顶上是冰雪世界，天寒地冻，气温一般都在 -30℃左右，风速在八级以上，降雪则更像是邻居家好串门的孩子，不管是什么时候，说来就来。因此，气象站的房子建设的极其坚固，仅墙体就达到了一米多厚。然而，由于气象工作的特别要求，职工却不能紧闭门窗窝在屋里，必须一天多次地顶风冒雪走出户外，摸爬到检测仪前抄录各种数据，按时将它们发送出去。虽说，这段距离只有短短的十多米，可在大雪纷飞的极寒天气却寸步难行，厚厚的积雪把门窗封盖得严严实实，人们只能费尽气力掏出通往检测仪的雪道进行作业，而且根据观测频次的要求每隔一小时便要重复一回……

看得出，老韩对这里的情感是刻骨铭心的，他讲述起往事的动容神情仿佛现时就发生在眼前。我能够理解他内心的感受，不论好也罢差也罢，这儿毕竟付出了他们的生命岁月，苦也罢难也罢，人生走到今天，终究无怨无悔。

我问老韩，今天，为什么会不声不响地独自攀登？

他说，参加工作 37 年了，明年就要退休。人是感情动物，临退了，再上去看一眼。

我又问，如果没人跟着上怎么办？

他回答，一个人也要上。这是我最后一次登顶了！

……

晚饭的确名副其实了，我们从中台下来天早已漆黑。大家围坐在一起，有说有笑地边吃边聊，那气氛倒像是相熟已久的朋友。高和平特意让多加了几个菜，意思是要犒劳不辞辛苦的登山人。他感触很深地说，满以为行至半山中途就会全撤下来，没想到居然义无反顾地登上了台顶，这是有史以来第二次有记者爬上去实地采访。（第一次是《中国青年报》记者，时间为 20 世纪 80 年代。这位秉持职业精神深入一线的同行，值得敬重与赞誉。）由此，他心生敬意，觉着对脾气，也就不再见外了。不过，老高提起初次见面时的“汇报”还是有些难为情，说现在上上下下都是这“套路”，对待你们这些“大记者”的到来是按从前接待总局局长的规格套用的。即便是读稿，也是我们气象人内心的真诚表达。他解释过后，又嘿嘿笑了，说：当然，还是人熟惯了好，说话做事都自自然然不用拿捏。满屋子笑声一片，灯光下映照着一张张纯朴、真诚的脸……

大家的话题还是围绕在中台顶的老气象站上，那里实在有他们太多诉说不尽的牵挂，即便是没有如此经历的年轻职工也同样把它当作心中崇拜的精神圣地。因为，那山顶上维系着五台山气象人血脉承传的根！我心里一直记着老杜说的那句话：……爸爸没本事，走了一辈子路。听到这话，我不知该说些什么，也不知该如何评论。可这是事实啊，路，年复一年走的就是那条山路；事，日复一日测的就是那些数据；平凡无奇，默默无闻，甚至人们常常会忘记或不知晓还有这样一批人的存在。然而，凡是活在世上的每个人，又有哪一个没有得到过气象人的关爱和恩惠呢？

我和高和平他们一起比画着筷子算了一组数据——中台顶上的老气象站1955年建成使用，到1998年迁址到南台的木鱼山，历时43年；而站上的职工来来往往虽时有增减，可笼统合算下来总人数（编内编外人员相加）的平均数约为23人（建站之初为8人）。于是便有了下面的换算公式：

中台顶海拔高度为2895.8米；山路长33里，来回66里；职工23人，每月分班倒，每人一年最少要六上六下。公式设立——登高：2895.8米×6次/年÷珠穆朗玛峰高（8848米）；长度：23（人）×198（33公里×6次/年）÷地球赤道周长（40076千米）；最终结论：五台山气象职工曾每人每年攀登两座珠穆朗玛峰，43年里23名职工相加共攀登上1978座；五台山气象站职工43年来行走山路总里程相加，共195822公里，相当于绕行地球赤道近5圈。还有一个数据一定要提，不光在43年里，而自建站至今60年来历经了几代人共计127名职工，没有误报、漏报、错报一个数字，事故率为零！

这组数据一算出来，所有在场的人都惊愕了。大家先是瞪大眼睛互相看看，一脸的狐疑；紧接着兴奋地点起头，不由得发出了深触的慨叹。甚至，老韩和老杜等年龄稍长的职工眼里浸出了泪花。高和平摘下眼镜，用袖子擦着眼角说：真没想到，经这么一算，我们这些干气象的人倒像个英雄了，自己心里也感到事业伟大得很！听罢，老韩老杜顿时相随着站起来，激动地脸颊泛红，竟然伸出大拇指，不住地感叹：没想到！真没想到！即是如此，不论暑雨寒霜，是风是雪，这一辈子在他们脚下的这条路已不仅是自然意义上的路了，它已延展到了事业与成就，升华至精神与人生。

高和平不知从哪儿找来一瓶酒，拧开盖子倒进几只杯子里，然后端起来邀约共饮。我注意到，他在做出这一系列举动时，眼角的余光不时地瞟向斜对面坐着的那个女人。见我生疑，高和平先招呼着大家喝进一口，才嘿嘿介绍说，她是自己的妻子，名叫赵剑萍，也在站上工作，是助理工程师。

其实，她早在汇报座谈会上就出现过，因为这样的高山气象站少有女职工的身影，故而在人丛中显得很突出。尤其是她的表情，更让人印象深刻，即一脸的“严肃紧张”。这不，在腾着馒头蒸气的灯光下，她正用一双瞳仁挺大的眼睛冷冷盯着高和平。这时，老韩出来打圆场了，解劝说：就别喝了，人家是心疼你是个糖尿病人。高和平生怕我误会了，忙做解释说，她就这犟脾气，人不错实心眼。从口吻和态度上可以看出，他还是有些怵她怕她。原来，赵剑萍的家乡远在新疆石河子兵团，因考入河北保定气象学校上学才认识了高和平，毕业后便嫁给了他并跟随着留在了山西。一晃 30 年了，她一直陪伴着丈夫转战东西，先是去了地处国家级贫困山区县的岢岚气象站，后又在 1995 年到了老高家乡原平县的气象站。原想都半辈子过去了，本打算好好置个家，安安稳稳过日子。可谁知，这才停歇了几年就又得搬家了，1999 年春节刚过丈夫便被派到国家重点高山台站的五台山气象站。没说的，气象职工就这作风，哪里需要哪安家。于是，这个多少年来都顾不得回自己父母家探望的女人，再一次打起铺盖卷跟着丈夫进了大山……听着高和平不无愧疚的讲述，我对面前这位不加掩饰、性格倔强的新疆女性顿生敬意。我决定明天要好好采访这对夫妇，尤其是对她要作为重点挖掘对象细细了解。虽然我的这个提议并未得到他俩的积极响应，但最终还是勉强应承下来。

这顿饭吃了很久，临到道晚安时，高和平似乎已有些微醉了……

第二天一大早，高和平就裹着一身寒气来到我住宿的招待所。这是五台山台怀镇一家私营旅馆，距气象站只有五公里。昨晚，老高和妻子即是把我安顿到这里后，才又坐着车返回他们在镇上租住了十几年的家的。我见他的身后并未有妻子赵剑萍相随，便关切地询问。高和平仍然是招牌式的嘿嘿一笑，解释说她昨天吃坏了肚子生病了。我听了并无在意话的虚实，只是有些担心病情。老高却满不在乎地摆摆手说，没啥要紧的，躺躺就好。就这样，我们赶早又匆匆上了去气象站的路，车上我一再表示未能按计划完成采访赵剑萍的遗憾。

的确，相比之下，现在的条件要好得多，迁到新址后的气象站从基础设施到技术装备都进入了一个新的时代，2018 平方米的办公业务楼，观测站、测报值班室、活动大厅、多功能会议室等一应俱全；观测业务由原来的简单气候观测增加到天气观测、航空天气观测、旅游气象服务等，项目涉及云（量、状、高）、能见度、天气现象、气温、气压、湿度、风向、风速、降水、电线结冰、日照、酸雨等等；气象观测、通信手段达到现代化水平，固态降水、闪电定位观测系统得以运用，南台、东台、中台先后都建成了无人值守的新型自动气象站，甚至在五台山佛教圣地核心区域的五爷庙、菩萨顶安装了便民天气预报电子显示屏等。若论事业的进步历程，五台山气象站所经历的每个阶段的变化，可以当作中华人民共和国气象发展史的典型缩影。

在观测室多面显示屏闪动的操作台前，高和平如数家珍地做着介绍，时不时还手握鼠标调出各种测量数据进行演示，并有意让值班的年轻职工们讲解说明。他不无自豪地讲，站里不光是科技手段上去了，而且人员素质也上去了，现有职工中达到本科学历的 13 人、大专学历的 5 人。不仅如此，还有一件事老高更是逢人必讲，那就是令全站人都深感荣光的同事董剑被选派为中国科考队员乘“雪龙号”赴南极考察，成为从五台山气象站走向世界的第一人。这话一点不夸张，年仅 40 岁的董剑是兰州气象学校气象专业毕业，在五台山气象站工作 20 年，2014 年国家从气象专业人员中选拔南极科考队员，他以扎实的专业学识和过硬的高山实地操作本领，经过层层严苛考核最终成为中国科考队一员迈进神奇的南极。

我们有理由相信，董剑在人生与事业架构起的这个关键交叉点上会走好自己的路，驻守长城站获取的第一手大量而丰富的气象数据与信息，一定会助力他朝着南极气象学研究与应用的专家与科学家迈进。董剑现已成为五台山气象站年轻人的偶像，他们最盼望的是通过互联网与远在南极的学长视频聊天，有问不完的问题道不尽的好奇，心中都燃起了事业的明灯，憋足了劲儿要大干一番。

按照高和平的安排，今天中午吃饺子。站上所有人员除了值守岗位离不开的，全都上手帮厨。100 多平方米的活动大厅开始发挥多功能作用，几张办公桌一拼摆开了“战场”。职工不分长幼，按着包饺子的一套流程各把各的工序，顿时大厅里身影穿梭，“当当当”的剁馅声和欢快、亲和的逗趣声响作一片。这里像过年一样充满了喜兴气儿！如此场面一般少不得女人，我自然又联想到了赵剑萍，于是劝高和平给妻子去个电话，如无大碍接来一起拌馅包饺子。老高正舀水和面，摇头示意算了。我自告奋勇，表示可以陪他一起去接，顺便实地看看其家境，也采访拍摄些夫妇俩家庭生活的画面。哪料，高和平一听急了，赶紧扔下手里的活儿，把我拉到活动室的另一头，压低声音说：求求你了，千万别再提她啦。他一脸央求地拽拽我的手。我反倒被搞糊涂了，追问着探个究竟。他脸颊泛红地嘿嘿笑着，有些难为情地道出原委。原来赵剑萍并未生病，昨晚回去后就因喝酒的事与丈夫叫嚷起来，嫌他不爱惜自己的身体，由此又“上纲上线”引发到了不爱惜家庭，接着往下说便更收不住了，一股脑儿把他几十年来对妻儿老小的“亏欠”统统倒了出来。赵剑萍觉着自己跟上丈夫没享福倒也罢了，可最让她心里难过的是儿子都快 30 岁了，还没个正式工作，到处漂泊打临工。而当父亲的整天都泡在工作上，儿子的事却想都很少想。眼下已进入腊月天，可租来的房子里没有暖气，四壁都冷冰冰的，赵剑萍越说越委屈，竟忍不住眼泪哗哗流出来……这一晚夫妻俩都没睡好。天蒙蒙亮了，高和平起身下地，可妻子仍然背身躺着，一动不动。他知道她醒着，本想招呼一声，但他更清楚她还在生自己的气，依她那新疆石河子的“兵团脾气”，在这气头儿上她绝不会因任何情由而委身事人，而且弄不好还有可能再擦着光火。高和平很知趣儿，使出了自己“兵法”里的第三十七计——躲！他搓着手上沾着的面说：不怨人家。谁嫁男人也是想把日子过舒坦了。可她跟上我没享成福不说，还从岢岚到五台山越走山越大、越走沟越深、越走离城越远……

我决定接受高和平的意见，放弃采访赵剑萍的打算。老高释然地笑了，指着墙上贴着的全站职工一览表说：她脾气犟，却是个好职工。面前的这张桌面大的图版可谓是“全家福”，气象站所有职工的工作照都在上面，职务、职称、分工、岗位等均标注得清清楚楚。我发现赵剑萍的个人照的处理方式与众不同，其他职工都是一次性彩喷上去的，唯有她是用真正的相纸照片粘贴的。职业敏感告诉我，这里肯定隐藏着故事。果真，其因又是赵剑萍的性格使然。高和平讲述了它背后的来由——制作图版时要求大家提供免冠工作照，而赵剑萍不明何故又犟上了，找出一张上气象学校的毕业照拿来。高和平好歹说不通，没法子只得勉强采用。当彩喷图版上墙后，他发现妻子的形象无论如何与大家不协调，尤其是那一头波浪式的卷发。他以站长的名义要求更换，可赵剑萍根本不买账，说破天也不去照相馆补拍。老高没了辙，挤烂脑仁儿想出个办法，找来别人的照片，让照相馆采取换发术，硬生生制造出一张组合式工作照，然后按规格尺寸洗印出，覆盖在彩喷原照上严严实实贴住。高和平对自己的创意很得意，赵剑萍对站长的决定很无奈，大家对这对气象夫妻很敬爱……

包饺子“战役”已进入到“合围”阶段，高和平主掌全局节奏，负责揉面、搓滚、切段，我和老韩擀皮儿（老杜昨晚值班现正睡觉），其余人都包馅儿。郭强、王强是“80”后，双双戴着眼镜，虽一壮一瘦，但透着相同的气质，即青春勃发中含着理性的沉稳。这较同龄人更成熟的性情，想必是长年的高山风雪磨砺出来的。他俩在职工里显得比较活泼，包着饺子还不忘说笑，有时还恶作剧地给对方来点儿“小动作”。据高和平介绍，他俩人的家境都很好，又分别是就读于太原科技大学、山西农业大学的科班大学生，在年轻人里属好条件，毕业后被分配到站上工作。但他们早有的思想准备远比不了实际环境更艰苦，别说自己一来即傻眼了，就连从城里送行而来的家人看了也忍不住落下泪来。开始，他们思想波动很大，都安不下心来工作，每次交接班都是一次艰难的抉择，来了的不想在，回去的不想来。作为站长的高和平看着着急，但很能理解。他就用自己特有的柔性工作法慢慢化解，老韩等老职工也以长辈的关爱积极疏导，赵剑萍更是用女性的情长发挥了大姐、母亲的独特作用。照老高的话说：这五台的大山里我们都能走出路来，还愁温化不了孩子的心！渐渐地，年轻职工的心真静了下来，而且随着年头越待越久越发变得沉稳、从容了。他们把情感注入进了这山深岭高的气象站里。他们的理想并未泯灭，而找到的是脚踏实地的跑道和搏击飞翔的翅膀。

我问两个年轻人苦不苦、亏不亏。他们的回答亦如老职工一样干练实在：苦和累都算不得啥，怕的是寂寞；自己冒雪顶风再怎么干都没啥，亏的是父母、家人。郭强讲起了最近发生的一件事，他的父亲常年身体不好，时不时要出点毛病，身边总得有人相陪。前不久，父亲病重住进医院，母亲不愿影响儿子的工作，要求全家人守口如瓶，硬是和儿媳一起跑里忙外辛劳照料。直到父亲出了医院，郭强交班轮歇回到家里才知道了这事。他愧疚自责地叹息着，一股酸泪涌出眼眶……高和平攥着面埋着脸说：他们和我儿子差不多大，在我眼里他们就是孩子；你说离家这么远，又在这大山里，坚守下来可是不简单啊……唉！不说了不说了……高和平突然放下面团，绕身朝活动大厅无人的地方走去，边走边摘下眼镜擦泪，那有些驼下的背脊忍不住地抽搐……我们大家的泪水都忍不住了……

白胖胖的饺子捞出了锅，高和平端着满满一盆，嘴里吆喝着放在了桌上。他拿起筷子，招呼大家说：弟兄们，来吧！又是一年春节到，咱们气象站里一家人开吃团圆饺子喽！

一个个饺子夹起来，热腾腾的蒸气映衬出一张张纯然的笑脸……

这时，大厅墙上醒目标挂的那排字又映入我的眼帘：顶风傲雪，测天为民。我读懂了什么是“五台山气象人精神”！

我记得，临分手下山时，高和平说过的那句话：夏天再来，这里美极了！我带你去登台顶、看野花、采蘑菇……

2015 年 4 月 1 日

遇见爱因斯坦

凌晨，半梦半醒中忽得领悟，人生一世，转来转去终归是要回到原点，所经历的事情、思考的问题或是其他的什么，都摆脱不了这样的定律。细想一下，我们会发现生活中的事儿往往出发点即是归结点，如有变异，定是在寻找的途中淡忘了、拐弯了或者南辕北辙了，走着走着忘记了当初为什么出发。也就是出了门，忘了回家。常常把方法当作目的，把途径当作目标。

正像人们从家里走向社会一样，走过一程，老了，又回归了家庭；亦如婴儿来到这个世界降生到产床上，苟延残喘的终了还是要躺在床上。尘归尘，土归土，人生一世，到了还是要回到原点。其实，生物是一种很奇特的东西，似乎是轮回往复、生生不灭的。我们常有这样的经验，一条干涸多年的河道，只要有水，小鱼什么的水生物便会自然而然复活出来。在自然界里还会发现许多这样的奇妙现象，那些灭绝了的物种，只要在条件合适的情况下都会重新生长出来。我想，兴许在各种条件都契合的时候，白垩纪时期的恐龙也会复现。如此来说，那些灭绝了的野生动物，其消失也会是暂时的，它们的生存环境被另一种力量剥夺之后，它们会将自己的生命基因能量悄悄藏在什么地方，一旦时机成熟便会重新回来。据此推演，生命是不灭的。

不知从什么时候，人们对生命的不可溯洄有了固执的偏见。我想，这多来自蒙昧“学说”的野蛮霸道灌输。然而，科学的曙光总是遮挡不住的，人类已经认识到一个生命体的产生是由一个细胞发育而来的。精子细胞核与卵子细胞核结合时，本是一个单个的细胞，它携带着来自遥远祖先的基因在特意安排好的“福田”驻扎下来，然后受精卵形成双倍体，开始生长裂变，细胞一变二、二变四、四变八、八变十六……变六十四、变一百二十八……四周之后便有了生命体特征的心跳，直至一个由受精卵发育而成的鲜活生命体来到世界。科学家已经证实，35亿年前所有的受精卵都来自同一个细胞、同一团物质、一个处于复杂的量子纠缠体系。这恰说明了生命的恒久性，她以细胞的形式携带着祖先不改的基因“潜伏”下来，犹如注水后河道里复生的小鱼一样，在所有条件吻合的情况下再遇有绝对契合的机缘，又一个新的生命体就灵光飞旋地诞生了。

仅仅知道这些很不够，只是揭开对生命认识的冰山一角。应当说，自有人类以来，探知生命的奥秘就没有停止过。人从哪里来又到哪里去是一个永恒的命题，随着科学的进步，特别是那些先知先觉的圣人智者的出现，笼罩在生命学上的迷雾会一层层慢慢地淡去，但有可能终归不会探到谜底，也许这本就是一个难以溯源的、没有终点的旅程。关于生命之谜，科学家已从生物医学向量子力学延伸，研究实验证实了1935年由爱因斯坦等人提出的“量子纠缠”猜想的存在。有关专家是这样描述量子纠缠原理的——两个纠缠的量子不管相距多远，它们都不是独立事件。当你对一个量子进行测量的时候，另一个相距很远的量子居然也可以被人知道它的状态，可以被关联地测量。这种现象存在于客观世界，无处不在，包括存在于我们的人体里。

我常常在想，为什么我们是活在当下，而不是过去和未来，难道这仅是一个巧合吗？我看不是。这使我产生了很多的猜想或曰胡思乱想，以至于在年少时的很长时间都陷于自己营造的“科幻”当中，也许人真是三头六臂的精灵，基因细胞的种子播撒在不同的人类历史阶段，以形色各异的生命体形式存在着。

也许事物的发展进程并不是以时间的顺序线性推进的，或许这个世界本是以多维度的层次存在着，人类发展史的每个阶段都在同时上演着，只是维次空间的不同，却是同时活着，从来没有“谢幕”。它们相互之间的关系是平行的，像图书馆里一册册书籍那样整齐地排放着，各自按照自己的序列并行着。

一度，我甚至有了更加奇特的“科幻”猜想，世界上的所有人类也许是宇宙巨人体内的细胞，生生死死，新陈代谢，循环往复。细胞与细胞之间都有分工，扮演着不同的角色，就像世俗社会的世界一样，有好人有坏人，有警察有军队，还有其他五花八门各不相同的“身份”，他们形成了共生现象的生态链，相互依存又相互遏制，有极强的自我净化、再生功能，“民族矛盾”自行调节，“本国事务”法治管理，“国与国争端”谈判不成就开战，甚至蔓延到一个区域，扩大成为“世界战争”。一场瘟疫或者什么不祥之兆来了，那就是宇宙巨人得了大病，根据所波及的范围和传染的程度而分为不同的等级，这时我们看到了大自然法则的威力，来一场山火，来一波海啸，来一阵山崩地裂，来一次地壳运动……这也许是巨人在调动自愈机能，也许借助了外界干预的手段，对他而言就像打针吃药，相对我们动静就太大了，甚至是灭顶之灾。

而我们人类作为巨人的细胞，也不是老实待着，在他的身体里不断地折腾着，随着所谓人类社会文明的发展与进步，从冷兵器的砍杀升级到了原子弹、核武器、电子对撞；城市的兴起侵占了广袤的土地，建起了高楼大厦、冒烟工厂、断流堤坝；科技的日新月异，无中生有出许多玩意儿，汽车奔驰、船舶往来、飞机穿梭……在巨人的身体里搅得不亦乐乎。想想看，他能受得了吗？于是他生了病，他开始了疗治，不然任其发展下去，作为细胞的人类终有一天会全面走向灭亡。因此，我们一定要抱着一颗感恩的心，真诚地好好善待自己生存的这个世界。我们与世间的所有一切本处于一个命运共同体当中，若一味任性地无有禁忌、不知深浅、无休无止折腾下去，到头来只能是咎由自取、自取灭亡。所以，要从一个更辽阔而深邃的眼界来审视，从宏观到微观重新认识我们的存在与之宇宙生命的关系。宏观是由微观组成的，细胞粘连着生命，影响作用着大千世界。

知道了人来自一个细胞，最终形成肉体的生命都是用细胞构架、支撑、塑造成的。如果我们把它当一个个分子或原子（还可以再细分，如量子、粒子等）来看待，人的身体便像散落一团的烂泥堆在地上。这是被人们已经认识到的人体的物质构成，然而我们无论如何也讲不清楚人的意识及思维是从哪里来的。当所有的感观器官把信息收集给大脑的时候，大脑是如何去工作的、怎样做出判断的，现在我们仍然找不到答案。究竟意识来自哪里，思维又受什么来控制？这让我们不得不从身体以外去寻找，从更广阔的更神秘的空间来看待生命存在的内涵及外延。可以肯定，我们的生命绝不仅仅是由肉体的生理结构组成的，它还有更加复杂的系统在维系。这是一个超乎于想象可及的严密而有机的运行体系。只可叹，现在人类对生命科学的认识太浅薄，甚至还未触及皮毛。

科学已经证实，我们只能看见这个世界的 5% 不到，其余 95% 以上的都是看不到的暗物质。如此说来，我们对整个世界的认识太不完整了，是局部的，是片面的，甚至是自我臆想出来的。因为，我们并没有看到完整的世界，更不清楚世界的全部真相是什么，又何以称得上所谓的客观呢？其实，我们一直在黑暗中行走，不辨西东地在探路，那一点点仅看得到的也只是鼠目寸光。我们是在一个无边无际的迷宫里活着，自以为自己都清楚了，实际上是懵懵懂懂、糊里糊涂，想来极为可笑也十分可怜。我们现在渐渐地清楚了，组成这个世界的多是暗物质，运行着超感的暗能量，还有量子纠缠等等以及尚待发现和去证实的广袤无垠的未知存在。我们真不敢说这个所谓的世界真正存在着，但肯定这个所谓的世界绝不仅仅是我们认知的这样。而这些思考，已远远超乎于所谓的唯心主义与唯物主义之辩了。

世界是物质的也是精神的，物质变精神，精神变物质，这应当是通理。在我看来，精神本来就是物质的，只是你无法看到其以具象性状而存在着，暗物质、暗能量以及量子纠缠等的现知发现恰证实了这一点。因此，我说意识和思维是具有物质属性的，只是它们在哪里，通过什么方式，又受什么支配，以怎样的状态在运行，我们不得而知。说透了，在我们的身体之外，一定还有影响甚或控制生命的神秘东西存在。这就是人类探索生命之源奥秘的方向。我们不知道的，不等于它们不存在，缺少的是去认识去发现。而这正是人类一场艰苦的跋涉，路漫漫其修远兮，也许它从来就没有终点，但阻挡不了一代又一代人执着承接起生命的链条去探索，在走来的路上点亮一盏盏光耀千秋的明灯。每个生命体都负有自己的使命，那些历代出现的大德圣贤、科学泰斗、思想者、文豪、巨匠等就是点灯人，是勇敢与智慧的探路者留给后人的引领记号或指引坐标，照亮了人类社会发展前行的方向。

我认为，意识和思维聚合着能量，也就是说每个人来到这个世界，都从那个神秘的来处带来了意识和思维的能量，并以生命个体的独特方式传播和表达出来，所谓差别的只是能量的大小、作用的强弱。比如工人用做工、农民用耕田、教师用教书、画家用绘画、作家用写作、科学家用发现……等等，都在通过各自适合生命个体的平台、载体与方式等为人类群体社会放射出意识与思维的能量。生命是平等的，人与人也是平等的，但却要人尽其才，术有专攻，各司其职，不是你想干什么就能干什么的，智商、条件、能力、机遇等等都不尽相同，何来的随心所欲，都想当皇帝，那不就全乱套了吗？每个生命体的能量不同，影响、照亮的范围有所区别，或者说有很大的区别，像佛祖释迦牟尼、先知穆罕默德、基督耶稣、圣人孔子、孟子、老子等等，都是人类社会永恒的精神灯塔，他们的思想通过文字或其他载体释放着穿透时空的、超越族群的生生不息的能量。他们的意识和思维的能量是恒久不息的，用以记载的文字亦是一个个精灵，蕴含着生命智慧的能量而与世永存。这种能量是永恒的，是恒定不变的。

每个人类历史阶段，都会诞生影响这个时期的智者圣人以及科学家、艺术家等等，他们都在意识和思维的趋势下完成属于自己这个生命体所肩负的使命，用不同的表达方式发挥出不同能量值的作用，在人类寻找生命之源的回家道路上，阶段性地或者是永久地点燃一盏盏不会迷失方向的明灯。其实，来到世界的所有的人，不论是何角色，都在以各自不同的方式共同完成一个命题，这便是对生命的溯源。即便是最普通的平民百姓，也在通过柴米油盐酱醋茶等等生活琐事来探究这样一个伟大的命题。也许我们人类就是一群走失了的孩子，正在茫茫宇宙里寻找回家的路。

生命是不灭的物质，她通过一个个细胞的接力延续着来自远古的基因，并且随着一次次的分裂不停地进化着。正如爱因斯坦的能量守恒定律所言，能量既不会凭空产生，也不会凭空消失，它只会从一种形式转化为另一种形式，或者从一种物体转移到其他物体，而能量的总量保持不变。我猜想，我们现在的空气里依然漂浮着来过这个世界上的所有生命的气息，我们肺叶吐纳的一呼一吸一定含有秦始皇、孔夫子、恺撒大帝、柏拉图、达·芬奇、苏东坡、李时珍、曹雪芹、林肯、孙中山、鲁迅、爱因斯坦、霍金等人留存下来的气息，这些能量已成为这个世界的有机组成部分。

每个生命都一样，也包括我们自己，所有的能量信息都会留存于这个世界，哪怕是曾经划过的身影也会以一种特有的方式保存在那个空间里，只是我们无法声情并茂地具象感知到。其实，他们从来没有离开过我们。

我访问过美国多所大学，主要课题是汉语教学在那里的开展情况。其中，普林斯顿大学是考察的重点，那里的汉语教学搞得非常有特色而且在全美汉专领域具有权威性和影响力。由原东亚系刚刚升级独立的汉语系就在一栋低矮的老式楼房里，办公室都不大，坚硬的水泥地面被磨得锃亮，门窗及配件都是原模原样的“原装货”，仅从目测和透出的气息感觉，便知这栋建筑已有上百年历史。

主持汉语系工作的是位华人，名叫周质平，50多岁，头发很密但都已灰白，身着浅色夹克衫，操一口标准的普通话，不慌不忙，慢条斯理，很有中国老派知识分子的儒雅风度。他说，现在学习汉语的人很多，全美形成了汉语热，各大学都竞相成立起有关教学机构，原因除了中国现在的发展令人瞩目，更主要的是人们对中国古老历史和文化的浓厚兴趣。

在普林斯顿大学的学生选修汉语的有几百人，班级一扩再扩还是不够用，教授汉语的老师更是奇缺。周教授说这话时，颇有当着“家人”的面儿脸上很有光的神采。文化就是这么神奇，它通过语言文字或其他承载方式，把人类蓄积着的意识、思维、思想、精神等信息能量储存起来并不断地持久释放，不同种族、不同国度、不同语言的人们都可从中感应到人类智慧的能量。周教授特意把我带到楼里的图书馆，没想到这里存放的历代中国图书居然有60万册之多，向学者、专家、学生全面开放。当时，我亲眼看到有三三两两的学生在借阅图书，其中还有人直接取走了明版的线装书。我不解地说，在国内像这样的古籍善本是不外借阅的。周教授笑答，书籍是工具，就是为人服务的，物尽其用就是它的价值。这也是普林斯顿大学一贯的观念。

访问结束了，当要道别的时候，周质平教授突然指着对面的一间闭着门的办公室对我说：那曾经是当年爱因斯坦办公的地方。他说这话时语气平淡，就像在说自己一位熟悉的邻居。而我却大获惊喜，两只眼珠子瞪得溜圆。这位人类历史上伟大的物理学家，今天居然与我如此之近！我们同处于一个空间，这里曾经闪过他的身影，透过他的呼吸，有过他的声音……这里留下了他多重能量的信息。在这里，我与爱因斯坦相遇了；在这一时刻，我同这位旷世奇伟的物理学家交汇在了一起。刹那间，我浑身的毛孔仿佛透进了他留存在这个空间里的所有能量信息。

我轻手轻脚地走近那扇门，生怕惊动了什么。深灰色的木板门就像是刚刚被掩上，扣上锁，一切都是那么自然、那么平常。我清楚地记得，爱因斯坦去世前曾留下的遗嘱，他的住所不要建成纪念馆，一定要让以后来到普林斯顿的学者和学子居住，高等研究院的办公室一定要让后人继续使用。房屋就是房屋，不要因为某个人住过就改变它的功能，它不能成为特权的标志。他这样说："对我最好的纪念，就是保持房屋原来的用途。"听听这位伟人在弥留之际的留言吧，即便是这样朴素、直白的语言也带着警示后人、穿透人心的能量。我相信，爱因斯坦的生命能量与日月同辉，人类会在他的思想明灯的照耀下与他在不同的时间和空间里时时相遇。对此，这种人与人之间能量“纠缠”的最好的解释，还是爱因斯坦留给全人类的那句话：“一切都是安排好的。”

2018 年 10 月 5 日

一场夜雪一生情

又是隆冬，再过不久，新的一年就要到来了。每逢这个季节，王书增都禁不住心中泛动波澜，年轻时亲历的那一幕幕总会浮现在眼前。

现年 86 岁的王书增，身子板很硬朗，腿不弯背不驼，红润的面颊上那对清亮的眼睛不住地闪烁出灵动的光来，唯有那头梳理齐整的白发显现着人生阅历的沧桑。他的声音洪亮，有饱满的胸腔共鸣，语流的立体感及穿透力透射出“语言工作者”的职业范儿。老人家说——虽然他很反对这样称谓他：“那个雪花纷飞的夜晚，在我的生命中已成永久的定格，只要想起，浑身的血都在奔腾！”

王书增在中华人民共和国成立初期即进入山西省话剧团，一直干到职任副院长离休，虽中途调派省京剧团当团长，后再返话剧院，始终没有离开过“文艺口”。王老先生说，那个年月的山西省话剧团在全国业内有响当当的名声，舞台上的作品出的多、影响力大，还有相当一批知名度很高的艺术家，如杨威、常文治、斗兵、任道等，不仅在话剧舞台上成功塑造了许多角色，还参与出演了多部优秀电影故事片，在银幕上留下了十分鲜明生动的艺术形象，成为家喻户晓的电影明星。当时他们在群众中的影响力，绝不亚于现在那些所谓的大腕明星，更为不同的是他们来自工农兵、表演于工农兵，艺术创造在舞台上，台下生活在群众中。在他们的带领下，山西省话剧团涌现出一批有追求有能力有才华有作为的演员、导演、编剧等，堪称历史上的黄金一代。“在那个时期，省话真是个磨炼人的大熔炉。老带新，口传身授，互帮互学。大家充满朝气，一门心思操在专业上，心无旁骛，整天白明黑夜地泡在排练厅，为的只有一个，就是把好作品立在舞台上”。王书增的思绪回到了往昔的青春岁月。

20 世纪 60 年代初，我国的文化艺术事业进入百花满园的盛开时期。时任山西省话剧团团长的杨威，决定把山药蛋派著名作家胡正出版的长篇小说《汾水长流》改编成话剧，搬上舞台。这部小说反映的是 1954 年发生在晋中汾河岸畔杏园堡农业社的故事，党支部书记郭春海带领社员们克服重重困难，特别是人为的阻挠与破坏，最终战胜干旱灾情，夺得粮食生产大丰收。为了写好这部作品，年逾半百的作家胡正，长期深入榆次张庆村体验生活，与那里的老百姓同吃同住同劳动，发掘、积累了大量“第一手”创作素材，因此《汾水长流》一出版即以鲜活的人物形象、浓郁的生活气息、生动的故事情节赢得了广大读者的喜爱与好评。

在杨威的主抓下，团里的编剧陈工很快完成了小说改编剧本的创作，接着确定导演以及剧中各角色的演员。体健魁伟、相貌英武的王书增，有幸成为该剧主角郭春海的扮演者。这副担子不轻啊，特别是搁在一位不到30岁的青年演员肩上。然而，杨威团长心里很有底，坚信不久之后立在舞台上的人物一定会放出光彩来！因为，团里的这位小伙子打小即练就了一身的功底，3岁随母从邯郸逃荒到山西隰县，10岁那年仅为一句“能吃饱饭”进入了戏校讨生活，1949年4月24日太原解放成为山西京剧工作团一员，1951年经整编分配到山西省文教文工团（即山西省话剧团前身），并因工作表现突出，于次年便加入中国共产党。他先后参演了《万水千山》《霓虹灯下的哨兵》《春风吹到诺敏河》《最后一幕》等多部话剧，塑造的舞台角色可圈可点，给观众留下深刻印象。

这次接到饰演“男一号”郭春海的任务，王书增全身心投入到角色的创作中。他这样说：“当年的话剧团是一个温暖的集体，大家在一起很单纯，就是为了追求艺术的精湛。因此，一排起戏来什么都顾不上了，白天黑夜地聚在排练室，经常忘了吃饭、睡觉。那氛围，现在想起来心里都暖呼呼的。”排练两个多月，全场的戏基本串下来了，而且所有演员都进入了角色的规定情节。可团长杨威不满意，总觉得有些意犹未尽。一天，他突然叫停排练，同大家商讨说：“作品是山西人写的，故事是说山西人的，演出也是山西人。那为什么我们不做一种新的尝试呢，用山西话来演山西人。”话一出口，哗然一片。但冷静分析，大家认为这无疑是话剧界的创新之举，是艺术上的新探索与新突破，于是得到了全团人的赞同和响应。

想法是好的，可具体要实施，问题却来了。话剧团的演员来自天南地北，大多讲不了山西话，改起口来满嘴拌蒜。尤其是那些籍贯南方的同志，吃力的感觉比说外语还难。没法子，他们被逼出了一招儿，找山西人拜师求教。一时间，话剧团的行政后勤人员成了炙手可热的“香饽饽”，被全团的演员抢去做了老师。大家那个刻苦劲儿，堪比当今出国前苦读外语的学生。演员章冰是个贵州人，苦练多年才好不容易学会了普通话，没想到相比之下学说山西话更难。台词中有一句：“别打了，再打就把牛打死了！”从他嘴里说出来全变了味儿，舌头尖儿咋也绕不过来，喔哩哇啦的十分好笑。可他犟着劲儿不服输，硬是攻下一个个“堡垒”。那时候，走进省话剧团的院子像进了农村集贸市场，山西土语方言汇成了“大会串”。

“当时，你不知道山西人多吃香，不管是山西哪的人，团员们逮住就不放，各自使出看家本领。”王书增说起当年好像就在昨天，那人那事仿佛情景再现。学说山西话对他而言不算难事，从小随母逃难来晋算打下些“功底”，而摆在他面前的却有更高的要求，即如何将方言普通化，既不失山西味还得让大家都听得懂；不仅如此，还要尽可能地把山西百姓生活里浓郁的风土人情，提升幻化到舞台上表现出来。“真叫个难啊！逼得人整天吃不下睡不着，急得火都要烧上房了。”王书增跑到职工食堂，拜祁县籍的炊事员乔生财做老师。这下可好，整天除了做饭开饭的时间，“乔大厨”的空闲都被这小伙子追着撵着的“讨教”占满了。剧情中有一幕庆丰收的戏，如何表现郭春海和社员们的喜悦之情，剧本中并没有特别设计和交代。王书增觉得主人公在此刻的情绪应当渲染奔放起来，于是同导演商量把晋中最具有代表性的民间社火“祁太秧歌”加了进去，连扭带唱地喜庆大丰收。这在话剧舞台的表现手法上无疑也是一招创新，导演大胆放开，不做具体编排，要求王书增和其他演员在演出时随情随景随兴而致，把舞台气氛充分调动起来，推向高潮。这一来，王书增又增加了一项艰巨任务，跟着“乔大厨”学习“祁太秧歌”，从此话剧团的院子里又多了一景——哜咯隆咚闹红火。

从盛夏到深秋，多幕话剧《汾水长流》排练完成，灯光、制景等随后跟进。时至隆冬，一切准备完毕，只待观众检验了。特别是这次的话剧一改以往的普通话而采用了山面方言土语，究竟人们能否接受，演出效果又会怎样？这是每个团员都忐忑不安的疑问，急切期待却又心生畏葸地想得到观众的解答与评价。这出话剧还承担着另一个使命，作为省话剧团向即将召开的全省文代会的献礼作品，故此成败不可小觑。团长杨威同作家胡正商量，决定把首场演出放在榆次的张庆村，一来是感谢村里的乡亲们，作家体验生活搞创作时，没少麻烦他们；二来是借机检验这个用方言演出的话剧，群众是否接受和认同，光自己说好不行，观众说好才算数。

记得那是1961年年根儿，再过几天就是新年元旦了，天很寒冷，人们都裹在厚厚的棉衣里。而就在这时，省话剧团的演职人员乘坐敞篷大卡车，朝着榆次的张庆村进发了。一路颠簸，到达那里已是下午。大家胡乱吃了口饭，就围着村口搭起的野台子各自忙活起来，全力以赴准备着当晚的演出。

这时天上飘起雪花，很快染白整个世界。数九寒天，大雪纷飞，手脚冻得生疼，说话哈出的气眨眼间使胡子眉毛挂上白霜。这么冷的天，演还是不演呢？乡亲们会冒雪来看吗？更何况全剧春夏秋冬四季的戏都有，特别是收割麦子的那场戏，人们要单衣单裤，这可怎么演，身体吃得消吗？演职人员开始不安了，忍不住私下议论着。王书增心里也在打鼓，自己是“男一号”，戏份最多，这冰天雪地的能挺得住吗？更令他担忧的是演出效果，究竟能有多少人走出暖烘烘的家来看演出，况且村里的许多老乡根本就不知道什么是话剧，比起“三天不吃不睡也要看”的晋剧来，要想吸引住老百姓、再听上一句叫好声，不拿出十八般武艺的真功夫打不开场子，不靠精彩的剧情、人物和表演休想赢得观众。然而，全体团员没有丝毫泄气儿，坚定一个信念：戏，我们一定要演，哪怕没有一个老乡来看也要演！

天渐渐地黑下来了，雪还是下个不停。这时，有老乡三三两两朝着亮光的戏台聚来，他们都穿着厚厚的粗布黑棉袄，有说有笑唠着家常，不大工夫土场子上就站满了人，从台上往下看黑压压的一片。演员们哪里知道，冒雪站在人群中的还有一位想不到的特别人物。

开演了，聚光灯照亮舞台，纷纷扬扬的雪花在光线下漫天飞舞，打得人眼睛都睁不开。演员们根据剧情的发展轮番登台，很快都投入到了角色当中，忘却了寒冷，忘情地表演，台下的观众也一声不响，目光都专注在舞台上。这时，在台后乡亲们点燃了炭块垒起的旺火，让演员换场休息时温烤着暖和身子。

演出进行到了一半，满场子鸦雀无声，没有丝毫动静。上台表演的演员按照行规是不能观看台下的，况且聚光灯照射在脸上想看也看不清，场子里发生了什么根本不知道，只听见台后有人在议论着。原来，有候场的演员和剧务人员从侧幕偷窥台下，惊讶地发现原本站满人的场子里白茫茫的一片，连个人影都瞧不见。这尴尬的场面，作为演员是最怕的。王书增下台候场时听说了，也跑到侧幕察看，果不其然，四野之下都笼罩在纷飞的鹅毛大雪中，心想：这戏怎么演的，竟然人都跑光了。他闷闷不乐地围坐在旺火旁，心里不免有些沮丧。这时，那位从一开场就站在台下的神秘观众，突然朝后台正在候场的演员们走来。没等大家醒过神儿来，那人不等招呼便把皮大衣脱下裹在王书增身上，连声道：“演得好！演得好！”认出来了，来人正是作家胡正！王书增望着这位平易近人的长者，心里热流涌动，赶紧把皮衣还上。可是，胡正立即制止了，用不容置疑的口吻说：“不要冻着了，你们还要为乡亲们演戏呢！”他夸戏演得好，非常成功，乡亲们都看得入迷了，没有一个走掉的。原来，台下站着的老百姓都被剧中的情节吸引住了，一动不动地全神贯注于台上，竟忘记了是在冰天雪地，任由鹅毛大雪一层层飘落在身上，终将所有的人同周围的一切融为银白世界。

演员们听罢，心都被这一幕情景震撼了。他们为有这样的观众感动，也为自己真情的付出感动！

三个小时过去了，雪越下越大。舞台上的景致是艳阳高照的秋天，打麦场里一派人欢马啸的繁忙景象。郭春海和乡亲们都沉浸在丰收的喜悦之中，情不自禁地扭起了“祁太秧歌”。王书增的情绪激动难抑，身穿二股筋红背心，裤腿撸得老高，带领大家唱着跳着欢腾在舞台。显然，乡亲们的心被深深地触动了，情感的闸门打开了，掌声、欢呼声像爆发的潮水，尽情地宣泄、奔流……

演出结束了，乡亲们围着舞台不舍离开。他们开始自发地往家里抢演员，安顿这些城里来的“戚人们”吃上热乎饭，睡上热炕头。王书增没来得及卸妆，便让一张有力的大手不由分说地拉回了家，一进屋就被扶上烧得暖烘烘的炕，紧接着一碗冒着热气的挂面荷包鸡蛋端了上来。要知道，在那个年月里，这是城里人平时都难以享受到的“待遇”啊！王书增感动得不得了，两行热泪禁不住流下来。这时，他才知道这户人家与《汾水长流》有着密切联系，拉着自己到来的正是剧中郭春海的生活原型张庆村的支书。这位朴实憨厚的汉子待人就像一团火，紧紧握住王书增的手不住地说：“你们把我说得太好了。”王书增迫切想知道乡亲们对演出的真实反应。村支书激动地搓着手说：“村里人嘴笨，不会表达。一个人都不走，那就是好！”

这一夜，王书增睡得很香甜……

不久后，山西省话剧团的新编剧目《汾水长流》在全省文代会上做汇报演出，受到广泛好评，大家一致肯定这是在话剧表演实践中走出了一条创新之路。中国青年话剧团的演员们在著名导演孙维世的带领下，专程从北京来到太原学习这部话剧，最终成功地搬上了首都的大舞台。

王书增回忆起这些往事，深情感慨：“多少年过去了，每当想起还是那么激动，这种记忆永远抹不去！那个年代，人民生活是创作的源泉。作家认真地写生活，我们认真地演生活，这些因素都融合在一起，怎么可能不出好作品呢！金杯银杯不如老百姓的口碑，作为文艺工作者，这些经历是我一生最大的财富！”

2018 年 11 月 21 日

昨夜月明

作为中国人，提到中秋，立即就想到夜，脑海必会映出那轮圆月。这是个特殊的节日，临近时往往唤醒往事记忆，又寄托憧憬与期待。

小时候，中秋是和甜蜜连在一起，有圆圆的月饼，还有一家人暖暖的温情。即使再贪玩儿的孩子，也早早跑回家里，期待着夜幕快快降临，灯快快亮起，那轮圆圆大大的月亮快快挂上天际。盼到这个时候，那昏黄的光晕下便会端上来月饼，不等看得仔细，眨眼就全都不见了。毕竟那是在物资匮乏的年代，年轻的共和国正经历着第三个“五年计划”。现在想起来，那时候的人不觉得有多难，脸上没有晦气只有朝气，整天快快乐乐的，而且活得很从容，甚至还有几分雅致。

中秋之夜，一家人聚拢着坐在一起，分享自己分得的那份儿并不丰盛的月饼和水果，伴着徐徐秋风观赏天上那轮皎洁的明月。这时，大人会将有意多留的一份果品做奖品，引导孩子们以月为题背诵诗词，优胜者获得一粒葡萄或一角苹果、月饼什么的奖励。大家的兴致上来了，父母还会趁势升级难度，开起赛诗会，鼓励兄弟姐妹们填词作诗。奖品不够用了，大人就会把自己的那一份拿出来作补充。铃铛似的欢笑声回荡在如银的月光里，洒满院落，飘浮在空中……

长大了，步入社会，有了工作，中秋夜的月光似乎变淡了。平时总在没完没了的工作状态中行进，临近中秋节了还缠绕着脱不开身，不知东南西北。甚至，中秋之夜有在绿皮火车上度过，沉重的车轮咣当咣当地在看不见尽头的铁轨上缓慢转动，望着窗外有些寒冷的月光心里空空荡荡。每当这时，总会生出安慰：年轻人，事业第一，忙过这几年，以后……甚或找出更充分的理由：时代变了，节奏快了，要在奔跑中调整呼吸……

现在，都忙过去了，方知这是一场误会。人生就是一辆单程的列车，错过了就不再回。今年的中秋月，明年还会有吗？昨天的月亮，又怎能同今天一样！亲情是容不得错过的。有一年，正乘车行驶在纽约哈德逊河的大桥上，当回头遥望夜色曼哈顿时，一轮明月悬在天上，又圆又大又亮。蓦然惊醒，恰逢时农历的八月十五，六个时辰前（因时差所故），那轮中秋明月正映照在遥远的故乡——中国。望着洒满月光的哈德逊河，心念亲人满腹惆怅，惋叹昨夜月明。月光如水，流走的不再复回……

父母们老了，自己也开始老了，中秋的月亮伴着往事的回忆和对亲人的期待，还有许许多多的遗憾与无奈。后悔的已无济于事，怎奈过往匆匆，连弥补的时间都未剩有。逝去的不再有，失去的难再回。欢乐也罢，痛苦也罢，只能嵌在记忆里。到了这个年纪才意识，中秋还会月明，月下又有几人？一年一度属于一家人的月圆时节已越来越少，就像人生的列车，错过的站台再也无法停留。唯有前行，数住日子，期待下一个站台，不再错过。

又至中秋，人却在医院，隔窗遥望月亮慢慢升起，静静显亮，心中泛动千里之外的牵念。天上的明月依然那么大那么圆，可无奈啊，今年的中秋之夜又会缺残……

年轻时不懂得珍惜，年老了已追悔莫及。世事无常，人生短暂，掠去的风景不会再现，错过的事情何以重来。没有理由也无须借口，还有明天……找个时间……等到下一个……这些都是欺瞒的谎言，带来的只能是人生一个个无法弥补的遗憾和追悔莫及的情债！切莫敬孝悌暖亲情时已无能为力。

醒悟了即已是晚了，那就不要再一再错过，继续累加无法注销的债台，让那温存的心念冷凝下来。心即动，勿迟疑，来过的留不住，过去的不再来，当下就在。

同治四年己丑（1865 年），身无官职所累的何绍基游历金陵（南京），行船间心生感喟，捻管毫书《落花诗册》聊以遣兴。水过无痕，斗转星移，斯人已去，唯有笔墨于泛黄的宣纸上划桨摇橹，留下无声的咏叹：流年几度残春里，昨夜月明谁唱别……

2018 年 9 月 24 日戊戌中秋于北京

那狗的

狐狸

狐狸是我成年后养的第一条狗。它是狐狸犬的变种，尖尖的嘴巴，圆圆的小眼睛，体量不大，一身的金毛，尾巴粗且长，一摇一摇地特别惹眼，故而顺嘴起了“狐狸”这个名字。

这狗的性情很温顺、敏感，干什么都轻手轻脚、小心翼翼，似乎周边到处埋藏着陷阱和“不确定性”的危机。有一回，它不慎掉下桌子，吱吱哇哇一阵惨叫，拐着腿钻进窝里不吃不喝，一天一夜没再出来。也许是基于对这个“世界”的认识，没人带着时它压根儿就不出门，即使人在屋外喊破嗓子它也不为所动。记得它一岁半的那年，恰遇我迁新居，按照风俗习惯，进门前要燃放几挂鞭炮冲冲喜。哪知，硝烟散去，身后那狗儿却不见了，屋里屋外一通乱找，竟连个影子都瞄不着。我心凉了，不祥之忧袭来。半天过去了，就待绝望之时，它居然被找到了。原来，受炮惊吓，生性胆小的狐狸掉头跑回了同处一院但相隔几栋楼的五层老宅。真不知平时极少出门的它是怎么找回去的！从那以后，这狗儿落下毛病，只要一听到炮响或受到惊吓准憋不住尿，哩哩啦啦挤一地。因此，每逢过年便成了狐狸最难熬的日子，一天到晚不吃不喝不出窝。

狐狸长到三岁，跟着我已退休的父母生活在了另一座城市。这只因那年它随我探亲，去了就再也不想回来了。倒不是它不喜欢我了，而是它更喜欢我的父母。因为，二老平时身边无人，弄上个它像宝贝似的惯养，另外还不用圈在窝里，前后小院都是撒欢打滚的自由天地。狗就和人一样，也喜欢被宠着，不愿受到管束。待我再回去见到它，这狗儿已明显长胖，行动也少有了那份“小心谨慎”，全然一副大模大样的主人姿态，走走这儿转转那儿，想卧想躺任自由。当然，它见到我还是蛮亲热的，跳着脚往身子里扑，随之尿又哩哩啦啦流出来。这狗被炮吓出的毛病已升级，发展到情绪稍有激动也憋不住尿。另外，它的胆子似乎也大起来，居然敢探出身子在院门外小晃一遭，不过那瞻前顾后的样态随时保持着撤退的架势。

话说狐狸五岁那年，“十一”假期我回家探望父母，一大早醒来神清气爽，味蕾也有了一种假日的“饥饿感”。于是，待家务收拾停当，我即迎着三竿悬阳出门了，去附近的露天菜市场放手采购。谁知，当我走出不远，发现狐狸正甩着尾巴跟在后面。我下意识地想哄它回去，可手抬至半空又停住了，见它那可怜巴巴不情愿的样子，心立刻软了。是啊，这狗儿已成年了，也该见见世面了，更何况它主动有这个愿望。一路上，狗很乖巧，在四爪紧紧交替相随的同时，还不忘忙里偷闲挤几滴尿留个记号……

东西很快置办齐备，一切称心合意、顺顺当当。我拎着满满两包可食之材往回返，狐狸依然摇着尾巴乖乖地跟着。不过，从它那神情上看，还是对周边环境表现出不适应和紧张。突然，我的身边冷不丁爆裂一声炸响，紧接着鞭炮、锣鼓齐鸣。我先是吓了一跳，赶紧躲闪，少顷即反应过来，这是有家户结婚办喜事咧！我回过神儿来看狐狸，哪料它不见了。我慌忙四顾，只见过街人从之中一道金色毛发闪过，任凭呼喊声也追它不及……

狐狸丢了！

全家人统统出动，四处去寻找，附近的街巷、院落、公园、集市都问遍喊遍了，终不见狐狸的踪影。母亲顾不得数落我，奔东跑西，甚至还迈着老腿去了狗市，到了仍然一无所获……

午饭，没人吃得下去。我成了“公敌”，满心愧疚地面对每一个牵肠挂肚着狐狸的人……

狐狸的丢失，成了全家人的一块心病，都回避着不去触碰它。我知道，虽然很长时间过去了，其实大家从未忘记它，尤其在某个特定环境里自觉不自觉地还会浮现出它的影子。为了弥补过失，我前前后后又找来过几条小狗，可父母说啥也不留，甚至见都不见。在他们心里，狐狸已不可替代。

两年过去了，又到了“十一”假期。探亲归来的我同家人一道正屋里屋外忙着准备团圆饭，突然院门“咣当”一声被推开了，从北京回来的外甥女上气不接下气地跑进来，哈着腰指着外面老半天才道明她在公园看见狐狸了。全家人都被这突如其来的消息惊着了，围上外甥女七嘴八舌一通问询。还是母亲撑得住事，不忙着下结论，让我赶紧去看看，探明是否就是自家的狐狸。

我随同外甥女来到隔街对面的公园，找到那处围着院墙的“动物观赏园”。其实，这类东西纯属是骗钱的把戏，里面空间不大，设施简陋，几样热带鱼，数只海龟王八，还有些兔、鸭、鹅、猴、羊等，这便开张营业了。甭问，凡此“怪现象”必定是公园以租赁地盘方式而对外招揽的“创收”项目。在外甥女的指引下，我径直来到园子尽头的一排错落放置的铁笼前，一眼便看见了披着金色毛发的狐狸。它被单独关在一个靠墙角的笼子里，见我到来，眼睛霎时放射出亮光，蓦地腾起身子，狂舞爪子疯了似的抓挠隔栏，嘴里发出凄厉的吠叫。这时，一个矮个子男人怒气冲冲地跑过来，手中挥舞起棍子使劲敲打铁笼子，嘴里还操着南方口音骂骂咧咧。我攥住那只暴虐的手，阻止他毫无理性的行为。那人竟瞪起眼珠子，叫嚷着这是他的狗，想怎么处置就怎么处置。待他叫没了劲儿，我一一道来狐狸的身世，这主儿垂下头不吭声了……最终，在我的建议下，付了500元算作两年来的抚养补偿。矮个子男人自然是乐坏了，舔着手指头数着钱，鸡捣米似的直点头，末了满足地将钱往兜里一揣，使着好心提醒：这狗凶，见谁都咬！

我打开笼子，那一身金毛的狐狸“嗖”地一下扑入怀里，四只爪子紧紧抓住衣服，伸出舌头一通乱舔……身旁的那人看傻了！

我抱着狐狸回家，半路上忽然觉身上湿漉漉的，噢……它又激动了！

这真是个近乎奇迹的巧合，狐狸在走失整整两年后的同一天、同一个时辰竟然又回来了！这个“十一”假日真成了“合家欢”，全家老小甚是舒爽、美气！

……

回来后的狐狸变了性情，不仅吃不挑食睡不挑地，外人进屋总要竖起毛发憋粗尾巴吼喊不停，而且它时不时地还要溜出院门逛上一阵，常与野猫撕打成一团，然后一副胜利者的姿态回得家来。父母看着狐狸发愁，经常打电话抱怨管不了它。我听到这些，反倒有种慰藉的喜悦感，这狗儿总算长大自立了，再不用为它叽叽歪歪的无助样儿挂念担忧了。一日，母亲来电说狐狸不见了，早上出去到晚上也没回来。听到后，我心里并不急，很有把握地安慰老人，要他们耐心等等，它只是出去走走，会自己回来的。果不其然，第二天一早狐狸就回来了，母亲立即电话报告了喜讯。谁晓，下午电话里传来了不妙的消息，母亲说，见狐狸不吃不喝待在窝里，上前抚慰才发现身上有几处刀伤，还不住地往外渗着脓血，甚为吓人。经分析，我们猜测狐狸外出时被狗肉贩子扣留了，经一番殊死搏斗方得以逃生。老人家心软，泪眼汪汪地可怜自养的宠物遭此不幸，于是开始了为狐狸寻医诊疗的历程，每天都要抱着这小东西跑到几里外的宠物专科医院输液打针。就这么着，耐着难熬的酷暑，母亲来来回回跑了一个月，狐狸总算痊愈了，浑身上下又显现出那金黄亮泽的毛发。

日子如常，就这么循环往复地往下过；狐狸依旧，还是出去进来得自由随性。三年过去了，老人与狗都习惯了这样的生活状态。秋天一日，父母来电话讲，狐狸出门已三天未归，找遍周边也不见其踪迹，心里很乱却又很无奈，问该咋办。我安慰说，狗和人一样，哪还没点儿自己的事儿，安心等着吧，不定哪天它跑累耍腻了就会自己回来。话虽这么说，可狗的事又有谁真知道。

狐狸出走了，再没有回来。也许，父母家的小院子已盛装不下那狗儿的襟怀天地，毕竟外面的世界更精彩……

贝贝

贝贝是我家养过的一条狗，抱回家时还很小。记得领养它时，狗的主人好生疑惑，一窝四只数它个头最小，而我没有选择摇着尾巴欢奔而来的那三只，偏偏抱起了躲在角落打哆嗦、吱吱叫、连眼也睁不开的它。

回到家里，它让人心焦的最大问题是能不能活下去。它才28天，还未出满月，舔食牛奶时站都站不稳，拉屎努屁股常把自己憋倒了。可就这么着，它居然活下来了，而且长得很快，半岁不到便高过了茶几，那模样和劲气显露出德国黑贝的血统基因！

正因此，原本并不引人注目的贝贝，随着身体的长大也惹来了邻居们的特别关注与担忧，有的人甚至笼罩在“恐怖”气氛中，每当上下楼路过我家门口时都悄没声儿地放轻脚步，大气不敢出……贝贝的去留又成了最大的问题！我常看着它发呆，它每每也眨巴着一双玻璃球似的眼睛回望你，尾巴不时摇着花儿，像懂事似的在说：我可是只听话的狗。

实在没法子了，“抗议”的声浪越来越大了，我必须痛下决心，找到个好人家，把它尽快送走。我懂得，如果养下去，再要它走，恐连自己也舍不得！于是，我开始四处寻找容留它的合适的主人。之所以强调“合适”，这可不简单。养狗的人都知道，不到万不得已是不会走这一步，正所谓常言道的“想好了再养”；既然已是如此，那就得“百转千回”地把后面的事情办好，这便是“相”即将成为狗主人的人。我的标准是：一、品性不好，非是良善之人不选；二、第一眼观其貌，不悦目喜心者不选；三、狗不相认、不喜欢的不选。没办法，就得这么挑剔，自打养上的那天起，它已注定是浸入你情感脉搏里的一条命！

一个多月过去了，好不容易寻到了最适合收养贝贝的新主人。他也姓张，人过中年，相熟者都说其为人和善，是家不大不小的房地产开发企业的副总。记得，送贝贝走的前一天晚上，让它美美吃了顿肉包子，并且趁着夜深人静，我带着洗过澡的它在大院里撒开了欢儿地尽情地奔跑，任其融没于水汪汪的月光里享受那自由天地带来的快乐……我默默地把脸藏进阴暗处……

贝贝走了，邻里们又恢复了往常的气氛，平静得好像贝贝从未来过。而我心里却系上了疙瘩，时不时总会牵念起它的冷暖饥饱、吃喝拉撒，但从不主动去打听它的情况，生怕……唉！

半年过去了，有一回遇到了本家姓氏的副总。我正犹豫问还是不问时，他倒抢先开口了，口若悬河般一通诉说，由此显见其心底抑制不住地那份对贝贝的喜爱。概述之，贝贝已为成狗，圈养在放置建筑材料的工地围院里，不仅不拖累人，相反成了“无人能顶”的好帮手。自从它到来，这里再没丢过东西，即使再黑的夜连个敢翻墙头的也没有。我听着，心里生出了些许慰藉，总是它不白吃人家的饭。又过去些日子，我又见到张总。这次可不得了了，离着老远他就直直地伸出手来，满嘴嚷嚷着报喜，说贝贝立了大功，两次擒获偷盗团伙，为公司挽回重大损失，因此董事长兼总经理特别嘉奖：每月固定发放给贝贝伙食费 300 元。听到这样的消息，我自是喜不自禁，相握的双手也摇出了力度，心里那个美呀，还真为有贝贝而自豪！我当即决定，抽空去看那狗儿。

那是一个星期天，我特意从饭店买了几斤肉包子，驱车二三十公里专程去看贝贝，等找到那工地大院，才听看门老者说它不在，前几天被送往公司安置的一处少人打扰的僻静地生产去了。这时，我才记起它原本的性别。可不嘛，算来贝贝快满两岁了，也该是生儿育女的时候了。没见上面，确有遗憾，可一想到它要做母亲了，心中还是溢出一种美滋滋的快慰。

一晃，又是一年过去了，忙忙碌碌的我未能再抽身去看贝贝，几次决心下定却总是被突如其来的急事绊住。这一天，我终于不再被事务纷扰，一大早便带着昨晚即备好的肉包子上路了，待七扭八拐找到贝贝栖身的地方已是上午十点多。这里已变了模样，曾经的工地不见了，取而代之的是几栋高层楼房，合围之中空出的正在修整的公共庭院即是那“工地大院”。循着不时传来的狗吠，我很快找到了贝贝的居所。那是个用钢筋焊制的大笼子，放置于紧贴配电室的一侧，贝贝就圈在里面。显然，这样的安置表明了它在这个“辖区”里从属公共之位及护卫管理之职。为了更加稳妥，细心的主人还做了“特别处理”，在笼子的周边围起一排相距一米多远的铁隔栏，以防有人袭扰，发生意外伤害。我迅速上前，嘴里不停呼唤贝贝的名字。闻声，那笼子里立即骚动起来，不时回应以带着胸腔共鸣的吠叫。看清了，贝贝立起前爪正朝着我舞动，棕栗色的状若冬瓜的脑袋挤着栏杆往出探。啊——它认出了我！我的手有些颤抖，抓起一只包子扔了过去。贝贝像曾经时的那样，敏捷而精准地张嘴接住包子，然后伏下身摇摇粗壮有力的尾巴以示谢意。当它再抬起头来，我发现那包子并未被吃掉，还原样不少一口地放在地上。只见它转过身，用一种柔细的声音“叽叽”了两下，让开了像堵矮墙的身子。这时，我才发现它身后还有一只毛色更深的黑贝犬，当其站立起来更是吓人，竟高大出贝贝少半个身量。那狗毫不客气，一口咬进包子，连点吞咽声也没有。我正生疑，忽见有人小跑而来，来人是位老者，面相还有点熟。他盯着我，有些气急败坏地呵斥，抱怨我未经允许胡乱投放食物。我不好意思地表达歉意，并解释来由。那老者脸色转暖，渐渐记起了我们上次在工地大院的相遇。

他说，贝贝一直是由他和老伴带着喂养，公司每月支付给狗的300元伙食费直接拨在他们名下；现在楼盖起了，看房买房的人也陆陆续续多起来，因此白天只得将它们关进笼子里；那只体形较大的狗是贝贝的儿子，已有一岁零一个月，饭量超大，吼叫声也大，人见了都怕。现已有人相中它，不久就会上门领走……我不停地往笼里丢着包子，贝贝依旧不吃一口，都让给了它的儿子。那狗崽子也是个憨货，不管不顾只管独享。我看着，心生欢喜的同时也生出一丝的酸楚。狗和人一样啊！一大袋子的包子很快就见了底儿，吃饱的狗崽子转身去喝水了。我将最后两个包子扔进笼里，贝贝上前嗅嗅，伸出舌头舔舔，又扭头看看屁股冲着自己的儿子，这才张嘴吃下去……

回来的路上，贝贝那温存的眼神总在我眼前浮现……

又过去两年多，听说那家公司的房子售卖得不错，80% 以上的房主已入住。由此，公司一批人开始转型，成了小区物业管理人员，贝贝也跟着那老两口看起了小区门房。换“岗”之后的贝贝究竟是啥样，真想看看。

这年盛夏的一个傍晚，乘着郊外吹来的阵阵凉风，我又去了那小区的楼院。贝贝好像体量比先前小了一些，模样也成熟了，卧在门房旁的狗窝口沉稳得气定神闲。见到我来了，它眼里放出光彩，蓦地起身站立。这时，我才发现它并不自由，脖子被铁链拴着，挪动不了多远。我抱住它的头，它“吱吱”地往我怀里钻，脸还忘不了使劲地蹭着。我请求已改做门卫的老者打开链子，他犹豫着慢慢启锁，嘴里不住嘟嘟囔囔嘱咐：一定要看好，可别吓着了住户。

卸去铁链的贝贝，霎时换了副精气神，抖动着脖颈，甩开四蹄与我奔跑、追逐。我不时打着呼哨，扬动起臂膀，将提袋里的肉包子一个个抛向空中，尽情享受着贝贝腾越空中划出美妙弧线的愉悦……这样的欢聚持续到天黑，直至人狗都呼哧气喘、身乏筋疲。

这一夜，回到家中的我睡得很甜，相信贝贝也一样。

以后的几年，我又去了几回。相见时，贝贝的表现总是那么的欢愉，惹人怜爱，撩人回味。不知咋的，有一天，我突然想起了贝贝，而且那感觉十分的强烈。我仔细盘算，时光荏苒，贝贝已经8岁了，按照黑贝12至15年的寿命计算，它相当于人至或已过中年。时间过得可真快啊！念来，距前次别过，又有半年未见到贝贝了。我决定这个星期天即去看它。

假日的清晨犹如心境一样舒爽，我拎着刚出笼的热包子启程了。现在的路修好了，平展展的不出一小时就到了从前城外的郊区。我还未进那小区楼院的大门，老远就喊上了贝贝的名字。可不像往常，未听见贝贝的热烈回应。我走近门房，老者正默不声地启锁开链。我上前打招呼，他头也不抬地应了两声。贝贝也不同于以往，像有了什么心事，包子送到嘴边闻都不闻，更甭说张口享用了。我抱住它的脖颈，从头到尾梳理皮毛。它乖乖站着，一动不动，一双深褐色的大眼睛望着我，似有话想说的样子。我问，它是否病了。老者摇摇头，长长叹声气，扭身回屋了。我觉着不对劲儿，可又一下子难以弄清究竟发生了什么。我带着贝贝围着楼丛转了一圈又一圈，它始终默默顺遂着，而且与以往更为不同的是身子总紧紧贴着我的裤腿，生怕丢了它似的……

我要离开了，去向老者道别，待转身回到车前，只见贝贝伸长脖子将头放在了驾驶室的座椅上，鼻孔喘着粗气，嘴里一声不吭。我抚抚它的头，看着那对期待的眼睛轻声说：实在不能带你走，回去了邻居该怎么办？贝贝像是听懂了，目光里流露出无奈的失望。我叹口气，拍拍它，双手慢慢捧起它的头放出车外，然后打着引擎……贝贝听话地站在原地一动不动，目送我的车子消失在远方……

后来，才听说公司以“不再需要”为由取消了贝贝的伙食费，我去的那天正是该项“决定”颁布不久。因此，那老两口发了愁，丢了贝贝吧舍不得，可养它又养不起，左右为难。得知实情后，我赶在一个星期天去了那里。这时，小区的门房已现萧条，门上了锁，老两口已不在此居住，听说是搬进一幢楼房的地下室准备过冬了，而贝贝却不见了。有人说，老两口自从公司“断粮”起就不再喂养那狗了，扔在外面任由它去流浪。开始，人们有一口没一口地还喂它，贝贝也常常在院子里待待卧卧；后来，渐渐地少见了它；再后来，不见了它的踪影……我的心碎了，无法原谅自己……

自打这事之后，我时不时地会去那个住宅小区遛一遛、找一找，可从未再见到贝贝。也许是它躲在某个地方不愿见我吧，我常常以此责备的心理安慰自己。那里的人也没见它再回来过，但有了许多关于它的传说……

算来，贝贝现已该进入老年了，它一直是我心中抹不去的牵挂，就像惦念一位失散的亲人那样。今天一大早，我拉开窗帘，外面白雪皑皑，银装素裹。这是今冬第一场雪。我望着雪花飘飞的茫茫天际，心里默默在问：贝贝，你在哪里？你过得好吗……

土豆

土豆是我家的狗，因领回时只巴掌大且一身的土黄色毛，所以叫了这么个名字。现在它长到六岁了，个头依然不算大，平时尚属乖巧，早晚遛遛也不挑食倒还省心。哪知一日，这狗失踪了，晚上出去再没回来。我呼天喊地一通瞎找，院子街上都不见影儿。这一夜实在难熬，不一会儿就得开门看看，心里还不住猜想着可能离走的原因和后果。天明了，仍不见回来，我逐渐地失去了其归还的期望，心里由焦虑变为了检讨、悔过——唉！早知如此何不……

夜又深了，门外仍然悄无声息。我在想，这么冷的天，它整整一天没吃没喝，会不会冻死呀或者它已经……不敢想了，那将是很残忍的。我难以入睡，一会儿躺下一会儿又爬起，不知怎的是个好歹。不能再耗了，我决定最后一次打开门看一眼，谁料，那狗不知啥时已静默声儿地卧在了墙角。见了面，它并没有重逢的喜悦或是委屈，反倒像做错事的孩子怯生生地拐着腿挪进屋来，眼睛时不时地瞟看几下。这副可怜相，弄得人倒是心疼难过，赶紧喂水喂肉，生怕补不齐的亏欠，直到将狗抱进笼子里安歇了……

正是星期天，一白天的呵护，频频送上家的温暖，而土豆亦尽享温馨，吃了喝了就是睡，一遍遍发出壮若成人的鼾声，想必它是在外面受了不少的罪……傍晚，该出去遛遛了，我带上它出了家门。看来，所言不虚，狗的自我修复能力极强，那条昨晚还拐着的后腿已能平稳地走路了。在前院遛了一圈儿又带到后院，刚思谋着腿伤渐好少遛一会儿，不想土豆身子一趴像是发现了“敌情”，未及反应过来即“嗖”的一声蹿了出去，叫都叫不住。待我好不容易追上去，只见它正与院里常见的一条流浪小黑狗撒欢儿玩耍，无论你怎么软硬兼施都不顺随，且跟你捉迷藏，好歹撵抓不着。我明白了，原来它那晚“失联”与这条狗有关……

又是一晚未归，但我心里不再焦急。事情就是这样，当你真正知道发生的原委时，反倒心安理得平静下来，况且它是自觉自愿的。这晚，我睡得挺安实……

大早，土豆疲惫不堪地回来。我不再有自责，而是怒颜相向，抓把狗粮就让它回窝去了。这一天，它表现得很乖，大气都不敢吭，一副深知问题严重性而要痛改前非的样子。天又黑了下来，就在正写这段文字时听到那狗在笼子里哼哼唧唧的声音，我心又软了，于是带它出去，啥都还没定住神儿，只闻不远处有两声狗叫，土豆撒腿跑去，一溜烟儿地没了踪影……

我叹口气，无奈地望着灯光昏黄的远方……

狗也和人一样，都向往着自由。一旦看见了外面的世界，叫都叫不回来！

2015 年 11 月 25 日

送票

之前，是否写这篇文章，我一直还在犹豫。今天发生的事情，让我决定拿起笔来。而要陈述其究，还得从两个月前说起。

那是个雾霾天的下午，北京西客站一样的熙来攘往。我匆匆穿过广场的人流，排队、验票、核实身份证，最终过“卡”进得候车大厅。通常，这个时候的旅客都有登上“安全岛”的感觉，不由得会吁出口长气，心也随着踏实了。我乘着传动的滚梯上了二楼，边迈步下梯边仰望电子屏上显示的信息。噢——在八号厅候车。我起脚刚朝前走，背后忽然被拽了一下，于是急忙转过脸，只见有位中年妇女怯生生地说：能帮我们个忙吗？她眼里充满了期待。身旁还站着两位学生模样的年轻女子，也点着头做出同样的表情。显然，她们是一起的。我问有何忙要帮？对方似很焦急地说，钱包丢了，需补买火车票，还差74块钱，可否……

人出门儿在外，都会碰到有难处的时候。我从兜里掏出钞票，一张100元的，中间还夹着张五块的纸币。我将100元递过去，那妇女频频点头接下。我想，他们既然缺74元，那就更别说能找回钱了。这时，那女人把100元钱攥在手里，又就势从我手指缝儿中抽走那张五块钱捏了起来。当时，我心里冒出一丝的异样滋味，可没顾得多想什么就转身匆匆地离去了。当来到八号候车厅，我排队等待开闸上车，渐渐的心中升上不悦之感，恍然大悟：上当受骗啦！其中的破绽正是那五块钱，照常理受人救助已感激不尽了，并且超出了预期，一般是不会再去主动索取了。除非她就是以骗钱为目的的，不再指望有“回头客”的贪得无厌！

这真是，五块钱揉碎了我的心！以后我还敢相信谁？如遇求助，还敢伸出援助之手吗？

这件事儿让我心淤难受，以至于都过去两个月了还是隐隐作痛，如鲠在喉。我想把它写出来，可真不知该怎么写。

……

今天，我有两张CBA的球票，山西队对北京队，晚七点半在“红灯笼”体育馆开打。这注定是一场精彩的比赛，今年的山西队兵强马壮，上一场刚赢了蝉联多届的冠军队广东，士气正盛；而北京队，明星云集，是传统强队，从来就是年度总冠军的有力争夺者。两队相逢，必是一场“血雨腥风”的厮杀。起先，我是很有兴致去现场观战的，因此早早订了两张票，可哪料事到临头有了其他脱不开身的事儿。怎么办？我作了难，于是赶紧给朋友们打电话发微信，但都是因故谢绝。眼看着阳光西移，票还静静地躺在桌上，无论如何不能作废了吧，那岂不是太可惜了！我拿起票揣进兜里，拉开屋门走出去……

往日人来人往的广电大院儿安静得没有声息，连个人影儿也见不到。我好生不解，忽然记起今天是星期天，即使在院儿里住的人在这个大半下午的点儿也都会眯在床上。不知不觉，两条腿带我出了院门上了大街，四顾茫然，只有那两张票贴在胸口发烫。蓦地我记起了汾河公园有处铁丝网围着的运动场，每次行走锻炼路经此地都会看到许多年轻人满场跑跳着踢足球打篮球。没错，他们一定渴望临场观摩今晚的比赛！

有了方向，脚底生风。我甩开臂膀，大步流星地朝着锁定目标进发。这时，原本焦虑的心情也平复了许多，而且甚感慰藉地为去观看三个多小时后开赛的晋京之战留足了时间。

雾霾像迷雾一样锁住河面，滨河公园步道上的路灯星星点点早早亮了。我快步如飞地朝前走，汗水很快就挂在了发梢。半个小时后，我喘着粗气终于来到了目的地，迫不及待地从怀里掏出票，迎上正在打篮球的几位男同学。我满以为他们会热切地抢过票去，不无感激地道声“谢谢”。可哪知，事与愿违，完全想错了，他们生出疑惑的眼光摇摇头，有的甚至下意识地向后退着脚步。我再三说明自己不是票贩子，是专门跑来送票的，但就是没人敢相信。无奈，我一副窘态地摇摇头，叹息着转身走到另一个篮球筐下，冲着年轻人大声吆喝，手里还摇动着那两张球票。人们的注意力被吸引了过来，可还是没人主动上前，好像站在他们面前的人不是图谋不轨就是多少有些不正常。我彻底失望了，几乎是自言自语道：我是专门跑来白送票的，这么好的球赛，怕把票作废了，那太可惜了！说着，转身想离去，那心情说是有些失望倒不如说是隐隐有些作痛甚至是愤怒。突然，身后传来了一个男生的声音：可否给我一张票？我闻声立刻回过头去，将手里的两票塞了过去：都给你！高个男孩儿接过票，仔细地看了一眼票面，还是有些不相信地说：真的吗，不要钱？嗯！我用力点点头。他终于相信了，脸上绽放出喜悦的微笑，脱口道：你怎么这么好！我拍了下年轻人膀子，露出了释怀的笑容……

夜色已经降临，滨河公园的灯盏都亮了。我脚步匆匆地走在返回的路上，心里不知是该哭还是该笑。

世情之态，何其难测……

2016 年 11 月 13 日

补记：11 月 21 日，入冬后最冷的一天，我启程乘高铁前往据说已飘雪的北京。到站下车，刚步入人迹稠密的悠长通道，头顶的广播里传来女声播音：旅客请注意，请不要搭乘陌生人的汽车，请不要将行李交给陌生人看管，请不要相信……

六

故事发生在库布其

这个故事在我心里已酝酿了 30 年。

30 年间，我也曾想写过，但几度提笔又都放下，总是觉着欠了些“火候”。不过，那里面的人物从来就没有离开过我，他们就像摆脱不掉的影子，不知啥时便会蓦地从脑海里映现出来，接着会上演那大漠极地的一幕幕悲情，丝丝缕缕的如云烟缠裹，挥之不去。这样的“如影随形”几乎成了我生活中的常态，那根牵系着的“隐线”时不时会被激活，久而久之倒让自己生发了一种欠债似的负疚感。

我与这个题材的情结可谓深厚，其人物、故事以及地理环境等都是我亲历探访所获得的，都有着真实的背景，换句话说，也就是所谓创作的灵感来源于现实生活。那是 30 年前的 1985 年夏天，我做了一次长途徒步采访，选择路线是昔日晋西北人“走西口”的逃荒古道——从山西的朔县启程，经平鲁、偏关、河曲、保德，过黄河到陕北的府谷，再出古城乡城门洞的“西口”，进入内蒙古的准格尔旗，穿越库布其大沙漠，至达拉特旗，最终抵达目的地包头，历时 82 天，行程 2000 多里。这在当时的新闻界是动静不小的事，时任新华社社长的穆青、《人民日报》老总编辑李庄、范长江夫人沈谱等老前辈们都撰写了热情洋溢的评论文章，以资鼓励。我作为一个年仅 26 岁的年轻记者，从中收获了影响和享用终身的财富。同时，作为一个“文学青年”，我也积累了许多生活素材，为以后的创作建立了“蓄水池”。而《库布其》电影文学剧本的创作意图，也正是在这个时期获得并形成的。

人物

电影主人公刘三毛旦和李金香，在现实生活中是有原型的。刘三毛旦的形象塑造主要来自一个叫刘巨仓的晋西北汉子，而他的婆姨本名就叫李金香，即是女主人公的描摹原型。我第一次见到刘巨仓是 1985 年的那次“走西口”徒步采访，当时途经河曲县一个叫南沙窊的小山村，慕名找到当地名声很响的民歌人刘巨仓。见面时，50 多岁的他盘腿坐在自家窑洞的炕上，面容深沉，半晌才回一句话，而且极其简单，惜字如金，恨不能把所有的回答和情绪塞进一两个字里，等来的往往是“嗯！”“是咧！”接着又闷头叼起旱烟袋“吧嗒”“吧嗒”狠吸，那铜锅里的火星随之一明一暗地闪动，映照着他布满岁月沧桑的脸。

其实，刘巨仓性格的这种外在表现，正是世世代代晋西北农民的鲜明特点，也是我在刻画主人公形象时力图精准把握的分寸。至于说到内心的情感表达，自有各自不同，这便体现了个性化的差异。刘巨仓是个孤儿，从十几岁时就跟着村里的大人们“走西口”，几乎所有的受苦营生都做遍了，可到头来还是个饥一顿饱一顿的“穷光蛋”。等长成二十大几岁的后生了，他仍旧是孤身一人，安定不下来，每年秋冬从“口外”回到家乡，只得守在自家那眼破窑里过着冷锅冷灶的苦光景，实在憋闷难活了就唱上几声民歌解烦忧。哪知，这光棍汉的歌声翻过邻家的高墙，打动了童养媳李金香的芳心。她14岁进了婆家的门就没有再笑过，整天过着“男人狠来婆婆毒，小姑子咒得不能活”的日子，满腹的苦怨只能偷偷借助山曲儿来倾诉。渐渐地，这隔墙的歌声缠绕呼应在了一起，两个苦命的人悄悄相爱了。熬到了1954年，中华人民共和国颁布的第一部《婚姻法》打开了他们被封建礼教紧锁的心，他俩双双拉着手跑进乡公所登记结了婚。洞房之夜，贺喜的乡邻散去了，一对“自由恋爱”的新人对坐在炕上，油灯里的火苗儿忽明忽暗映照着。刘巨仓干咳了两声，歉疚地道出实情：“家里只剩半斗米了，你跟上我要受穷咧！”李金香目光温存地望着可心的男人，轻声细语以歌声做了回答：

灯瓜瓜点灯半炕炕明，

烧酒盅盅挖米不嫌哥哥你穷。

……

刘巨仓的心被这质朴纯情的歌声震颤了，天上地下哪里找得见这样的女人！他的泪水夺眶而出，挑起嗓门奔泻而出：

一铺滩滩柳树一铺滩滩草，

一铺滩滩姑娘就数妹妹你好。

……

从此，这首歌伴着他们的爱情故事传扬开来……

后来，刘巨仓和李金香共同生育了三个孩子，小日子过得甜甜蜜蜜、红红火火。

遗憾的是，当我到来时，歌里的女主人公李金香已离开了这个世界。据说，她患的是癌症，在得知医院诊断结果后，这位性格倔强的女人决定：瞒住丈夫！而刘巨仓却也背着妻子打听到了有关情况，决意：封锁消息！结果，两个人互相“隐瞒”，直到李金香去世也未捅破。

回想往事，双鬓已白的刘巨仓望着门外的坡梁，混浊的眼里浸着泪花，道：“我俩的感情很深。她跟我结婚是1954年的四月初八，1980年的四月初九我把她埋的，整整26年啊，我觉着连新鲜还没过呢！”

一晃20多年过去了，2008年我又去河曲采访，才得知刘巨仓因难以“解脱”对妻子的思念，已在10年前服农药自杀了……

我再次被生活在这方水土的人震撼了！

我决定，拿起笔来写那个多年蓄积在心中的故事……

背景

一方水土养一方人。由于“走西口”生活的共同经历，锻造了晋西北人特有的性格。据考，走西口的历史可追溯到500多年前，偏关古县志里就记述有元代“西走度荒”之说。所谓“走西口”就是指生活在晋西北一带的穷苦人，背井离乡去内蒙古逃荒的生活。其因由当地一首民谣讲得清楚："河曲保德州，十年九不收；男人走口外，女人挖苦菜。"最初，他们一般"春出秋回"，到黄河对面广袤的大草原揽长打短，拼着苦力甚至性命挣些钱粮养家糊口。渐渐地西去的人流越来越多，汇成了源源不断的开发大军，而且随着时间的更迭，一辈接一辈地走，竟演变成了一种具有地域特性的传统的生活习惯和生产方式。

历史地说，今天的包头便是因为走西口人的到来才诞生并建设起来的城市。有一个数据可见其规模和影响，现在的河曲县拥有人口13万，而在内蒙古生活的河曲籍人竟有40万之众——以上可谓"走西口"的狭义说。后来，随着其影响力及参与人群规模、范围的扩大，人们把晋、陕、冀甚至所有前往内蒙古的抱有各种目的生活的人的行为都统称为"走西口"，这便是广义说。

其实，从社会学的角度来看，走西口的这种生活是一次农耕文明与草原文明的碰撞、交汇、相融，它们的结合带来了社会变革与进步，在特有的地域环境、生活背景下自然而然地生成了富有鲜明性格的人和独特魅力的文化。这样厚实的历史文化背景，正是我创作《库布其》电影文学剧本的根基与底蕴。能使人物植根于如此背景的大舞台上，是每个创作者求之不得的。

我想，只有把人物放在这样一个波澜壮阔、深邃旷远的大背景下，才能更有深度、更富张力，长青不朽。

环境

正如电影片名表明的那样，这个故事的发生地就在库布其大沙漠里。之所以把它设定在这样的环境中来展示，是有其在“走西口”苦难生活史实真实性基础上的必然性的。

库布其是我国第七大沙漠，蒙语的意思为“弓上的弦”。它的边缘在与河曲县隔河相望的内蒙古准格尔旗，当年的走西口人去包头上后套的路线必得穿其而过。有首民歌便唱得清清楚楚：“第一天住古城，路走七十里整，虽然路不远，跨了三个省；第二天到纳林，遇见个蒙古人，说了两句蒙古话，甚也没听懂；第三天翻坝梁，两眼泪汪汪，想起小妹妹，痛痛哭一场；第四天沙壕塔，捡了个烂瓜把，拿起来啃两口，解凉又解渴……”歌一直唱到第七天，把祖祖辈辈走西口的古道说得明明白白。而歌中提到的纳林即是准格尔旗所辖的一个镇，坝梁、沙壕塔便是库布其沙漠里的地名。我当年走西口就行走的这条路线，沿途人烟稀少，四野荒凉，七八十里才有一个自然村子，少的五六户，多的十来户，种的是未出现沙丘前的边缘地带的那种沙土地，十分贫瘠，一把种子撒下去，长成个啥样就看老天爷了。

记得，我翻坝梁着实用了一白天。它是个一眼望不到头的“慢坡”，形态就像一道拦在天边的巨型大坝，当地的俗话这样说：“翻坝梁，爬慢坡，勒断牛筋。”坝梁对于秋天返回的走西口人来说可谓是“分水岭”，一般翻过它就意味着快要回到“口里”的家了。但是，能否安全闯过来却是谁都说不准的事。因为，每到这个季，土匪也会常常在这一带出没，拦路抢劫匆匆返乡人辛苦挣得的财物，若有不从者便遭追杀，然后将尸骨扔进深沟里。走西口人称其为“死人沟”。我在途中，专门下到一条沟里，目睹了嵌在沙土里的累累白骨……

进入库布其沙漠的前一夜，我住进一个名叫海湾的村子，留宿我的是一对上了年纪的老夫妇。他们把唯一一张被子硬让给了我，说：“走远路的最怕冻着。再说，你要真冻病了，我们这儿可没治处。”在昏暗的油灯下，老汉给我讲了许多走西口的故事，还特别传授了“入沙”的要领：从这里到达拉特旗的杨家圪堵一百大几十里，是库布其沙漠最窄的一截，一定要一口气穿过去，不然怕要夜里睡沙地了，如果再遇上大风，沙丘移动，弄不好会迷路走不出来或是被沙埋了；入沙后一定要沿着正川河走，左右不离，记住，只有它能把你带出去；还要特别提防沙漠里的野狗，饿急了会咬人，可凶咧！找根棍子拿在手中，万一遇上了……

天麻麻亮了，我背起行囊，手拄棍子走进沙丘连绵的库布其沙漠。多亏了老汉的指点，大漠之旅虽累却很顺利。野狗确有遇上，好在不是那饿着肚子觅食的主儿，而是因我误入了它在正川河畔的“领地”，被狂吠驱赶一程即作罢。也正因为这“逃命”奔跑，待淌着大汗喘着粗气甩掉那狗儿时，我抬眼望去，忽见远处的沙梁下有两个挥动连枷打场的人影。我欣喜若狂地奔过去……这是对30来岁的小夫妻，身后还有两个孩子在糜子垛上玩耍。我一打听，方得知这里就是歌中唱到的沙壕塔——库布其沙漠之中曾经唯一能留宿的地方。过去，走西口人进了沙漠，实在走不动了，便会在这歇一宿；而且，这里来来往往人聚集，相对也比较安全。不难想象，在沙壕塔的沙土里尘封着多少鲜为人知的故事啊！如今，原先的“车马大店”不见了，只是残留着些斑驳痕迹的沙梁下有一间不大的土坯房，门窗都用油漆涂抹得鲜红，让人不禁生发猜想……

当我离开沙壕塔时，远远地回望身后那座沙梁下的土房子，红色的门窗在阳光的照射下格外耀眼，在金色沙海映衬下以特有的方式昭示着人性的张力！

当时，我便产生了一个想法，即要以沙壕塔为环境背景创作一部作品，题目就叫《沙漠里的红房子》，也就是今天的《库布其》。

时间

我之所以将故事发生的时间设定在20世纪40年代，是基于这样几个原因：

一是我依照的现实生活中的人物原型都是从那个时代走过来的。刘巨仓、李金香如果活到今天，也都是近90岁的人了。从他们身上表现出来的性格气质，有着鲜明的时代烙印。

二是我采访到有“走西口”经历的人多是那个年代的，讲到的人和事也多发生在那个时期。因此，对于我来说，更多掌握和相对“熟悉”的生活素材，甚至语言、习俗以及社会状况等也来自那个历史阶段。

三是20世纪初是晋西北人走西口“规模”较大的时期。由于兵荒马乱，加之天旱地裂、少吃无燃，几乎家家男人都背井离乡踏上了西口逃荒路，有的活不下去的女人也被逼无奈离家出走，到口外或寻丈夫或投亲靠友或……在人们的普遍记忆中，那是个“让人心酸让人哭”的苦年月，刻骨铭心，难以忘却。因此，这是个在那一带大众百姓中都有共同认知的“典型时间”，是与他们的人生经历紧密联系在一起的。

四是那是中华民族历史上的苦难岁月，日本军国主义者发动了灭绝人性的侵华战争。地处走西口生活所涉范围的晋、陕、蒙黄河流域地区未能幸免，也被卷入战火之中，甚至战事频繁，民不聊生。这时的河曲成为抗战前沿，当时的第二战区北路军总司令傅作义的司令部就驻扎在这里，故而日本鬼子经常出动飞机进行狂轰滥炸。据县志记载，最多一次日本飞机有 34 架飞临河曲上空，疯狂投弹扫射，对县城的军民大肆灭杀，有两千多间房屋被炸毁，死伤者无数。不仅如此，日本鬼子的地面进攻、侵扰也是经常的事，以至于河曲成了“拉锯区”。另外，这里还常有伪蒙军、流散国军兵痞以及“口外”土匪出没，骚扰乡民，趁火打劫……

因此，《库布其》的故事在这样的真实的时间与事件的历史大背景下展开，即将人物的命运跳出了个人生活的“小圈子”，而放在了一个更厚重更有深度更具人类社会意义的层面上得以展示，既符合当时的现实，还原了历史，又从另一个侧面反映了这场战争给中国人民带来的深重灾难！

民歌

这个电影与通常看到的故事片不同，剧情里加入了大量民歌，也许有人会把它归类为“音乐故事片”。其实，在我看来归不归类无所谓，因为这些民歌是这一带的老百姓在生活中自然生成的，换句话说即是民歌与他们的日常生活密不可分，是情感表达的载体。历史上，这里的人们不分男女老幼都会唱“山曲儿”，如果寻源可追溯至北宋时期。尤其是近300年来，由于“走西口”生活的兴盛，民歌的发展更加迅速，并且与蒙古族音乐结合后从内容到曲调愈发繁多、丰富。由此，歌声成了生活在这一带人们诉说衷肠的最自然生动的表达，他们“见甚唱甚、想甚唱甚”，喜怒哀乐尽在其中。并且，从文化意义上讲，这些民歌以及同样产生于这一地域的艺术奇葩“二人台”，是“西口文化”的直接反映和典型代表。有了它，就掘取到了这一地域独特的文化符号与基因（由我本人所著，北岳文艺出版社新近出版的《风音之起》一书对此有详尽论述）。故而，民歌就成为写作《库布其》自然而然采用的一种造化天成的语汇，也使这部电影从一开始取材即在“骨子里”生就了音乐旋律化的独特个性。

相信，有才华的音乐家们在对这部影片进行的音乐创作里，必会乘着旋律和歌声的翅膀纵情飞翔！

主题

在30年前动意写这个剧本的时候，我就在想一个问题：人的真正本性究竟是什么？其实，说白了就是两个字："善"与"恶"。可以说，30年里每每遇到一些人和事，我都在拷问自己。

人类从猿到人一路走来，究竟要向何方去？

是不是社会发展了时代推移了，人性也随之必然"文明"了？从接受的教育和灌输的理念来讲，似乎结果是肯定的。然而，事实却一再向我们做出了相反的回答。往往在所谓的经济发展、社会进步的时候，人们便会利欲熏心、利令智昏，从前藏在心底的丑恶魔鬼便会跳了出来作孽，于是为了权力、利益的欲求及占有反目成仇，诬蔑、陷害、攻击、打杀等等尽显其能事，甚至骨肉兄弟互不相认、刀兵相见。这说的是个体的人，至于扩展到一个利益集团或国家，如果被这样的恶魔控制住了灵魂，集体性地丧失了人性，那就成为人类社会的灾难了。

日本军国主义的行径不正是最好的例证吗？！我在剧本中提到的"土匪"也是如此，较刘三毛旦、李金香而言，他们恰是来自"文明社会"的包头。对于这个问题，我不再赘述了，仅截取这部电影中男女主人公的一段对话作为收笔——

李金香紧挽着刘三毛旦坐下，头枕着男人的肩膀凝望远方蓝蓝的天际，温婉道：蓝格盈盈的，真美咧！你说，天那边会是甚地方?

刘三毛旦不假思索地回答：包头。

李金香继续探问：再隔过去咧?

刘三毛旦有些迟疑：……听……听拉骆驼的旅蒙商人说，是个叫毛斯格瓦（注：莫斯科，老辈子的旅蒙商学说俄语的发音）的地方，叫甚的俄国。

李金香继续追问：再再隔过去咧?

刘三毛旦茫然不知，支支吾吾答不上来……

李金香翘起眼角，看着可心的男人笑笑。刘三毛旦不好意思，挠挠头，但反应很快，一本正经道：没关系，俺应下你，到时候俺一定带上你娘儿俩到天的那头去转转，看看究竟都是些甚地方。

李金香仰起脸，深情地望着面前暖心的男人，温声道：俺不稀罕，俺才不去咧。她说着将视线投向远方，若有所思地继续道：唉，这越是在外面的人，越怕人咧。越是鬼得不知心里想的个甚，测不准，俺怕咧。你说那土匪不是从包头城里跑出来的，说哇都见过个世面，咋做出来的事就不叫人咧?！还有那日本人，那不是天那边的吗?你说他们不好好待在自己国家，非跑到咱这儿来祸害。听说他们个个都识文断字的，可咋就不懂个礼数道义咧，飞机大炮的杀人放火，这还叫个人干出的事情，畜生不如嘛！唉，外面的人呀，越活越不像个人咧！不像咱们，虽说少食无燃地在沙漠里活着，可有人的本性，是个人！人一辈子活着，要像个人！

刘三毛旦望着眼前这个柔情而又坚毅的女人，口吻肯定地赞同道：嗯，人活着，要像个人！

高远的天空，广袤的沙漠，寂静无声……

刘三毛旦、李金香表情深沉地凝视湛蓝的天际……

李金香一甩头发，打破片刻的沉默，脸上又重新泛起笑意，心满意足地说：俺哪儿也不去，就在这大漠里，守着你这样的男人过一辈子！

……

2015年8月11日

（电影文学《库布其》后记）

附：

《库布其》故事梗概

故事发生在20世纪40年代初。

在晋陕蒙的库布其沙漠边缘地带，有一条蜿蜒其间的苍凉沙路，连接着“口里”与“口外”。几百年来，讨生活的穷苦百姓都是从这里徒步穿越沙漠，抵达包头，再疏散到各地，揽长打短去谋生。“春出秋回”，到了每年秋后，辛勤劳作的人们怀揣挣的不多的血汗钱，又从这条道上返回“口里”的家乡。于是，这条来来往往过多少代走西口人的沙路，便成了名副其实的“西口古道”。正因如此，在这条道路上土匪拦路打劫的事情频发，甚至有人被抢夺了钱财还丢掉了性命。而故事主人公刘三毛旦，为了自己郑重的承诺，在这条古道中已荒败的沙蒿塔车马大店住了下来，过着清贫但却自在悠闲的生活。

初春的一日，数架日本鬼子的轰炸机飞过头顶，打破了库布其的肃静。刘三毛旦赤裸着身子站在沙漠里，仰头冲着天空怒骂。这时，风送来了遥远的声音，一个女人和一个孩子正在急切地呼救。他寻声奔去，在凶残的沙漠野狗的血盆大口之下，救下了李金香和丫丫母女俩。

本是逃命出来的母亲带着女儿，原打算去包头寻找走西口三年未归的丈夫，但丫丫被狗咬伤，高烧不退，生命垂危。刘三毛旦夜奔百里寻医求药，经过多日的悉心调养，挽救了小姑娘的性命。李金香感激无比……

李金香带着女儿正要继续前行，无意之中察知丈夫遇害，拿起剪刀刺向刘三毛旦……他夺下，详述遭匪劫持经过，母女二人跪在坝梁上悲泣号啕，诉冤招魂……

走投无路的母女俩暂时在沙蒿塔栖身下来，丫丫也多了一个小伙伴“小黑”，这是她冒险抢救回来的一条几个月大的沙漠野狗。日子就这样按部就班地过着，刘三毛旦整天到正川河边的河滩地里打理侍弄着庄稼，李金香洗洗补补、烧火做饭，丫丫乖巧懂事地与小黑快乐相伴。寂静的库布其沙漠上空，不时飘荡起优美动听的河曲民歌——“山曲儿”。刘三毛旦本是河曲南沙窊人，父母早亡，孤苦伶仃，被生活所迫只能光棍一条逃荒走西口，几乎命断西口路……李金香的父母在日本鬼子的飞机轰炸河曲城时不幸遇难，又遭人欺凌，犯下命案，走投无路，携女夜逃……天涯沦落，同是苦命人，慢慢地相处、渐渐地了解，使这对背井离乡的男女相互确立了信任，彼此产生了情感……在若隐若现的油灯下，两人长久地默默相对，李金香浅吟低唱：

灯瓜瓜点灯半炕炕明，

烧酒盅盅挖米不嫌哥哥你穷。

刘三毛旦再也无法控制情感的闸门，情感奔泻：

一铺滩滩柳树一铺滩滩草，

一铺滩滩姑娘就属妹妹你好。

……

从此，一个男人一个女人一个娃一条狗过着与世隔绝、纯净祥和的生活。每天，他们面对静默、庄严的库布其沙漠，无忧无虑地尽显着人性的纯情与光芒，活出了人本的善真性情，活出了纯粹的大美人性……

然而，有一天这样的宁静被打破了……正在给屋子的外墙涂抹红泥巴的李金香被骑着马的土匪们掳去，在地里干活的刘三毛旦闻声赶回沙坝下的“红房子”，只见地上洒有血迹但不见人，于是寻着沙土里蹄痕疯了似的追去……而这时在庄稼地里玩耍的丫丫和小黑却浑然不知。

天空飞过隆隆作响的日本轰炸机机群，沙丘在不停地颤抖……

刘三毛旦在沙漠中奔跑着、呼号着，直至夕阳西沉，黄沙撒满殷红。突然，沙暴袭来，风沙漫卷，天昏地暗，刘三毛旦拼尽全力顶风前行，还不停地张着嘴呼唤着金香，以至于沙子灌进满嘴，呛得难以发声。他已筋疲力尽，终于不敌风沙，重重地倒下了……清晨，昨晚肆虐的库布其沙漠在和煦的晨光中苏醒，被风沙掩埋了的刘三毛旦突然惊醒，从沙堆里站了起来。他蓦地想起了丢下的丫丫和小黑，不禁打了个冷战，赶紧向已经远离的沙蒿塔的方向奔去……

回到沙蒿塔，眼前的一切已面目全非。那座被李金香用泥巴精心涂抹的红房子，已被日本人的飞机投弹炸塌，残垣断壁……残留的半截炕上，散落着李金香的衣物和那只见证男女主人公爱情的灯瓜瓜。刘三毛旦狂奔到正川河边的庄稼地，静悄悄的无有人迹，只有一对丫丫的红布鞋和受了重伤趴在地上的小黑。他向四处呼喊，没有回答。他绝望地看着小黑，乞求小狗能告诉他丫丫的去向。可是，小黑睁开眼睛无力地看着主人，眸子渐渐失去了光泽，呼出最后一口气。

……

刘三毛旦重新把房子盖了起来，每年都用正川河的红泥巴涂抹房子，在黄黄的沙漠当中远远地就像一团火。他等待着……等待着……用苍凉的嗓音不断地唱着那首属于他和金香的情歌——

灯瓜瓜点灯半炕炕明

烧酒盅盅挖米不嫌哥哥你穷

一铺滩滩柳树一铺滩滩草

一铺滩滩姑娘就属妹妹你好

……

旅途，不等凉了

这是本没有计划要写的书。之前，我已清楚事情要发生，但并无要把它写成书的想法。直到有一天，一位朋友突然说，你为何不把此行的经历写出来呢？那该多有意思！大家几乎都知道海外生活着一个同族的华人群体，可又有多少人关注或真知道他们的生活和经历呢？

这位朋友的好意提醒，使我动心了。

这是一次特殊的旅行，17 天的时间里要穿越意大利、匈牙利两个国家的多座城市，在行进中举办七场演出，慰问生活、工作在那儿的华人同胞。按常理说，在如此短的时间里要想写出一本书来，是个不可能完成的“使命”。不过，我还是决定试一试。

那么，以什么体例和语态来记述这次旅行呢？我经过思考，决定还是接受朋友的建议，用最“原始”的日记体来行笔，这样既符合通常旅行状态下的记录方式，又能在表达上自由自在，更显真情实感。

我想让笔端伸出更多的触角，使文章的讲述绚烂起来，在紧紧咬定主题的同时内容更加丰富多彩，有机插入尽可能多的知识和信息点，形成360度的全方位视角，还原人在旅行中感知事物的真实状态，使读者可以“置身其中”各取所需。

这些所谓的“触角”也可以理解为“枝蔓”，只要不影响主干的茁壮生长，我的态度是不去剪它，甚至有时为了“塑型”还有意纵容一下，所要把握的是度，即有机统一。

我跟一位文友曾这样形容这种“绚烂体”：好比大家走在繁华的大街上，去往的目标在正前方，而所经两侧有各式各样的民居、店铺等等。对此，不同的人有不同的选择，有人会脚不停歇地直奔目的地，也许有人会驻足观赏甚或推门进入，小转一圈儿又出来继续赶路。结果，来到终点后的大家看到的景物不同，根据兴趣与关注点的差异自有一番感悟。也就是同一本书，不同的人能读出不同的景象和味道来。

我以为，唯有枝有蔓，花朵才绽放得绚烂！究竟这本书是否做到了，那还得读者说了算。至于行文的语态，说来很简单，就是希望保持住那种当下经历的感受去表述。它有着特有的节奏，句式短而碎，甚至严格意义上讲不够“讲究”，但这种自然状态下的“聊天”或是坦诚率真的“自言自语”最是宝贵，以至于语句间的那种松弛的空间都有着耐人寻味的留白……故而，我保留下了这种“原生”的语态。

写作是“突击性”的，2016年2月25日回国只歇了一天，27日即进入了爬格子的书写状态，以至于很长时间都倒不过时差来。

有人见我这样的玩儿命，劝我不要太着急了，又没人催你，悠着些也没关系。我说不成，一是趁着记忆还清晰，赶紧把储存在脑子里的信息记录下来；二是这本书有时效性，若能在下一届“亲情中华”艺术团出访前，也就是今年底或明年初出版发行，那将最为适宜也最具意义。因为我知道，沿路我采访过的华侨华人都在热切期盼着看到这本书。关于这一点，我曾经向他们许诺过。

我的写作是在繁忙的工作之余插空进行的，主要利用周末的时间。每到这个时候，对于我来说都是雷打不动的。当然有时为了情绪的连贯，我也经常会在中午和晚上加班加点，换句话说，就是把别人吃饭睡觉的时间拿出来写作。

有朋友很是不解，常常会说：你平时工作那么忙，总得劳逸结合呀！不妨先歇歇，喘口气，待事儿少些了，有富裕时间了，再动手写也不迟。

我从内心里感激这些朋友的善意规劝，但要知道让我停下来是不可能的。因为，我明白：当你想做一件事的时候，总有这样那样的牵绊，总想着待一切都过去了再开始，其实永远不会有没事干的时候。

人生就是这样，只要活着就丝丝缕缕、纷纷扰扰，有做不完的事情。而当你期待那个腾出手来的所谓空闲到来的时候，你的整个世界或许已经凉了……

这本书我整整写了四个月，2016 年 2 月 27 日动笔，6 月 27 日完成。

其实，我们做事缺少的不是动意和想法，而是勇气与毅力！有人问我，你希望人们怎么去读这本书。我说，这不是一本需要人们“正儿八经”去读的书，它就是一本闲书，无事时或晒着太阳或听着雨声随便翻翻，可以随时捡起放下。

有一天，我忽然有了一个新的想法，何不把这本书当作一本“地铁读物”或者称作“旅行读物”呢？人们在旅途行进中的空当，闲来无事或百无聊赖时拿起来翻几页，当作消遣地读读。当你读完了或是不再去读的时候，或可在书的留白处签上自己的名字再写上一句话，把它转送给下一个人用来“消磨时间”，这个人也许是你的朋友，也许是你的同事，也许是行程中坐在你旁边的那位陌生人……

希望有一天，我在北京、罗马、布达佩斯或者其他地方的旅行中，忽然有人把一本书传到了我的手里，懵懂中蓦地发现它正是这本《今夜无人入睡》……

难道，这是痴人说梦吗?

2016 年 6 月 28 日

（纪实文学《今夜无人入睡》自序）

故事在路上

人活着就要行走，生命每时都在搏动。一个记者和作家的笔，就是要在书写的流动中记述这个时代的故事。

“旅途，不等凉了”是《今夜无人入睡》前言的题目，想要表达的就是这样一种使命的肩承。我体会，敞开胸怀在广袤的大地上行走，才能找得到价值的砝码和激情涌动的泉流，那一个个鲜活的人物和生动的故事会像清新的风一样迎面涌来。

有人说，我的作品反映的题材都不尽相同，甚至地缘和故事的背景反差很大，有的干脆就是南辕北辙，一土一洋，比如大漠西口的逃荒人、扳船汉、民歌手，风情异域的美利坚、意大利、土耳其，似乎很难准确归类于某种风格或流派。于我而言，这些都不重要，我只是用文字把内心想要说的表达出来，只要真诚和真实。如果非要从我写过的这些作品中找出什么共同特点来，依我说只有一个，那就是：我所讲述的故事都在行走的路上。换句话说，我所写出的文字都是自己亲历实地听到、看到、问到和切身体验到的。之所以这样，在很大程度上与我的职业有关。

我做记者 30 多年，在路上是工作的常态，年轻时一年有多半时间奔走在基层，同形形色色的人滚搭在一起，脑子里总是装满层出不穷的新鲜事儿。近些年来，虽然下去的时间少了，可还是一有机会背起行囊就出发，尤其是到那些建立了几十年情感的熟悉的生活中去，比如黄河边儿上的河曲，自从 1985 年我徒步采访走西口与它结缘，就一直关注着这个地方，有空就到那里转一圈儿，见见熟悉的人，聊聊他们的事儿，听听“山曲曲”，应该说这里已成为我了解民风民情的生活基地。因此，我以获取的大量素材，创作了一系列讲述河曲的人和故事的纪实、散文作品，像《西口大逃荒》《西口在望》《凡音之起》《难以忘却的歌声》等，同时还对这一地域文化进行了研究，早在 30 年前就首次归纳并提出了“西口文化”的学术概念。

与此同时，我的目光还特别关注着海外华人的生活，只要有机会出国必想方设法去深入去了解。这也是我写作题材的又一个方向。究其原因，与我的一段身居异国他乡的经历有关。20 世纪 90 年代初，我随中国首届范长江新闻奖获得者代表团访问美国，发现在那里几乎听不到看不到来自中国大陆的广播和电视。于是我动了念想，回来后经过一番筹划，很快就以私人访问学者的身份只身前往美国，目的是寻找机会，开办传播中国大陆声音的华语广播电视。在别人看来，这是个近乎疯狂的、异想天开的、根本不可能实现的计划。我心里也明白，这的确是一个很难完成的使命，既无国家资金支持，又无海外实业背景，全凭个人志趣，谈何容易。可我为了这个梦想，怀揣仅有的二百美元上路了。可想而知，一切进行的都很艰难，但最终还是如愿拿到了免费的广播电视节目播出时段。然而，这本该是一桩“国家行为”的事，却因当时滞后的外宣政策而搁浅。我谢绝了美国当地传媒公司高薪聘请的美意，又返回国内向有关职能管理部门游说、申请……

七年之后，国家明确提出了“走出去战略”，在国外开办传媒业得到重视与鼓励，而对我来说这已没有可能，如过往云烟、明日黄花，一切都已凉了。不过，作为一个记者作家，这样的经历也带给了我算作安慰的小小收获，在那个正是出国热的年代出版了长篇纪实文学《美国孤旅》，中国作协副主席张平的前言还用了一个豪迈的名字：走西口的汉子闯纽约。该书在当时引起了读者关注，发行量一度名列榜单前茅。由此，我的写作也开辟了另外一个领域，即“东西方文化比较”的“域外文学”。

我的这一已被列入中宣部“四个一批人才”扶持项目的研究课题的所谓特点，正像杜学文主席在《从东方到西方……》中指出的那样：“张敬民并不是以一个学者的身份出现，而是以一个亲历者的身份——具体说是作家，或者记者的身份出现的。他所表达的是他的亲历之事，而又往往超越了这种亲历——他使自己的研究建立在具体的感受之上，并以散文的形式表达出能够启示我们的东西。”继《美国孤旅》之后，我先后又陆续写了《东张西望》《土耳其并不遥远》等散文作品，共计 40 多万字。它们的共同点还是那一个：所见所闻的亲历。

长篇纪实文学《今夜无人入睡》，也同样是写在路上的文字，有人读后说它还带着温度和喘息。我认同这样的说法，因为这本书本就是与行走同步写出来的，后期只是做了必要的梳理和充实。就像大家都知道的，我出访期间的每天甚或是每刻空闲都在做笔记，回来时已记录了六万多字。我之所以选择日记体行文，目的就是要最大可能地还原旅途中的实际状态，让读者也能从中感同身受行走情形下的真实氛围。为此，我在语言文字上有意保留了口语性状的表达，不去刻意地过分修饰，尤其是对那些只有在当下行文时才会有的语言结构和语态口吻加以“保护”，从听、观、考、思、行等多点伸出触角，力求给读者呈现出 360 度的全方位“原生态”，试图达到以兴趣的导引各取所需。同时，尽可能通过这种表达方式营造一种互动氛围，使读者在阅读中与我及书里的人和故事产生情感与思想的交流，并且在装帧设计上有意留出了批注感言的地方。我开玩笑称它是“绚烂体”，解释作：花有枝有蔓才绚烂。当然，我并不让它不加丝毫修剪的去疯长！我不知道我的这份努力是否达到了所希望的效果，但我觉得这样的尝试和探索还是有必要的。

2016年12月15日

（在《今夜无人入睡》作品研讨会上的致辞）

给历史一个交代

这个春暖融融的午后注定要作为历史定格！事先，我们几位现职台领导商量过，在意义特殊的此刻不去打搅他们，好让数字技术的高清晰镜头记录下辉映着金色阳光的那一张张灿烂笑颜。我站在远处静静地守望着，风儿徐徐拂动他们显现稀疏的丝丝银发，合影前暖言热语的相逢效应仍弯弯的挂在嘴角，红晕不散地在岁月纵横的脸上焕然着。这是距台庆纪念日 40 多天前的一个普通的下午，却因曾经在电台工作过的离退休老同志的团聚变得不同寻常而嵌入了永久的意义。

历史，是不可更改的瞬间逝过！我久久凝望着前辈动情感慨。我们都会老的，而身置承启、司职现政的广播人，站在回望历史遥望未来的现实交叉点上，应更感到使命的神圣、责任的负荷。追问：当自己的生命旅程也走到了“前辈”的路站时，回顾过去的岁月轨迹会像今天的他们一样无悔无愧、坦然欣慰吗?

作为台长，我经常在想，55 年前的 4 月 25 日是怎样一番改天换地的暖春喜气，当“太原新华广播电台”的呼号在硝烟未尽的古城并州划破夜空的时候，那情景又是怎样的激动人心。

我们的先辈——戎装英姿的解放军广播战士们满目征尘地守卫在红光闪亮的电子管发射机旁，朗朗飞扬着青春勃发的胜利欢笑。这是筑就山西人民广播电台事业丰碑的历史一页，因此原本凡俗游移的秒秒分分瞬间升华作怦然跳动的辉煌时光。这一夜必定无眠！于是，年复一年的这一天便注定成为一代代山西广播人恒久铁定的好日子!

我翻阅着当年一页页墨褪纸脆的文稿和一幅幅画面泛黄的老照片，风雨沧桑的历史仿佛坚实凝重的岩层一叠叠夯砌在眼前。我不禁感叹岁月的匆匆，恋念那些以执着的身躯撑举事业、以烈焰的火炬耗燃生命的代代前辈们，没有你们的传统滋养便没有 55 年历史传承的人民广播，没有你们的辛苦足迹亦没有继往开来的广播后人，没有你们的智慧甘霖更没有今天事业的繁荣辉煌。你们的思想与品格、情怀与胸襟，执着与奉献……所有的后来者在尽享先辈荫德与财富时，都会抑制不住地由衷坦言：真诚地谢谢你们!

然而，当我从历史的思考回到现实的思绪时，弹指丈量却惊异醒觉，那殷实厚重的历史在时空概念上并不久远，55 年的光阴矢箭一般恍如昨日，仅从一个人的寿命而言也不过三分之二。这里，我以计算方式推理生命旅程：假设人的极限阳寿 80 岁，拆解为日 29200 天，以职业经历 40 年计，除公休及节假日，实际工作 96960 小时即累合 4040 天，约占生命过程的六分之一（有人更赞同 1/8 至 1/10）。如此推算，55 年的有效工作时间打满了也不过相当于一个人往来一世的四分之一。想必看到这样的数字，人人都会慨吁惊叹：人生何其短啊！由此则更珍惜星辰日月的金贵。

想想，在相距并不悠远深邃的时空隧道里，我们的先行者是以怎样的信念追求抢秒夺分，饱蘸心血书写着豪迈奔放的激情人生，为事业的承接者留下了超越时空无愧历史的丰硕典藏。他们不枉人生，将每一刻光阴熔炼作生命的沸点，凝固成历史的碑刻。我还算过，从建台伊始到今天的 55 年间，有 8 位台长相继司职，那么肩承使命为之奋斗的广播人又有多少，又历经了几代吧？于是，在人生的价值与历史的重荷陡然剧增的同时，更觉岁月促急匆匆。因此，历史告诉现在也告诉未来：每一时你都在书写自己，每一天你都在创造历史！

给历史一个交代！是置身事业的广播人必须直面的人生

课题。毋庸考量，一页页掀去的日历催促着燃烧正旺的生命续谱时代的华彩乐章，我们的所做应对得起先人——这是道义，我们的所为应对得起历史——这是责任，我们的所创应对得起未来——这是使命。唯有这般，面对苍天厚土方能无愧无悔！……

建台55周年庆典的钟声已渐渐清晰，电台兴建改造的技术区工地正挑灯夜战精制着贺礼。这是有史以来投入最大的广播建设工程，是电台职工力创高效壮大实力的心血凝聚。相信，伴着4月25日的来临，透射着全数字时代的崭新景象会呈现于面前；期待，这一天也能像辉煌的过去，化作历史长河的闪亮瞬间。

太阳每天都是新的，只要活着就得磨砺历史。有这样的情景，我深深印记着：巨龙般的黄河惊雷呼啸，奔腾向前；两岸峡谷千仞壁立，岿然不动。这是何等震撼人心的壮阔波澜，这是怎样演绎生命的激情撞击——

河水奔流远去，崖岩巍然屹立。

流走的是过程，留下的是历史。

2004年4月25日

（山西人民广播电台建台55周年画册序言）

守望远方

从远方来，向远方去……这就是人类历史文明演进的轨迹。而它们之间的链条与环扣就是当下时代一个个守望远方的承传者。肩负重任的他们，既要坚守浩瀚的历史远方，上对得住祖宗；又要眺望蔚蓝的未来远方，下对得起后人……这里所记述的便是这样的人和他们的事。

山西是中华民族发祥的根脉之地，辉映着5000年绵延不断的人类文明，蕴含着积蓄万代、万宗汇流的深厚文化宝藏。只要是在这片土地上，无论人置何处行至何方，不仅是煌煌都市和华彩舞台，哪怕是市井小巷或山乡僻壤，都有属于自己的独特的历史文化遗存，更不乏终生守信它们的承传者。

山西文艺广播以时代传播者的责任与素养，敏锐地将话筒伸向了这块或多或少被遗忘或淡漠了的非物质文化遗产的热土和以毕生心血滋养着这片热土的人们，在 2007 年开年之际推出了《三晋民间传奇》大型访谈节目，高擎弘扬民族文化的旗帜，传颂承传者传奇的故事，以期唤起社会和更多民众对民族文化的过去、现在和未来的关注，以当今人肩承的历史责任守望那文化家园的远方。

春秋寒暑，听众从《三晋民间传奇》这档节目里认识了二人台、莲花乐、数来宝、鼓乐、手歌、口技、口哨、剪纸、风筝、刻瓷等一批获得称号的民间艺术大师，也领略了当今活跃于国内外绚烂舞台上的那些三晋籍艺术家们的风采以及他们在传承中放眼远方，推陈出新，创造艺术奇迹的人生追求。

山西文艺广播以电波说传奇，用声音写传记，怀古关今，情声并茂——其良苦当大为褒奖！然而不仅于此，他们更进一步，将声音凝固成永久记述的文字，精心编辑出版了这部《声传》，使得这些守望远方的承传人和他们的故事的传播效应再度放大，向更广的受众群辐射。这样做已不再是业务层面上的事了，当升华成具有现实与历史意义的举措！如此说来，山西文艺广播的人们也便是守望远方的文化承传者。也许正因为有了他们的这份努力，某项濒临失传的绝技得以重生；也许正因为他们的这份努力，某门青黄不接的传统艺术找到了寄托未来的传人；也许正因为有了他们的这份努力，集聚着中华民族世代智慧的非物质文化遗产的瑰宝得以在当今更多的人心中绽放出灿烂不熄的光芒……

回眸远方，坚守的是传统与历史；遥望远方，展望的是未来与希望。

创造需要智慧，继承需要坚韧和勇气，而传承间再有创新需要信念和希望。因此生生不息的中华文明长河里便有了一代代先祖遗产的承传者，而他们中也就有了闪烁着时代精神光辉的大师、智者乃至圣贤。谁又敢说，在这本书记录的人中没有这样的千古传人呢？！

为了中华民族文明的传承，让我们共同守望远方。

2008 年 4 月 25 日

（山西人民广播电台文艺广播图书《声传》序言一）

英声不匮

阳春时节，这注定是山西广播人每年当逢的春风拂面的日子！

日月星辰 60 载，整整一个甲子啊！炮火硝烟中诞生的山西人民广播，迎来了她异彩绚烂的寿庆！自然，公元 2009 年的这个 4 月 25 日，在山西广播人的心目中更显得非同寻常。因为这绝不仅仅是一个诞辰纪念日，而是一代代广播人用心血乃至生命擎起的庄严盛典！于是，他们以其独特的方式，呈献上了饱含深情厚谊的贺礼——亲熟的话筒前，温存的灯光下，声声切切倾诉那缠裹在生命年轮里的广播亲历……他们通过电波再一次用声音同听众心灵共振，与山川大地回响！

为了纪念山西人民广播事业创建 60 年，山西文艺广播特别开办了大型直播访谈节目《亲历》，尽其所能，劳其苦艰，寻邀散居于天南地北的不同时期的广播人聚会在空中，共叙衷肠。只要面对话筒，无论何代，不分老幼，广播人都会从心底里升腾起一种职业的神圣感——这是个承袭传统的接力，一茬茬广播人总是不折不扣地忠诚于前辈的重托，将肩负的责任与使命薪火传递。他们走进电子系统操控的全数字化直播室，心绪激昂地用透着所经历的不同时代特质的语态，讲述山西人民广播60年来的日日夜夜和桩桩件件不能忘却的记忆，更有那融化在血液里、搏击于脉动中的生命情缘……这就是广播人，他们以无愧于历史、无愧于前人、无愧于人生的作为，书写着广播那波澜壮阔的恢宏乐章；这就是广播人，他们甘当一块块基石而无怨无悔，以对事业的忠诚和道义的责任砌垒着每一层属于自己坚守的岁月，从而筑建起了60年山西广播事业的今天！

在我眼里，他们是英雄！60年前的4月25日的那个夜晚，当“太原新华广播电台”的呼号回荡在灿烂星空时，山西人民广播事业庄严诞生。这是一个创造历史的神圣时刻，电台接管组的同志们冒着生命危险，克服重重困难，完成了党交给的神圣使命！他们的功绩绝不逊于高擎红旗、英勇战斗的那些流血牺牲的战友，他们将生命热血化作了声声报捷的电波传遍山川大地、响彻四面八方。无论何时，都不该遗忘他们——作为1949年太原市军管会电台接管组成员的那些山西人民广播事业的开创者！请记住他们的名字吧：常振玉、李兴旺、李涛、郑笃、荣一农、王洪烈、钱国胜、何静、丁毅、王海葵、吴砺、于明昭、范德民、陈继、吴荫碧、王立新、李秀琴、周敬先、吕怀祖、张庆锦、郭向新……沧桑岁月60载，献身广播的他们中有许多人已经故去，而踏着先辈足迹走到今天的广播人，都应当为他们深深鞠上一躬，默哀致敬！

在我眼里，他们是功臣！60年，人民广播事业始终相随着人民共和国的发展历程一路走来。期间，又经历了几代广播人的辛勤耕耘和努力奋斗！他们将自己投身到火热的生活中去，不知疲倦地奔波于祖国建设的各行各业，用手中的笔忠实记录下三晋大地不同时期发生的日新月异的变化和可歌可泣的动人事迹，以亲和的声音通过话筒传播着党和政府的路线、方针、政策和祖国大江南北的喜讯佳音，当然还有汇天下之广博讯息于广播的其他许多、许多……从而架设起了一座座党和人民心灵沟通、政府与百姓意愿相应的空中桥梁。他们把青春奉献给了广播、把智慧奉献给了广播、把人生奉献给了广播！凡是今天的广播人，不论哪一代或年龄几许，都应该举起右手为他们甚或自己郑重地敬上一礼，道一句“为你们（自己）无愧于时代而光荣、自豪！”

在我眼里，他们是奋者！他们一身重任，两肩担道，既要承继传统——面对先辈心坦无愧，又要坚守今天——事业发展与时俱进，还要奔向未来——交好广播传承接力棒！所有关心、热爱广播事业的人，无论从业者还是听众，都应用 100% 的热诚和能量，奋力为他们（自己）鼓掌、呐喊、加油，让人民广播的大旗始终临风扬动，让人民广播的声音不绝回响天地！

合上的是历史，展开的是未来。任何事物的发展都有其归根结底的渊源，广播事业也是如此。记住吧，不论今天或将来走到多远，都不要忘记当初为什么出发！

近来品读唐太宗李世民的《晋祠之铭并序》，感触良多。这是篇歌咏景致风物、抒发怀古悠情及治世天下之宏图伟志的哲学美文。一个君王 1300 多年前留下的碑刻，是那样清晰真切地昭示着今人，他汲唐源晋水的领悟闪烁着不朽的精神光辉！逐字逐句细细吟诵，时时会情不自禁地油生敬慕和感动，思想的智慧及文化的力量可以穿透任何辽远的旷宇时空！其灿若珍珠的妙言佳语中，有“日月有穷，英声不匮”触击心动，因此，我便撷句立题，为纪念山西人民广播事业创建 60 年的这本《亲历》作序。

2009 年 4 月 25 日

（山西人民广播电台建台 60 周年图书《亲历》序言）

翻阅记忆

10年，就时空永恒定律而言，微如滴水、渺若沙砾。但对于相随长城广播走过来的人们，却是一段从情感到记忆都无法泯灭的激情时光。

山西长城广播电台，是山西人民广播电台创办的第一个系列台。虽然，因国家对广电行业管理的需要，后改为以服务经济建设为主旨的专业广播，亦更名为山西人民广播电台经济广播；但是，作为当年创办和培植壮大这套广播的一茬茬职工，以及广大热心听众却难改其口，仍习惯地相称为“长城广播”。我想，这里的缘由有先入为主的惯性自然，有相闻见熟的沟通便利，更有情感所需所寄的近乎“顽固不化”的“长城”情结。不然，那些已展翅远飞或不倦坚守的人们，怎会如此怀恋地在乎今天的日子——长城广播创办10周年，而且以充沛如初的情感和激扬难抑的文字来回忆那已经逝去的3650个日日夜夜。

在我的记忆里，长城广播是橙黄色的，亦如台标音乐中的版头词所透发出的那般意境——送走星辰，迎来曙光，长城广播和你一起拥抱新的太阳。当年过关斩将考入这个新集体的人们，正是风华正茂的朝阳年华，脸上洋溢着青春光泽，笑语串串清脆悦耳，身影匆匆一路欢歌，那执着事业、憧憬未来的颗颗鲜活的心迸然昭日，透亮得无遮无拦。这是个年轻的群体，在“长城”的召唤下从四面八方聚集在一起。他们以清泉般的爱净化、滋润着彼此，以热望的目光关注百态社会，以甜美、朝气的声音沟通求知渴望的听众，以燃烧的激情在时空交错的苍穹筑垒心中的“长城”。从那时起，长城广播在闪烁着5000年华夏文明的三晋大地，绣织成了一道“时代节拍，未来先声”的亮丽风景。

曾记得，1992年12月6日，伴着新生婴儿来到世界的第一声啼哭（长广记者当日凌晨专门守候医院产房录制的），长城广播迎着初升的太阳播出了诞生的呼号。而为了这个时刻的到来，厅、台领导与长广的年轻人不知熬过多少个日夜，研究研究再研究，演练演练再演练。进入开播倒计时的前两天，人们更是以青春的激情夺秒争分，困倦不怠，悉心构架，精心打造，三四十个小时不睡觉，甚至有的两天三夜不合眼……

曾记得，长城广播人的第一个春节，办公室、播音间、楼道里……一个个疲惫的身影穿梭往来。他们顾不得换上新衣，顾不得回家团聚，顾不得问候父母，而是与上海、天津、广东、云南、内蒙古、辽宁等十几家电台合作联播，将一声声热情的祝福，一句句温馨的话语送给收音机前的三晋父老及全国的听众……

曾记得，1993年4月8日，长城广播正式挂牌仪式暨24小时全天直播庆典隆重举行。省委、省政府等领导前来祝贺，并发表热情洋溢的讲话。当时，长城广播仅有工作人员21人，是全国同类电台人数最少的，却开创了中国北方地区24小时播音电台的先河……

曾记得，长城广播开播一周年之际，为答谢听众的热心支持，他们走出直播室，举办了大型户外直播联谊节目及发售《长城的季节》纪念封活动。上万名听众自发汇聚现场，争先恐后索取签名，热烈气氛及火爆场面令人感动且后怕，幸好当时闻讯赶来的几十名人民警察维持秩序……

曾记得，1993年，长城广播历时三个多月的“王丁丁现象”追踪报道，引发了上至省、市领导，下到普通百姓的社会公德大讨论。参与人数之多，影响范围之广，广播作用之大均达到空前。直至学雷锋日那天，长城广播在楼前广场推出大型直播活动，从全省各地特意赶来参加的听众达4万多人，领导与群众纷纷在横幅上签名声援，“担一份责任，献一片真情，帮一把他人，捧一颗爱心”的活动主题词成为人们的共识……

曾记得，1994年那个多雪的冬天，寿阳至太原段的公路上，上千辆汽车被纷飞的大雪困在荒山野岭之中，与外界联络的唯一方式即是长城广播，当时，有位司机用手机将求救电话打到编辑部，于是一场由广播发起，指挥现场的特殊战斗打响了。长城广播立即打破常规节目，改为关联事态的同步直播，使广播与赶往现场的干警和被困群众连成一条冰雪隔不断的热线，直至一天一夜之后，道路疏通，群众解救……

曾记得，1995年，长城广播举办以深入生活、深入实际、深入群众为主题的大型采访活动——《长城人家》，历时95天，行程一万多公里。期间，编辑部所有人员分批深入到晋、陕、蒙、冀沿长城一线的20多个地市县区的上百个工矿、农村、部队体验采访，30多万字的消息、专题报道在广播中播出并辑录成书，引起广大听众和读者的强烈反响；年轻的长城广播人从思想品德、工作作风和业务素养等方面也得到了长足的提高和锻炼。如同志们所说：其活动的收获不仅仅如此，更重要的是从思想上培养和建立了与人民群众血肉相连的感情……

曾记得……

这10年的岁月，实在有许多让人铭刻在心的记忆，有酸甜、有苦辣，有泪水、有欢乐。我想，正因为有了如此繁多的不同元素，回首长城广播过去和现在的“日子”才觉得有滋有味。当然，对过去的回忆，是为了更好地展望未来。这一点，我相信现在的长城广播人早已有了成竹在胸的美好憧憬和更加壮丽的宏伟画卷，所需要的只有两个字——行动！

但愿，再过10年、20年，长城广播人仍能有这份激情的回忆。因为，唯有真心投入并且燃烧自己短促生命去做过的，才会存留下无法泯灭的终生记忆。

记忆是条河，每个人都在清蚀间涤荡。

记忆是棵树，每个人都在年轮里裹缠。

记忆是本书，每个人都在苦乐中品读。

……

2002年10月20日

（庆祝长城广播创办10周年图书《长城的日子》序言）

或为事而动或为情而动

写完这些文字，我卸去了许久积压于心中的负荷。记得每次有朋友回国来，或面见或在电话里都要提出两个问题：“你什么时候再去美国？”（关心地问）、“你为什么不曾给我们任何人写过一封信？”（质疑地问）。面对第一个问题，我总是摇摇头，但结论语是坚定的——总有一天我会打回去的！回答第二个问题，我会笑笑曰：“请相信，这笔账我给自己记着呢，到时我会给每一位朋友写一封长长的信。”今天，这封“长信”就要寄出了。我希望，它对我的朋友们是一个“交代”。

我离开纽约时，曾经对友人讲过这样的话，我做出的任何举动都会遵循一个原则：或为事而动，或为情而动！去纽约办华语广播无疑是为事而动，而如今写下这些文字却是为情而动。

关于美国的话题，我们常常能够听到议论。兴许是信息来源的差异，或是观察角度、生活经历的不同，因此人们在涉及这个话题时就有了各种各样的“结论”。而在一般人的概念中，美国是一个高度发达的资本主义社会，到处都存在着你死我活的竞争，故此人与人之间情感冷漠，所谓的“人情味”都附着着商业运作而成为黄金一般的“稀有矿藏”。我不能说这不是事实，毕竟我对美国的了解太少了。但就我的经历而言，也许是个“例外”。或许您读后也会像一些读过初稿的国内朋友一样，提出同样的问题：“你怎么尽遇见好人？”我不知该怎样回答，然而这是事实。我无意于以偏概全，甚至也的的确确相信自己是一个例外，因此我以为才更有责任把这种“稀有矿藏”发掘出来，昭示于读者，也正因如此，在美国这样一个“人情冷淡”的大背景下，才更能凸显出她们或他们的可贵的“稀有”价值和闪烁着的人性之光，这也是我为什么要把这些文字发表出来，呈送于读者的原因。

我认为，真、善、美是人类精华的珍品，因此不该将它们埋藏在土里！

对了，在这里我要向我的朋友和我的读者透露一个好消息：我已经拿到有关部门签发的批文了！您问我什么时候去？嘿嘿，还没定。也许是明天，也许是后天，也许……请相信，总之我还会去的。这样吧，咱们现在就说好，如果您真的喜欢这些文字，还有兴趣继续读下去，到时我就再写给您。这样，您不就知晓我这位朋友的行程以及或悲或喜的踪迹了吗?

1998年7月18日

（纪实文学《美国孤旅》后记）

东张西望

《东张西望》这本“域外散文”集前前后后写了20年，历经的时间真不算短。但只要读过，就会发现我没有停下过笔，一直在写着。为什么会是这样？我想，一方面是我的职业使然，另一方面是选题任性。

的确，要想写成这样主题的一本书，不是一件容易的事。首先得有前提条件，其次是知识储备，再次是打通中西隔膜那个点并表述于文字。因此，行文写作的速率自然就慢了，甚至耗得身心俱疲。

这本集子由三部分组成，内容涉及欧洲诸国、土耳其、美国。《旅欧断想》，写作时间跨度达十几年，直至今天。其中，有的文稿要磨砺一年半载写成，有的甚至中途放置五年后又续写成篇。它们主要表达了与欧洲文化比较后的反思。有人看过初稿后，不无担忧地提出：文中谈及的都是“痛定思痛”的问题反思，不怕有人误解吗？我说我倒不这样认为，中国5000年的文明历史，好的方面数不胜数，不夸也搁在哪儿，可因此就一叶障目，看不到自己的缺点与不足，那还怎么能进步呢？正所谓老辈人讲的：成绩不说跑不了，问题不说不得了。我想，当我们为自己的悠久宗源自以为是、津津乐道、沾沾自喜时，兜头泼瓢冷水也是件好事，好使我们从另一个侧面或视角反省自己，看清短长，兼收并蓄，以求取古人所教“良药苦口”“忠言逆耳”之功效。若要矗立于世界优秀民族之林，便不能见到沙漠方想起森林！当然，我的这些文字还不足以有什么大的“药力”，还失之于浅薄，甚或存有谬误，好歹权当是一剂“引子”，敬请读者见谅、修正。

土耳其横跨亚欧大陆，风光旖旎，风情浓郁，令人迷恋，是我本人十分喜欢的称得上是五彩斑斓的国度。《土耳其并不遥远》是我2013年应其政府文化部邀请的访问纪事，但它区别于观光游记类的即景抒情，而是试图透过我与当地人的交往反映那个民族的性情、习俗、文化，更或通过这些个点点滴滴找寻与我们的丝丝缕缕的渊源与联系。这部文稿完成后，土耳其方做了翻译和介绍，据友人、翻译者库太先生来电讲，此文在当地刊出后受到读者喜爱，并打趣称：“你已是在土耳其出了名的中国人。”不过，我还是有遗憾，只可惜去的时间太短，未能更深入地体验，感受还很肤浅、很不够。我想，日后有机会一定再去访问这个迷人的国度，继续讲述那里的故事。

《美国往事》是20世纪90年代初我本人在美国生活的记述，是我置身于当地华人中所经历的故事，因此讲出来才更真实，更有价值。希望通过这些文字，读者能从一个亲历者的角度看到在美华人生活的另一面。

今天，这本名为《东张西望》的“域外散文”集出版了，期待着读者们的意见反馈。在此，我要真诚地感谢出版社及本书责任编辑为这本书的面世做出的努力。与此同时，我还要特别感谢那些与我一起经历域外生活的人，正因为有了你们的相随相伴，才有了这些文字这本书。你们是上天赐予我的福报与财富，你们的情意铭记我心……

谢谢你们，我的朋友。今生认识你们真好！

2015年6月25日

（《东张西望》后记）

让思想生出永不退却的温度

《思考的花絮》是我 20 年前写的一篇短文，它源于做记者的有感而发。记得当时在报上发表后，业界有不少人都喜欢。当时我就想，能不能把自己这些年的从业感悟都写出来呢，不要太长，只要有用、解渴，那样也许会对年轻的同行有一点点帮助，或者能够激发起他们思考的积极性来。但是我没有这样继续做下去，原因很多，其中最重要的一点是那时自己对记者这个行当还没有更深彻的体会和理解，毕竟不过是个三十几岁的人，从事新闻工作才十几年。可是我从来没有放弃过这个想法，它就像一颗种子埋进了我的心田。我知道，只要不放弃这个想法，总有一天它会萌动。我想，如果到了抽枝生叶的那天，终归是一件有意义的事情。也许它并不挺秀俊美，还有些枝枝杈杈，但毕竟破土而出了，就像所有的生命体一样，会释放出属于自己的能量。同时，它也会结出果实和种子，如果有良好的生长基因就会将生命延续下去。

作为著述者，我当然希望这本书对从事新闻工作的年轻人有这样的效果，哪怕是有一点儿启发，有一句话点化，甚或是我的观点遭到质疑而引发同行们重新思考。若能如此，我愿足矣，也不枉初心良苦。在这里需要声明的是，从一开始写作这本书，我就坚定了一个信念：绝不去参考任何一本有关的专业书籍。这并不是我不认同他人的理论和观点，恰恰相反，我认为在新闻业务方面，一代代新闻人和相关大专院校教师都做出了很好的总结和归纳，所述观点、方法和规律都给新闻从业者或即将踏上这条路的人指明了正确的方向。那为什么我还要这样做呢？用心只有一个，那就是我要把自己的实践和体验原原本本直书出来，把握住自己最初始最原发最本真的那一念，这样做对我这个从业30多年的新闻工作者来说或许更有意义。因为，我很担心看了别人的有关书籍，被人家说的句句在理的理论体系所“俘虏”，不自觉地就跟着走了，如果是那样，我认为就没有必要再写这些重复的文字了。

当然，即便这样，我的观点和表述也难免会有一些同别人的相同或相近。我要说，这是我的荣幸。在我看来这样的“巧合”是一件好事，那就是我们找到了共同的经验和规律，对后来的从业者或成为少走弯路甚而不走弯路的“真经”。下面，我就想引录那篇 20 年前写的《思考的花絮》作为这本书的一个引子，也许它能帮助读者更清楚地了解我想要说什么——

（一）

去一家大型煤炭企业采访，人家冷冰冰地甩脸子。问过方知，前不久有位同行“驾临”，伸手要这要那，稍不如意便雷霆大发，临走竟连招待所的灯罩、拖鞋、水龙头也没放过。主人气愤至极，公然声明：记者被视为不受欢迎的人。

一只老鼠坏了整锅汤。那小子拍拍屁股溜了，欠下的“孽债”又让谁来还？你有解释的权利，这号人只是极个别的“败类”。可人家的脑袋里装着大概念：记者。

内心的腐烂更让人恶心！以低俗的品性传播别人的崇高，以丑陋的灵魂开掘圣洁的思想，滑稽！真想象不出，这类连人的起码德行都未修炼过的“记者”能写出怎样的“鼓舞人”的作品来，又会以怎样的精神去“塑造”别人呢？

不可回避，金钱和私欲正在腐蚀新闻队伍的肌体！不容置疑，是痛下决心向自己开刀的时候了！

记者是人类灵魂的勘探者。职业要求它的体现者必须肩承起与之使命相称的品格。记者是一种职业，更是一种形象，一种情操，一种境界。

做记者必先做人，否则，“才”只能是“柴”。

爱心、坦诚、正直，人之起码配制“元素”。我以为，爱心是人之血，坦诚是人之肉，正直是人之骨，三者合一方为人。

职业可以再择，文章可以再写，人却不能!

（二）

扣着老农踩出的脚窝，战战兢兢熬过黄河险道。狂喜之间，欲将一路拄弯的树棍抛向激流。老农挡臂拦阻：“别扔！留给他人。”霎时，脸臊得通红，手中的树棍增重千斤……

老农的话何以厚重得使人汗颜？你缺少了做人的道德责任。

树棍的分量何以骤增？它承担起了赋予的负重责任。

负荷即是责任!

深思一下吧，记者手中的笔也有轻有重。重者若拔泰山，字字力着千钧，犹开山负重之牛。轻者似拈鸿毛，信手举起放下，如掌中之物轻松。

同样是笔，不同的记者会量出不同的长短、不同的容积、不同的分量。究其原因，就在其心中承载责任的度量衡。

有的人仅把“记者”当作一张身价的标牌，一副“风光”的面具，一类混吃混喝的工种。自然，待时代的潮头掀起时，工矿、城乡“鲜活”的气息吹来时，金子般闪亮的心跳动时，他只会，也必然会“有眼无珠”，视而不见，拈于指间的笔举“重”若轻。

有的人则把“记者”奉为道义的化身，思想的信使，神圣的事业，庄严的使命。去追逐历史飞转的车轮，去透视社会发展的印记，去弹奏时代谱写的乐章，去挥举惩恶扬善的剑柄，去讴歌创造过去、现在、未来的人民……因此，他们手中的那支笔，总是举“轻”若重！

人生的价值就在于负重。生命的意义结晶为责任。

（三）

走进苏州“拙政园”的拱门，一座嶙峋假山扑面压来，唯有两旁翠竹掩映着的卵石曲径可以通幽，只是竹林遮天蔽日，令人压抑。突然，眼光大亮豁然开朗，土地、垂柳、小溪、鸭鹅，一切都坦坦荡荡，好一派赏心悦目的田园风光。再回首，假山已退身后。一暗一明，一窄一阔、一抑一扬，强烈而深刻。于是，它点亮了一个启示：文章如此构架，不也妙哉！

其实，空气里到处弥漫着智慧的哲理，缺少的只是发现。

有位同行“泡”多了会议，便来传授捞大锅汤面的“秘诀”：“勺持稳，沉到底，靠边挤，慢慢提。”笑过之后，稍加思量，戏言中竟蕴藏着采掘新闻的道理：勺持稳——把牢大政方针；沉到底——深入生活、实际；靠边挤——去粗取精，去伪存真；慢慢提——提炼主题，精心写作。

万事万物的道理都是相通的，关键从存在中“悟”。

记者是社会各业的“集大成者”。若想达到如此境界，就要“海纳百川”，兼收并蓄。读书是学习，聊天是学习，参观是学习，采访是学习……然而，其中包含着的道理、真谛，唯有“有心人”才能领悟、获取。

记者就是“有心人”，大千世界的一切存在都睁大眼睛多看，转动脑筋多想，甩开手脚多实践。只有这样，触类旁通才能为我“悟”，举一反三才能为我学，融会贯通才能为我用。

细细想想，就会发现身边有许多相通的道理。

（四）

贝肯·鲍尔访问中国，有记者问：“为何在德国足球队正处巅峰时辞职？”“足球皇帝”不假思索地答：“我已没有了激情。”

足球需要激情。艺术需要激情。新闻同样需要激情。

激情是点亮创造灵光的火种!

常有一些记者抱怨干得没劲、没有意思。看看他们的稿子，呆板无神，缺乏生气，的确惹人哈欠。细细琢磨，不难发现症结，不是会议、开业，便是通知、文件缩编，再不然就是被广告、赞助驱动的“吹捧”之作，难怪写不出有“劲”的好文章!他们原有的那点激情已被文山会海“泡”没了。

激情是内心深处的火焰，她的喷发需要长久的积蓄。

记者的激情来自基层的观察、体验，来自生活的品咂、沉淀，来自百姓的忧喜、悲欢。诚然，同样的行为会有两种结果——或激情澎湃，文如瀑泻；或无动于衷，平淡无味。原因何在?与投入的情感成正比。

身入只是形式，心入才是内涵。激情的源泉就在心与心的映照之间，情与情的交融之中。这样，写出的文章才有了生气，有了生命，有了灵魂。

如果有一天发现自己没有了激情，最好的解脱就是义无反顾地离去，重新找寻唤起激情的泉流。

这本书共有32节，写的都是我在实际工作中常碰到或触发思考的一些问题，它们经常会被人问到用到。我本想写更多节，但突如其来的变故使我不得不就此搁笔。我希望这只是一个短暂的歇息，在老天的眷顾下能很快地再拿起笔来续写下去，若有幸再版修订时增补进书中，使之达到50节、80节、100节……

我太爱新闻记者这一行了，今生能找到“她”真是三生有幸，因为这是天底下最美的职业！

2017年3月26日

（新闻丛书《行者说》自序）

生命正旺，阳光大好

我一直在犹豫，要不要为《行者践》写一篇自序。当我望向窗外的时候，竟不自觉地拿起笔来。这时，正阳光大好！

究竟要说点什么呢？似乎想说的很多，却又不知从哪里说起。风从窗户的缝隙里钻了进来，阳光也像是跟着飘动起来。我感到了她们温煦的问候，思想穿过窗子飞了出去。是啊！那里——窗户的外面才是我应该去的地方。不信吗？看看这本书，你就会知道更或是懂得我是多么渴望走出去。

用手记的方式记录新闻采制实战过程与感受，特别是趁着热乎劲儿进行时随写随记，得到的往往是不可复制的或者说是“保鲜”的文字，那字里行间会让思想生出永不退却的温度。过去，我惯常的做法也如很多人一样，所谓的学术思想的提炼或业务总结，总是习惯于在事情过去之后，才慢慢回过头来去思考——我究竟做了些什么，是怎样做的，然后一条条梳理归纳，再用所谓严谨的文字“一板一眼”地表述出来，最终将其发表，成为或与同行交流经验，或向别人“传经送宝”的东西。我不反对这种“事后诸葛亮”的做法，在新闻业务的探索上它是一种有效的总结方法，是事过之后的“冷思考”，是对所实践过程的“反向推演”，从中提取出由感性上升到理性的“道理”。但我一直认为，这种总结方法缺少了采制新闻报道当时所触发的感性灵光，常常觉得少了当时的新鲜劲儿，失去了当初的生动鲜活，表达显得些许呆板严肃，甚或有“拿腔作调”的拒人之感。为什么一说到理论文章和经验总结什么的，总是这样一副呆板的面孔呢？难道不能像说话交流那样亲和起来吗？我想，这完全是可以做到的。于是就有了本书这样一种尝试，用手记的方式“即时生效”地将看到的、碰到的、想到的随时动态地记录下来。

这种方式并不是我的发现和发明，许多新闻前辈都这样做过，并且证明效果很好。这里，只是说这种方式对我个人而言是一种新的尝试和探索。通过这样的文字，可以看到在新闻采制过程中那稍纵即逝的难得的外在与内在、事态与心态、实践与思想擦出来的火花。它是一束束的，也是绚丽多彩的。当回头再通篇完整地去看时，你会蓦地发现，那竟然是充满了激情和思辨的“原发动念”，它没有考虑如何让别人去看，而是直抒胸臆的自我表达，这样的文字更接近对事物感悟的本质，更是去除了所有雕饰的根本动念。因此，我认为，这样的文字才显得尤其可贵。更难得的是，它在火热生活实践中抓住触发心动的“这一念”！

实践出真知。在实际工作的过程中去体味其中最本真的道理，这正是我在这本新闻实战手记中想要表达的。当然，它也许还不够系统、不够完备、不够成熟、不够深刻。本来嘛，只要这个世界还在不停地转动，人们在实践中的探索就不会停止。

请展开书吧，希望其中会有一念能拨动你的心弦……

去生活实践吧，生命正旺，阳光大好！

2017 年 5 月 7 日

（新闻丛书《行者践》自序）

后记

这本散文集，是我多年来“积攒”而成的。也就是说，这些作品写于不同时期，并且散发在不同的报刊书籍。只是在今天这样一个机缘巧合下，汇聚起来合于一册，又机缘巧合地呈现在读者面前。这要感谢我的许多朋友的热忱关注，特别是崔晋宏、丰小平、李夏林、冯晓武、腊生、李岩、王碧红等一再的催促和鼓励。他们对朋友的真诚与赤胆令我感动！

最初编辑时，收集起来的文稿一大摞，林林总总有几十万字。这着实把我吓了一跳，没有想到岁月在笔尖不经意地划过，竟然写出了这么多的文字。这还不包括我已经出版的那些独立成册的书籍。不过，欣喜之余，我还是冷静下来，认真审视这些文稿，发现有许多并不符合本书的“编辑思想”，集合在一起显得很庞杂，难免有“捡到篮子里就是菜”的拼凑之感。这是我最担心的，不能成为那种所谓难以割舍的“大杂烩”的汇本。于是，我痛下狠手，经过几个回合，删减了那些不符合要求的文稿，虽说它们中有许多也是我心仪而喜欢的。最终，构架成全书的共有六个部分。第一部分为贾家庄几代人奋斗的故事及其与作家的情缘逸事；第二部分为记述与多位画家的交往以及画评；第三部分为围绕“走西口”及河曲民歌的记人记事；第四部分为东西方文化比较的思考；第五部分为其他散记随笔；第六部分为曾经出版书籍的部分序及后记等。之所以这些篇章能够入选，我想一方面是符合本书的体例要求，另一方面是内容，也是最重要的，就是力求每一篇都有一得一悟的启迪价值和思想“温度”。究竟是否达到了这样效果，还得要看读者们的评判了。这是最公允的，也是出版书籍的目的和初衷。

文以载道。此乃文化人生就的使命，历代莫不如此。身置当今时代，当尽心尽力为之。作为“全国文化名家暨四个一批人才”，我衷心感谢中宣部的“专项”资助与扶持。感谢中央人民广播电台著名播音艺术家铁城，中国国际广播电台原台长、著名文化学者张振华，山西省作家协会主席、著名文学评论家杜学文，鲁迅文学奖获得者、著名作家李骏虎等健笔赠语，倾力推荐。感谢鲁迅文学奖评委、著名作家张锐锋为本书作序，给予鼓励和鞭策。感谢为本书出版付出辛劳的著名出版人李琳之先生及其所有为之振臂助力的人。

近来偶有感悟：世间所有人事的缘起，无论大小，均归结于“机缘巧合”，之所谓“契机”，奇迹便是如此创造出来的。其实，人的一生，每一天都在创造着奇迹。当“机缘”来到，“巧合”恰逢，积水成渊，路路通达，改变人生的奇迹也就来到了……竭诚努力，期待着这一天！

过去的已经过去，未来的还未来到，关注当下，就在今天……

2018 年 10 月 26 日